魅丽文化 花火工作室

南有嘉树

SU QING WAN WORKS

苏清晚——著

江苏凤凰文艺出版社
JIANGSU PHOENIX LITERATURE AND
ART PUBLISHING, LTD

图书在版编目（CIP）数据

南有嘉树 / 苏清晚著. -- 南京 : 江苏凤凰文艺出版社, 2018.7
ISBN 978-7-5594-2415-0

Ⅰ. ①南… Ⅱ. ①苏… Ⅲ. ①长篇小说－中国－当代
Ⅳ. ① I247.5

中国版本图书馆 CIP 数据核字 (2018) 第 136988 号

书　　名	南有嘉树
作　　者	苏清晚
出版统筹	汪修荣　邹立勋
选题策划	黄　欢
责任编辑	胡小河　姚　丽
文字编辑	周慧娥
责任监制	刘　巍　江伟明
出版发行	江苏凤凰文艺出版社
出版社地址	南京市中央路165号，邮编：210009
出版社网址	http://www.jswenyi.com
印　　刷	湖南新华精品印务有限公司
开　　本	880 mm×1230 mm 1/32
字　　数	290千字
印　　张	10.5
版　　次	2018年7月第1版，2018年7月第1次印刷
标准书号	ISBN 978-7-5594-2415-0
定　　价	38.00元

目录

Contents

目 录
Contents

·第一章·

有一君子，其人如玉

深秋，巴黎。

有人说，巴黎最美的季节是秋天，香榭丽舍大道上满是金黄的落叶，像是在黄金中淬炼过的叶子铺满冗长的街道，人走过，衣衫摆动间就可带走几片。落叶知秋，这是秋意最深邃的地方。

温嘉树拖着巨大的行李箱穿过旺多姆广场，绕过人潮，走进巴黎里兹酒店。

她身上穿着卡其色的风衣，里面是修身的长礼服，脚上的高跟鞋还没有换下，因此，拖着行李箱走路时有些重心不稳。她走路时低着头，哪怕是在人潮涌动的广场上也微微垂眸，不敢让自己的视线与任何人触碰到。

温嘉树平日很少跟人打交道，就像个禁锢了很久的囚犯，不敢出门，不敢见阳光。

温嘉树走到酒店大堂后，用流利的法语跟前台交谈，她的奇怪装束惹来了不少怪异的目光。

她微微垂首，伸手抬了抬架在鼻梁上的半脸面具，不想与人直视。

前台一边登记着她的资料，一边抬头好奇地看了她一眼，用法语问她："您是话剧演员吗？"

她敷衍地"嗯"了一声，拿过自己的护照和房卡转身离开。

电梯带着温嘉树上了三楼。刚出电梯，手机便响了，她看了一眼手机屏幕，上面显示的来电人是秦久。

"到里兹了吗？我今天实在太忙了，恐怕没时间过来陪你了。品鉴会刚刚结束，有我忙的！"秦久的声音显得急促，电话那头声音嘈杂，听起来乱哄哄的，"巴黎治安不好，大晚上的，你千万不要一个人出酒店，听到了吗？"

"放心吧，我好歹当初也在巴黎住了十四年。"温嘉树笑道。

"也是。"秦久想了想，确实是这么回事，"不过，刚才在品鉴会上你闻香临时说的香评也太带感了吧！我们老板夸你了。"

温嘉树莞尔："我靠这个吃饭的。"随后，她拖着行李箱走到了房间门口，拿出房卡刷了一下，"怎么打不开？"

"什么打不开？"秦久问。

"门，刷房卡没反应。"温嘉树皱眉，她今天怎么这么倒霉？

原本今天早上就该抵达巴黎的飞机，延误到下午四点才到机场，她没有时间回酒店，直接拖着行李箱就去了娇兰公司。香水品鉴会结束之后，由于她咖位不够高，也没有人送她回酒店。

所以，她一天下来在各种折腾，此时整个人已经头重脚轻。

"你下楼去换张卡吧。"

"我的行李箱很重，实在拖不动了。"温嘉树叹气，她现在恨不得立刻脱掉高跟鞋躺到床上，睡上一天一夜。

"先放在走廊上呗，你快速下去再快速上来。虽然巴黎治安不好，但这是里兹酒店，应该不会有问题的。"秦久迅速开口。

温嘉树想了想，觉得他说的有点儿道理，拖着行李箱下去再上来，又要耗费她半条命。

她太疲乏了。

她点头："嗯。"

“对了，我后天去陪你逛街。老板给我放假了，专程让我去陪你。听他的意思，感觉你可以跟Beverly（贝弗利公司）签约了！”秦久显得比温嘉树还激动。

现在法国拥有自己的闻香师的公司已经寥寥无几，贝弗利公司是其中一个。

温嘉树打了一个哈欠，虽没有表现出特别激动的样子，但心里是欢喜的，Beverly一直以来都是她的首选目标。

“不用了，你好好在家休息吧。我后天的飞机回格拉斯。”温嘉树的声音明显变得有精神了一些。

“后天就回去啦？”

“嗯，有个中国的香料公司要来跟我们谈合作，他们的总裁会亲自来，叔叔让我接待。”

“这样啊。”

“先挂了，我去换卡。”温嘉树没同秦久多说，挂断电话去前台换了房卡。

等再次上楼，她却看到冗长的走廊上空无一物，脸色骤然变冷。

里兹酒店的走廊冗长而华丽，整体是金黄的色调，却不扎眼，暖色系的颜色容易让人心安，尤其是当整个人都身处暖色当中时，头脑和身体都会感觉舒服。但是，此时的温嘉树心里是半点儿安心都没有。

她环视了四周，走廊上仍旧寂静，没有半个人影，她的行李箱怎么凭空消失了？

温嘉树有片刻的茫然与无措，半晌后她舔了舔干涩的嘴唇，连续讲了几个小时的话，说的还不是自己的母语，她早已口干舌燥又头脑胀痛。

她站在房间门口，又想哭又想笑。

温嘉树脑中的第一个想法是下楼去调监控录像，但她实在是没有力气再下楼了，而且调监控录像意味着她要跟酒店里的很多人打照面……

一想到要跟这么多人碰面交流，紧张和无措感顿时扑面而来。

她烦躁地扯了扯头发，转身时眼睛定定地看着对面的房间。

或许对面房间的客人会听到走廊上的动静？

与其下楼跟那么多人打照面，她宁可跟一个人说话。

酒店的房门是复古的法式设计，高而威严，温嘉树不知道门内是什么人，也知道自己这样做可能会显得不礼貌。但是，行李箱里的东西对她来说都很重要，她别无他法。心里隐隐地紧张了起来，她浅浅地吸气，抬手按了门铃。

无人回应。

等了一会儿，还是无人应答。

温嘉树看了一眼腕表上的时间，晚上八点，房间的主人可能已经睡了。

她只好自认倒霉，转身正准备离开时却听到身后开门的声音。

温嘉树回头，恍惚间对上了一双漆黑的眼睛，黑得深不见底。

她最怕与人对视，每一次和人对视都会让她觉得对方在仔细看她的五官，像要将她窥探殆尽，让她无端生出怯懦和恐慌。但是，这一瞬间她像被吸铁石吸住了，目光定在那一双黑眸上。

等温嘉树回过神来，才发现对方是个亚洲男人，身上穿着睡袍，领口微开，脖子上没有擦干的水珠还残留在偏麦色的肌肤上，肌肉轮廓依稀可见。

她虽不喜热闹，也不喜人际交往，但她的职业跟时尚搭边，是以见过不少五官深邃、气质出众的男模和外国绅士，却还是头一次见到气场这么强大的男性。

愣神半晌后，温嘉树才发现自己的失态，匆匆忙忙地别开了眼，快步退回房间门口。

房门很高，男人的个子也很高，她本就是冒昧的打扰者，这下更有一种生生被压迫的感觉。

以前有人说过，她可能患有轻微的社交恐惧症，需要看心理医生，但她知道不用，为什么会这样，她比任何人都清楚。

温嘉树深吸一口气，大着胆子开口问：“请问，你是中国人吗？”

她能够感觉到对方漆黑的瞳仁在打量她，被灼烧一般的感觉顿时弥漫全身。

“不是。”对方回答得干脆利落，标准的普通话更是令人瞠目。

温嘉树胸口一窒，刚才那种灼烧感立刻消失殆尽，取而代之的是无语。

她很想冷冷地回敬一句：普通话这么标准的外国人真是少见。

但是，她不敢。

温嘉树想了想，决定作罢，于是硬生生地把话咽了下去，毕竟她有求于人。

“不好意思，打扰了，我想请问一下……”温嘉树觉得既然都是中国人，两人交流起来起码没有障碍，所以，她用了中国人非常喜欢的、客套的开场白。

但是，她客套的话才刚刚开场就被他打断了。

“不需要。”清冷的声音，带着拒人于千里之外的疏远。明明是非常好听的男声，但是，口吻让人听着格外不舒服。

“嗯？”温嘉树不敢看男人的脸，刚才她盯着他看时，也只是看他的眼，所以，彼此面对面，她也只看到了他的脸部轮廓。

虽然只有轮廓，但她看得出他有深邃的五官。

“我是想问一下，刚才你有没有听到走廊上有什么动静？我的行李箱在走廊上不见了。”温嘉树耐心地说道，她并没有反应过来他说的“不需要”是什么意思。

“走廊上有监控，你可以去监控室调监控录像。我的耳朵没有灵敏到可以随时随地听到无关紧要的声音。”对方的声音不轻不重，落入温嘉树的耳中却令她有一种抓心挠肝的感觉，就像隔靴搔痒，难受得要命！

这人态度称不上恶劣，却是字字都在怼她。

温嘉树自问没有做错什么，礼貌、礼仪也都做到了点子上。她不敢看他，所以只是平视他的睡袍，问道：“行李箱在地板上拖动的声音应该不轻，如果有听到的话，可以麻烦你提供给我一点儿线索吗？”

“你在我这里耗费的一分五十秒，已经足够你调监控录像和报警。”男人的语气颇为不善，带着一点儿不耐烦的意味。

温嘉树忽然觉得他说得很有道理……

“在异国他乡‘套路’中国人，很有趣？”对方蓦地开口，温嘉树茫然抬头。

“套路？”温嘉树反问，此时心底的愤懑和疑惑让她忘记了自己心理和眼睛的不适。

“我说了，我不需要服务。”纪南承看着眼前的女人，瘦削的身材，脸蛋的上半部分被一张奇怪的面具遮住，看上去不伦不类的，没有被面具遮住的下半张脸小巧精致，是典型的南方女性的长相。

他刚下飞机不到两个小时，洗完澡准备休息倒时差，却忽然被敲门声扰了睡意。莫名其妙的烦躁感从心底蹿出来，让他的口气也变得冰冷了些许。

“服务？！”温嘉树冷哼一声，瞬间明白了他的意思。

温嘉树心底恼火，她低头看了一眼自己的装束，礼服、高跟鞋……

显然，他因为她的装束误会她了。

“我不是，我真的只是来问一下你有没有听见我的行李箱被拖走的声音。”温嘉树有一种越描越黑的感觉。

但是，不解释的话，她心里又不甘，解释了，仿佛又只是徒劳。这个男人身上的气场太强，跟他说话的每一分每一秒，她都感觉自己被压制得喘不过气，好像她真的是做错了事的那一方。

下一秒，男人进了房间，温嘉树站在原地没有离开。过了一会儿，他再出来时，手中拿了几张人民币，递到她的面前。

“够了吗？”他的声音冰冰凉凉的。

温嘉树这下彻底明白了他的意思。

“拿了钱，别再来敲门。”平铺直叙的口气，却莫名给人警告的意味。

温嘉树情绪翻腾，顿时有一种被羞辱了的感觉，但她本来就不擅长跟人打交道，更别说起争执了。

她眼睛泛红，盯着男人的模样像是急红了眼的兔子。嘴唇微微动了动，委屈和愤怒一齐涌上来，她道：“流氓！”

从牙缝里硬生生地挤出了这两个字后，温嘉树立刻转过身走向了电梯。

此时此刻，她在心里将这个人从头骂到了脚，只是不敢说出来罢了！

温嘉树最终还是让工作人员调了监控录像，她坐在里兹酒店的大堂里等待调查结果。

大堂经理特意给她准备了甜点和咖啡，但她根本没碰。

温嘉树已经很久没吃过甜食了，从十岁到凡尔赛的闻香师学校念书起，她就再也没有喝过咖啡和其他的饮料。从一开始的强制杜绝，到现在的自制，她一直都做得很好，因为她很清楚自己想要成为什么样的人。

她同侍者要了一杯温热的清水，喝了两口，润了润嗓子、压了压火气之后，刚要打开手机同秦久吐槽一下刚刚遇到的可恶男人时，身边正好走过一个女人。

温嘉树闻到了女人擦身而过时滞留在空气中的香水味道。

是圣罗兰的Black Opium（黑鸦片）香水，非常浓艳的一款香，一般女人驾驭不了这个味道，麝香味浓郁艳丽，甫一闻有些呛鼻，但用在合适的人身上，却有说不出的勾人的味道。

温嘉树不禁抬头多看了一眼，她想看看走过的女人适不适合这款香水。

这是她的职业习惯，闻香识人。

女人忽然停下了脚步，一个西装革履的男人正向她走来。

“我好不容易跟医院请了假来巴黎玩一趟，爸还让你跟着我？我还有没有自由了？”女人的声音很好听，长得也如同她用的香水，美艳动人。

竟然又是中国人？

“申先生是担心小姐您的安全，毕竟巴黎治安不好。”

女人冷哼了一声："他是担心我来见纪南承吧？你回去告诉我爸，我就是来找纪南承的。这几天我的手机会关机，就这样。"

说完，女人穿着高跟鞋快步离开。

温嘉树收回视线，这个女人跟这款香一样美艳、一样张扬。

最终，温嘉树没有找到行李箱，根据监控录像显示，它是被人偷走的，作案人的脸却看不清。

因为行李箱无故丢失，温嘉树不得不改签了机票提前回格拉斯。

午夜一点不到，温嘉树躺在里兹酒店的床上翻来覆去。

对面房间持续不断地传出女人轻笑的声音，已经快两个小时了。

闻香师不仅仅是嗅觉灵敏，她的感官都要比旁人敏感，比如听觉。

这导致她的睡眠极浅，一点点风吹草动就能将她惊醒。

女人的笑声不轻不重，像是用一根芦苇在她的耳朵上轻轻地挠着，惹得她浑身不适。

里兹酒店的隔音效果已经很好了，所以，她无从投诉。

温嘉树发了一条短信给秦久，她知道秦久这个点肯定还没睡。秦久是工作狂，为了进入贝弗利公司，在国内的时候她就比谁都努力，现在也一样。

"对面的女人不知道在笑什么，大半夜的。"温嘉树发出这条信息的时候，眉头微皱。

秦久迅速回复："对面？不就是你说的……那个男人住的房间吗？"

对哟……温嘉树将真丝眼罩摘下来，坐在了床上。

房间里暖气虽足，但猛地离开被窝，她仍旧感觉到了一阵寒意，温嘉树瑟缩了一下又钻进了被子里。

"三更半夜不睡觉，跟女人在房里打情骂俏，果然是流氓。"温嘉树只有在面对亲近的人时才会健谈，比如秦久。

一想到几个小时前那个男人对她的态度，心里就恼火。

秦久一边对着电脑写文案，一边腾出手推了推眼镜，回复道："指不定人家喜欢法国女生，不喜欢你这种类型的。或者，那是他女朋友。”

温嘉树皱眉：“这种人会有正经的女朋友？如果他自己心思正的话，我去敲门，他也不会往那方面想啊。”

“有道理。那不如你再去敲一次门，提醒那个女人不要再笑了。”

“我才不去。”温嘉树挠了挠头，打下几个字，“算了，不睡了。”

“哦，对了，有件事情你听了可能会更睡不着，关于你爸的。”

温嘉树看到“爸”这个字的时候，心顿时沉入了深海。

“什么？”

“我听说你爸的中药材公司要上市了。”

“关我什么事？”温嘉树有一瞬间的沉默，随后眼眶隐隐泛着红……

十八年前的场景历历在目，她回回做梦都能梦到那个场景。父亲背信离开，外公因愤怒去世，母亲也因此疯疯癫癫这么多年，对于她来说，这是一场持续了太久的噩梦……

温嘉树关闭跟秦久的聊天页面，打开网页搜索了“申氏制药”四个字，页面上跳出无数条消息，都是关于申氏制药即将上市的报道。

她点开其中一条，网页上瞬间跳出了一张中年男性的照片，照片上的人正是申沉，温嘉树的亲生父亲。

她看了良久，关掉了网页。

翌日，不过凌晨五点钟，温嘉树就匆匆起了床，因为没了换洗衣物，她穿戴着侍者帮她随意买的一套休闲服、一双球鞋和一顶鸭舌帽，急急忙忙地赶去了机场。

衣服买得很不合身，她是典型的亚洲人身材，一米六六的个子，穿着适合法国女人的衣服，显得有些宽松肥大，帽子也略显大，刚好遮住了她大半张脸。

温嘉树背着包走进了头等舱，准备在飞行的这一小段时间里睡一觉。按照登机牌找到座位，她放下包正准备坐下时，一道算不上有多熟悉的身影映入她的眼帘……

温嘉树怔了半晌，忘记收回目光。

对方大概是被她看得太久，抬头迎上她的视线。但她立刻低下头，伸手压了压鸭舌帽，坐到了自己的位置上，不再看他。

这个人是昨晚那个“流氓”。

怎么这么倒霉？应该说冤家路窄，还是应该说巴黎太小？他怎么也在去格拉斯的飞机上？！

在温嘉树无语又紧张的时候，身边的位置有人落座，空姐立刻热情地走过来，递上了一杯香槟，隐隐约约中，她只听到另一个空姐用英语称呼他“Ji”。

怎么，这个“流氓”很有名吗？

她不追星，也不怎么刷微博，很少看八卦新闻，也根本不认识几个明星。

他长得的确不俗，难不成真是明星？

也是，有些明星私底下脾气是比较不好。

她在脑中胡思乱想着，余光瞥见空姐递给了“流氓”一本时尚杂志。

温嘉树觉得这本杂志有些眼熟，上个月她有一篇香评好像就刊登在上面。

身边传来窸窸窣窣的翻书声，她没多想，空姐已经绕到她的身侧，用英语问她：“小姐，请问您想喝点儿什么？”

“热水，谢谢。”温嘉树随口道，正准备接过空姐手中的热水时，忽然收到身侧男人投来的一道目光——直接地、准确地落在她脸上的打量目光。

温嘉树有一瞬的慌神，难道他还记得她的声音？

不至于吧……

“慢用。”空姐笑道，端着餐盘走向了其他头等舱的乘客。

温嘉树伸手将鸭舌帽的帽檐压得越发低了一些，试图用帽檐遮挡住他的视线。

她努力让自己冷静，装作若无其事的样子，毕竟昨晚她是戴着面具的，他认出她的可能性不大。

这么想着，温嘉树直了直脊背，拿起水杯打算喝水。

“行李箱找到了？”她刚喝下一口温水，猛地听到不远处传来一道阴森的声音，吓得呛到了。

“咯咯……”温嘉树猛烈地咳嗽了起来，咳得鸭舌帽差点儿掉了。她连忙伸手护住鸭舌帽，惊魂未定之余从衣服口袋里拿出纸巾擦了擦嘴。

他真的认出她来了！

温嘉树感觉脊背生出一阵凉意，但是，转念一想，昨晚她又没有做错事，凭什么要慌乱？

她舔了舔嘴唇，没有抬头：“丢了。”

昨晚看监控录像时，可以清楚地看到小偷的动静很大，她就不信他一点儿声音都没听见……这个人果然不是什么好人。

像是洞悉了她内心的想法，对方淡淡地开口了：“里兹的隔音效果不差。”

言外之意是，他昨晚没有听到走廊上的动静。

温嘉树心里一凛，这种被人窥探到心思的感觉并不好。她干脆不理会他，不再说话。

飞机起飞后，温嘉树却是半点儿睡意都没有了，她总觉得附近坐着一颗不定时炸弹，随时随地都让她不舒服。

温嘉树戴着真丝眼罩试图睡觉，迷迷糊糊中听到有人在跟他说话。

“纪总，这篇香评是布鲁斯先生的学生写的，她是布鲁斯先生最得意的门生。”

“女人？”

“是，香评最后有署名。”

“Doris Wen（多丽丝·温）。”

温嘉树听到自己的名字被沉稳的男声念出来时，原本酝酿起来的那点儿睡意瞬间消失。男人的声音温润沉稳，足够好听，她的名字仿佛在他的唇齿间逗留片刻才出口。

“中国人？”

“是，中国女人。”

“写成这样，也能刊登？”好听的声音里带着浓浓的讽刺，“这本杂志的编辑品位有问题。”

温嘉树伸手抬了抬真丝眼罩，心里顿时蓄满怒意。她不管旁人如何评价她本人，也不管旁人喜不喜欢她，但是，如果有人随随便便评价她的香评，那就等同于是在质疑她的工作能力，这是她十几年的时间里最在乎的东西。

“纪总，布鲁斯先生是法国贝弗利公司唯一的一位闻香师，多丽丝跟了他十几年，外界都传言这个学生会继承他的衣钵。”他身边的男人说道。

温嘉树在脑中迅速回想了一下自己写的香评内容，那篇香评是这本杂志特邀她写的，希望她推荐一款“男友香”，她记得自己推荐的是法国娇兰的满堂红男士香水。

秦久经常说她是一个无欲无求的人，对异性更是，似乎从来没有想过恋爱，其实不是因为她主张单身主义或者其他，而是因为她一直都找不到一个适合用她心目中这款顶级“男友香”的男性。

温嘉树在里兹酒店的房间门口看到这个男人时，的确有那么一瞬的失神。在那几秒钟对视的时间里，她觉得他的气质与这款香水很相似，只可惜他是个“流氓”，配不上这种殿堂级的男士香水。

温嘉树的余光看到他还在阅读她的香评，机舱内暖气很足，他脱掉了西装外套，只穿了一件白衬衫，脸色平和、不温不火，气场依旧很足。如果她识人没错的话，他应该是个商人，因为他浑身上下透露着久经商场淬炼的成熟气质。他伸手解开了衬衫上的第一颗纽扣，手指骨节分明。

“打着介绍“男友香”的名号，实际上通篇都在犯花痴。”纪南承实在是看不下去这类小女生一般犯花痴的香评，认为没有大家之气。他放下杂志，准备闭目养神。

他将杂志递给身边的助理，助理还没接过，就被一只葱白般的手夺了过去。

温嘉树听着他近乎侮辱的言语，耐心瞬间被磨光，取而代之的是满腔怒意。

她的眼神不着痕迹地从纪南承的脸上掠过，即使怒意很盛，她也仍旧不敢跟他对视，视线掠过之后，落在了他穿着衬衫的肩膀上。

“你也是‘鼻子’？”温嘉树的口气里带着不善，或许是太气愤，此时她的鼻尖有些通红，几缕发丝从鸭舌帽中不安分地掉出来垂在脸颊两侧，乍一看让人觉得她受了十二分的委屈。

“我有鼻子。”对方的声音低沉，漫不经心地开口。

又一次神回复……

温嘉树冷嗤了一声，她还以为他和她是同行。

“‘鼻子’是对专业闻香师的称呼，我听你刚才评价多丽丝的口气，还以为你也是闻香师。”

原来是个半吊子，温嘉树在心里补充了一句。

“即使不专业也能看出她的瑕疵。”

男人双唇薄薄的，说话时口吻十分不屑，入耳的都是不中听的话。

“瑕疵在哪儿？”温嘉树觉得既愤懑又不舒服，不甘心被一个不专业的人说不好。

“小女孩犯花痴的香评，全部都是自己的臆想，字里行间无一不在说‘我想嫁给喷了满堂红的男人’。”

“噗……”男人的话一说完，身旁的助理邢时忍不住低低笑出了声。他向来知道自家老板毒舌，但这一次还是没有忍住，笑了出来。

温嘉树迅速翻了几页杂志，一目十行地读了一遍自己的香评，委屈的感觉从心底滋生出来，蔓延到了全身的每寸肌肤。

她不觉得有什么问题。

她合上杂志，咬了咬牙，怒怼道：“是吗？但就算你喷了满堂红，多丽丝也不会想嫁给你。”

温嘉树自觉给了他当头一棒，解气之余起身离开座位去了洗手间。

洗手间内，温嘉树一边洗手，一边想，虽然心底气愤，但她仍旧不得不承认，他适合满堂红这款香水。她识人无数，各种气质的男性多多少少都见过，像这样拥有成熟气质且跟满堂红的味道相匹配的，只有他……

她兀自摇头，可惜了。

温嘉树推开洗手间的门，准备回到自己的位置上。她脑中依旧在想那篇香评的事情，迷迷糊糊地穿过几个座位，飞机在此时忽然剧烈地晃动了一下，她的大脑有那么一秒钟的短路，本能地抓住了离她最近的人，十指紧紧地抓住了那人的手臂。因为紧张和惊慌，她的力道很大，几乎是掐住了身边的人。

机舱很快传来了空姐温柔的声音："各位旅客，飞机遭遇气流，洗手间暂时关闭，请各位坐在位置上，系好安全带。"

温柔的女声刚落下，飞机便又一次剧烈晃动起来，比刚才的晃动幅度更大，温嘉树哪怕抓着身边的人也没办法稳住重心，整个身体不由自主地倒向了身旁人的腿上。

清冽的须后水的味道钻入温嘉树的鼻腔，气味将她轻轻地包裹起来。她跌倒后，飞机还在持续晃动，慌乱中她越发攥紧了这个人的手臂。

"抱歉……"温嘉树急忙道歉，脸掩在鸭舌帽下不敢露出来。她想要站起来，但是，飞机的晃动还在继续，她站起来也会跌倒。

"故技重施？"上方传来沉稳的男声，温嘉树的目光刚好落在他滚动的喉结上。

低沉又清朗的嗓音落入耳中，温嘉树瞬间缓过神来，原本遮掩在鸭舌帽下的眼睛蓦地抬起，对上了一双带着不悦和警惕味道的眸子。

如果知道身边的人是他，她宁可摔在地上也不想扶他。

飞机的晃动还在持续，温嘉树没办法站起来，况且若是此时站起来又跌倒，恐怕又该惹出误会了。

"没见过你这么自信的。"温嘉树的口气越发不善，"你是人民币？

人人都要喜欢你？”

她往日一直胆小又怯懦，连直视人的勇气都没有，现在跟这个男人对视久了，怯懦感竟然开始消失，取而代之的是想要强怼他的愤怒。

对方似乎也不愿意跟她多说，一直等到飞机晃动结束之后她起身也没有说话。

从巴黎飞往格拉斯的飞机行程短暂，温嘉树只熬了不到两个小时就下了飞机，她一分钟都不想跟这个人待在一块儿，她没有见过这么自大、毒舌、咄咄逼人的人。

温嘉树的车子停在了机场的停车场内，但没想到她去停车场时又遇到了纪南承。

与其说是遇到，不如说他们全程都是同路的。

邢时一手提着行李箱，一手拿着手机正在通话，话至一半递给了纪南承："纪总，董事长的电话。"

纪南承接过，阔步走向停车场深处。

温嘉树不想跟他们离太近，故意放慢了速度，哪知对方因为在通话，也放慢了脚步……

温嘉树无奈又无语，只能在纪南承身侧走着，颇有两人是同道之人的样子，而此时对方通话的声音也尽数落入了她的耳中。

她无意偷听，但偌大的停车场，偏偏他们同路……

"我跟她只是朋友，你如果想跟申氏联姻，可以等你小儿子再长十二年，就可以领证了。"纪南承的口气近乎冷漠，像是格拉斯冬日里的暖阳都融化不了的冰川。

申氏……温嘉树脑中的警钟被猛地敲响，她对这两个字过于敏感，平日里在法国很难听到。在听到申氏二字时，她虽然不知道是不是她父亲申沉的申氏，但还是警惕地瞥了一眼身旁人。

助理邢时立刻注意到了她的目光。温嘉树像做贼一样，连忙躲开眼神，慌乱地低头看自己走路的脚步。

做贼心虚大概说的就是她了。

“格拉斯的项目不会有问题，你的担心是多余的。”男人的口气仍旧骄傲自大。

温嘉树凭着这两句话简单猜测，他应该……是在跟自己的亲人说话，而刚才他的助理好像在说什么“董事长”。

跟家人说话尚且如此冷漠、无礼，难怪对她一个陌生人会这么警惕和毒舌。

这种人，大概是有钱人家的公子哥，没经历过什么大风大浪，自大无礼。

温嘉树已经在心底暗自给他贴了一个标签。

走到自己的车子旁后，她迅速地放好行李，钻进驾驶座，踩下油门快速地消失在车子密集的停车场内。

邢时看了一眼离开的深蓝色 A7，随后看向自家老板：“纪总，刚才那女人应该也是格拉斯的闻香师，没想到除了多丽丝之外，格拉斯还有其他的亚裔女闻香师。”

纪南承已经挂断了纪远恭打来的电话，他的心情因为这通电话变得极度烦躁。他没有应邢时的话，飞机上的女人，只不过是无关紧要的人。

“巴黎那边，安置好申姜了吗？”纪南承走到一辆黑色的添越前，邢时帮他打开了后座的车门，他单手扣住西装外套的单粒扣子，坐了进去。

“安置好了。我派了人陪申小姐在巴黎逛街，暂时安抚了她，不让她跟来格拉斯。”

“嗯。”

格拉斯布鲁斯香水工厂。

温嘉树开车回来就看见布鲁斯已经在工厂门口等她了。

与其说布鲁斯香水工厂是一个工厂，不如说是一个巨大的香水博物馆。

在格拉斯，到处都是有名的香水博物馆，而布鲁斯香水工厂是最大的一家。当年温嘉树从凡尔赛的闻香师学校毕业之后，就跟着自己的恩师布鲁斯来到了格拉斯，因为独特的嗅觉和天赋异禀的闻香能力，她成了布鲁斯最得意的门生，也是一生无儿无女的布鲁斯唯一的“亲人”。

“叔叔。”温嘉树一直都是用中文跟布鲁斯交谈的，十几年前是布鲁斯从中国将她带来法国，所以他的中文水平很好。

“我听贝弗利公司的人说，你这次的即兴香评完成得很出色。”布鲁斯从温嘉树手中接过行李，俯身过去用自己的脸颊碰了碰温嘉树的脸颊，这是西方的礼仪。

“我什么时候让您失望过？”温嘉树挑眉笑了笑，“我听秦久说，贝弗利公司已经在考虑签我了！”

“你应得的。”布鲁斯拍了拍温嘉树的肩膀，带她走进了工厂，“你妈妈知道了一定会很高兴。”

温嘉树听到“妈妈”二字的时候心立刻沉了沉，这些年她逢年过节都会回国去探望母亲，但是母亲并不认识她……

从父亲离开她们母女二人那年开始，母亲的精神就开始不正常，每日疯疯癫癫，连自己的亲生女儿都不认识，这些年她的健康状况更是每况愈下，各种精神病的并发症也开始凸显。

“嗯。”温嘉树只是不咸不淡地应了一声，就算打电话说了，她母亲也听不懂……

“对了。”布鲁斯抬手看了一眼手表，“上次我跟你说过有一家中国的香料工业公司要过来考察，还记得吗？”

“记得。”温嘉树颔首，“要我接待是不是？”

“没错。对方是中国上城最有名的香料工业公司，总裁亲自前来，是个年轻人，我想你们应该谈得来。”

“又不是相亲，要谈得来做什么，只要协商谈判不就行了吗？”温嘉树轻笑，“不过我一见生人就胆子小，到时候谈不下来，您别怪我哟。”

布鲁斯没有妻儿，平日里最疼的就是自己这个“侄女”，他笑着摘掉了温嘉树头上的鸭舌帽，帮她整理了一下头发：“我听说纪氏这位总裁长得像电影明星。”

“哦。”温嘉树这些年早已习惯了布鲁斯的疯狂催婚，一有合适的青年，布鲁斯一定会介绍给她。

“明晚在花田里有个晚宴，记得穿漂亮一些，面具就不要戴了。”布鲁斯最担心的还是温嘉树跟人沟通的问题，她只有在面对亲近的人时才敢直视对方。

原因只有寥寥数人知道，她不想说，也不敢说。

温嘉树没有正面回复，但是她知道自己肯定会戴面具出席。凡是公众场合，她一定会戴面具，人潮拥挤时，是她最害怕被注视的时候……

翌日傍晚。

布鲁斯香水工厂后的大片花田被改造成了一个偌大的花园酒店，平日里供游客参观和住宿，但今天只为一个人而开放，这个人便是纪氏香料工业公司的总裁。

温嘉树没有穿布鲁斯送来的礼服，而是穿了纯棉的女士衬衫、牛仔裤加平底鞋，外面套了一件驼色的长款呢大衣，显得清爽又干净。临去花田前，她还顺手捞上了面具。

傍晚的格拉斯有些凉意，冬日的花田也已经没了春夏的茂盛浓郁。天边夕阳西沉，余晖洒在花田里，将整片花田照成了暖融融的色调，昏黄的日光把气氛烘托得浪漫而优雅，温嘉树的心情也变得轻松了起来。

她穿过冬日里稀疏的花丛，走到了花园酒店门口。格拉斯人口不多，人潮涌动的情况也只有每年五月旅游旺季的时候才会出现，但此时此刻花园酒店门口却挤了很多人，大多是一些名流绅士。上流社会钟爱香水，而格拉斯又是世界香水之都，布鲁斯宴请的必然都是显贵的人。

而这一切都是为了那位中国香料工业公司的总裁，看来这个人分量很重。

温嘉树平日跟谁的交情都很淡，不喜欢攀附别人，更不喜欢主动跟人搭讪，所以她对这位总裁也并没有什么兴趣，她只需要做好叔叔交代的事情就可以全身而退了。

她在人群中找布鲁斯，找了一圈也没找到，拿出手机准备打电话问问，手臂却被猛地一撞，“砰”的一声，手机硬生生地摔在了地上，发出笨重的响声。

温嘉树正要蹲下去捡手机，俯身时却看到一双皮鞋不轻不重地踩在了她的手机上……

温嘉树蒙了半晌，看到来人将皮鞋从手机上挪开，她才从地上将手机捡了起来，起身时来人刚好走近了一些，温嘉树闻到了熟悉的味道……

她对气味的捕捉向来敏锐，男人身上的须后水味道并不浓郁，甚至是清冽的，但是她立刻就能够闻到，并且在脑中迅速地回想到了这个味道的归属者。

是在里兹酒店遇到的那个“流氓”！

温嘉树一抬头，就对视上了一双如墨般的深邃眸子，果然是他！怎么又是他？！

温嘉树已经不是很怕跟他面对面，况且此时戴着面具，面具也增强了她的心理安全感。

她知道，他肯定也会认出她。就凭着前天晚上在酒店对视的那几分钟，他就在飞机上认出了她，此时此刻她戴着跟在里兹酒店时同样的面具，他怎么可能认不出来？

冤家路窄，温嘉树的脑中蹦出了这四个字。

邢时正在通话，一不小心撞到了一个戴着面具的女人，他恍惚以为这是化妆舞会。但他还是很快跟这个奇怪的女人道歉，用的是标准的法语：“对不起小姐，你的手机没事吧？”

温嘉树将目光从“流氓”身上挪开，看向自己的手机。她反复按着键盘，却没有半点反应，手机像是冬眠了一样。

“大概……坏了。”温嘉树用标准的中文扔了一句话。

“中国人？”邢时吃惊的同时，觉得这个声音怎么……这么耳熟？

温嘉树没有理会邢时，而是看着纪南承：“你的助理把我的手机撞坏了，而你，在我的手机上踩了一脚。”

“邢时，钱。”纪南承只是冷冷淡淡地看了温嘉树一眼，转身走向花田中心的宴场。

温嘉树还来不及消化他的话，邢时已经快速地拿出几张欧元递到了温嘉树的手里：“应该够了。抱歉了，身上没有带人民币。”

温嘉树看着手中攥着的一沓钱，才反应过来“流氓”刚才说的话是什么意思，她冷嗤了一声，素唇勾了勾，快步跟上已阔步走远的男人。

他人高腿长，她根本跟不上他，只能小跑着跑到了他面前。

温嘉树跑了一段路，有些气喘，耳根也染了红晕，同身后斜斜的暖红夕阳融在了一起。她的头发简单地盘起，露出了修长白皙的脖颈，发丝因为跑步掉下来了几缕，配着小巧的鹅蛋脸，又秀雅又好看。

温嘉树将钱塞了回去：“又给我钱，故技重施？”

她故意用了“故技重施”四个字来反讽他。

纪南承的耐心并不佳，大抵也是不想在她身上浪费时间：“同一个套路用第一次是聪明，第二次是天真，第三次，是蠢。”

最后一个蠢字，得到了加重的待遇。

·第二章·

出其东门，有女如云

温嘉树从来没有被别人用“蠢”这个字来形容过，她觉得既无奈又可笑，这个人的出现真是坏人心情！

“你是怎么进来的？谁邀请你的？”温嘉树很想知道是谁邀请了这个自大的家伙来参加今天的晚宴。

布鲁斯交友一向慎重，不至于交上这样的朋友。

他高冷矜贵，好像永远高高在上不沾染世俗，但是他连续塞了两次钱给她，让她觉得此人浑身都是铜臭味。

纪南承单手扣了一下西装的纽扣，腾出另一只手略烦躁地扯了扯领带。温嘉树从开始在里兹酒店时连看他一眼都不敢，到飞机上怼他，再到现在的伶牙俐齿。小小年纪，面孔倒是挺多的。

“你的手机就值这点儿钱。”纪南承口气不善，落入温嘉树耳中，让她秀气的眉心紧皱成了一团。

眼前的男人无论是气场还是五官轮廓都是顶好的，但是说出的话却让人格外不舒服。

他一副“你再不知足就一分钱都没有”的表情，让温嘉树十分想将钱甩到他脸上。

“我没想让你赔钱，只是你踩到了我的手机，总该道歉吧？”温嘉树只是想要一句道歉而已，没想到这个人的骄傲自大远远超出了她的想象。

纪南承眼睛微眯，眼底透露出来的不悦显而易见。

邢时不断地有电话打进来，纪氏那边有繁重的事情时时刻刻需要纪南承处理，而上城纪家那边，纪远恭又时不时打电话来催问进展，极其不信任纪南承。邢时挂断电话，想给自家老板一个台阶下：“小姐，是我弄坏了你的手机，我道歉，对不起。”

“你呢？”温嘉树并不是针对助理，她不是存心刁难人的人，只是这个人三番五次地误会她，她心有不甘，想为自己讨个说法，被人误会成为了钱什么都做的人的滋味并不好受。

邢时知道纪南承的脾气，这个女人再说下去只会“点火”，就在他想要进行调和时，听到女人又问了一次：“不知道是谁邀请了这么没有礼貌的人？”

温嘉树真的觉得男人无礼，从里兹酒店误以为她是那种人，到飞机上误会她故技重施，再到这里以为她贪财骗钱，他怕是有被碰瓷妄想症？好像满脸写着：所有人都想讹我。

“纪总。”温嘉树的话刚刚落地不过几秒，身后便传来了布鲁斯的声音，他说一口流利的中文口气，熟络客套，“欢迎欢迎。”

纪……总？

温嘉树杵在原地，布鲁斯是一个恃才傲物的人，他除了是世界顶级的“鼻子”之外，更是一个商人。他足够精明，并不是对人人都如此热络。能够在今天的晚宴上被布鲁斯邀请已经是贵宾，而能够让他话语里都透着客套甚至是奉承的，不是一般人……

难道这个人，真的是布鲁斯请来的？

“布鲁斯先生。”纪南承的口气没有半分的客套，中规中矩的几个字，像是在同人谈判时的口气，而不是一个赴宴的客人该有的口气。

就连跟布鲁斯说话时，他口气里都夹着高高在上的味道，像是那种出生时就有万千光芒照射着、真正意义上含着金汤匙出生的人，永远不需要放低自己的姿态，用骄傲这个词来形容他再适合不过。

“多丽丝，这位是纪氏香料工业集团的总裁，纪南承先生。”布鲁斯直截了当地给了温嘉树当头一棒。

“流氓”，这就是她要接待的客户？

温嘉树在纪南承的眼中看不到半点儿震惊，甚至连基本的惊讶都没有。他波澜不惊的黑色深眸已经从她身上挪开视线，看向了布鲁斯。

他难道不觉得尴尬？

在飞机上，他当着她的面批判了多丽丝的香评，现在得知她就是多丽丝后，为什么他连半点儿羞愧之情都没有表现出来？

温嘉树心里一时局促不安。

“纪总，这是我侄女多丽丝·温，是我最有天赋的学生。”布鲁斯无形之间已经在纪南承面前给她加足了分量，“这段时间巴黎的贝弗利公司正在考虑签她。您是知道的，贝弗利公司的门槛一向很高。”

布鲁斯继续在她身上加着砝码。要是在陌生人面前，温嘉树可能会觉得骄傲自豪，毕竟这些荣誉都是实打实的，也是值得她炫耀的。但是在纪南承面前，她却觉得自己被这些砝码压得有些喘不过气来。

他的气场重重地压制着她，加上之前的那些事情，让她莫名觉得有些丢人。

“看来你们刚才已经认识了？”布鲁斯多精明，感觉到两人的气氛不对，立刻打圆场，“那正好，我原本也是想让多丽丝来接待您的。多丽丝，跟纪总打个招呼。”

温嘉树脸上写满了不情愿，为什么偏偏是他？天底下这么多阳关大道，为什么她总是跟他在独木桥上狭路相逢？

“温嘉树。”她抬手，介绍了自己，她没有说自己的法文名，而是说了中文名。

她知道纪南承看不起多丽丝·温，起码，看不起她的香评……

“幸会。”纪南承也抬手。然而准备礼节性地握手时，温嘉树只是用指尖轻轻地碰了碰纪南承修长的手指，虽是礼貌，但这个举动非常冷漠。

他傲慢，她当然对他有偏见。

侍者从旁经过，布鲁斯拿过两杯香槟，递给了纪南承和邢时。晚风惬意，一旁的宴场上人头攒动，倒是这里有一番清静。

温嘉树的心半点儿都静不下来，她总觉得太过巧合，心绪难平时，她听到布鲁斯开门见山地说："纪总，您也知道我们格拉斯近年来花田大量减少，温室培养的鲜花毕竟比不上应季的鲜花。我很信任纪氏工业的香料，如果这次您来能把我们之间的合作定下来，那就再好不过了。"

布鲁斯十分恳切，话里的意思非常明显。温嘉树在一旁静静地听着，心里却不由得怀疑，纪氏工业有这么厉害吗？

她以前怎么没有听说过？

"我还没有考察过贵公司的生产和运作模式。"纪南承的态度依旧，并没有因为布鲁斯的热情而变得热情。

温嘉树听出来了，他的意思是他还要考虑一下。

布鲁斯似乎也有些尴尬，讪笑道："好，明天就让我侄女陪您一起参观一下我们的香水博物馆，待会儿可以先参观一下我们的温室花房。"

温嘉树听到提到了自己，就知道在劫难逃。原本她不喜欢跟陌生人接触，但是她现在倒是宁愿跟真正的陌生人接触，而不是跟纪南承……

"纪总，您看如何？"布鲁斯添了一句。

"却之不恭。"纪南承淡淡地回答。

"多丽丝，带纪先生去温室花房转转，介绍一下我们公司。"

"好。"温嘉树没有别的选择。

邢时没有跟着他们一起去温室花房，两人行让温嘉树更加觉得尴尬和局促。

她打开温室花房的门，一路引导着纪南承走向花房深处。花房内一年四季恒温，舒适暖和的温度让温嘉树觉得浑身暖融融的，她脱掉了身上厚重的大衣挎在了手臂上，身上只穿了一件单薄的纯棉白衬衫。温室花房内散逸出迷人的香味，香子兰的味道尤其浓郁，好像浑身上下都浸泡在了满是花瓣的浴缸里，惬意又温柔。

“你就是这么做向导的？”冷不丁地，身后传来纪南承冷冰冰的质疑声，口气不佳。

温嘉树停住脚步，在一片火红的玫瑰丛中转过身来看向他，面具仍旧掩着脸庞。

“我想纪先生应该不会想听我这种贪财爱财的女人给你做解说吧？”她揶揄的口吻，带着针尖般的锋芒，像是玫瑰茎上的刺。

“我不会把私人恩怨带到工作上。”他单手抄在西裤口袋里，长身玉立地站在她对面，让她哑然。

“我们之间的私人恩怨倒是真的不少。”温嘉树转过身时剜了他一眼，但是他一定看不到，“我们公司主要生产香水、香薰和香皂。我们有专门的鲜花种植师傅，也有顶尖的调香师，更有专业闻香师，每一道工序我们都是严谨专业的。”

“你说的话，我在百度百科上就可以查到。”温嘉树听到身后的男人停住了脚步，似是没有耐心听她讲下去。

一句话，像是一盆冷水，从她的头顶直接浇灌了下来。

哪怕被泼了冷水，温嘉树心底的一团火仍旧烧着，烦躁之余她干脆摘掉了面具，已经跟他对视数次，她也不屑于再戴着面具。

纪南承让她感觉到的是愤怒，而不是害怕。

“纪先生要求真高。”温嘉树摘下面具后，露出了温润的脸庞，她化了淡妆，眉眼细致温柔，白皙的皮肤上没有半点儿瑕疵，像是最舒服的香水，沁人心脾，但她说话依然带着刺。

温室花房里的暖和馨香都没能让两人之间的气氛好起来。

“纪先生是来跟我们谈合作的，不是我们求着您合作。我虽然只是个闻香师，但我也知道一些商场上的道理。合作讲究互惠，如果纪先生只能给我们带来不悦，国内成千上万的香料公司，我们不一定只需要选择您吧？”温嘉树想灭一下他的气焰。

或许是被温室花房里的温暖弄得有些燥热，纪南承脱掉了西装外套。

“是我选择你们，不是你们选择我。”

“嗯？”温嘉树微微皱眉。

纪南承不紧不慢地正了一下西装领带，开口时薄唇的弧度似远峰：“你的老师应该没有告诉你，是他想要跟我合作。为了跟纪氏工业达成合同关系，你的老师似乎还想把你当作礼物送给我。”

温嘉树微微皱了一下眉，没有听明白纪南承的意思，礼物？

温室花房的门忽地被打开，邢时匆匆进来：“纪总，申小姐来了。”

邢时一脸着急，提到申小姐时脸色不大好：“巴黎那边的人……没有看住申小姐。她听说您来了格拉斯，自己买机票过来了。”

申小姐，温嘉树迅速捕捉到了这几个敏感的字眼，她想起今天下飞机后在停车场听到纪南承跟人通话时说的申氏联姻……

这位申小姐，想必就是申氏的千金。纪南承是上城人，而她父亲的申氏制药，就是在上城。

难道……

“南承！”温柔又高调的声音从温室花房门口传来，紧接着是一阵扑面而来的浓郁的香水味，盖过了花房内所有鲜花的清香。

又是Y家的黑鸦片香水的味道，这个声音也极其耳熟，温嘉树的目光穿过纪南承宽厚的肩膀，落在了从温室花房外进来的女人身上。

是在里兹酒店大堂里见过的那个女人……

温嘉树有些呆滞地顿在原地，外人太多，她着急忙慌地想要戴上面具，但是手一抖，烫金面具直接掉在了地上，顿时摔得四分五裂，她连忙俯身去捡，正好借此躲避开来人的目光。

上城，申氏，申家千金……信息如麻，瞬间将她缠绕住，温嘉树仿佛在顷刻间明白了什么。

“趁我睡着不声不响地把我扔在巴黎，自己跑到格拉斯来，算什么？”女人走到了纪南承身侧，恰好就在温嘉树的身边，温嘉树的心脏突突地剧烈跳动着，脑中萌生出来一个想法，紧张和害怕让她不敢抬头，继续佯装捡着地上的面具碎片。

“我来谈生意，你来干什么？”

“这里是香水之都哎！我是女人，我来闻闻香水，看看有没有中意的，给我妈妈也带几瓶回去。”女人的声音比昨天多了几分恋爱中的娇俏感，而纪南承的声音也变得比跟旁人说话时平和了许多。

邢时也觉得头疼，会意地看了一眼自家老板，笑着对女人说道：“申小姐，那我去酒店帮你安排房间。”

“好，谢谢。”女人深吸了一口气，“这里真的好香，好舒服。”

“姜姜，回去休息，我还有事。”纪南承念出了女人的名字，虽然是“逐客令”，但是口气很轻。

蹲在地上的温嘉树猛地听到“姜姜”二字，拿着面具碎片的手忽地在空中停顿住。

她记得申沉再婚后有一个女儿，只比她小两岁，也就是说当年申沉是婚内有了别人，而那个女儿，名字叫申姜……

申沉是中医，这个小女儿的名字便取自中药名申姜，他真是煞费苦心。

温嘉树的心仿佛被一双无形的大掌紧紧攥住，压抑得喘不过气来。她觉得好像有人在跟她开玩笑一样，让她三番五次遇到纪南承，而偏偏，让她恨之入骨的申家，又可能会跟纪南承结姻亲。

温嘉树的头低得很低很低，生怕被申姜看见，虽然申姜并不认识她，但心里的怯懦还是让她不敢抬头。

然而此时，她放在大衣口袋里的手机忽然响了。

铃声在安静的温室花房内显得格外刺耳，这才提醒了申姜原来身旁还有一个人在。

“她是谁啊？”申姜仰头问纪南承。

温嘉树没有听到纪南承是怎么回答申姜的，也无心去听，因为电话是上城医院打来的，她的母亲温致萍，就住在上城医院。

“喂。”医院打来的，肯定没好事，温嘉树紧张地攥紧了手机。

“您好，请问是温致萍患者的家属吗？”

“我是，我是她女儿。”她声音很轻很轻，生怕被人听见，因为紧张，她一直在战栗。

“患者发生了突发性休克，正在抢救，家属最好马上过来。”

一瞬间，温嘉树有一种天崩地裂的感觉：“抢救……好，我，我马上过来。”

她立刻挂断电话，起身时，因为久蹲，腿上一阵酥麻，她以为下一秒就要跌倒时，一只有力的手掌紧握住了她的手臂。

幸好这力道钳制住了她，否则她肯定会重重地摔在温室花房的地板上，而且温室花房不是平坦的水泥地，一跤摔下去肯定会擦伤。

温嘉树虽不喜欢眼前这个骄傲到让她觉得不舒服的男人，但他帮了她，基本的礼貌她还是有的。

“谢谢。”温嘉树的道谢匆忙而短促，她快速地起身，绕过他们匆匆跑出了温室花房。

纪南承的目光停留在温嘉树的白色背影上，刚才她通话时焦急的声音旁人都能听到，申姜亦然。

申姜也看了一眼温嘉树快步疾跑的模样：“她家人在抢救吧？”

“邢时，带申小姐去休息。”纪南承没回答申姜的话，而是拿出手机拨了邢时的电话。邢时已经帮申姜安排好房间，在温室花房门口守着了，一接到电话他就推开温室花房的门走了进来。

“是。”邢时颔首，走到申姜身旁：“申小姐，纪总还有事，您先去休息。”

申姜掀了掀眼皮看着纪南承：“他总是有事，也不见得什么时候有空陪我。”

酸溜溜的话，藏着女孩子难抑的心思。

虽然纪南承并未理她，申姜也不无理取闹，喃喃道：“你在格拉斯要待多久？”

“不一定。”

“你谈生意都没时间限制的吗？你们纪家一个个虎视眈眈着你这个总裁的位置，多离开一天就会多一分危险，谁知道付之微趁你不在时会捣什么鬼……”申姜兀自说着，她从小得宠，养成了一身的大小姐脾气，在人前端庄得体，在纪南承面前却骄纵得厉害。

邢时在纪南承身边那么多年，早就学会了察言观色，一听到申姜这样说，便有了一套正中对方下怀的说辞：“申小姐放心，纪氏不会有差池。您也应该休息了，我听说格拉斯这边的女人看起来特别年轻，一来是终身鲜花为伴心情愉悦；二来是早睡早起。您入乡随俗，要不要也早点儿睡？”

纪南承看了一眼邢时，这家伙胡诌的本事也不知道从哪儿学的，如今竟然已经到了信手拈来的地步。

申姜一听，立刻紧张地看着邢时：“真的吗？”

“当然。”邢时胡诌都不带脸红的。

“刚才那个女人看起来好像是挺年轻漂亮的，皮肤也好。不过她是中国人，是常年住在格拉斯吧？”

“嗯，她是法国唯一的亚裔闻香师。”邢时见申姜对温嘉树感兴趣，便多说了一句，“中文名叫温嘉树。”

申姜闻言，脸色突变，原本因为温室花房内温暖的气温变得红润的脸庞，立刻变得煞白，她精致的脸上蒙上了一层荫翳，像是薄雾笼罩了生气，顿时死气沉沉。

“怎么了，申小姐？”邢时关切地问。

申姜回神，兴味寡淡地扯了扯嘴角：“没什么。走吧。”她看了一眼纪南承：“南承，晚安。”

“晚安。”纪南承的口气算不上冷淡但也不热络，申姜的脸上有明显的不适，但他没问。

纪远恭同申沉交好，早年就定下了他跟申姜的婚约，纪远恭试图用他这个不受自己喜欢的儿子来牢固他跟申沉所谓的过命交情，实则不过是想要同申家强强联手罢了。

花房外夜色朦胧，天空被点点星光点缀着。格拉斯气候适宜，环境没有被大肆地破坏过，天空满是繁星，抬头便是一片星光，晚风徐徐吹过，像是要将这片低沉的星光吹到人的眼前一般惬意。

纪南承出了温室花房，稍许的温差反倒很舒适，目之所及大概三米开外的地方，女人正蹲在地上低声抽泣。

她声音微颤，气息带着哽咽："星空，我妈病危，在你们医院……对，上城医院，你先帮我照看一下可以吗？我坐凌晨的飞机回国，到上城要十一个小时，等我赶到肯定来不及。嗯……麻烦了。"女人娇小的背影蹲在地上缩成了一团，话至哽咽处脊背抽了几下。

她起身吸了吸鼻子，感觉到身后有人注视便回过头，猛地对上了男人的双眼。

纪南承站在那里，臂弯上随意地搭着西装外套，并没有因为听到了不该听的东西而表露出半点儿羞愧的意思。

"纪先生也是中国人，难道没有听过儒家所说的'非礼勿听'吗？"温嘉树原本就情绪不佳，见纪南承在身后"偷听"她说话，恼怒的情绪立刻腾地冒了出来。

纪南承神色如常地走近了她半步："在机场的停车场，温小姐恐怕也忘记了'非礼勿听'这个道理。"

一句话，堵住了温嘉树原本想怼他的所有话。

满腔的恼怒被她强制地压了下去，耳根也瞬间被染得通红，像是滴血的猪肝。

她以为在机场停车场他没有注意到她在听，但那一次她真的是无意的。她不敢反驳，他好像总有话能呛住她。

温嘉树吸了吸通红的鼻子，刚才同在上城的朋友通话时她的眼泪浸润了眼眶，那种无助感像是坠入了深海的野草，飘零又孤单，永远找不到扎根之壤。

她这副样子自然也被纪南承看在眼里。

温嘉树想回家收拾行李回国，在与纪南承擦肩而过时却收到了一句她意想不到的话：“有什么需要我帮忙的？”

“私事，不用。”温嘉树回答得很快，一是她不相信纪南承的好心；二是她不想随随便便欠人情，况且纪南承跟布鲁斯还有生意上的往来，万一她这边欠了人情，纪南承一扭头让布鲁斯在商场上还人情，她该如何？

“上城医院是一家私立医院，纪氏是投资方。”纪南承并不掩饰自己刚才偷听的行为。

温嘉树听到他的话后脚步顿停。

她回头，杏眸微湿，睫毛上沾着几滴眼泪。她逆着月光而立，花田里的灯光洒落在她脸上，柔和了她脸上的弧度和表情。

在上城医院里躺着的是她唯一的亲人，温嘉树即使再怎么不喜欢纪南承，此时也不得不停下脚步。

“为什么帮我？”在此之前，温嘉树要问清楚，无功不受禄，天上掉馅饼的美事怎么也轮不到她。

“举手之劳。”

纪南承口中说的举手之劳并不能让温嘉树信服，他怎会是这种好人，闲来无事来帮她？

温嘉树也顾不得这么多，医生应该公平对待病人没错，但如果有熟人在医院，对病人的照料总是会更加多一些，况且……温嘉树希望能够让更好的医生抢救母亲，或许救回来的概率能大一些。

想到这里，温嘉树也顾不得羞愧，她放了一个前提给纪南承：“这是我的私事，跟布鲁斯无关。”

“就这么怕我讹你？”纪南承看出了她的不信任。

又被说中了心底所思，温嘉树耳根的红晕染到了脖颈上，红晕又渐渐爬上了两颊。她羞愧又窘迫，她本就不喜欢被人注视，此刻又被说中心事，脸上的表情越发复杂，但她也没有掩饰自己的担忧：“无奸不商，这可说不准。”

“我还不至于龌龊到去讹一个女孩子。”纪南承这句话让温嘉树稍微安心了一些，像他们这种有头有脸的人物，应该也不屑于骗她这种小人物。

如此一想，温嘉树心里的防备放下了不少。

“我母亲在上城医院住了好多年了，她因精神病并发症入院，得了脊髓炎和肾病，现在肾病最糟糕，上城医院有没有比较好的肾脏科医生？”

纪南承没有直接回答温嘉树的问题，而是沉默了很久。

温嘉树见纪南承不说话，顿时心生怯意：“如果觉得为难就算了。”

“手机。”

“嗯？”温嘉树疑惑，不明白他的意思，看到他伸手才明白他是要她拿手机出来。

“屏幕被你踩碎了，只能接电话……”温嘉树诚实地答道。

纪南承脸上不动声色，从西装口袋里取出了一支钢笔：“手。”

温嘉树条件反射地伸出自己的手放到了纪南承面前，她本是掌背朝上，纪南承伸手捏住她的手，皮肤接触的地方传来酥酥麻麻的感觉，温嘉树的手不由得瑟缩了一下。

没等她挣脱，纪南承便将她的手反扣了回来，掌心朝上。

纪南承打开笔帽，左手握着钢笔在她掌心写下了一串手机号码。

钢笔的笔尖尖锐，但纪南承下笔的力道不重，坚硬的笔尖挠得温嘉树手心里痒痒的，她努力克制着不让自己缩手，静静等着他写完。

掌心上传来的奇怪触感让温嘉树浑身的鸡皮疙瘩都起来了，等到墨水晾干，她听到纪南承说：“我的电话号码。到了上城联系我，我会帮你联系主治医生。”

“多……多谢。”温嘉树对他有不少的偏见，说出这个“谢”字莫名觉得尴尬异常。她没有多逗留，回家收拾了行李，在去机场之前买了一个新手机。

飞行十一个小时，温嘉树只睡了两个小时左右便惊醒，之后全程几乎处于无眠状态。因为长途飞行，长期处于封闭的空间之内，她从头到脚都是干燥的。

温嘉树一下飞机就联系了她在上城的朋友星空，一开口嗓子都是干哑的："喂，星空，我下飞机了，在去上城医院的路上。辛苦了，等我赶到后你就赶紧回家休息吧。"

飞机上有 Wi-Fi，温嘉树已经得知母亲脱离了生命危险，心也稍微放宽了一些。但是母亲的肾病仍迫在眉睫，如果不及时治疗，随时都会有生命危险。

她想到了纪南承。温嘉树低头看了一眼自己掌心里用黑色墨水写着的手机号码，心微沉。字迹已经微微晕开，但她记忆力不错，十一位数字早已熟记于心。

"嗯，没事，我等你来。"星空的声音听上去也很疲乏。

温嘉树挂断电话后立刻打车去了上城医院。

一进医院，一股浓郁的福尔马林味扑面而来，温嘉树对气味极其敏感，没忍住，打了几个喷嚏。都说久居鲍鱼之肆不闻其臭，然而对于专业的闻香师来说，哪怕待再久都能够闻到空气里防腐剂的味道，恶心又让人头晕。

她很快在病房门口看到了星空。

星空今年才二十二岁，是医科大还没毕业的学生，在上城医院实习了一年。温嘉树认识他是因为秦久。这两年，她是看着星空跟秦久这段姐弟恋过来的。

"嘉树，你妈在里面睡觉，目前的情况还算稳定。"星空说话间打了一个哈欠。

"嗯。"温嘉树看着星空的黑眼圈，"昨天一晚上没睡吧？"

"不敢睡。"星空苦笑着摸了摸后脑勺。他就是个大男孩，脸上还带着未走出校园的青涩感，高高的个子，白皙的皮肤，是大学里最受女生欢迎的长相。

温嘉树强扯出了一点儿笑意：“改天我请你吃饭。”

“我们之间不用来这一套。”星空笑着拍了拍温嘉树的肩膀，温嘉树比他足足矮了一个头，“等回了法国，帮我多去看看秦久就行了。”

“没问题。”温嘉树莞尔，“你快回家睡觉去吧。”

“嗯。”星空走了几步又忽然折了回来，“对了，我哥马上回国了，要不要介绍你们认识一下？”

温嘉树给了他一记白眼：“一，我住在法国，不在国内；二，我不想跟秦久做妯娌。”

“是秦久安排的。过几天等阿姨的病情稳定点儿了，去见见，就当给我个面子。”

温嘉树深吸一口气，她的确该卖给星空一个面子，昨晚陪夜的人情，她是该还：“那就只是见见，啊？”

“啊！”星空朝着温嘉树打了个响指，激动地走了。

温嘉树摇头笑了笑，走进病房。

独立病房内，空气流通顺畅，灯光昏暗却温馨。温致萍在这里已经足足住了八年，住院费用一直是布鲁斯在提供，温嘉树给布鲁斯打工“卖”自己的鼻子，布鲁斯给温致萍支付医疗费，这个天平的平衡从未被打破过。

温嘉树拉过一张椅子在床边坐下，病床上的女人静静地躺在那里，骨瘦如柴。

她握起温致萍瘦削到青筋凸起的手放到自己脸颊旁轻轻地靠着：“妈，没事了。”

温嘉树低声地说着，声音很轻，生怕惊扰到了温致萍。

思绪几乎是在一瞬间转移到了在格拉斯的温室花房内遇到的那个女人身上，申姜……申沉续弦后生下的万般娇宠的小女儿。

在格拉斯，温嘉树是第一次见到她。

之前只听人说过，申沉视这个独生女为掌上明珠，将毕生所学都教给了她，她也是一名中医。

世人只知道申沉宠爱独生女，却不知道他还有一个女儿十几岁便在法国飘零，只身一人，无依无靠。

温嘉树有多恨申沉，她自己很清楚，每晚午夜梦魇，她都会梦到自己这位亲生父亲。如果不是申沉，当初温致萍也不会发疯，更不会落得如今的地步。

当年，温致萍也是一等一的美人，出自书香门第，受过良好的教育，却嫁了这么一个负心汉。

温致萍大概是听到了房间里的动静，迷迷糊糊地睁开了眼。

“妈，你醒了？”温嘉树触及有关申沉的记忆，眼眶不自禁地湿润了，见温致萍醒来，连忙擦拭了一下眼角，强挤出了一个笑容，“有没有哪里不舒服？要不要叫医生过来？”

温致萍常年卧病在床，形容枯槁，一双眼睛空洞无神，每一寸目光都是麻木的。她不说话，只是静静地看着温嘉树。

“妈，怎么了？我是嘉树，您不认识我了？”温致萍的记忆力严重衰退，健忘是常事，温嘉树见她摸不着头脑的样子也不着急，耐着性子看着她。

“嘉树……我的小嘉树去哪儿了？”温致萍突然抓住了温嘉树的手臂。

“妈，我就是嘉树啊。”温致萍的指甲很长，抓得她生疼，温嘉树忍不住皱眉，平日里照看母亲的护工一定没有定期给她做身体清洁。

“你不是……你把我的小嘉树还给我，还给我！”温致萍骤然坐了起来，长长的指甲一下子嵌入了温嘉树的皮肤，疼得她龇牙。

温嘉树用尽浑身力气抽出一只手按了床上的呼叫铃，二人僵持良久，医生才循声而来。

“镇定剂。”医生接过护士手中的针管，药水随着针管打入了温致萍的皮肤深处，同她的血液融合在一起后，药水很快起作用，麻痹了她的大脑神经，让她在最短时间内迅速地冷静了下来，原本她紧紧抓住温嘉树的手也滑落了下来，垂在病床上。

“病人家属，出来说话吧。”医生看了一眼温嘉树的手臂。

病房外，医生先是查看了一下她手臂上的伤口：“待会儿去外科处理一下吧，抓得不浅。”

“嗯，谢谢。”温嘉树下意识地垂首，不跟医生对视，为了保持礼貌，她看着医生别在胸前的几支笔。

“温致萍是你的……”

“母亲。”

“你母亲的精神状况暂时撇开不谈，她的脊髓炎已经严重影响了她的视神经，她的视力在减退，最严重的是她的肾脏……”医生如是说道。

温嘉树点了点头，想到了手心里的那一串号码，她对医生开口：“麻烦稍等我几分钟。”

她走到一旁拨了纪南承的电话。

那边几乎是立刻接通，纪南承的热心让温嘉树有些惶恐，这个世界上没有无端的热心和无端的冷落。

“喂。”清冷的声线经由无线电波传递到了温嘉树的耳中，她微微紧张，求人的话很难说出口，何况是求一个算是陌生人的人。

“纪先生，是我，温嘉树。”温嘉树紧张的口气很明显。

“嗯。”对方依旧高冷，和温嘉树之前见到的那几次一样，并没有因为要帮她而多说一个字。

温嘉树鼓起了勇气，也铆足了厚脸皮的劲儿，说：“我到上城医院了。”

“去找你母亲的主治医生，就说你是我的朋友。”纪南承那边很安静，此时格拉斯是深夜。

他立刻接通，难道是在等她的电话？

温嘉树不敢这么猜，他们之间不过几面之缘，而且都是不愉快的经历，他不可能这样做。

“朋友”二字，也重到让温嘉树觉得难以承受。

“哦。”温嘉树兴味寡淡地回了一个字。

“你告诉他，你要找肾内科主任纪今秋。”纪南承又添了一句。

温嘉树听着这个名字便知道是纪家人，也没再多问。

“好，麻烦了。”多余的话她也没多说，口头上的道谢是她目前唯一能做的。正准备挂断电话，她听到那边传来他助理的声音。

“纪总，登机了。”

登机？纪南承要离开格拉斯？温嘉树敏锐地捕捉到这层含义，心惊肉跳了一下。

布鲁斯的合作难道已经谈妥了？温嘉树人是回到上城了，但她心底仍担心着格拉斯那边的合作，这毕竟是布鲁斯交给她的事情。

“有什么事情就找纪今秋，她会帮你。”纪南承最后这句话，分量更重。

温嘉树还没来得及回应，电话就被挂断了。

她收了手机放进包里，快步走到医生面前，戴着鸭舌帽的脑袋仍低垂着：“医生，能麻烦您帮我联系一下肾内科主任纪今秋医生吗？我是纪南承的朋友。”

主治医生和护士闻言后面面相觑，不过主治医生很快展露了笑颜：“纪总的朋友？可以可以，纪主任在办公室，我带您过去。”

“好，麻烦了。”温嘉树的余光看到女护士看她的眼神里带了一丝耐人寻味，像是在刻意地打量着她。

她没在意，跟着医生去了纪今秋的办公室。

肾内科主任办公室在另一幢楼，他们走了大概五分钟才到，医生帮温嘉树推开了门。

“纪主任，这位病人家属是纪总的朋友。”医生一进门便开门见山，生怕纪今秋不搭理他们。

温嘉树见到纪今秋，立刻明白了主治医生为什么如此开门见山。

纪今秋三十出头的年纪，剪着不到肩膀的短发，恰到好处地微卷着，衬得她精致的脸庞越发娇小紧致。身上没有多余的装饰物点缀，只戴着一块价值不菲的手表。浑然天成的名媛气质和女强人气场，使得白大褂穿在她身上并不是很和谐，这样漂亮的女人不适合穿白大褂。

“知道。温小姐？”纪今秋看上去很忙，正在翻阅病历，主治医生和护士都很识趣地离开了。

温嘉树听到了护士离开时低声的细碎言语：“想不到在我们医院住了这么久的女疯子，竟然这么有来头！”

“嘘。”有人制止道。

他们交谈的声音的确很轻微，但是温嘉树的五官灵敏度比旁人要高很多，不仅仅是嗅觉，听觉亦是，这是天赋。

纪今秋一直没有抬头，精神集中在病历上。温嘉树站在她面前颇为尴尬，什么都不能做，只能静静地等着纪今秋开口。

温嘉树站得腿有些泛酸了才听到纪今秋轻描淡写地说了一句：“你跟我弟弟是怎么认识的？”

温嘉树愣了两秒，才反应过来她口中的“弟弟”指的是纪南承。

她跟纪南承的关系本就没有到很熟的地步，忽地被人这般问，她一时有些无言。

她当然不会说跟纪南承是在巴黎的酒店认识的，这个说法歧义太多，干脆说了最正当的一个理由：“纪先生来格拉斯谈生意，我负责接待他。”

温嘉树将他们之间的关系在无形之中定义成了“客户关系”，她希望纪今秋也能够明白。听纪今秋的口气，似是有些不善，好像在质疑她跟纪南承的关系。

也是，纪家矜贵的公子，难免会被不少“豺狼虎豹”视为盘中餐。纪今秋大概是在防着她吧。

温嘉树说完，纪今秋才抬起头看了她一眼。温嘉树几乎是在同一秒里躲开了她的眼神，还习惯性地压低了一下鸭舌帽，她怕被注视，更害怕这样突然间的注视。

纪今秋见她逃避目光，面露一些不快。

在人际交往的礼仪中，逃避别人的目光终究是一件不礼貌的事情。

“南承不喜欢多管闲事。”纪今秋的话表明了自己的立场：她不相信温嘉树说的话。

别说是纪今秋了，温嘉树也想知道，纪南承为什么要帮她？

温嘉树的目光仍躲藏在鸭舌帽下，不发一言。她轻微的社交障碍在此时被放大了不少，尤其纪今秋虽说了没几句话，但都咄咄逼人得令她心惊肉跳。

“我可以帮你，但是话说在前头，我们纪家不欢迎你。”纪今秋的话直白又刺耳。

纪家？纪今秋该不会以为她想攀附纪南承嫁入纪家吧？温嘉树敛了敛脸色，并不在意，这种误会听上去很可笑，她对纪南承没有半分兴趣。

纪家人，果然都莫名其妙。

“纪主任，您放心，我对纪先生不敢有肖想。”温嘉树在言语里刻意贬低自己抬高了纪南承，毕竟是她有求于他和他的家人。

纪今秋放下手中的钢笔，喝了一口水，抿唇道：“很抱歉一见面就对你说这些，但是我弟弟身边想要逾矩的女人不少，我很不放心。”

温嘉树点头，表示理解。

纪南承那样好的相貌和卓尔不群的气质，的确会吸引不少女人。

“纪先生各方面都优秀。”温嘉树顺道又夸了一句纪南承。

纪今秋示意温嘉树坐，她落座后听到纪今秋又说道：“他已经有婚约了，我不希望他胡来。”

这句话一出口温嘉树便知道，纪今秋还是不放心她这个冒昧的来客，这话是特意说给她听的。

温嘉树点点头：“嗯，听说了，纪先生的未婚妻是申氏制药的独生女，我见过一次，品貌都很好。”温嘉树再次挑了纪今秋爱听的话说。

而事实上，她心里已是百般不适，纪家人怕是都有被碰瓷妄想症吧？

纪南承前几次如此，纪今秋这次也一样，这种病还是可以遗传的？

纪今秋总算满意地对她点了点头："南承昨晚就给我打过电话了。你母亲的病历我已经看过了，根治的方法是换肾，现在只能排队等肾源。这段时间我会尽力帮你母亲治疗，药也用上了，你不用担心。"

"多谢。"

温嘉树从纪今秋的办公室出来，心底依然略忐忑，纪今秋十分年轻，她不是特别信任。她立刻拿出手机给星空打了电话，说了这件事后，星空在那边惊呼："靠，你请到纪主任给阿姨看病了？"

"怎么？"

"纪今秋啊，她很少看门诊，一般人请不到她。她本科跟我念的是一个大学，现在学校还流传着她的学霸事迹。后来去了海德堡大学医学院，海德堡大学一直想留她，但是留不住，谁让她是纪家的女儿，自己家有投资的医院，何必留在国外？"星空停顿了一下又继续说，"不过我听说她不是纪先生亲生的，是领养的。"

温嘉树对纪家的事情根本不感兴趣，想一带而过时，听到星空又问："对了，你怎么请到她的？"

"她弟弟纪南承介绍的。"温嘉树轻描淡写地回道。

星空愣了半晌："纪南承？"

"有问题？"

星空从小生活在上城，撇开医学生的皮囊，他堂堂星家的小公子哥儿，也是个典型的二世祖，上城大大小小的八卦他都清楚。

"纪南承的亲妈潘语蓉，跟申沉续娶的妻子，也就是你的后妈陆渝媛，是闺密。"

温嘉树的呼吸有一刹那的沉重。

星空诧异于她的不知道："潘语蓉早年受过陆渝媛不少恩惠，当初纪南承作为一个私生子流落在外，也是你后妈出的主意，把他强行塞进纪家。可以说，纪南承有今天，你后妈有一半的功劳。"

·第三章·

山有扶苏，一见如故

温嘉树给星空打电话纯粹是想了解一下纪今秋的医学水平，却不曾料想问出了这样的答案。

陆渝媛早些年跟申沉便认识了，申沉若不是为了她，也不至于一意孤行同温致萍离婚，抛弃妻子重新组建家庭。温嘉树一想到陆渝媛这个名字，脸色就忍不住沉下去。

她受了纪南承的恩惠，拿人手短，知道纪南承亲生母亲跟她后妈的关系后，温嘉树心底突生一些异样感，仿佛心脏被人紧紧地攥着，浑身使不上力。

尤其是星空那一句“纪南承有今天，你后妈有一半的功劳”。

难怪陆渝媛和申沉要将自己的女儿嫁给纪南承，一切都是算计好的。

温嘉树只见过陆渝媛一次，是在申沉离开她们母女时，陆渝媛以上位者的姿态来探望她们，温致萍的精神就是从那时开始崩溃的。

温嘉树冷嗤：“陆渝媛还真把自己当馆陶公主，盼女嫁人中龙凤了？”

汉时汉景帝当政，其姐馆陶公主为了延续自己的荣华富贵，在女儿年幼时便将赌注押在了当时并不受宠的十皇子刘彻身上，馆陶公主一步步帮刘彻上位，并让其同自己的女儿定下娃娃亲。

陆渝媛所走的，不过就是馆陶公主走过的路。

这么一想，温嘉树便想到了申姜，那个看一眼便知道是在家里被宠着长大的女生。从第一眼见到她开始，温嘉树便知道她们不是同一类人。

星空也知道温嘉树的家事，之前秦久没少跟他提起。

“这个纪南承跟我哥认识，我以前见过几次，高傲得很，感觉挺难相处。”

的确高傲，这一点温嘉树十分认同。

想想在法国遇到纪南承的那几次，她都被他怼得体无完肤。然而现在联系上纪今秋是因为他，温嘉树再怎么因为别的事情不喜欢他，也不能表现得过分明显了。

“纪南承不会是喜欢你吧？”星空开玩笑地说道，“他这种目中无人的公子哥儿，一般很少会帮人。”

“想多了。”温嘉树兴味寡淡。

申姜都追到格拉斯去了，况且在巴黎那晚他们同处一个房间，想必相处得很融洽，纪南承又怎么可能会看上她？

一个是籍籍无名的女人，一个是中药世家的千金，若是让她选，她也知道孰轻孰重。

“当心点儿，纪南承这个人挺危险的，能在纪家这么复杂的大环境下立足上位，证明他有点儿本事，跟他打交道要多加小心。”星空突然认真地提醒着温嘉树。

“嗯。”

两天后。

温致萍的病情已经稳定了一些，但精神仍有些不清不楚，到现在也没能认出温嘉树来。

温嘉树辞退了以前的护工，打算寻找更尽责一些的，过几天她就要回格拉斯，必须找一个能更加细致地照顾温致萍的护工，否则她也不放心走。

她在医院病房里住了整整三晚，已经变得蓬头垢面的，因为不敢离开温致萍太久，她每晚在洗手间洗漱时都是急匆匆的，根本来不及洗头。想着反正在医院也见不到熟人，最多就是同纪今秋每天打个照面，纪今秋在医院里什么样的病人家属没见过，她也就没有在意。

温嘉树趁着温致萍还在熟睡，打算去洗手间快速洗个头。

她刚刚从行李箱拿出带的浴巾和洗发露，还没直起身来，病房门就被敲响，纪今秋的声音从门口传来。

“昨晚病人小便情况怎么样？”纪今秋的声音同她这个人一模一样，清冷的调子，似总带着一点儿骄傲感。

温嘉树忍不住想，是不是纪家人都是如此？

纪今秋的声音大概已经吵醒了温致萍，她今天注定又洗不了头发了，于是俯身将浴巾和洗发露放回了行李箱，一边合上行李箱一边回答：“昨晚上了一次，早上还没有。”

“有没有尿血？”

温嘉树听到，除了纪今秋，还有男人的脚步声。

“没有。”合上了行李箱，温嘉树才转过身，“昨晚睡前脚有些肿，去洗手间时走不了路……”

温嘉树的话说到一半时，蓦地对上了一双清冷的漆黑眼眸，她紧张地张了张嘴，站在原地，一时间有些无措。

纪南承？他怎么来了？

纪南承今天穿了便装，黑色的大衣，黑色的休闲裤，一身黑显得浑身气场越发冰凉，不容人亲近。

他也看着她，目光停留在她的脸上。

温嘉树立刻低下了头，一方面是因为不喜欢跟人注视；另一方面是因为自己蓬头垢面还顶着一张素脸，她不好意思抬头看他。

被不怎么熟悉的人看到了刚刚起床后最丑的样子，说不尴尬那是假的。

“温小姐？”纪今秋忽然叫了一声。

温嘉树缓过神来看向纪今秋，目光只停留在她的下巴上。

她看人从来不看眼，只会盯着对方脸上的某一处看，这样既不会尴尬，也不会失礼。

“嗯？”

“你母亲除了脚肿之外，身体其他部位有没有觉得疼的地方？”纪今秋瞥了一眼纪南承，眼神里带着冷冷的疑惑，又看了一眼温嘉树，这个女人永远不会看她的眼睛，古古怪怪的。

如果不是纪南承开口，纪今秋是不会随便接诊的。

更何况，温嘉树的态度并没有很好，说话的口气也很平淡，并不像其他病人家属一样热络殷切。

“没有。”

“嗯，一会儿记得存小便送去化验。”纪今秋交代。

“嗯。”

温嘉树不温不火的态度让纪今秋很不喜欢，明明是求人之人，却没有表现出半点儿求人的姿态。

“南承，等我五分钟，我换件衣服就去吃饭。”纪今秋一句话交代了纪南承为什么会来医院。

就在温嘉树松了一口气时，却听到纪南承说：“迟些去，我有话跟我朋友说。”

纪今秋的目光在温嘉树身上停留了几秒，眼神淡淡的：“妈陪着奶奶在早茶店等我们，你知道奶奶的脾气，这种风口浪尖上你还是敛着点儿脾气，不要惹了她。”

纪今秋的后半句“不要惹了她”意味深长。

温嘉树不傻，能听得出几分意味，纪今秋是在提醒纪南承不要跟除了申姜以外的女人扯上关系。

她真不明白，纪今秋怎么会认准了她对纪南承有肖想？

纪南承没说话，纪今秋也不好再多说，转身出了病房。

病房的门被关上，温嘉树回头看到温致萍又闭上了眼睛。刚才她醒来竟然也没吵闹，现在又睡着了。

现在的状况相当于独处，温嘉树舔舔嘴唇，有些紧张，仍旧没有看纪南承的眼睛："纪先生，这次我妈的事情，多谢了，有空我请你吃饭。"

最后那句话，是中国人惯用的客套说法，跟空话没什么区别。温嘉树也并非认真地说出这句话，她并不想跟纪南承有除去工作之外的交集，哪怕是吃饭，也不想跟他单独吃。

"嗯。"纪南承并不打算拒绝这份谢意，本来就不算是朋友，平白无故地帮了她，一声"谢谢"他受得起。

纪南承走近了半步，温嘉树连忙后退了半步，她倏地仰头，又对视上了他的双眼，目光被他的眼睛紧紧吸住。

"你们闻香师，不是都喜欢好闻的味道？"纪南承忽然开口，声音低沉浑厚。

"嗯？"温嘉树不解，又 后退了半步，跟他保持着礼貌的距离。

温嘉树躲开了他的眼神，目光落在他的肩膀上，如此才觉得舒服了一些。

"头发几天没洗了？"他说得不直白，但极其讽刺。

温嘉树尴尬地摸了一把油腻腻的头发，的确是很脏了："没时间洗。"

纪南承的讽刺让她觉得很丢人，羞耻感让她的脸变得通红，他的确是帮了她没错，但他还是嘴欠得要命，跟第一次见面时没什么两样。

温嘉树心生厌烦："纪先生还有什么事吗？"

逐客令的意思非常明显，温嘉树是半分钟都不想同他多待了。

"不是说要请我吃饭？"

"……"温嘉树一时哑然，感觉自己挖坑把自己埋了，她跟人相处本就不自在，更遑论是在一起吃饭了，一想她便觉得难受。

正当她支支吾吾准备说改天时，纪南承又开口："不乐意？"

温嘉树被他这么一问，原本酝酿好的话又硬生生地咽了回去。如果不请客，她颇有一点儿得了便宜还卖乖的感觉。

毕竟纪南承帮的这个忙不是谁都帮得上的，而一顿饭，是谁都可以请他的。

如此一想，温嘉树更矛盾了。

“没有，只是今天我走不开，我妈这边……”

“我安排护工过来。”

纪南承的话让温嘉树觉得奇怪，一顿饭而已，他又不是没地方吃。

“不是说，要去吃早茶吗？”温嘉树鼓起勇气问道，她再也不想欠别人的人情了，这种滋味太难受。

“一起去？”纪南承的口气冷静如常，然而在温嘉树听来，这句话里藏着的东西太多了，她刚才清楚地听到纪今秋说“妈和奶奶在早茶店等我们”。

他当初莫名其妙地帮她，今天又莫名其妙地来，还莫名其妙地跟她说话，看来都是在一步步给她挖坑，她还傻傻地全都跳了进去，以为他帮她真的是举手之劳。

现在想想，凡是商人，哪能做亏本买卖？

无缘无故地帮她，肯定是有所图谋。

温嘉树不傻，纪南承想干什么，她心里已经猜到了七八分。

“纪先生煞费苦心了。但是你姐姐之前警告过我，纪家不欢迎我。如果纪先生是想拿我当家里人催婚的挡箭牌的话，恕难从命。”

她虽然欠了他的，并不代表他说什么请求她都要答应。

“你怎么知道是催婚？”纪南承反问的同时看了一眼手腕上的腕表。

“纪先生的妈妈和奶奶一起出现，还能是为什么？”做挡箭牌这种事她做不来，“之前在格拉斯温室花房里遇到的那位，是您的未婚妻吧？我不做毁人感情的事。”

之前见纪南承对申姜的态度挺好，现在怎么……难道他不喜欢这个未婚妻？

“跟聪明人说话不累。”纪南承掀了掀薄唇，“半个小时，洗头发够了吗？”

他根本不给温嘉树拒绝的机会，口气里带着浓浓的强势味道。

温嘉树冷嗤了一声：“纪先生，我想我说得很清楚了，我不做这种事。您身边应该不缺女人吧，何必找我？”

她不明白，纪南承从在格拉斯就开始算计她，他觉得她跟别的女人有何不同？

温嘉树从未觉得自己有何不同，她唯一比别人好的，只有嗅觉，但撇开她的工作，她的嗅觉在生活上并不能为她添彩，她不认为这是长处。

“你知不知道，”纪南承把玩着腕表的表带，“布鲁斯把你卖给了我？”

温嘉树几乎是在一瞬间听到了脑中传来的轰隆声……她屏息，没听明白他的意思。她怔怔地盯着他的时候，脑中回想起了在格拉斯他说过同样的话。

“你是布鲁斯跟我交易的筹码。合作谈成了。”

所以他的意思其实是：你也是我的。

纪南承说话不说满，掩藏在他优良品相下的霸道和专制，让温嘉树心生怯意。

“我只需要你陪我吃一顿饭，不需要做别的。”他的意思是：你是安全的。

温嘉树还没有消化掉他刚才说的话，她不相信布鲁斯会做出这种龌龊的事情。

“如果我不呢？”温嘉树也有脾气，她不想跟他一起吃饭，从见第一面开始她就不怎么喜欢他。她有轻微的社交困难，在她看来跟人吃饭是一件很亲密的事情，是亲近之人才可以做的，否则，要多尴尬有多尴尬。

“我随时可以毁约，我不在乎那点儿违约金，但是，布鲁斯应该很在乎这个合作。”纪南承的话里带着一点儿痞痞的味道。

温嘉树听完倒吸了一口冷气，心肝肺里都被渗透了冰凉。

布鲁斯对她来说不仅仅有知遇之恩，还有养育之恩和救命之恩，没有布鲁斯的话，她和温致萍都活不到现在。

她不可能让布鲁斯陷入危机，如果真的是因为她的拒绝让布鲁斯被毁约的话，她将愧对布鲁斯。

“半个小时的洗漱时间，够了吗？”纪南承问她，仿佛是料定了她会同意。

温嘉树咬了咬牙，转身走进了洗手间。

简单的洗漱后，温嘉树化了一个淡妆，毕竟对方是长辈，基本的礼节她还是会做到的。她拿起化妆包里的满堂红香水，在身上喷了一点儿。

虽然平日里跟香水打交道多，但是温嘉树很少在自己身上用香水，就像不是所有的作家都喜欢看小说，不是所有的厨师都是吃货一样，但今天她还是用了这款香水。

她随身都会带上这款满堂红香水，是因为一直在寻找这款香水的缪斯，现在找到了，却发现对方是个流氓奸商，配不上这款香。

出席正规场合，她还是喜欢在身上“穿”一款香水，无奈只带了这一瓶在身边，只能先用着。

还没推开洗手间的门，温嘉树就听到门外传来细碎的说话声。

她微皱眉心，推门出去，看到温致萍已经从床上坐起来了，半靠在床上，笑着看着纪南承。

温致萍的精神看上去比前一天要好一些，但毕竟是病人，脸色还是显得蜡黄，脸庞也有些浮肿。

“我们小嘉树以后就拜托你了。”温致萍的笑意堆在眼角，她浮肿的手正轻轻地拍着纪南承的手背。

温嘉树听到这句话，愣在原地不敢动弹。

“妈。”但她还是很快回神走到病床前。

温致萍看到温嘉树后，笑容更加漾开了一些：“小嘉树你来看妈妈啦？你男朋友比你先到哟。”

温致萍的精神状况已经越来越差。

以前精神状况好的时候，她性格温婉，人人都喜欢她，现在却常常会变得暴躁，而此时此刻，她更是像变成了小孩子一样幼稚，说话的口气软软的，带着稚嫩。

温嘉树瞥了一眼温致萍口中所说的“男朋友”，眉心更加紧皱了三分。

纪南承的脸色并无异常，即使被温致萍抓着手称他是温嘉树的男朋友，他也好像并不介意。

也是，“流氓”嘛，介意什么？他脸皮厚着呢。

温嘉树微微咬了咬唇，对温致萍解释：“妈，他不是我男朋友。”温嘉树将温致萍放在纪南承手背上的手挪开。

然而下一秒，她的手腕就反被温致萍抓住，扣在了纪南承的手背上。

她刚刚洗完手，手心手背都是冰冰凉的，蓦地碰到了纪南承微热的手，下意识地想要缩手，然而温致萍却抓得更紧，甚至抓得她有些疼，力道也未减半分。

两人皮肤相触的地方，温嘉树感觉到了一股灼热感。

纪南承面不改色，淡定地看着她。

温嘉树连忙收回了目光。

“小嘉树，你一定要好好的哟。南承一看就是个好男人，跟你爸不一样。南承，你要好好照顾我的小嘉树好不好？她很可怜的。”

温致萍喃喃地说着，眼眶里蓄满了眼泪。

温嘉树看着这样的母亲，心里不禁犯酸，一下子忘掉了手上的不适感。

前几年温致萍稍微清醒一些时，经常会跟她说，让她要擦亮眼睛找男朋友，不能步她的后尘。温致萍时时刻刻都在担心着她。

“嗯。”纪南承对温致萍似乎并不厌烦。

温嘉树还以为像他这样的人，对于精神病人肯定不会理睬。

处在高处的人，很少有人能够用真正怜悯的目光看待金字塔底端的人。他们或许做公益，但更多意义上只是施舍和嗟叹于别人的可怜，并不是真正的怜悯。

温嘉树还是忍不住用余光看了一眼纪南承，他是因为拿她当了挡箭牌，所以才对她母亲有耐心？

她垂首，低头默默地看着自己被温致萍捏着的手。

从医院出来，纪南承安排好了护工过来，他想得的确很周到，看来是早在之前就谋划好的。

穿过医院的露天停车坪，温嘉树来到一辆黑色的添越前面，刚准备开车门，纪南承已经帮她打开了。

他的绅士风度还真是若有似无啊，有时绅士得很，有时又流氓得让人牙痒痒。

真是古怪。

温嘉树探身坐进了车内，系上安全带后便乏力地倚着椅背，想闭目养神。

她是真的很困，这几天没日没夜地守着温致萍，消耗的精力很多。况且温致萍还不是普通的病人，跟精神病人沟通很困难，是非常考验耐心和精力的一件事情。

她脑袋昏昏沉沉时听到身侧传来纪南承的声音：“你身上有什么味道？”

她稍许一愣，没有看他，而是侧眸看向窗外：“香水味。”

车子慢慢地汇入了车流中，车子的速度并不慢，两边的高楼大厦以肉眼可见的速度倒退着。

纪南承开车跟他的性格一样，快速却又稳健。

“太重了。”

心底的殿堂级男香被“侮辱”了，温嘉树心底微恼，她不悦地回应了一句：“是纪先生不懂得欣赏。”

“我不喜欢女人身上有很重的香水味。”纪南承俊逸的眉心微皱，“也不喜欢我车里有刺鼻的味道。”

“你怎么不干脆说不喜欢我？”

脱口而出的一句话，说出口后温嘉树才发觉，好像有那么一点点暧昧……

覆水难收，温嘉树装作没说，转了话题：“你不是做香料的吗？不喜欢这些味道，怎么做下去？”

“香料只是媒介，我喜欢的是做生意。”

“你直接说你喜欢赚钱不就行了。”何必装得文雅？她也懒得同他介绍自己身上的这款香水。

温嘉树从包里拿出了鸭舌帽，对着车内内置的镜子整理了一下仪容之后戴上。

她害怕跟人相处，哪怕对方只有一个人，都会让她觉得不舒服，更何况是三四个人一起吃饭。鸭舌帽是必需的，哪怕略显不礼貌她也要戴。

她的任务只是单纯地陪纪南承去吃一顿饭而已，其余的不是她该考虑的。

“纪医生呢？”温嘉树想到了纪今秋，刚才不是说好等她换件衣服一起走的吗？

“我让她自己先过去了。”

既然纪南承这样说，温嘉树也就不好再多问。

纪南承的车内没有放歌，放的是财经节目的电台。

温嘉树从来不知道有这种财经节目的电台，更让她吃惊的是，竟然真的会有人听……

纪南承这个人果然比她想象中的还要无聊枯燥。

因为不熟悉，全程两人说的话不过寥寥几句。但温嘉树并不觉得尴尬，她一直想着布鲁斯的事情，等今天的事情结束，她必须要问问布鲁斯。

不久后，车子停在了一家粤式早茶店的门口。

这家粤式早茶店单从装潢看尤其复古，暗色调的装饰，花雕木门，灯笼高悬，整体昏黄的色调，浓重又温馨，俨然是老港派电影里的粤式早茶店。

温嘉树刚想进门，脑袋上的鸭舌帽却忽然被一只手摘下。她惊得想要抢回来，但纪南承已经将其扔给了侍者送去寄存。

“你为什么拿我的帽子？”没了帽子，温嘉树走在人群中相当没有安全感。在这样的公众场合，如果不是怕引来异样的目光，她必然会选择戴面具，帽子已经是她退而求其次的选择。

“不觉得不礼貌？”纪南承简单地反驳了她，然后径直走了进去。

温嘉树慌乱地同纪南承穿过了餐厅中央，走到一个靠窗的位置，她意外竟然并不是包间。

六人桌上，一个品貌端庄的中年女人和一个满头华发的老太太已经端坐在那里，桌上放了很多的食物，但她们都还没有动筷。

老太太的身旁放着一根拐杖，正脸色清冷地看着窗外，看上去年近八旬，但仍是一副精神抖擞的样子。

中年女人则给人明显的女强人之感，一头及肩的头发，精致的妆容和一身修身的职业装，如果不是温嘉树提前知道这是纪南承的母亲的话，她极可能会以为是同纪今秋差不多年岁的人。

温嘉树几乎可以肯定，这不是纪南承的亲生母亲。

纪南承的亲生母亲潘语蓉没有入纪家，一个外室想要入纪家极其困难。纪南承能在纪家立足，已实属不易。

“付姨，奶奶。”纪南承毕恭毕敬地唤了一声。一声付姨，肯定了温嘉树的判断。“坐吧。”付之微淡漠地说了一句，而纪南承的奶奶却一言不发，连眼都未曾看向纪南承。

温嘉树明显感觉到了气氛的诡异，也感觉到了付之微朝她投射过来的异样目光。

平白无故多了一个人出来，任谁都会想一探究竟。

纪南承绅士风度地帮温嘉树拉开了椅子，她正好坐在了付之微对面，瞬间心如擂鼓地紧张了起来。

“小姐，你是？”付之微的这声“小姐”，叫得温嘉树浑身的鸡皮疙瘩都快起来了。

冷漠的口气，高高在上的味道，纪家人果然都一样。

日后谁要是嫁给了纪南承，估计有苦头等着她。

“南承，最近喜欢吃野味了？”没等温嘉树回答，就听到那位老人沉沉地对纪南承开口，明显话里有话。

用“野味”这样的词来形容人，不是礼貌之举，从一个年过花甲的老人口中说出来更是不当。

纪老太太将视线落在温嘉树身上，目光里含着深深的探寻，接着便掠过一丝鄙夷。

若不是欠了纪南承的人情，温嘉树自不会愿意忍受这份不快。

“这是我朋友，温嘉树。”纪南承脱掉黑色大衣挂在椅背上，落座时简单介绍了一下温嘉树。很随意的口气，“朋友”二字却耐人寻味。

对于异性朋友，用“朋友”二字来介绍对方时，多半带着目的。比如此时的纪南承，他虽然一副光明磊落的样子，但温嘉树清楚他心里的算盘。

纪南承的目的就是要家里人误会他们的关系。他就这么不喜欢申姜吗？

温嘉树接受着纪老太太的目光审视，好像连毛孔都被她看遍，浑身不适。没有了鸭舌帽的遮蔽，温嘉树只能用目光的躲避来逃避这种不适感。

“上城人？”纪老太太问，口气里的轻蔑味道很明显。

“嗯。”温嘉树并不想跟老太太说太多话，只想快点儿熬过这顿饭，纪家人对她的印象如何并不是她需要关心的事。

“多大了？”纪老太太的口气冷硬，带着与生俱来的高高在上。真的不是一家人不进一家门，纪老太太说话的方式颇有纪家人的风范，除了骄傲之外，温嘉树想不到其他的词来形容。

“二十六。”

“做什么工作？”纪老太太查户口般的方式让温嘉树颇感不悦。

“闻香师。”

温嘉树在桌下踢了一下纪南承，这是她下意识的动作，并没有经过大脑的仔细思考。

面对这种盘问，她有些不耐烦了，但纪南承没有半点儿要帮她的意思，情急之下她就踢了他一脚。

她来这儿只是为了还他人情，不是来接受盘问的。

“这是什么东西哟？”纪老太太是土生土长的上城本地人，即使年迈，字里行间仍带着吴侬软语的味道，尾缀的一个“哟”字里，藏着揶揄和讽刺，“从来没听说过。现在社会的职业更新换代这么快，我这个老人家都快跟不上时代了。以前都是些正经职业，如今不知道哪儿冒出来一些乱七八糟的职业，听都没听说过。”

纪老太太一张嘴厉害得很，说的话让人没有反驳的余地。

温嘉树也不想跟一个长者计较，只默默听着，低头小口地喝着茶。

这家粤式早茶店的茶，是顶尖的茶叶，入口清洌，回味馥郁，是温嘉树喜欢的味道，但她的心思不在茶叶上，而是在纪南承身上。

“南承，这是你新交的女朋友？”付之微的话直截了当，吓得温嘉树脊背一凉。

温嘉树虽然不知道这顿早茶每个人的目的究竟是什么，但总觉得，她好像上了贼船。

“嗯。”

纪南承的一个“嗯”字，让温嘉树觉得浑身的汗毛竖立，毛孔隐隐扩张，不适感倍增。

她就知道，纪南承让她过来，不会这么简单。若是纪南承所说的话都是真的，布鲁斯真的做了那种事，纪南承让她过来，便也是无可厚非之事了。

来这里所做之事艰险无疑，也难怪纪南承会不遗余力地帮她解决母亲之事。

天上果然没有掉馅饼之事，若是有，也不会砸到她头上来，是她情急之下疏忽了……

付之微眉眼细长，即使保养得当，仔细看还是能看到眼角的细纹，年纪摆在那儿，谁也躲不了。她看人时眉骨微凸，像是在睨人，眼神里带着的清冷孤傲一览无余。尤其是看温嘉树时，异常清冷，温嘉树哪怕只是沾到她一点点的目光，都感觉浑身不适。

“那姜姜怎么办？”付之微问得很直接，问出了纪老太太心里的疑惑。但纪老太太仍端着架子，并不想与人多言。

“我跟申姜只是朋友。”纪南承的话毫无疑问是将温嘉树往深渊里推。

温嘉树没有生活在上城，平日里跟纪家人打交道的机会并不多，然而现在温致萍的命还在纪今秋的手中，以纪今秋在医院的态度而言，她跟纪家人势必站在同一条战线之上。她可以得罪别人，却不敢得罪救命之人。

纪老太太传来一声冷哼：“哼，朋友，所以你就把人家一个人扔在了格拉斯？姜姜是申家的独苗儿，是多少人宠着长大的。她千里迢迢跑去法国找你，你倒好，把她扔在了人生地不熟的地方。如果不是姜姜打电话告诉我，你还想一声不吭？”

付之微将目光从温嘉树身上移开，落在纪南承脸上，顺着纪老太太的话说道：“南承，这事要是被申家人知道了，是丢我们纪家的面子。”

“她在追到法国之前就应该知道，我没空陪她玩这个游戏。”纪南承的口气比温嘉树想象中的还要冷漠几分。

他对这段联姻的排斥已经摆在了明面上，温嘉树觉得自己这个外人无意中听到了这些很尴尬……她跟纪南承认识不过数天，却听到了他这么多私事，知道得多，并不是一件好事。

纪老太太板着一张脸，付之微往她面前的碗里夹了一只虾饺：“妈，吃点儿东西吧。”

“吃不下，气得没胃口。”纪老太太皱纹横生的脸始终紧紧绷着，不露半点儿笑颜。

温嘉树喝了一口茶，目光看向窗外的街景。

早茶店位于上城的老城区，从二楼的临窗位上眺望，老城区的路上依旧车水马龙，汽车穿梭在老式的海派建筑之间，道路两旁的建筑物都老旧不堪，蒙上了岁月的层层荫翳，平添了一些厚重感。温嘉树看着窗外的同时，余光注意到一道人影晃过，是姗姗来迟的纪今秋。

她转过头，跟纪今秋礼貌性地点了点头。纪今秋不知道她也会来，看到温嘉树时眼底有一瞬的疑虑，随即看向纪南承。

“你让我自己开车过来，是为了跟她一起来？”

纪南承的态度仍冰冷强硬：“你想跟她坐一辆车来？”

温嘉树觉得，纪南承带她来就是为了把纪家人得罪个遍……

要知道纪家在上城独大，纪家人随便勾勾手动一根小手指头，捏死她就像是捏死蚂蚁一样容易。

无奸不商，说得真没错。

纪今秋在付之微身旁落座：“奶奶，妈妈。”

纪老太太并没有因为自己孙女的到来而有半分愉悦：“你这个长姐是怎么当的？自己弟弟在外面勾搭了不三不四的女人，也不管管？”

纪老太太对纪今秋的不喜欢表露无遗。温嘉树之前就听说过纪今秋是领养的，既是领养又是女儿，在豪门大户自然不会得宠。

纪今秋瞥了一眼纪南承：“他宝贝得这么紧，连未来丈母娘都让我帮忙照顾上了，我怎么好意思说他？”

“未来丈母娘？怎么回事？”纪老太太紧张了一下。

纪今秋脱掉了小西装外套，她的肩膀很窄很瘦，最适合穿这样紧窄腰身的小西装，脱下后是一身雪纺的白色衬衫，不再像是医院里那个穿着白大褂冷着一张脸的女医生，将她的年龄锐减了不少。

纪今秋也就三十的年纪，只是她为人处世经验老到，会让人误以为她年纪不轻。温嘉树第一眼看到付之微时，甚至以为她们母女二人年岁差不多。

纪今秋放下手包，慢条斯理地喝了一口茶："温小姐的母亲住在我们医院。"

"生什么病了？"纪老太太立刻问了一句，"在你科室的话，是肾病？"

纪今秋很不友善地抬了抬眸，没打算给温嘉树面子："精神病引发的并发症。目前肾病比较严重，南承托我照顾一下，所以转到了我的科室。"

"精神病？"纪老太太一听，面色更加不悦，"听说精神病可是会遗传的。南承，我不准你跟这种来历不明的女人接触！要是被人知道你跟这种有家族精神病史的人接触，我们纪家的脸往哪儿放？！"大门大户的人，最讲究的就是面子。

一字一句落入温嘉树的耳中，她感觉自己好像被人硬生生地扇了一巴掌，脸上的温度不自觉地升高。

她不想与人争辩，也不敢与人争辩，她连正眼看他们都觉得艰难，更遑论争论。她快速起身，打算去洗手间，穿过纪南承身旁时她的脚步不自觉地加快了，如果说第一次在巴黎里兹酒店见到纪南承时是觉得他讨厌的话，那么现在，温嘉树对他有了那么一丝厌恶。

从格拉斯到上城，他一直在算计她。

"我去一下洗手间。"温嘉树是对纪南承说的，算是交代。对于纪家老中青这三个女人，温嘉树并不想再跟她们多说话，就凭着纪今秋刚才说的那一番话，她甚至动了让温致萍转院的念头。

温嘉树穿过早茶店内的一桌又一桌，快速地走到了洗手间。

在洗手间一个人冷静了一下后，温嘉树很想直接离开早茶店。但她的包还在餐桌那边……踌躇后，温嘉树还是决定回餐桌，门口却走进了一个人。

"温小姐。"付之微冷着一张脸，她穿着平底单鞋，比温嘉树略矮一些，但身上盛气凌人的气场仍很强，“南承奶奶说话就是这样，比较直接，你不要介意。”

温嘉树心想，你说话才是直接吧？

“纪太太，有什么事吗？”通过纪南承的事情，温嘉树明白了“无事献殷勤，非奸即盗”这个道理，并且深信不疑。所以付之微忽然找她，她便意识到了不对劲。

“不知道你认不认识南承奶奶口中的申姜？”付之微的眉眼里透着精明，即使纪南承那个人精不是付之微所生，温嘉树也觉得他们是一路货色，算计起人来，都见不着血。

“见过一次，申氏制药的千金。”没了鸭舌帽的庇护，温嘉树同人说话时浑身难受，她习惯性地低着头，生怕跟付之微有视线上的碰撞。

“嗯，我不喜欢她。”付之微直白到让温嘉树觉得有些惊讶。

她舔了舔干涩的嘴唇，并不想知道过多关于纪家人的事情，他们喜欢谁与否跟她毫无关系。

就像纪今秋所说，纪家不欢迎她，她也从来没有打过纪家的主意。

“这好像跟我没什么关系。”温嘉树仍保持着礼貌，付之微毕竟年长于她，哪怕不悦，她也不能表现在脸上。

“温小姐，我们做个交易吧。”付之微的脸上没什么笑意，“你母亲看病是不是挺需要钱的？”

温嘉树的眉心微微皱了起来，付之微说话横冲直撞的，听得人很不愉快。

“我不缺钱。”温嘉树直言，“温饱和给我母亲看病还是足够的。”

她没有撒谎，布鲁斯给她的年薪并不低，哪怕离开了布鲁斯，以她的闻香能力，也能轻易地在巴黎那样的香水之都立足，薪资自然也不会低。

付之微摇了摇头：“哪有人会嫌钱多？而且我的请求也并非无理，你是南承的现任女友，我希望你能尽你之力，利用你的魅力，在一个月内嫁给他。你可以跟我开价。”

付之微一副“我容许你坐地起价，你必须答应我”的样子，让温嘉树觉得荒唐。

尤其是她“请求”的内容，简直可笑。

让她在一个月之内嫁给纪南承？疯了吗？

且不说她不喜欢他，现在甚至是讨厌他，她怎么可能平白无故地嫁给一个才认识了几天的男人？

“不好意思，我不感兴趣。”温嘉树抿唇，想到了付之微和纪南承的关系，纪南承是外室所生之子，付之微作为主母，无论如何是容不下纪南承跟别人联姻的。

联姻意味着强强联手，纪南承的力量若是壮大了，哪里还会有付之微的容身之地？她不喜欢申姜，想阻止纪南承跟申姜联姻，其实就是不想让纪南承背后有申家撑腰。

付之微的心思袒露无疑，温嘉树并不想搅豪门里的浑水，也就倦于跟付之微多说。

“温小姐，想嫁进纪家的女人如过江之鲫。南承身边的女人也不少，如果你想嫁给他，只有我可以帮你。”付之微仍气定神闲，仿佛认定了温嘉树有嫁给纪南承的心思，每一句话都自信满满。

“这并不是互需的交易，我跟纪先生也不是要结婚的关系，所以，麻烦纪太太不要因为这件事情再来找我。”温嘉树一字一句都说得认真和真切。

她毕竟受了纪南承的恩惠，无论如何都不能拆他的台。刚才他在纪家人面前说他们是男女朋友的关系，她现在在付之微面前就没办法将话说得太彻底了。

付之微的脸色隐隐生变，温嘉树的话也并不好听。付之微惊讶于这样一个看上去温和软弱的女人，说的话却这么直接果断。

但付之微到底是老姜，她并没有表现出太多的情绪，而是抬手将一张名片递到了温嘉树的面前。

温嘉树垂眸，目光落在设计极其简单的名片上。

“等你什么时候想通了，联系我。”付之微还是肯定的口气，似乎是断定了温嘉树需要她帮忙，“收着吧，你母亲不是还在今秋手下治疗吗？今秋是我的女儿，她的脾气很倔，我相信你会有需要我的时候。”

说完，付之微便直接将名片放到了温嘉树的手中：“好好考虑，但我不希望等太久。”

·第四章·

呦呦鹿鸣，我有嘉宾

付之微潇洒地离开，温嘉树却心乱如麻。付之微的意思再明显不过，如果不答应，她就有本事让纪今秋不再对温致萍进行治疗。理由她也说了，纪今秋是她的女儿。

被人威胁的感觉就如同被人捏住了咽喉，连呼吸都困难，温嘉树闭了闭眼，将名片随意地放在了开衫外套的口袋里。

付之微的交易请求她是无论如何都不会答应的。

她走出洗手间，却看到纪南承已经在对面不远处等她，手里提着她的包。

温嘉树松了一口气，幸好不必再回去了。

“走吧。”纪南承没有将包还给她，而是穿过长廊径直走向门口。

温嘉树跟在他身后，目光不自觉地落在他提着手包的手上。

他的行为绅士，提包的动作也足够娴熟。她立刻想到刚才付之微所说的：纪南承身边的女人不少。

想来是帮不少女人提过包吧？温嘉树盯着纪南承笔挺的背影，脸色微沉，她最不喜欢的就是整天左拥右抱的纨绔子弟，纪南承看上去绅士正经，到头来也不过是个不能免俗的二世祖。

快走到门口时，纪南承忽然停了脚步，温嘉树的思绪乱飘，没有反应过来，一头就撞上了纪南承的后背，鼻子顿时酸痛难耐。

她连忙轻捂了一下鼻子，疼得眼泪差点儿掉下来。

纪南承回头，看到面容扭曲的温嘉树。他的目光直白，她被直勾勾地盯着，鼻子酸痛之余，脸顿时烘热了起来，像是有一团火在她脸边炙烤。

“你忽然停下，是故意的吧？”温嘉树的声音不大。

即使生气，纪南承身上强大的气场也让她不敢多吭声，他身上没来由地带着一股让人觉得害怕的悍匪气，但用这个词来形容他又是不得当的，他身上同时还存在着绅士的精英气质，两相碰撞，竟也不违和。

“你在背后一直盯着我，还不允许我停下来？”纪南承冷冷地说。

温嘉树顿时心虚了，她刚才盯着他时眼神怨愤，他竟然感觉得到？

“快到门口了，把包还给我，我要回医院。”她想就此跟纪南承断了联系，起码近期之内不要再联系了。

如果布鲁斯之后还希望她跟纪南承交涉的话，她也不会拒绝。

纪南承盯着她的头顶，她被看得心里发毛，浑身不舒服，她甚至想好了怼他的话，却被他一句话噎了回来：“你该洗头了。”

“……”温嘉树深呼吸，一股羞耻感油然而生，“我自己会洗，不烦纪先生操心。”

“医院里有护工，你洗漱也会打扰病人，可以去我家洗。”纪南承的口气极其正人君子，没有半点儿流氓气息，但在温嘉树听来还是觉得很奇怪。

“我哪怕去酒店洗，也好过去纪先生你家洗吧？”温嘉树冷冷地道，“纪先生家是开澡堂的吗？随便收人洗澡？”她不敢直视纪南承的眼睛，不对视时，话也说得冷冽了一些。

温嘉树感觉到上方的两道目光尤其不悦，她垂着的头也不抬起来，硬生生地接受着这种目光的洗礼。

蓦地，上方传来了强势的话：“在申姜的事情没有解决之前，你哪里都不能去。”

“你跟你未婚妻的事，与我何干？”温嘉树冷嗤，“纪先生，我认识你不过几天，跟你的未婚妻更是只有一面之缘，别把我拉下水。”她心里越来越慌，这件事情越来越超出她的控制。纪南承一步步给她设局，她因为温致萍的事情心甘情愿地跳了进去，现在想想真是愚蠢。

“别忘了，布鲁斯已经把你卖给了我。”纪南承一字一句说得清晰明了，面色清冷，“如果你想让布鲁斯跟纪氏的合作作废，你可以走。”

威胁的清冷口吻，说得云淡风轻，但一字一句都是压迫，让人头脑清醒。

“你已经是第二次用布鲁斯来威胁我了，纪先生，你一个大男人好意思这样做？”温嘉树额上青筋微凸，所有的情绪都积压在心脏上，她嘴上说得淡定，但内心已然紧张万分。

布鲁斯对于她来说分量很重，她的一切生活所需都是布鲁斯提供的。撇开这个不谈，布鲁斯当初也给过她数不清的恩情，他既是救命恩人，又是恩师，这些砝码加注在一起，压得温嘉树喘不过气来。

她在纪南承面前只是逞一时嘴快而已，她不可能无视布鲁斯的合作，若是真的让她舍布鲁斯于不顾之境，她做不到。

“在商场上，如何利用资源是聪明的行为，我并不以此为耻。”纪南承的话说得没有任何的羞耻感，“好好考虑，如果你现在离开，合作马上终止。”

跟纪南承接触多了之后，温嘉树对“奸商”这两个字有了更加深刻的理解，纪南承绝对是她见过的最流氓的商人。

早茶店门口不算喧闹，但往来的人都会往这边看看发生了什么。

温嘉树跟纪南承并没有起争执，说话的声音也不大，然而两人周身的气场近乎寒冰，哪怕是旁人都能轻易感觉出来气氛的不妙。

温嘉树最受不了别人注视的目光，尤其是这种异样的注视……她的视线一直未曾抬起来，哪怕被人看到了一分一秒都是煎熬。

“布鲁斯原话是怎么说的？”温嘉树咬咬牙，即使知道在早茶店门口说这样的话并不合适，但她还是要问清楚。

即使布鲁斯有恩于她，但追根究底他还是一个商人，商人为了自己的利益，的确有可能做出任何匪夷所思的事情。

“我答应跟他合作，他把你送给我。他知道我不需要纪太太，但他觉得没有男人不缺女伴。你是他用来跟我谈判的筹码，所以，他才会让你带我去温室花房。”纪南承完全是耐着性子在跟她说。

平日里他绝对不会跟别人说这么一长串的解释，听得懂就听，听不懂就没有资格跟他多说。

温嘉树听得浑身发寒，纪南承口中所描述的布鲁斯，不是她所认识的那个将她带去法国学闻香的布鲁斯。

“你身边应该不缺女人，为什么偏偏要选我？”温嘉树不解，精致的五官微微皱在了一起，将脸部原本柔和的线条添了几分凛冽。

“方便。”刚好身边有一个送上门来的，他又何必再自找麻烦找别的？

纪南承轻描淡写的口气让温嘉树极其不快，好像她只是布鲁斯的一件物品，无足轻重，想给谁就给谁，谁方便就要谁。

温嘉树深吸了一口气，一把从纪南承手中夺过了自己的手包，快步朝着早茶店外走去。她走得很快，脑子里一团乱麻，像是有无数海藻、藤蔓爬遍了她的脑袋，将一切思绪都纠缠在了一起，根本理不清。

因为心思烦乱，她走时根本没看到早茶店门口还有一个不怎么高的台阶。

台阶仿照老式的宅门而设，故意做旧的样式，一般餐厅没有，温嘉树在心思烦乱的情况下自然没注意到，她前脚刚刚抬起就一下子跌到了地上，脚踝立刻传来剧痛，她的突然摔倒惊到了周围的人，进门的人纷纷挪开了步子，不敢靠近她。

温嘉树揉着脚踝，幸好摔倒时她巧妙地减少了点冲击力，但瞬间的疼痛依然让她忍不住倒吸一口冷气，没办法做到淡定，原本秀气的眉心拧在了一起。她觉得很丢人，尤其是自己刚才走得那么快，看上去像是潇洒地负气离开，这一脚绊倒，只会显得狼狈。而且纪南承就在她身后……她跌倒的过程，肯定全被他看了去。

一想到这个，温嘉树就想找一个地洞钻进去，不想再起来，而事实上她现在也根本起不来。

脚踝上的疼痛感火辣辣的，炙烤一般的难受，她伸手去碰自己的脚踝，手却立刻被一只大手拿开。

“你手上有细菌，还去碰擦破了皮的地方，想感染？”纪南承的口气非常不善，并没有表达出半点儿关心，淡漠的口吻像是质问。温嘉树原本就有轻微的社交恐惧，跟人相处最怕的就是受到冷遇，哪怕是对她热情的人跟她讲话她都觉得吃力，更何况是对她冷漠之人。

温嘉树浑身瑟瑟，纪南承的手仍捏着她的手，力道不轻。温嘉树想将自己的手抽回来，但使不上力气，皮肤相触的地方升起了灼烧般的温度。

“放手。”温嘉树的情绪全写在了脸上。

下一秒，纪南承将她从地上拽了起来，他的力气太大，她根本没有任何抗拒的余地，还没回过神来便已经被拉了起来。

“考虑好了？”四个字，还是威胁。

温嘉树刚才那股子潇洒劲瞬间消失了，方才因为冲动积蓄的力量也瞬间消失了，她妥协地点了点头：“嗯。”

她在心里不断地告诉自己，只是去洗漱一下而已，没什么大不了的。

她相信纪南承对她一定没什么兴趣，他连申姜这么漂亮的女人都不感兴趣，眼光应该很高吧？

车子驶到了一个位于市中心的高层小区，小区门口写着“溪山御府”几个字，是上城今年新开的楼盘。在上城这样寸土寸金之地开一个新的楼盘，房价自然极高。这里大多是大户型的空中花园，入住的也大多数是在 CBD 工作的精英人士。

这里离 CBD 很近，上下班都很方便。 只是温嘉树不知道，纪南承竟然带她来这里。

虽然她不住在上城，但也知道上城的纪宅是百年老宅，虽也位于市中心，但绝不是在这个新小区里。

难道，他一个人住？

车子驶入小区，穿梭在高耸入云的建筑中，市中心的新造居民楼大多数都建得极高，让人望而生畏，更何况住在里面。

温嘉树一路都没有同纪南承说话，她闭着眼靠在车内小憩，只有闭着眼才能够缓解尴尬。

纪南承也没有要跟她说话的意思。温嘉树心想，他还真是冷漠，对于利用的人，连多说一句话都不愿意。不过正好，她也不想浪费口舌。

几分钟后，车子停在地下车库中，空旷的车库显得阴森冷寂，一打开车门，温嘉树更觉冷得厉害。

脚才刚刚踩到地上，脚踝处依然有点痛，但她当然不会跟纪南承说，只能咬着牙看了一眼从驾驶座下来的男人，兀自跟在他身后。

纪南承的公寓在二十楼，是高耸入云的楼层。电梯直达二十楼，纪南承按了密码后门打开，室内清冷的黑白装修风格一览无余。

还真是跟他本人像极了的装修风格。

温嘉树现在可以断定，这个房子一定只有他一个人住。

或许，偶尔有女人来，但一定不会长期住。那些纨绔的二世祖不都是如此？温嘉树如此想着。

正弓身换鞋，耳边传来纪南承的声音：“客厅电视柜下第一个抽屉里有药，自己上。”命令式的口吻，没有半点儿待客之道。

不过温嘉树也不求他有待客之道，毕竟她也不是他的客人……

她打开鞋柜，里面只有两双男士拖鞋，根本没有女士拖鞋，而纪南承的鞋码比她大太多了。

“你家里没有女士拖鞋？”她问，看到他已经换上拖鞋走向客厅，脱掉了外套。

这个家似乎没有什么生活痕迹，她看到纪南承找电视遥控器都找了好一会儿。

不常在这里住？那又为何要带她来这里？

温嘉树的脑中冒出了很多问题……

是她把他想得太好了，纪南承怎么可能带她回纪宅去？那才是他的家，那里有纪家所有的人，带一个女人回去，岂不是等于告诉纪家人，他承认了她的身份？

今天在纪家那几个女人面前说她是他女朋友，只不过是随口一说，同真正地将她带回家又是两码事。

带来他自己平常不怎么住的公寓，是最合适的。

既能困住她，又方便。

纪南承打开电视机，调到了体育频道，电视里正播放着激烈的足球赛。

“你是想试探地问我，有没有女伴？”讽刺的口吻，像是看穿了她的心事。

温嘉树脑中立刻蹦出了“被碰瓷妄想症”这几个字……纪南承是典型意义上的被碰瓷妄想症，好像时时刻刻都警醒着，担心别人欺他。

“纪先生，您想多了。”温嘉树走到电视前，电视里的哨声、尖叫声不绝于耳，对于此时的温嘉树来说听起来有些烦躁。

她拧眉打开抽屉去找纪南承所说的药。

这个公寓的生活痕迹太弱，温嘉树不禁有些担心这些药有没有过期。

纪南承坐在沙发上准备看球赛，但温嘉树的身体遮住了电视机一小半的屏幕，遮到了他的视线。

他静静地等着她拿好药离开，但她一直弓着身，在抽屉里翻找着。

她今天穿的衣服仍是简单休闲、不算修身的款式，然而她弓身时，牛仔裤还是将她身上姣好的轮廓勾勒了出来。她的身材本就有致，落入他的眼中，让他略微别开了眼。

温嘉树的发丝从鬓角滑落，垂在她细腻白皙的耳畔，她扭头过来对他说：“没找到药。”

纪南承起身，阔步走到她面前，俯身打开抽屉，在医药箱里拿出了一罐药水和一包棉签，递到了温嘉树手中。

温嘉树接过，先放在了茶几上：“洗手间在哪里？”

“左手边第二间。”纪南承的全部注意力都在球赛上。

温嘉树径直走向了洗手间。

开了暖气后，她简单地冲了澡洗了头，公寓里的生活气息虽然很弱，但该有的还是一应俱全。沐浴露和洗发水都是温嘉树喜欢的味道，她已经好几天没有彻底干净地洗漱了，冲了热水澡后感觉浑身轻松了不少。

因为脚擦破了皮，又是在纪南承家里，她没洗漱太久，洗完后便拿了一条未拆封的毛巾擦了身体。她在洗手间内找遍了所有地方都没有找到吹风机，头发湿漉漉的让人难受……

无奈，她只能拉开一条门缝，只露出一双眼睛看向门外：“纪先生，有吹风机吗？”

对于“纪先生”这个前缀，温嘉树用得很不情愿，以纪南承现在的态度，她并不想这么尊敬地称呼他，尊重是互相的，但谁让她求他更多一点儿。

客厅和洗手间只是一墙之隔，但客厅里的电视机声音很大，体育频道原本就喧闹，各色各样的声音杂糅着充斥在空气中，掩盖了温嘉树的声音。

她就躲在门后，只露出一双眼睛，纪南承根本看不到这边的动静，她又试着喊了一声，仍没有半点儿回应。她没办法，只能将浴巾紧紧裹在身上，为防走光外面又套了一件外套，赤着脚走向客厅。

从进门开始她就没有拖鞋可穿，现在也只能赤脚走过去。

她赤脚踩在光可鉴人的大理石地板上，脚底沁凉，洗手间内有暖气吹着，哪怕是脚踩在地上也暖融融的，一走出来，浑身都凉了。

纪南承抬头，看到一道忽然出现的人影时显然震惊了一下。

而且温嘉树的装扮……尤其奇怪，头发像湿漉漉的海草一样贴在脸颊上，纯素颜的一张脸白皙通透。她并不是典型意义上的“冷白皮”，但在客厅的白炽灯照射下，她面部的肌肤更加白皙了几分。

“你家有吹风机吗？”温嘉树也觉得不自在。

“嗯。”纪南承起身，进主卧的洗手间拿了吹风机，出来递到她手中后，目光停留在她的脚上。

脚是人身上特别隐私的部位，被人看的感觉特别不舒服，温嘉树的脚不自觉地挪了挪，接过吹风机便立刻扭头快速地钻进了洗手间，连一声“谢谢”都没说。

等头发快吹干时，她听到客厅的电视节目声音轻了不少，好像还有大门开合的声音，她以为纪南承出门了，头发没完全吹干就关了吹风机去了客厅。

总不能让她一个人待在他家吧？

然而洗手间的门一打开，温嘉树便杵在了原地，茫然地看着眼前多出的一个人……

温嘉树见过这个人，是纪南承的助理邢时。

邢时手里拿着一个纸袋，见到温嘉树裹着浴巾从洗手间出来时，也惊呆了。

温嘉树的头发还没有全干，有几缕发丝黏在脸上，形容狼狈。

四目相对，两人都没反应过来，直到温嘉树看到了一旁仍坐在沙发上的纪南承才反应过来。

“邢时。”纪南承冷冷地扔了两个字过去，邢时立刻将目光挪开了。

纪南承说话时颇有一点儿不快的味道，起身盯着邢时：“你在看什么？”

邢时的目光瞬间凛了起来，转过了身去。

温嘉树的脸顷刻间红了起来，她以为纪南承出门了，公寓里没人，索性直接裹了浴巾便出来了，谁承想纪南承不仅在，邢时也在……

纪南承从沙发上捞起自己刚才脱下的外套，递到了温嘉树面前：“穿上。”

温嘉树连忙接过，以最快的速度穿上了。

纪南承的外套很长，遮住了她的小腿，只隐隐露出纤细的脚踝。

在穿的时候她便闻到了他大衣上残留的须后水的味道，味道并不浓郁，但她对气味过分敏感，拿到大衣时便闻到了。整体是木质香，木质香绅士优雅，而一丝广藿香的味道横冲直撞地出来，占据了主导位置，强势逼人，匪气十足。

绅士又霸道，很显然这是很有品位的一款须后水，出奇地适合纪南承。

他挑香的本事倒是一流。

温嘉树对于有品位的人很有好感，哪怕这个人是让她认为是“流氓无赖”的纪南承。

最怕流氓有品位。

她身材本就娇小，穿上他的大衣后更像是整个人蜷在了衣服中。她静静地看着纪南承，看到他走到邢时面前，从他手中拿过了纸袋递到她面前：“里面是女士拖鞋，换上，感冒了对你我都没好处。”

哪怕纪南承说的是关心的话，口气都让人觉得僵硬。

温嘉树当然不至于自恋地觉得他口是心非，她感冒了，对他来说的确是半点儿好处都没有。现在她是他的利用对象，出任何差池都会打乱他的计划，他当然不会让她生病。

温嘉树接过纸袋，拿出了拖鞋换上，粉色的女士棉拖，穿上后脚底松软舒适，她看着邢时还被迫背对着自己，心底有些愧疚。

“邢助，麻烦了。”

邢时应该是来送拖鞋的，赶过来本就是麻烦他了，还让他被责罚，温嘉树有些过意不去。

“没事。”邢时尴尬地笑了笑。

“走吧。”纪南承又扔了两个字给邢时。

邢时察觉到了纪南承的不悦，他甚至怀疑自家总裁是不是真的对这个女人动了心思。

以他在纪南承身边多年的经验来说，纪南承对女人的挑剔不亚于在商场上对产品的挑剔。而他跟这位温小姐见了不过寥寥几面，一次是在飞机上，一次是在格拉斯的宴会上，两次他也都在，两个人的火药味都挺重的，尤其是温小姐，态度很不善。

原来纪总喜欢的是这种类型？

“你在想什么，还不走？”纪南承见邢时迟迟不离开，口气里的不快味道更加明显。

邢时回过神来，眼神飘忽了一下，也不敢转过身去，余光看着纪南承：“喀……纪总，还有一件事。半年前我们同沉香匣这个品牌谈的香水项目，对方的负责人今天打电话过来说，香水新品已经调制出来了，希望我们公司的人跟他们公司对接考察一下。没什么问题的话，这款香水就要上市了。”

邢时觉得既然来了，就把工作上的事情也汇报了，省得回去再打电话给纪南承。

“找个时间跟对方碰个面就可以，这种事情还需要告诉我？”

邢时觉得自己今天好像踩到纪南承的尾巴了，难道是因为他刚才无意间看到了温小姐出浴的样子？

不至于吧……

邢时尴尬万分，平时纪南承并非是这个样子的，但他还是必须硬着头皮继续说下去：“公司销售部的意思是，希望能聘请一位专业的闻香师，否则以我们普通人的鼻子，肯定闻不出什么名堂。”

“你难道不知道，全世界大概只有三百名闻香师，并且多半是法国人？在这么短的时间内，去哪里找？”纪南承一字一句说得尤其冷凛，温嘉树作为外人听着都觉得胆寒。

纪南承凶起来的样子，看着让人挺害怕的。温嘉树回想了一下跟纪南承前几次打交道时自己“凶神恶煞”的样子，不禁有些后怕……

“既然合同已经签了半年，为什么之前不去找专业的闻香师？”纪南承的口气颇为咄咄逼人。

邢时不敢吭声，自家老板的性格他最清楚，越是跟他抬杠，他的火就越消不下去。

“抱歉，纪总。”邢时主动认错，侧过身，看了一眼温嘉树的方向，“但是……温小姐就是专业的闻香师，不知道温小姐有没有兴趣帮忙？”

邢时将这块烫手山芋抛到了温嘉树这边，她在听到“闻香师”时，便意识到这两人中其中一人肯定会想到她身上来……

毕竟，的确像纪南承所说的，世界上仅有三百名左右的闻香师，而大多数闻香师都是法国人，亚裔闻香师少之又少，在国内的更是凤毛麟角，任谁都会想到她身上来。

温嘉树抬眸，悄无声息地对上了纪南承的双眸，气氛顿时更加窘迫了一些。

她知道自己肯定要帮纪南承这个忙，这个忙和申姜那个忙属于同样的性质，纪南承依旧可以拿布鲁斯的合作来威胁她。

她偏偏躲不掉，必须要受威胁……

被威胁的滋味可不好受，与其被压倒性地威胁，不如自己主动接盘，还漂亮一些，起码能显得自己有点儿风度。

“我在上城还会逗留一周左右，是什么时间？”温嘉树淡淡地问道，她的唇色很浅，素颜时几乎没有血色，更显得清凉冷淡。

说的话也没含着什么温度，语调松松垮垮的。

邢时连忙开口：“明晚如何？我去跟对方说……”

“今晚。”纪南承开口打断了邢时的话。

原本邢时说“明晚”已经觉得很不好意思了，毕竟是请人帮忙，时间压得太紧迫了会让人觉得不舒服，没想到自家老板直接说了今晚……

温嘉树不惊不怪，纪南承手里有她的把柄，自然不会对她客气。

她点了点头：“嗯。”

温嘉树转身去洗手间吹干了头发，等她出来时，邢时已经离开了。

客厅的沙发上放着一条女士连衣裙。

深蓝色的露肩款式，很显白的一个颜色，少量蕾丝给裙子添了一点“仙”味儿。

温嘉树穿着自己刚才的那一套衣服，目光只在这条连衣裙上停留了几秒钟的时间：“纪先生，我已经连续帮你两次了，虽然说事不过三，但两次也已经够多了，所以，下一次我不会再帮忙。下周我就要离开上城了，等我回到格拉斯，布鲁斯跟你的事情，就由布鲁斯跟你解决。”

温嘉树很明确地表明了自己的态度。

纪南承给自己倒了一杯水，漆黑的眸子看着她：“事不过三的‘三’是个虚数，指的是多次的意思，不是你口中说的三次。”纪南承转了一下水杯，握着水杯的手指骨节修长分明，眸光里讽刺的味道很明显，“没学过中文？”

“抱歉，我很小就去了法国。”她认栽，她的确不知道“三”字的具体意思，很多中国古代的文化她都了解得不深。

纪南承放下了水杯，杯底触碰到茶几的玻璃发出清脆的响声，公寓里空寂安静，一点点声响都会被放大，甚至有那么一点点的回声。

纪南承直起身，单手抄兜：“今晚你要接触到的一款香水，是国内的国产品牌沉香匣的第三款香水，主打的就是中国古典文化。你能行？”

纪南承用简单的一句话质疑了她。

温嘉树微愠：“纪先生是在质疑我的闻香水平？”

凡是人，一旦自己引以为傲的专业领域被不信任时，都会有不快之感。温嘉树也如是。

“只是提个醒，别出洋相，这是我们公司第一次和国内的香水品牌合作。”纪南承强调了这件事的重要性，也强调了对她的不放心，这让温嘉树尤其不悦。

“左手边第一个房间，是你的卧室。”纪南承忽然转开话题，从沙发上拿起了那条裙子，“晚饭前换上，四点半出发，我不喜欢办事拖拉的人。”

过分强势的口吻，无端给人施加着压力。

“我答应来这里洗漱，没答应要住在这里。”

“放心，我不住这里。”纪南承的一句话，让她心安了一些……也是，这里大概只是他临时落脚的一个地方而已，他应该也不屑于跟她一起在这里住一周的时间。

温嘉树接过裙子，咬咬牙答应了，她知道申姜的事情没解决之前，他势必会让她必须在他的视线范围内活动，反抗也不会有效果。“刚才我的话，你还没回答我。”她指的是帮了他申姜的事和闻香的事之后，他们就“一别两宽”，谁也不欠谁。

“等你什么时候完成了这两件事，才有资格跟我谈判。”

“……”算他狠。

傍晚。

温嘉树收拾了一下形容，换上了那条连衣裙，在客厅里等着纪南承。

纪南承从衣帽间出来，换了一身黑色的挺括西装。他穿西装的样子比穿休闲服时更严肃，周身都是上位者的气场，稳重、成熟。

他的身材比例尤其好，是最适合穿西装的身材，剪裁得体的西装穿在他身上很是服帖，每一寸剪裁都恰到好处，将他的气质也衬得妥帖。也只有这样的男人，才配得上满堂红那样的香水……

“闻香学校没有男人？”纪南承忽然冒出一句话，温嘉树将正在打量他的目光立刻收了回来。

“嗯？”

“温小姐目不转睛地盯着我看的样子，让我觉得你从小没见过男人。”纪南承极度自恋地扔了一句话给她，然后走向玄关处。

温嘉树顿觉可笑至极，也往玄关走，顺口胡诌：“在法国，女士一直盯着一位男士看，并不代表她对这位男士感兴趣，而是代表她觉得这位男士很古怪。”

纪南承换上皮鞋，回头看她：“我一年去法国的次数无法计算，少用唬三岁孩子的手段唬我。别忘了，我是做香料出口的，法国的香水公司有八成都是我的客户。我跟法国人打过的交道，并不比你少。”

他一字一句说得清清楚楚，让人无法反驳。

温嘉树的耳根逐渐爬上了热气，她说不过他，干脆闭嘴不言。

这也让她长了一个教训，商人是靠脑子和嘴吃饭的，而她是靠鼻子吃饭的，鼻子比不过嘴。

滨海酒店。

今晚温嘉树是作为纪氏“聘请”的闻香师陪同出席的，并非是纪南承的女伴，所以进酒店的包厢时，两人之间保持着适当的距离，不近不远，不亲昵也不生疏，像极了共事之人。

侍者帮他们推开了包厢的门，包厢很大，就连门都是巨大的，侍者推开时很费力。

门一推开，一张足以容纳三十人的圆桌映入眼帘。温嘉树瞬间紧张了，有这么多人？

她以为，只是跟对方公司的一两个人碰个面、闻一下香就可以了，但看这个架势，不像是这么简单的事情……

进门前，她忍不住看了一眼身旁的纪南承，小声道：“怎么这么多人？”

“有问题？”纪南承停住了脚步，没有立刻进去。

温嘉树有些恼：“你明知道我……我有轻微的社交恐惧症，我怕面对人，尤其是这么多人。”

“你怎么不怕我？”纪南承反问，语速很快。

温嘉树心里咯噔了一下，他这个问题莫名地有些暧昧的味道，她别开眼：“见过好几次的人，自然不会怕了……”她有些心虚，她面对纪南承时，的确敢直视他的眼睛，但有些人，哪怕见了无数次，她还是不敢直视，于是她随便找了一个听起来很合适的理由搪塞了他。

“不用怕，你就坐在我身边。”纪南承这句话很沉稳，无端地让人觉得身心安定。温嘉树是特别没有安全感的人，却被纪南承这句话抚平了心绪，像是有一双无形的温暖的手，轻轻地托住她躁动不安的心脏，温柔且有力量。

她莫名其妙地点了点头，跟着他走了进去。

包厢里面已经有五六个人候着了，是对方公司的总裁和对接人员。

“纪总，您好您好，真没想到今晚就可以跟您见面。距离上一次见面，都有半年了吧？”对方公司的总裁在气势上明显低一档，在这个合作里，他明显处于弱势。

纪南承只平淡地回了一句：“你好。”

温嘉树一直不敢看对方，目光礼貌地停留在对方的衣襟上，然而对方很快就将注意力转移到了她身上。

“这位是纪总的女朋友吗？哈哈，纪总眼光就是好啊，这男才女貌的，站在一块儿真般配啊，什么时候可以让我们喝喜酒？哈哈哈……”商场上都喜欢来虚与委蛇的那一套，对方总裁也只是敷衍地客套而已。

但温嘉树怎么听怎么尴尬，她跟纪南承看上去般配的话，这天底下大概就没有不配他的人了。

她暗自翻了一个白眼，想着纪南承会解释，也就不多说话了，避免与人对视。

然而，纪南承并没有否认，而是向对方介绍：“温嘉树。”

简单明了的三个字，算是肯定了对方说的话。

温嘉树茫然地瞪了他一眼，她很确定纪南承看到了，但他没有理会她，仍跟对方寒暄。

温嘉树浅浅地吸了一口气，也不说话，不断地在心里告诉自己要冷静、要冷静。

过了一会儿，她随着纪南承一道落座，纪南承说的话她一句都插不上，只好端着茶杯兀自喝水。

“纪总，我们这款香水，您要不要看一看、闻一闻？”对方的对接人拿着香水瓶递到了纪南承面前，温嘉树只是瞥了一眼，本想快速收回自己的目光，纪南承却转过头来对上了她的目光。

“怎么说？”纪南承问她。

“在这里不行。”温嘉树说得果断，“这边已经上菜了，菜肴的气味会掩盖住香水本身的味道，会影响我的嗅觉。等吃完饭吧。”

“嗯。”纪南承看向对方，“先吃饭。”

“温小姐莫非是……闻香师？”对方听到温嘉树的话，有些愕然。

“嗯。”温嘉树的回答依旧淡漠。

“没想到能看到亚裔的闻香师，难得啊。”对方都是行内人，对闻香师这个职业也略知一二，“温小姐是哪个闻香学校毕业的？”

“凡尔赛闻香学校。”温嘉树实在不想跟人多交谈，不知道是不是因为有熟人在，她的情绪尚算安稳，也能够自如地回答对方的问题。

对方总裁会意地颔首，对纪南承笑着说道：“纪总，我们公司正缺专业的闻香师，不知道您女朋友有没有空闲的时间，来做我们公司的闻香顾问？”

“她很忙。”纪南承直接替温嘉树做了主，对方向她抛出的橄榄枝被他半路拦下了。

其实温嘉树很想跟国内的香水公司合作几次，如纪南承所说的，她对中国古典文化了解得太少，而现在国外很多的香水公司都将目光瞄准了中国市场，多跟国内的香水公司合作，对她有好处。

但纪南承直接就帮她拒绝了……

温嘉树在桌底轻轻地踢了踢纪南承的鞋子，她的高跟鞋鞋跟不低，也是纪南承帮她准备的，她都不知道他是从哪里得来的新裙子和高跟鞋。

纪南承面不改色地看了她一眼，眼底没有任何羞愧的意思。

对方尴尬地笑了一下：“纪总是不舍得了吧，哈哈。果然是宠女朋友啊，哈哈哈哈。”

温嘉树心想，不舍得？纪南承的确是不舍得，她这个现成的闻香师资源，他怎么可能舍得让给别人利用？

气氛慢慢地热闹了起来，温嘉树浑身僵冷地坐着，心里有些奇怪的感觉，总觉得今天很奇怪。

大圆桌上还剩下大半的位置空着，她感觉今天还会有人来……

女人的第六感一向很准，她脑中刚出现这个想法，包厢的大门就被人推开了。

门发出嘎吱的响声，温嘉树下意识地回过头看向身后，她背对着门，转头看到了一道纤细修长的中年女人身影，温嘉树在温致萍随身带着的照片上见过她。

那张照片已经泛黄，是二十岁左右的温致萍、申沉和陆渝媛三个人的合照。温嘉树只看过一次，但是她对陆渝媛的印象尤其深刻，而且陆渝媛这么多年一直没怎么变过。她一进门，温嘉树第一眼便认出了她。

陆渝媛的出现，代表着申沉也会来……

温嘉树的心瞬间提了起来，紧张到立刻转过了头，不敢再去看门口的景象。

背对着门口，她听到杂乱的脚步声临近，有高跟鞋的声音，还有皮鞋声，在大理石的地板上交织着。

她的心如擂鼓一般，拘束地坐在那里，脊背都挺直了很多。

如果申沉真的来，他肯定一眼就会认出她。

从小便有人说她的眉眼同申沉很像，距离上一次见到申沉，已经有十几年的时间了，但哪怕她再怎么长大，容貌再怎么变化，小时候的轮廓依旧在那里……

“有事？”纪南承察觉到了身旁人的不对劲，转过头来看她。他的观察入微是温嘉树没有想到的，她还以为他把她带来之后就会把她晾在一旁。

温嘉树哽着嗓子，声音有些低沉：“为什么还有其他人？”

纪南承还没回答她，陆渝媛便已经走到对面的位置坐了下来，淡然地看向纪南承：“南承，你把我们姜姜一个人扔在法国，自己回来了，是不是太不厚道了一些？”

陆渝媛的口吻娇娇弱弱的，是典型的吴侬软语，哪怕是到了这个年纪，也温柔得像是能掐得出水来。

明明是责备的口气，话语里的娇嗔味儿还是很明显，难怪当年申沉被她迷得七荤八素的。

纪南承也不觉得尴尬，语气自然：“国内有急事，我就先回来了。”

“急事，指的是身边这位吗？”陆渝媛倒是半点儿面子都不给他。

温嘉树低着头，她从陆渝媛落座到现在一直没有抬起头来，听到这句针对她的话，她也没有抬头，只是默然听着。

随后，一道中气十足的声音从陆渝媛那个方向传来，听得温嘉树的脊背上一阵寒凉。

她深深吸气，该来的终究还是来了。

“南承，姜姜今天本来是不想过来的，如果不是我们坚持，她不会来。既然她来了，你是不是应该道个歉？”申沉的话威严中又带着一点儿慈爱，单听这句话便听得出他有多宠这个女儿。

温嘉树心一紧，申姜也来了，看来申家是全员出动了。

她继续低着头，直到听到又一串高跟鞋的脚步声临近，应该是申姜。

下一秒，申姜叫了她：“温嘉树。”

温嘉树抬头，蓦地对上了申姜身后申沉的双眸。“啪”的一声，一个清脆的巴掌落在了她的脸颊上。

她愣然捂住了脸颊，以最快的速度离开椅子站了起来。

“申姜。”纪南承上前，伸手捏住了申姜纤细的手腕。申姜满脸通红，怒意全部写在了脸上，青筋爬满了额头。

“怎么，心疼了？”申姜的口气骄纵，笑着抬了抬唇，“你就是为了这个女人，把我扔在了格拉斯是不是？”

温嘉树此时惊魂未定，既震惊于申姜的那一巴掌，又害怕申沉的反应。

此时申沉正盯着她的眼睛，眸光深沉。

温嘉树的眼眶在一瞬间红了起来，她快速地推开椅子，几乎是逃一般地跑出了包厢。

·第五章·

是夜未央，庭燎之光

温嘉树从包厢逃离时，脑中一片空白，没有任何想法。

大脑神经像是不受自己的控制，驱使着她起身离开。当她看到申沉那双眼睛时，她满脑子都是难受，难受到几欲呕吐。

十几年没有见面的父亲，在毫无防备的情况下忽然出现在自己面前，那种慌乱无措感，不是本人根本无法感同身受。

离开包厢，进入了酒店的长廊。走廊上原本就有穿堂风，而现在已是深秋，她只穿了一件露肩的连衣裙，浑身冰冰凉凉的。但她还是快步走着，也顾不得之前崴脚的疼痛，任由风在耳畔嗖嗖地吹过。

眼泪不知道什么时候已经布满了整张脸，温嘉树随意地抹了一把脸，妆容早已不复之前的精致。她脚上踩着一字带的高跟鞋，足足有七厘米，是平日里她几乎不穿的款式。

她每走几步就会崴一下脚，却依旧不想放慢半点儿步伐，生怕申沉会追上来似的。

然而快要走到走廊尽头时，温嘉树停住了脚步。

她茫然回头看去，冗长的走廊上只有端着餐盘的侍者进进出出每个包厢，并没有任何人追上来……

四周静谧无声，温嘉树静静看着，蓦地笑了。

是她多虑了，也是她太自以为是了，申沉怎么可能会追上来？他的妻子、他的女儿都在那个包厢里，他怎么可能会因为她这个从小被他抛弃的女儿夺门而出？

他出来，势必会引起他妻子和女儿的不适。既然申姜刚才叫她“温嘉树”，那么想必陆渝媛和申姜母女都已经查过了她的底细，知道她是谁了……她们今天来，不就是为了让她难堪？

温嘉树深呼吸，强迫自己冷静，但她的双腿有些发软，连站着都成了问题，她索性直接蹲了下来，将头埋在膝盖上，开始轻声抽噎。

她不敢离开，纪南承交托给她的任务还没有完成，与其日后再受他威胁，不如将已经走出的路走完。

时间一分一秒地过去，温嘉树的腿很快就开始发麻，想站都站不起来，她难受得呼吸都很困难，心口像是被堵住了。蓦地，肩膀上重了重，她感觉到多了一件外套，抬头便对上了纪南承的双眼。

走廊上灯光明亮，她仰头看他时，头顶的灯光恰好如水一般倾泻下来，落在了纪南承的脸上。

他身上的西装外套已经脱下，盖在温嘉树袒露在空气中的肩上，周身的凉意顿时散去，肩头暖了很多。她起身时纪南承想扶她，却被她以最快的速度甩开了他的手，温嘉树独自扶着墙壁起身，戒备地盯着他。

她的全部怒意都来自纪南承，如果不是他，她也不至于在这里碰见申沉。

“你什么都没告诉我，是怕我知道会有什么人在场后就不敢来了，是吗？”温嘉树的怒意很深，泛红的双眼盯着纪南承，睫毛微颤。

纪南承只穿着一件白色的衬衫，领带系得工整，他略显烦躁地用力扯了扯领带，口气却比她想象中要和善许多：“来之前我并不知道申氏制药的人会过来。申氏制药和对方公司是合作的关系，这款香水添加了一些中药成分，所以对方请了申氏制药的人来参加。”

纪南承将事情撇得很干净，意思是他对此一无所知。

“申姜从小骄纵，我替她向你道歉。”纪南承是一个不会道歉的人，他素来骄傲，能够让他低头道歉的人屈指可数。

这一次温嘉树白白挨了一个巴掌，的确是他导致的，道歉也是理所应当的。

“纪先生，今晚闻香的事我会继续帮你，我会完成我专业的事，但是让我充当你的女朋友来帮你挡婚，抱歉，我不做了。”温嘉树的口气果断坚决，“这次是一个巴掌，难保下一次申大小姐向我泼的就是硫酸了。我惜命，玩不起。”

在巴黎里兹酒店第一次见到从她身边走过的申姜时，温嘉树便知道她肯定是一个骄傲至极的人，从小在这样顺风顺水的环境中长大，她所接触的“世界”的人，都知道她是申氏制药的千金，都知道她姓申。

这个姓带给她的好处是从小到大她接触的那些人都会顺着她的意思来，她看不到世界的阴暗面，因为所有人都会对她露出笑脸，有些是讨好她，有些是怕她，总之形形色色的人，都不会让她感觉到半分不愉快。

在这样的环境中长大，她怎么可能不骄纵？

纪南承的脸色有些阴沉，他被人这么误会，还是第一次。

温嘉树知道，此时的纪南承只见到了申姜那一巴掌，却并不知道她跟申家的关系……

如果单单是那一巴掌，一切都还好解释，但她怕的是跟申家一而再再而三地接触，她一次都不想再见到申沉。

就凭着刚才申沉面对申姜打了她一巴掌也没有半点儿反应的情形，她对他就已经绝望了。

同样是女儿，在申沉眼中大概只有申姜才是，而她这个对于他来说只有血缘关系没有半点儿亲情可言的前妻之女，一文不值。

他犯不着为了她去责罚自己的女儿。

“我不想再跟申姜碰面了。纪先生，请你放过我。”温嘉树的眼眶越发通红，嘴唇微微颤着，这个反应不像是挨了一巴掌之后该有的，倒像是经历了比挨巴掌更严重的事。

“请你放过我”这几个字里蕴含着的情绪，只有温嘉树自己清楚。

纪南承察觉到了，她跟申家人之间，大概是有什么渊源。他心思敏锐，一眼就能洞穿，只是她没有打算说，他也不会多问。

“今晚是我的错。”纪南承再一次道歉，“不会有下一次。”

温嘉树微微仰了仰脸，原本被阴影遮蔽的脸颊红痕终于微微显现了一些。

申姜那一巴掌算不得有多重，她也很合理地控制了力道，但一巴掌实打实地打在脸上，终究是疼的，温嘉树感觉有些耳鸣。

温嘉树摇头，克制地咬牙：“我想静一静，等你们吃完再来找我。”

“不饿？”纪南承的声音顿时温柔了不少。虽然相处的次数不多，但前几次对话，她都感觉得到他话语里的压迫性，这次有明显的不同。

欺软怕硬，温嘉树脑中莫名其妙地蹦出了这四个字，虽不是特别恰当，但好像扣在纪南承的头上，也不为过。

温嘉树很饿，从早上开始她就几乎没有吃东西，下午在纪南承家里她也不好意思说肚子饿了，到了晚上以为能在饭桌上吃点儿东西，谁想到竟然遇到申沉一家。

她原本没有胃口吃东西，但被纪南承这么一问，瞬间就有了吃饭的欲望，饥饿感变得清晰和强烈了起来。

她的肚子也不合时宜地叫了一声，走廊上原本就空寂，这一声咕噜声尤其明显，温嘉树原本蓄着的不悦情绪立刻消了下去，取而代之的是羞愧。

她觉得好丢人，胃真不争气，怎么被人说一句，就叫唤上了。

纪南承走到一旁去打电话，没有同温嘉树多说。

没一会儿他就转过身来：“邢时就在酒店，他帮你开了一间房，侍者会送餐上去。等这边结束，我会联系你。”

纪南承安排得很好，避开了温嘉树担心的所有问题。

温嘉树颔首，对于他的安排并不排斥。

纪南承交代好便离开去了包厢，温嘉树只要一想到包厢里面的人就觉得反胃。幸好邢时来得很快，看到温嘉树时他表现得有一些拘束，下午在公寓发生的事情让他尴尬不已。

“温小姐，我带您去房间，这是房卡。”邢时递了一张房卡到温嘉树手里，她接过。

“我自己会上去，不用麻烦你了。”温嘉树的口气疏离。

邢时却已经走到了她前方：“纪总交代过，必须要送您上去。”

“放心，我不会走。”温嘉树觉得纪南承管得太宽了，这种被人拘束的感觉令她十分不舒服，像是被困在了密闭的匣子里，空气都不流畅。

“您误会了，纪总是担心您心情不好，让我陪您上去。”邢时说的话真假参半，但温嘉树还是心生了一点儿羞愧之感。

纪南承心底怎么想的她无从得知，但她好像的确将他想得太坏了一些。

她没有再拒绝邢时，同他一起上了十三楼。

邢时帮她预订了一个城景房，透过窗户望出去，是被黄昏笼罩的上城，整个城市处于一片朦朦胧胧的暖色中。暖色调能暖人心肺，温嘉树走到落地窗前拉开窗帘，看着入眼的城景，心情稍微平复了一些。

“温小姐，待会儿侍者会送餐上来，中餐还是西餐？”

“西餐，麻烦了。”温嘉树淡淡地说道。

“好。”邢时颔首，“温小姐，我们纪总脾气不好，如果有让您不愉快的地方，请您多多包容。”

邢时莫名其妙的一句话，让温嘉树觉得很怪异。邢时像是已经做好了她会跟纪南承一直接触的心理准备，所以特意告知她一声，纪南承的脾气不好。

她很想回一句：看出来了。

但她还没有这个胆子，所以只是淡淡地道：“我和你们纪总还不是他会随便对我发脾气我去包容他的关系。”

意思是：他们不熟。

邢时被呛了一句，他发现这位温小姐远不像表面上这般柔柔弱弱，不堪一击。她一直都是冷着一张脸，甚少能够在她白皙的脸上看到笑意，就连多余的表情都没有。邢时在格拉斯的时候曾经听布鲁斯香水工厂的人说，多丽丝•温孤僻寡言，是极难相处的一个人，但她是个闻香天才，有着香水圈内人人都艳羡的鼻子。

天才似乎往往如此，很难融入常人的圈子。

“嗯。”邢时讪笑着颔首，“我们纪总从来没有带女人去过他私人的公寓，所以我误会了，抱歉。”

邢时很懂得分寸，同时也很聪明。

他看似道歉的一句话实则是在提醒温嘉树，纪南承的私人公寓从未有女人进出，她是第一个，也是唯一一个。

邢时看得出纪南承需要这位温小姐，无论是作为伴侣还是作为利用对象，但这与邢时无关，他要做的仅仅是用自己的方法将温嘉树留在纪南承身边。

他在纪南承身边工作了多年，早就有了讨好自己上司的一套门路。

温嘉树并没有参透邢时的意思。她跟人的交际少，对人与人之间的套路了解不多，关于职场上的门路知道得就更是少之又少，邢时的话落入她的耳中只是单纯的话，没有更深的意思。

她捕捉到的信息也仅仅是纪南承的私人公寓里从来没有女人去过，她是唯一一个。

她还以为……他是那种随意带女人进出自己私人公寓的纨绔子弟，看来是她误会他了。

这个“流氓”还挺有操守？

“无妨。”温嘉树装作淡定地回应。

“有什么需要再叫我，这是我的电话。”邢时将自己的名片递到了温嘉树面前。

今天是什么日子？一个个上赶着给她送名片，早晨是付之微，现在是邢时。

邢时是纪南承的私人助理，他给她名片的意思很明显，是已经将她看成纪南承的人，这一点温嘉树还是能分辨得清。

她倦于争辩，也不在乎，接过名片后点了点头，目送着邢时离开了房间。

门关上，温嘉树随手将名片扔到了桌上，并没有打算收下。

等事情办妥之后，她连纪南承都不会联系，更遑论联系他的助理。

房间里面空荡无趣，温嘉树的所有神思都还深陷在申沉那件事情上，所以只是百无聊赖地看了一会儿电视，侍者送餐上来后随便吃了一点儿蔬菜沙拉。

邢时令侍者送上来的西餐是牛排，但温嘉树只吃了一点儿牛排附赠的蔬菜沙拉。

闻香师为了保持自己灵敏的嗅觉，在饮食方面尤其克制，她可以吃牛肉，但很少会吃用了很多佐料加工而成的牛肉，过多的佐料在一定程度上会干扰她的感官，感官是相通的，味觉的感知势必会影响到嗅觉的感知。

一点儿蔬菜沙拉下肚，虽算不得饱腹但也足够了，她平时的胃口就不大。

准备起身去洗手间漱口时，门铃忽然被摁响。

门铃声尤其尖锐刺耳，划破了寂静的空气，温嘉树想着，难道这么快就结束了？

她狐疑地走到玄关，想着应该是纪南承上来了，也就没有看猫眼，直接打开了门。谁承想一开门，蓦地对视上了一双细长的眸子，本是长得极其娇媚温柔的眉眼，此时眼底却含着深深的怒意。

一双眼，像是要吃人一般。

温嘉树见到申姜时挺意外，申姜竟然知道她在这里，想必是问了酒店的人。

“不请我进去吗？”申姜的脊背笔挺，像极了平时看人眼高于顶的公主。温嘉树则恰好相反，她看人时脊背虽不弯，但眉目永远都是向下垂的，看人的眼神也是小心翼翼的。

“有事吗？”温嘉树问得随意，面对申姜就好比面对申沉一样令人不适。

申姜的红唇张了张又微微合上，缄默着从她身边穿过，直接走进了房间。

温嘉树被这样的景象惊了一下，申姜的行为随意，让人反感。

申姜走进房间，站定时背对着温嘉树：“我是应该叫你温小姐，多丽丝，还是直接叫你的名字温嘉树？”

申姜说的每一个字里都含着傲气，清冷感十足，她侧过身来，微微动了动眉梢，戏谑地看着温嘉树。

“随便你怎么叫，我们又不熟。”温嘉树虽然不自信，但面对扔向她的利刃，她也不会有丝毫的心慈手软，软柿子会任人揉捏，她不会。

“不熟？”申姜的眼神锋利如许，“温嘉树，你的母亲温致萍是我父亲的前妻，我们的血液里流着一半一样的血，怎么就不熟了？”

温嘉树听着申姜说的刺耳的话，心思微动。她故意说“我父亲”，提醒的味道很明显，她是在告诉温嘉树：这是我父亲，不是你的。

“但是另一半的血，不是不一样吗？”温嘉树并不觉得惊奇，从刚才在包厢里申姜叫她温嘉树开始，她便知道申姜母女肯定已经查过了她的底细，就凭着“温嘉树”这三个字，顺藤摸瓜便能够摸到温致萍，温致萍和陆渝媛曾经也是相识的，只要一查，便能查出一切。

她并不想跟申家扯上任何的关系，她故意这么说，是想撇清关系。

“你知道不一样就好。”申姜也不掩饰自己的态度，双手放在身前，她穿着及膝的裙子，脚底踩着秋冬款的深红色高跟鞋，眉眼里骄傲有余，“申家不是你高攀得起的，爸爸也不会承认一个疯子的女儿是他的亲生骨肉，所以，你也别妄图攀附上纪南承，他是我的。”

最后几个字，强势又盛气凌人。

也只有像申姜这样从小娇生惯养，所有人都会把星星、月亮摘到她面前的人，才会用这种口气说话。

温嘉树对纪南承并不感兴趣，但她想到纪南承利用她是让她去阻挡跟申姜的联姻，底气便足了一些。

“这是你跟纪先生的事，跟我无关，我今天来是来闻香的。”温嘉树的口气淡淡的，她并不想惹一身腥。

申姜走近了她一些，高跟鞋踩在大理石地板上掷地有声，身上的黑鸦片香水味道浓郁扑鼻。

浓郁的麝香味压迫着温嘉树的鼻端神经，这原本是她很喜欢的一款香水，但因为用在了申姜的身上，让她莫名厌恶了起来，爱屋及乌很容易，厌屋及乌也不难。

“闻香？说得好像多高端一样，谁都有鼻子，好像你闻得到气味有多稀奇一样。”申姜是有什么说什么的性子，她对温嘉树的态度很强硬。

一方面是因为温嘉树是她父亲跟前妻所生的女儿；另一方面，是因为纪南承当初为了这个女人把她扔在了格拉斯，而今天又带了这个女人来。

“原本今天我是不想来的，但沉香匣公司的人告诉我，说南承带了一个女伴叫温嘉树，我就跟我爸妈一起过来了。”申姜的话冷冰冰的，“那一巴掌我打得可能重了一些，我道歉。”

温嘉树原以为申姜应该只是那种被宠坏了的无脑的富家千金，但听她这一番话，颇有一点儿给你一巴掌又给你一颗糖的感觉。申姜的段数，肯定不只有这么一点点。

“申小姐，既然你这么害怕别人抢走纪先生，那就看好你的男人，是他来招惹的我，不是我勾引他。”温嘉树也是被逼得烦躁了，明明是纪南承在利用她，到头来挨巴掌的却是她。

好像是她硬生生要贴到他身上去一般，这一身腥味儿，怎么洗都洗不掉。

“这就是我跟南承的事了，不劳你费心，你只需要管好你自己。”申姜看了一眼腕表上的时间，“对了，不知道你知不知道，南承能坐上纪氏总裁的位置，靠的是我母亲，所以无论如何，他都会娶我。”

温嘉树听星空提起过，当初纪南承之所以进了纪家，是申姜母亲陆渝媛的主意。她无心知道这些，但面对申姜强势的话，她还是忍不住讽刺一句：“你跟我说这些，不就是怕我抢走纪南承？你就这么没自信吗？别的我不敢说，不过纪南承好像的确是喜欢我这种类型的，而不是你这种。”

温嘉树纯粹是为了气一气申姜，她见不得她这样嚣张的气焰，于是将原本积蓄在心底对申沉的恼怒全都发泄在了申姜的身上。

一句爽气的话扔出去，温嘉树心底舒爽了很多。然而就在她觉得很泄愤时，身后的门忽然被推开，门从申姜进来开始就一直虚掩着，没有完全合上。

纪南承进来时，温嘉树说的最后一个字刚落地，房间里似乎还残留着她的声音。

温嘉树转过头，对上纪南承一双比之前更加清冷的眸子，她的心瞬间咯噔了一下。

同温嘉树相同的是，申姜的脸色也几乎是在一瞬间变得铁青，因为她不确定纪南承是什么时候在门外的，纪南承到底听到了多少她跟温嘉树的对话，她不得而知……

她说了那么多嚣张的话，其他的倒是没什么，若是被纪南承听去了关于她母亲的那一段，以纪南承的脾气，定会不悦的。

“南承。”申姜连忙唤了他一声，她倒不是什么两面派，人前人后都是一个骄纵样，叫纪南承时也没软下来，还带着一点儿不悦的味道，她快步地走到了他面前，“你怎么也上来了？”

“下去。”纪南承只扔了两个字给她，他说的“下去”，指的是让她下楼，回到包厢去。

申姜下巴微抬，没有半点儿示弱：“这里是酒店，我走了，你们孤男寡女在这里，若是被有心人瞧去了，指不定说什么难听的话呢。你跟我一起下去。”

“你是想让我再说一遍？”纪南承的口气略带威胁，饶是申姜这样目中无人的女人，听到之后都有些变了脸色。

她觉得被拂了面子，僵着一张脸，瞥了一眼温嘉树：“我不喜欢她。”

“她也不需要你喜欢。”纪南承的话很伤人。

申姜皱了秀眉，白皙无瑕的脸上一阵青一阵白，长长的睫毛微微颤着：“话我放在这里，谁都可以，只有她，不可以。”说完，申姜愤愤地看了一眼温嘉树，推开房门便离开了。

高跟鞋的脚步声在走廊上渐渐地消失，温嘉树心绪难平，她不敢去看纪南承，因为虽然她不知道他是从什么时候上来的，但她最后说的那句话，他肯定听到了。

她只要回想一下刚才说的话，就恨不得找一个地洞钻进去，羞愧之感袭面而来。

纪南承身上只穿了白衬衫，白衬衫衬出了他身上的儒雅气质，压制住了那一身强势的痞味儿。

他平静时像极了大雅儒商，难商量时，他又像是地痞大佬，根本一句话都说不得。

此时他算是前者，但她仍不敢跟他说话，这次连对视都不敢了。

纪南承走近了一些，他身上独特的味道扑面而来，刺激着温嘉树灵敏的嗅觉，她的余光瞥见他修长的指节正在转动着腕表的棕色表带。

“你是哪种类型？”他问，口气淡漠，听上去像极了在闲谈。

温嘉树低头看着脚尖，羞耻感让她挤不出半个字来。

“我是故意瞎说的，如果让你觉得不愉快了，我道歉。”温嘉树的话说得笼统又官方，像是在解一道数学题目，根本没有半点儿情感。

纪南承同她相处的短短几天，便已经看出她性格里的两面性。她偶尔刁钻，偶尔却冷漠得让人无法破冰，真是个奇怪的人。

他看着她低敛的眉目，更加靠近了三分。

温嘉树几乎是在同一时间里后退了半步。

“怕我？”

“怕流氓。”温嘉树利索地扔了三个字。

“前一秒是谁在人前趾高气扬地说，流氓喜欢你这种类型？刚才你看上去挺扬扬自得的，怎么，现在就怕了？”纪南承揶揄道。

温嘉树说不过他，喃喃道：“话我再说一次，我不会再参与你跟申姜的事情。”她再一次强调了自己的立场。

然而她的话刚刚说完，纪南承便接了一句：“是因为申姜是申沉的女儿？”

温嘉树的心脏紧缩了一下，知道逃不掉的。

纪家在南城独大，想要调查一个人的信息，何其简单。

既然申姜母女都能够查到她的信息，纪南承又怎么不能？

她咽了一口唾沫，窘迫感让她觉得自己好像被撕破了衣服当街示众。

“你是申沉当年抛弃的女儿，母亲因为父亲的离开得了精神疾病，所以你不想见到申家人，对不对？”

这种被人扒开过往、袒露了皮肉的感觉，尤其难受，她深呼吸，尽量让自己冷静。

“你既然知道，我想我也不用多说了吧？”温嘉树抿唇，“我不想插足申沉小女儿的婚事。”

“是怕外面的流言蜚语？”纪南承咄咄逼人，像是不把人逼到墙角誓不罢休一般。

“不怕。”温嘉树的话语果断，“我怕跟申家人扯上关系。”

流言蜚语并不能击垮她，这么多年在法国，她过得一直都封闭自省，跟外界的沟通非常少，所以流言对于她来说并不可惧——因为她极少接触到这些。

“我会站在你前面，不会让申家人把手伸向你，你也不需要跟他们有任何的接触。”纪南承的这句话像是保证。其实他完全不需要跟她保证什么，只要布鲁斯那边施压，眼前的女人肯定会妥协，但他看着她脸颊上隐隐的巴掌红痕，心软了软，威胁的话也没有再说出口了，取而代之地变成了一句莫名其妙的保证。

毕竟这个巴掌是因他而挨的。

“事情解决后，我们之间也不需要再联系。”纪南承又添了一句，这句话才是让温嘉树心安的。

她生怕被纪南承“缠上”，人一旦被威胁，就会不断地被威胁。

“怎么保证？”温嘉树动摇了，她原本泛着红晕的双眸微抬，凝视着纪南承的时候睫毛轻颤。

“歃血为盟？”纪南承开了一句玩笑。

温嘉树的警惕心略微放松了一些，她咬咬唇，从身后拿出了自己的手机，手机屏幕上，是一段音频。

“我录音了。”

她的警惕心超出了他的想象，纪南承微皱眉，自省，他看上去有这么不值得信任吗？

“嗯。”他并不追究，觉得她做得无伤大雅，“下楼吧。申家人今天只是对方公司请来的陪客，我说了我女朋友跟申家可能有点儿矛盾，对方已经请他们先回去了。”

温嘉树听着“女朋友”几个字，无端地觉得暧昧。

但纪南承像只是在陈述一件极其普通的事情，话语轻松。

她没有再拒绝，随同纪南承一起去了酒店楼下。

在电梯里，她忽然想到了自己脸颊上的巴掌印，刚才一个人在房间里面心情不佳，也没有想到这个巴掌印，现在忽然想起来了，她连忙从手包里拿出了粉饼，用粉扑扑了一点儿粉盖在了隐隐发红的巴掌印上。

“明显吗？”她问身旁的纪南承。纪南承低头看了一眼，两人的距离很近，一低头，似乎鼻息都碰到了一起。

“嗯。”纪南承没撒谎，的确很明显。

但他的实话刺激到了温嘉树，她原本就紧张，即使刚才申姜是当着对方公司的人扇了她一巴掌，她仍觉得红肿着一张脸去很失礼。

温嘉树浅浅地倒吸了一口凉气，又扑了一点儿粉，试图遮盖住脸上的红掌印，哪怕遮住一点点也好。

“女人问男人脸上有没有瑕疵的话，一般男人如果撒谎，获得的结果可能会比较好。”温嘉树淡淡地扔话给他，表达了对他平铺直叙的大实话的不满。

“那是针对一般男人而言的。”纪南承极其骄傲的一句话，让温嘉树哑口无言。

但她也找不到合适的话来反驳他，的确，无论是样貌还是手里的钱权，都足够遮盖住他身上的任何一个缺点。

她无话可说，继续补粉。

一楼茶室。

这家酒店别有洞天，在喧嚣繁杂的酒店包厢之内，隐匿着一间极其幽静的茶室。

温嘉树一进门便闻到了茶叶的清香，应当是上等的虎跑龙井。

上城距离杭城很近，这里易得到极品的龙井，味道甘洌，几步之外便能闻到虎跑泉水熬煮茶叶之后的幽远清香。

温嘉树跟在纪南承身后进去，对方公司的总裁当作刚才什么都没发生过一般，申家人也的确不在了，温嘉树的心略安了一些。

一坐下对方便直接切入主题：“温小姐，这是我们公司最新研发的一款香水。因为是国产香水，所以我们想做到有中国特色，我们采用了申氏制药的中药材作为辅料，使得香水有宁神安神的作用，这样这款香水不仅仅有香氛作用，更有药效，对于失眠或者是……”

对方话还没说完，温嘉树已经从茶几上拿起了香水，在手背上喷了一点儿。入鼻是略微苦涩的中药味，她分辨不清这是什么中药制成的，只觉闻起来有些冲鼻，并没有达到香水最基本的“香”这一点。

她的眉心微微皱了起来，这些年她也替法国不少香氛公司闻过调香师调制出来的新香水，各种各样的，有好闻到令人心旷神怡的，自然也有冲鼻如今天这一款的。

她直接放下了香水瓶，拿起茶盏喝了一口，试图用茶水的清香掩盖住刚才香水的味道给她带来的不适感。

“不好闻。”温嘉树只扔了三个字出来，算是她今天“送”沉香匣公司的香评。

对面几个人面面相觑，像是听到了什么笑话一般，对视之后又看向了温嘉树的方向。

“温小姐，您是专业的吗？”对方总裁哂了一下，面容上的表情仍是礼貌的。

温嘉树闻着虎跑泉水熬煮的茶叶才觉得鼻端舒服了一些，专业的闻香师对味道极其挑剔，如果闻到了让她觉得不舒服的味道，她会直接说，不会有丝毫的掩饰。

“请问您贵姓？”

“免贵姓陈。”

“陈总，您想要做好一款国产香水没有问题，但香水最基本的准则是要好闻，其次才能追求别的，例如持久度，再例如您所说的您的产品里面所含有的镇定安神效果，但是您公司的香水没有达到好闻的最低标准。”

温嘉树在其他方面一直都不自信，但在香水领域，她有足够的自信。

这位陈总脸上掠过了明显的不悦，当众被拂了面子，他自然不会高兴。

温嘉树低着头又添了一点儿茶，一面是因为想要驱散刚才香水味给她带来的不适感；另一方面是不敢看对方的眼睛，批评的话本就不悦耳，如果对视着说，她怕自己说不出口。

她继续说道：“贵公司将精力过分地放到了中药上面，我理解您是想要研发出一款同别的公司不同的香水，所以拿出了中药这个噱头。这个噱头的确能够引人注意没错，但这是一款香水，不是驱蚊水，香水的精髓在于香字。”

陈总的脸色越发阴沉，温嘉树垂着眉眼看不到，但她还是微微抬了抬眼看向了身旁的纪南承。

她不怕得罪这位陈总，而怕得罪纪南承。

她说了大实话，纪南承会不会生气？毕竟他是生意人，她的大实话很可能坏了他的生意。

但要是让她胡乱开口夸这款香水好，她会觉得昧良心。

这位陈总倏地站了起来，居高临下地看着温嘉树，双手叉腰，手指压在皮带上，摩挲了几下，像是在思考，良久之后讽刺地笑了笑：“温小姐莫不是挨了申家人一巴掌，怀恨在心，所以故意挑刺，因为我们用的是申氏制药的中药材，所以你就说这款香水不好闻？”

温嘉树的眉头又皱了皱，她只想说这些人的想象力实在是太丰富。她是对申姜那一巴掌怀恨在心没错，但她的思维还不至于跳跃到这款香水上去。

“想多了。”她懒于解释，淡淡地道。

“哼，纪总，纪氏集团声名在外，没想到纪氏能够提供的闻香师，竟然是这种货色。”这位陈总的气焰尤其嚣张，刚刚在包厢第一次见面时那股子奉承讨好的劲儿都消失了，一旦场面变得于他不利，他扭头就可以不认人。

“货色”二字一出，温嘉树也有了一些脾气，她看了一眼纪南承，也不说话，紧紧抿着素唇。

纪南承凝视着温嘉树，片刻后看向了陈总。

“纪氏不会再给贵公司提供香料，合作到此为止。”纪南承的话是让温嘉树意想不到的，她看他只是想让他帮忙说说话，毕竟她是他这边的人，谁承想，纪南承却直接说要终止合作。

温嘉树哑然，觉得自己好像无端地成了罪人。

陈总一听，下意识地以为是自己听错了，收了放在皮带上的手重新坐在了茶桌前，笑了一下看着纪南承：“纪总，没开玩笑吧？我们是有合同的。”

“我的助理会跟你详谈违约金的事项。我相信她的眼光。”纪南承最后一句话，是说给对方听的，但是落入了温嘉树的耳中，让她心底隐隐紧了紧。

商场上的话似真又似假，她根本难辨，纪南承或许只是随意说给对方听的，但这些话在温嘉树听来，却温暖笃定。

无论是真是假，都很中听，她在心底默默收下了。

“纪总，您这样让我们很难做，我们已经放话出去是跟纪氏合作的一款香水，这样我们……”陈总见纪南承准备离开，立刻慌乱地起身，刚才那副骄傲嚣张的样子全消失了。

所谓的墙头草说的大抵就是这种人。

温嘉树别开眼，同纪南承一道起身，在她想要离开时，纪南承忽然伸手捏住了她的手腕。

她下意识地想要立刻推开，但是纪南承的力道不轻，扣住她的手腕之后她根本无法动弹。她太害怕跟人接触，不仅仅是眼神的碰撞，身体的接触更甚。

被纪南承捏着的皮肤火辣辣的，像是有一团小火苗在灼烧，烫意一点点地爬满了她整条手臂，直至蔓延到了全身，连带着她的耳根都有些染红了。

·第六章·

纵我不往，莫失莫忘

“拿着违约金去挡舆论，这还需要我教你们？还是觉得合同上签好的违约金数目不够？”纪南承的口气分分钟清冷了下去，比刚才冷了好几个度。

再也不是有商有量的口吻，而是带着命令的口吻。

陈总面露难色，温嘉树也不想让事情陷入尴尬之境，毕竟事情因她而起。

“其实也是有改良机会的，只要中药成分不过多就行了……”温嘉树用很委婉的话说道，尽量不引起纠纷。她心生羞愧，早知如此，刚才便应该委婉地表达，而不是那么直接了。

她是怕给纪南承招惹麻烦。

然而对方似乎对她“握手言和”的话并不买账，脸色冷凛了几分：“温小姐，这是一款中药香水，主打的就是中药，如果中药成分减少，那就没有意义了，跟市面上普通的香水混为一谈，这不是我们公司想要的。”

温嘉树听着，瞬间就想笑，看来这位陈总对她的意见是真的很大，哪怕她故意给他台阶下，他也不买账。

身边秘书模样的男人接了自家总裁的话：“没错，况且我们跟申氏制药也是签了合同的，这款香水必须要体现出他们中药材的价值。如果减少中药用量的话，我们也算是违约。”

温嘉树看着他们，若不是茶室内的清幽环境让人安宁，她肯定连半分心绪都静不下来。她也不是什么任人宰割的脾气，换作心情不好时，早就甩手走人了。

纪南承捏着温嘉树手腕的手没有松开丝毫，目光锐利地看了他们一眼：“按照你们说的，我给你们一个建议。”

“什么？”对方对纪南承还是很客气的，一听他有建议，口气立刻变好了，“纪总，您说。”

这些人见风使舵的本事倒是强，温嘉树被晾在了一边，心底猜不透纪南承要说什么。

从温嘉树的角度看过去，她看到纪南承微微仰了仰下巴，剑眉微压，口气冷冽地道：“别做香水了，去做中药驱蚊水，对于你们来说更有市场。”

他不咸不淡地讽刺完，捏着温嘉树的手出了包厢。

温嘉树是被“拽”着出去的，因为她还沉浸在纪南承刚才说的那句话里。

讽刺的味道太过明显，像是当众在对方的脸上硬生生地甩了一个巴掌，温嘉树听着莫名地想笑。

想不到纪南承说话这么有意思，而且他的态度强硬到让她愕然，说不合作便是不合作，没有半分商量的余地。这样态度强硬的男人，相处起来也会比跟普通男人不容易得多。

一走出茶室，纪南承便松开了温嘉树的手，他的行为绅士，说好人前演戏便只是人前演戏，人后不会占她半分便宜。

温嘉树的另一只手摸了摸刚才被紧紧攥着的手腕，他的力道不轻，她的手腕已经有些疼了，而且火辣辣的，热气仍未消散。

纪南承走在她前面，一直都背对着她，并没有打算对刚才的举动做任何的解释。

温嘉树没忍住，“扑哧”一声笑了出来。

她回味着纪南承最后说的那句话，除了想笑还是想笑，没忍住之后笑意溢出了嘴角，空旷的酒店走廊上回荡着她那一声清脆突兀的笑声。她立刻掩唇，但声音已经溢出来了，纪南承也听到了，根本收都收不住。

她尴尬地垂眸，嘴角因为笑意很深还是弯的。

从纪南承的角度看过去，她低眸笑的样子很温柔，但她很快就敛眉，也收敛了笑意，把自己的情绪藏得很好。

情绪能够收放自如的人大多活得很累，纪南承从不掩藏自己的情绪，因为不需要。

“有什么好笑的？”纪南承扫了她一眼。温嘉树被这目光打量得有些不自在，便低头看着脚尖。

“你说让他们去做驱蚊水，有点儿好笑。”她如实回答。

纪南承挑眉，折了回来，重新站定在她面前：“你心里明明也是这么想的，何必装腔作势？”

温嘉树嘴角的笑意有些藏不住，抑着笑：“我没有纪先生的魄力，不敢说。”

“小人，说的就是你这种。”纪南承给她冠了一个“小人”的头衔，她也不生气。

温嘉树很认同纪南承说的，她挑眉颔首。

“小人和流氓，彼此彼此。”

“之前怎么没有发现你的脸皮这么厚？”纪南承居高临下地俯视她，发现她话匣子开了之后牙尖嘴利得很，并不像前几次见面那般冷凛。

温嘉树舔了舔唇，心想：我们又没有多熟，你不了解的多了去了。但话只藏在心底，她怎敢说出口。

她立刻转换话题：“毁约真的没关系吗？”

“有关系的话，你想帮我分担一点儿违约金？”纪南承跟她开着玩笑，心情颇佳，一点儿都看不出是一个即将要付天价违约金的人。

不过温嘉树仔细想想，在她看来的天价，于纪南承而言或许只是九牛一毛而已。

饥汉何必替饱汉操心？她真是想多了。

“分担不起。”温嘉树喃喃，“但是你自己都没有闻过他们的香水，你就这么相信我说的不好闻？”

她微微抬了眉眼，小心翼翼地看着他，总觉得自己害得纪南承亏损了不少。

缄默几秒后，从上方冷冷地传来几个字：“你不敢骗我。”

仅仅五个字，说出了温嘉树的心声，他说得对，她怎敢骗他。

纪南承的骄傲和自负溢于言表，然而他拥有的骄傲和自负的资本又让温嘉树哑口无言。他看人也的确是准，一眼就能看穿她心底的所思所想。

温嘉树自恃是一个将心思藏得很深的人，即便是这样，纪南承也能够看穿她的心思。

在回公寓的路上，纪南承一直都在打电话，蓝牙耳机几乎没有从耳朵上摘下。温嘉树很不想听他打电话，听人通话本就不是一件礼貌的事，但车内空间毕竟有限，即使纪南承说话的声音不大，温嘉树也不是有意去听，她也都听得一清二楚。

她扭头去看车窗外飞驰的上城夜景。上城是全国经济中心，沿江的道路拥堵，是最繁华之地。

她开了一半的车窗，江边吹来的瑟瑟秋风擦过脸庞，已经颇有一些凉意了。从车窗望出去，满是被华灯包裹住的建筑物，暖色调的灯光将整个城市都照得暖融融的，仿佛一切的纸醉金迷都可以轻易地隐藏在这一片温暖之下。

这个城市和巴黎一般繁华，但不同于巴黎的慵懒，上城的每个人都是行色匆匆如陌路，残酷感更甚一些，这个城市要凉薄得多。

温嘉树对上城的印象并不佳，甚至都不想回来。

如果不是纪南承，她根本不会在上城逗留这么久。

纪南承挂断了一个电话，她的余光瞥到车内显示器上紧接着跳跃出两个字：申姜。

她装作没有看见，听到纪南承接听了：“喂。”

那边不知道说了什么，纪南承全程沉默，温嘉树能够感觉到空气中弥漫着的丝丝紧张感。

“如果我跟你结婚，才是不负责任。”纪南承的声音降至了史无前例的冰点。

温嘉树这一次真正地感觉到了他对跟申家联姻的不快。一个人被逼到婚姻都不能自主的话，生活的乐趣也就消失了。

寥寥数次的相处，温嘉树看得出纪南承是一个特别强势的人。强势如此，被人逼着联姻，他肯定会反抗。

“跟她无关。”纪南承又开口，这个“她”，自然是温嘉树。

温嘉树心虚，她这样做纪南承的挡箭牌，真的不会被申家人盯上吗？申沉如何她不知道，但是以申姜的脾气，自然是不会放过她的。她能够做的，就是尽快解决这件事之后离开上城。

到了格拉斯，申家人鞭长莫及，大抵也是不会记恨于她的。

“姜姜，我最讨厌威胁。”纪南承的一句“姜姜”说得温柔如许，但也仅仅是口气上的温柔，温嘉树能够听得出他话语里的淡漠，这不是真的温柔。

男人温柔唤你时，有时并不是真的对你好，也并不是真的有万千温柔在话里，女人容易被男人温柔的话骗了，而男人却是清醒的。

“以后别拿你母亲的事威胁我。”纪南承说的话并不全，但温嘉树能够猜测出来。

他说的大概是在酒店房间时，申姜对温嘉树说的：纪南承上位靠的是她母亲……

但是纪南承没有对申姜提这句话，温嘉树还以为他没有在意或是听岔了，现在看来，纪南承只是当时隐忍着不说而已，他是在找合适的时间说。

“好自为之。”纪南承扔了四个字给申姜，口气在温嘉树听来是格外不和善的，申姜听来怕是更甚。

等纪南承挂断电话后，温嘉树默默地转过头去看他：“你对申姜这么凶，没事吗？”

问完她觉得不合适，又添了一句：“我的意思是，女孩子都不喜欢被凶……”

温嘉树想要撇清关系，不想让申姜把怒气都撒在她身上，她只想要求个安心，想要全身而退。

纪南承自然看穿了她的心思，他单手开车，一只手随意地抬起，在鼻前放了放，似是思考时习惯做的动作。

“不就是怕自己引火烧身？不用说得这么文雅。”纪南承垂下手臂，口气清淡。

温嘉树舔唇：“你明白我的意思就好，等事情解决我就回格拉斯去，我可以订机票了吗？”

她催他的意思非常明显，是希望事情尽快地解决了。

“不可以。”纪南承的回答也是利落无比，斩钉截铁地告诉了她不行。

温嘉树很想笑，虽然帮他是因为被威胁，但仍是一件仁至义尽之事，他竟然没有半点儿宽容的意思。

“那你打算耗我到什么时候？十天后我在巴黎的贝弗利公司会有一场面试，我努力这么多年就是为了能够进入这家公司，难不成你要让我因为你的事情，错过面试？”温嘉树没有说谎，在刚来上城时她便收到了贝弗利公司的面试邮件。

其实面试只不过是走一个过场，她跟贝弗利公司合作这么多年，他们一直都在考查她。但既然他们有跟她签约的意向，过场肯定也还是要走的。

温嘉树的脾气上来了，在副驾驶座上如坐针毡。

“会让你如期回去，急什么。”纪南承轻轻松松扔了话，温嘉树无言，在他看来她的事情大概都是小事，比不过他被逼婚。

“纪先生。”温嘉树深深吸气，“不是只有你的事情重要。”

纪南承抿着薄唇不说话，像是认同她说的话却又不表态。

“有没有人说过你很自大？”

“有人敢说？”纪南承又用一句话堵住了她。

温嘉树不想再跟他说话了，总觉得像是吃了黄连一样不适。

“温小姐。”纪南承蓦地又唤她，她也学他不理会，“有没有人说过你性子太急？”

“你是第一个。”温嘉树听着他讽刺的话，心底不舒服得很，像是猫爪子的肉垫碰到了手上，一开始软软的，接着就被隐藏在肉垫下的利爪猛地抓了一下。

跟他相处太累了，她原本就很少社交，长期独处的人，社交能力会逐步降低，温嘉树便是如此。平时在格拉斯，她只跟布鲁斯相处，忽然要让她同一个不熟悉的人相处，本就是一件很困难的事情，而且一上来就遇到段位这么高的……难上加难。

“心急吃不了热豆腐，你放心，等事情结束，你会得到应得的。”

温嘉树觉得有意思，她应得什么？她跟纪南承之间并无任何的交易可言，她能够得到什么？难道有她不知道的事？

她还没问出口，车子便停靠在了小区门口。

“你到了。”纪南承看向她。

光线微弱的车厢内，温嘉树对视上纪南承黑漆漆的瞳仁：“明天我有私事，不要找我。”

最后四个字，冲得很。

他不仁，她也没有必要讲义气，她也不是他的提线木偶，让她做什么她便做什么，所以开口时温嘉树的口气清冷了几许。

“嗯。”大抵是纪南承明天真的没什么事，便应允了她。

温嘉树下车，离开了车厢的庇护，秋风吹入怀中，将衣服外套都吹得鼓起来了，她拢了拢外套走进小区。纪南承的公寓就在小区进门处，他就把她放在了小区门口。

温嘉树也不会去介意他的行为是不是绅士这回事，因为这跟她毫无关系。

她快步进了小区，乘了电梯上楼，到了门口之后才发现，纪南承家的门是密码锁，她不知道他家的密码……

刚才算得上是不欢而散，再打电话过去，她觉得尴尬异常。

想了想，她还是发了一条短信给纪南承，编辑之后检查了许久才发出去：纪先生，请问你家门上的密码锁密码是多少？

工整的一句话，中规中矩，温嘉树觉得自己很有礼貌且没有出错。

发过去之后整整十分钟，手机只要有一点儿声响她都会立刻拿起来看，但每次都是垃圾短信，纪南承一直没有理会她。

温嘉树脾气也倔，不想打电话给纪南承，生怕一个电话打过去纪南承的口气冷冷的，给她一种热脸贴冷屁股的感觉。

她在门口徘徊了大概半小时，刚好秦久发了视频请求过来。

秦久那边正是下午，她刚刚下班，从贝弗利公司大楼出来，行色匆匆。

视频里面秦久的脸色疲倦，一脸职场失意的模样，黑眼圈上的遮瑕膏掉得差不多了，露出了重重的熊猫眼。

“喂，怎么这个时候打给我？你看上去好累。”温嘉树也很累，心累。

“累死了，刚下班。”秦久呼出一口气，“今天我们老总问我，你什么时候回巴黎来？让你千万不能错过了面试时间。听老板的意思，你进贝弗利公司已经是板上钉钉的事了，你上点儿心，早点儿从上城回来吧，别沉迷在男色当中无法自拔了。”

“……”温嘉树无奈，肯定是星空同秦久说了纪南承的事情。

星空简直就是秦久的“小奶狗”，但凡姐弟恋，一般都是男人要黏女人一些。星空也不例外，什么事情都要黏着秦久。他们又是异地恋，两人每天聊天的时间居多，一不留神，“小奶狗”就把纪南承帮她的事情说漏嘴了。

温嘉树也没打算瞒着秦久，这么多年她也只有秦久一个真心朋友而已。

“男色？你说的是纪南承吗？把他送给我我都嫌弃。你是不知道他有多讨厌，他拿跟布鲁斯的合作威胁我，让我扮演他女朋友去帮他退婚。不是我不想回巴黎，是他不让我回去。”温嘉树也无奈，想到纪南承她就觉得心底不舒服，“我从来就没有见过这么讨厌的男人，自以为有钱有势有一副好皮囊就为所欲为，我很不喜欢他。”

温嘉树对纪南承的偏见很深，一想到便觉得心口堵得慌。

“嘉树……”手机屏幕里的秦久微微皱了下眉心，一副似笑非笑的样子。

“嗯？”

“我刚才好像看到，你身后有个人影……”秦久的脸色比哭还难看，“这个人，应该就是纪南承吧？”

秦久没有见过纪南承，但在星空说了之后，她便去网上搜了纪南承的照片，的确是有着一副好皮囊，因此，秦久对他的印象极其深刻。

温嘉树转过身，蓦地，对上了那双深幽的眸子……

心仿佛被猛烈地一击，温嘉树的所有神经都瞬间麻痹了，脑中嗡嗡嗡地响了几声，接着就是一片空白。

纪南承一张俊脸正正地出现在温嘉树的眼中，她的瞳孔缩了缩，原本拿着手机跟秦久视频的手都垂落了下来。秦久见状立刻关掉了视频，不去“打扰”他们二人说话。

纪南承定了几秒，目光似是在打量她。温嘉树被他看得感觉浑身都异样，身上像是有千万只小虫子在爬，她心疼自己，为什么每次说到纪南承时，他都恰好出现？

在酒店跟申姜说话时是这样，这次跟秦久视频又是这样，除了“阴魂不散”，温嘉树想不到用其他词来形容纪南承。

纪南承周身的冷凛气场越发强烈，仿佛又变成了她头一次见到他时那座万年不变的冰山模样。

他身上的须后水在经过了一天的消耗之后味道变得很淡很淡，尾调还残留在他身上，形成了一层薄薄的保护层，上面仿佛写着“生人勿近”几个字。

“不喜欢我？”纪南承重复了温嘉树说的最后几个字。

温嘉树被这一句突如其来的话击得心肝儿一颤，暧昧如许的几个字，让她不知道如何作答。

“纪先生还差我喜欢吗？”温嘉树用聪明的方式反问他，既不承认也不否认。

毕竟男女之间的“喜欢”是暧昧的，哪怕纪南承指的“喜欢”并没有暧昧的意思，但温嘉树仍要用中规中矩的答案回复他。

“温嘉树。”纪南承忽然字正腔圆地唤她的全名，而不是之前的“温小姐”，她越发紧张了几分，“你知不知道，有钱有势又有一副好皮囊，是可以为所欲为的？”

明明听上去极其自大的一句话，从纪南承口中说出，好像顿时锐减了几分自大，反倒是气势十足，而且还隐隐含着威胁的味道。

他这句话，是在回答她跟秦久视频时说的那句反问。

温嘉树无措地飘了眼神，她不擅长沟通，自然也不擅长辩解，于是只是讷讷地杵在那儿，活脱脱像是一块木头桩子，待在那儿一动不动。

“你要不要试试？”他又添了一句，越发咄咄逼人。

她老实地摇头，头脑混沌。

她不敢，于纪南承这种上位者来说，她不过是蝼蚁而已。有用时，他在人前给尽她面子，称她是新交的女友；无用时，他一转身可能连她姓甚名谁都忘了。

温嘉树在香水领域摸爬滚打多年，香水原本就是品位的象征之一，她接触到的一直都是法国上流社会的人，男女老少皆有，商人更是占了大多数。她见过的上位者不胜枚举，然纪南承是她见过的最野心勃勃的一位。

野心越是大，胃口就越不小，手段就越狠。

所以温嘉树面对他的咄咄逼人时，是老实的……

纪南承看着眼前这个唯唯诺诺不敢看自己的女人，再想到刚才跟她朋友视频时那个张牙舞爪地议论他的人，似乎是变了一个人一般。

小小年纪面孔倒是不少，扮猪吃老虎说的就是她。

纪南承并没有打算在这里跟她多耗，阔步穿过她身旁走到了密码锁前，一边按下密码一边随口问她："为什么不进去？我家有鬼？"

温嘉树听着后半句话，后背一阵阴凉。

"我不知道密码。"

"不会开口问？"纪南承停下了按着密码的手，转过头来看向她，"还是你的五官只有鼻子有用？"

纪南承的话很难听，温嘉树觉得自己刚才的话是真的惹恼了他……的确，那些话是够难听的，寻常人听了估计都会生气，更何况是这么自大的纪南承。

他从小到大估计都是听着奉承长大的吧？温嘉树想想，后怕得很。

"我发了短信给你，你没回我。"她的口气颇有一点儿狡辩的味道，但狡辩无力，声音也渐渐地轻了下去，"我不好意思打电话给你。"

"原来温小姐的脸皮这么薄？"反讽的一句话，温嘉树无话可接上。

他继续按密码："901010，密码是我的生日。"

"90后……"温嘉树喃喃了一句，声音细如蚊蚋，但这点儿微弱的声线还是钻入了纪南承的耳中。

他转身："有问题？"

"没有。"温嘉树的声音还是淡淡的，听上去很老实。其实她心底想的是，他平时的处世态度和稳重气场，都不像是这个年纪应该有的，相反像是三十好几的成熟男人才有的，他的年纪比她想象中要小至少四五岁。

他身上有着三十好几的男人才有的成熟气质，也是让女人最喜欢的气质。

温嘉树在心底默默地念了好几遍纪南承的生日，这几天她都要住在这里，总不能记不住，下次再找他要密码。

门被打开，纪南承换了棉拖进去，温嘉树这才想起来，他忽然折回来干什么？

都过去半小时了，他早该到纪宅了吧？

“你今晚……要住这里吗？”温嘉树小心翼翼地问，生怕得到肯定的答案。

虽然这个公寓有很多个房间，但她还是不习惯跟别人同住在一个屋檐下，她喜欢独居，更何况是跟一个认识不过寥寥数日的异性同住。

她的话刚问完，纪南承便已经走到了沙发前，俯身从沙发上拾起了一份文件。温嘉树见状，心里懊悔不已，懊悔自己怎么不晚几秒钟问。

他应该是发现重要的东西落下了，过来拿的。

“我对你没兴趣，不用担心我会住在这里。”纪南承一句话又堵得人接不了。

温嘉树发现了纪南承说话的一个特点：他喜欢把话说死，喜欢把别人心目中不齿的想法直接说出来，就像是撕开了别人的皮肤，硬是要给这个人看自己皮肤下不堪的血肉。

也只有纪南承，才敢次次都这么说话。得天独厚的人，无论怎么说话都有资本。

她无言，静默地杵在玄关处等他离开。

在纪南承离开之前她一动都不会动，一句话也不想说，免得再出错了。

纪南承拿了文件很快便准备走，他换好鞋，从她身边擦肩而过时，忽然想到了什么，侧眸问她：“明天你有什么事？”

温嘉树颇不喜欢这种查岗式的问题，明明刚才在车里的时候，他并没有问她的，怎么现在忽然问起她来了？

“想休息一下。从格拉斯回来我一直都在连轴转，没有好好休息过。”温嘉树撒了谎。

她明天要去相亲。

星空之前就同她说好的，要让她去见一见他哥，说是秦久安排的一次“见面”。秦久大概是担心她这种性格会孤独终老，所以特意安排了她跟星空哥哥的“见面”。秦久的司马昭之心路人皆知，温嘉树也不说破。

毕竟这次“见面”是通过星空之口提出来的，之前星空帮她照顾了她母亲，她欠了他一个人情，终究是要还的。

见一见就见一见，温嘉树也不是矫揉造作之人，于是便有了明天的约会。

但她不想告诉纪南承，说多错多，于是她顺嘴撒了一个谎。

“嗯。”纪南承没有多问，也没有说一句客套的“好好休息”，极其冷漠地合上门走了。

温嘉树觉得，自己给纪南承留下的印象一定是一天比一天差，从在巴黎里兹酒店见面的第一眼开始，每况愈下。

翌日下午。

温嘉树认床，睡得不怎么好。更为重要的是，她怕。

昨晚纪南承进门前说了一句“有鬼”，吓得她一晚上都没有睡好，浑浑噩噩地，一直处于浅睡眠状态。

纪南承无心说的一句话，害得温嘉树难眠，她一醒来脑中便是纪南承说这句话的样子，顿时便清醒了。

醒来时已是傍晚，简单收拾了一下她便出了门。

她穿了最简单的T恤和牛仔裤，浅口的黑色平底鞋，以及戴上最重要的鸭舌帽，是最随意的穿着，因为温嘉树原本就没有带着相亲的目的去碰面，她只打算完成星空和秦久交代的任务而已。

约定的地点在一家杭帮菜餐厅，温嘉树之前便听说过，这家餐厅在上城以独特的环境和正宗的杭帮口味闻名。

她打车抵达了山脚下的这家餐厅，餐厅临湖而建，环境清幽，侍者引她穿过曲折回廊，整个餐厅都燃着香，从回廊里穿过，衣服上都沾上了香气。

“这间。”侍者推开门，示意温嘉树进去。

这个包间是临湖的，不大，但是从包间内一眼望出去便能够看到波光粼粼的夜间湖面。温嘉树一进门便看到一个端坐在桌前正喝着茶的男人，以及他身后远处湖面上点点的夜间渔火。

温嘉树是头一次见星空的哥哥，之前只听秦久提起过，星空的哥哥曾在国外知名的实验室工作，似乎是学化学的，温嘉树记不大清了。

然而她第一眼见他，倒没有看出他是理工科出身的男人，他身上的气质很特别，颇有点儿一眼就看见了春风之感。

"温小姐。"男人起身，走到她面前，"星湛。"

"温嘉树。"温嘉树戴在头上的鸭舌帽帽檐压得很低很低，生怕被看去了一眼。除了刚才她看向星湛的那一眼之外，她的眼神便再没有同他的进行第二次接触，像是看一眼都是危险一般。

实话实说，目前除了纪南承之外，温嘉树根本无法同一个不熟悉的人直视。奇怪的是，跟纪南承直视时她并不觉得特别不舒服，他的眼里眸光深幽，像是藏着万千星河，引人入胜。

温嘉树将自己的反应归咎于纪南承的眼睛长得漂亮——美色误人。

星湛帮温嘉树拉开了椅子，她落座，看到桌上已经上了菜肴，坐在她对面的男人落座后解释："我随便点了一些，不知道合不合你的口味。听星空说你喜欢吃清淡的，我没点口味重的。"

他没有等她来了之后过问她的意见再点菜，而是提前点了，大概也是怕她来之后觉得一起点菜尴尬吧。

他准备周到，温嘉树却一直将半张脸都藏在鸭舌帽下，淡淡地"嗯"了一声。

她觉得无比紧张和局促，她也不是没有跟陌生男人一起吃过饭，但今天尤其不舒服。或许是昨晚没有睡好，她的精神状态极其不佳，刚刚坐下便想着离开了。

对方大概是看出了她的不适，试图开口缓解尴尬："我刚下飞机。"

温嘉树很不想接话，但为了不让这场饭局惨淡收场，她还是接了一句："星空说你刚刚回国，从哪里回来？"

“纽约。”

“嗯。”她的声音极轻，手攥着茶盏，一点点喝着茶水，没有半点儿自信。

她真的想找一个地洞，把自己藏起来。

早知道就用另一种方式还人情了，相亲的方式，尴尬有余而还人情不足。

温嘉树的余光瞥到他的脸部轮廓，他的五官近乎完美，鼻梁笔挺，下颌的弧度尤其好看，但温嘉树还没有看到他的眼睛就立刻垂了眉眼。

完了，她大概真的要像秦久说的那般孤独终老了。

长得这么好的男人放在眼前，她竟然连说话的欲望都没有，真是没救了。

同样是长得好看的男人，温嘉树觉得相比较之下，她跟纪南承相处时会觉得轻松得多。

“听说温小姐是闻香师？”星湛的声音平和，即使气氛如此不佳，他还是很有礼貌地在问她。

“嗯。”

“我们算是半个同行。”

“嗯？”温嘉树终于稍微抬了抬下巴，眼神也跟着抬了起来。

“我硕士毕业时，实验课题是香水，我的专业是化学。”星湛轻笑，笑意钻入了鸭舌帽下面，温嘉树瞧见了。

的确算是半个同行，香水和化学密不可分，香水工业的发展得益于化学的发展，这一点温嘉树否认不了。

她淡哂：“嗯，看来我没记错，之前就记得星空说你是学化学的。”

话题再次被终止，她实在是不会聊天，尤其是跟异性。

她所有的牙尖嘴利，这段时间似乎都用在了怼纪南承……一碰到别人，嘴巴便像是生锈了一样，张都张不开。

“温小姐知道这顿饭的目的吗？”星湛说得随意，拿起公筷替温嘉树夹了一块梅花肉送到了她碗里。

温嘉树轻声说了一声“谢谢”，被星湛的直白惊到。

现代人说话，都这么直接的吗？果然是她之前过得太封闭了。

“嗯？”温嘉树明知故问，她当然知道。

“星空希望我回国找一个女朋友，他一直都在给我看你的照片，希望我们可以发展一下。”星湛嘴角有笑意，温嘉树的目光透过鸭舌帽能够隐隐地看到。

温嘉树抓住了他话语里面的重点，一直在给他看照片……

肯定是秦久拍的她，然后发给了星空，星空又给了星湛……温嘉树是一个从来不会自拍的人，唯一的照片来源就是秦久拍的。

温嘉树吃了一口梅花肉，酱油的味道很浓郁，入口很香醇。

但即使味道再好，她都觉得没有胃口，尤其是在星湛说了这句话之后。

“秦久也希望我找一个男朋友。”温嘉树含笑，头仍旧垂着，她知道这样不礼貌，但她还是没有办法抬头，“但是目前我还没有这个想法。”

她直接断了对方的念想，也不管星湛对她是不是有意思，她也算是厚着脸皮了。

“看来我们的想法达成一致了。”星湛的一句话舒缓了温嘉树的心情，她瞬间觉得心绪平和了起来。

既然双方都没有这方面的意思，气氛就立刻轻松了不少。

不含目的的饭局，谁都喜欢。

温嘉树的胃口恢复了一些，她吃了几口菜，淡哂：“那就好。不过星空和秦久大概是要失望了。”

“他们应该会把目光放到身边别的单身男女身上。”星湛的笑很温和，身后的窗户洞开，吹来微微凉风，让人浑身都很舒适。

“放在谁身上无所谓，只要不催我谈恋爱就行。”温嘉树也笑了笑。

“单身主义？”星湛也开始动筷子吃饭，随口聊着天。

温嘉树吃着菜，果断摇头：“不至于，只是暂时不想谈恋爱，想先工作。但是估计等我在工作上有所成就了，我也老了。到时候我就可以潇洒地骗骗别人，说自己是单身主义，一个人过也挺好。”

星湛被她的话逗笑了，刚才在说明目的之前，她一副戒备的样子，表明他对她没有目的之后，她便立刻放松了警惕，就连话都多了起来。

在他来吃饭之前星空便同他说过，温嘉树有轻微的社交恐惧症，刚才温嘉树一进门时他便感觉到了，但是等到她放下防备后，她与常人似乎也无异。

甚至比普通人说话更有趣。

温嘉树喝了一口汤，温热的汤水下肚，她的心情也更加舒适了一些，吃得也多了起来。

“你比星空大几岁？”温嘉树问，她随便找了一个话题，完全是不想让这顿饭吃得过分尴尬。

·第七章·

既见君子，我心则降

“六岁。”星湛的声音很平和，没有半点儿理工科男人说话一板一眼的感觉。

温嘉树草草算了算，想起来纪南承的生日……他们两人好像是同岁的。

“1990年的？”温嘉树对纪南承的生日记得尤其精准，谁让他把生日设置成了门锁的密码。

“嗯。”星湛颔首，“怎么？”

“没事，你跟我一个……”温嘉树差点儿脱口而出朋友二字，转念想到了纪南承那张万年冰山脸，顿时将朋友二字硬生生地咽回到了肚子里面，“一个认识的人同岁。”

“男人？”星湛的话倒是接得快。

“嗯。”温嘉树淡哂。

两人一直都有一搭没一搭地聊着，聊天的内容也很单一，温嘉树不是擅长交际之人，让她找一个话题简直比登天都要难，所以一般都是星湛说一句，她就附和一句。

直到星湛提到了香水，温嘉树的兴致才高了一些。

“你最喜欢的是哪一款香水？”一般男人问这样的问题，女人可能都会误认为他是想要送香水给她。

然而温嘉树是闻香师，凡是问她香水，得到的必然是专业性的解答。

她不假思索：“满堂红。不知道你有没有听说过？”后半句话她接得很快，因为满堂红这款香水在市面上并不是特别流行，之前在国内小火了一把，还是凭着一个香水博主的香评火起来的，但用它的人仍旧不多。

大抵是因为这款是男士香水，而且又隐隐带着辛辣的强势味道，国内喜欢用香水的大多是女性，而强势的女人又零星可数，所以它的受众面很窄。

“听过。”星湛的回答出人意料，让温嘉树有些惊喜，“闻过味道，我就不做评价了，免得班门弄斧。”

温嘉树轻笑：“不会，每个人主观的评价都是合理的。”

“如果我想用香水，你觉得哪一款适合我？”星湛的话充满了套路，从他刚才说的话当中，温嘉树知道他肯定是故意的。

凡是给人推荐香水，必定要观察对方整个人的气质和五官，他大概是故意给她下套，为了让她看他……

温嘉树抬头看了他一眼，目光迅速地在他的脸上掠过，以最快的速度收了回来。

温嘉树想了想，心底已经有了答案，但是却不好意思说出口。

这款香水的名字有些……难以启齿。

尤其是面对异性，说出这款香水名是一件很丢人的事情。

“是没有合适的吗？”星湛催问。

“事后清晨。”温嘉树经不得催，立刻脱口而出。

一说出口，她就觉得丢人极了。这款香水的名字尤其暧昧，她跟他还是头一次见面。

但是她看着星湛能够想到的香水，就是L家的事后清晨。

“哪几个字？”星湛是无意的，他是真的没有听懂温嘉树的话，认真地反问。

温嘉树深深吸气，喝了一口茶压了压惊：“事情的事，后来的后，清晨，就是早晨。”原本就晦涩尴尬的四个字，她硬生生地解释了一番。

“好。”星湛轻笑，“有机会我会去闻。”

一顿饭吃了差不多两个小时才结束，星湛属于健谈的人，而他的话题都挺有趣，不会让温嘉树听起来觉得心底不舒服——这个星湛跟纪南承完全就是两个极端。

温嘉树在心底会莫名其妙地将他们两个人放在一起比较，不是因为她有多在意这两个人，而是这么多年来，除了布鲁斯之外，她所有接触后说了这么多话的男人，只有星湛和纪南承。

想不比较都难。

星湛说话温和，为人谦逊，是典型的彬彬有礼之人。而纪南承恰好是另一个极端，他说话带刺，为人轻狂，虽也有礼，但在他面前好像必须要遵循他自定义的规矩。

在他的可控范围内，他便是原则。

离开时星湛绅士地去埋单，温嘉树则在一旁静静地等他。

刚才离开包厢时星湛便说要送她回去，温嘉树现在正在想该如何拒绝星湛……

她实在是不习惯跟人同乘一辆车，狭小车厢里的逼仄感是难以言喻的。跟纪南承一起乘车是没有办法，她被他所迫，但面对星湛，她便没有必要委屈自己。

就当她在酝酿说辞时，蓦地听到了一道熟悉的声音从身后响起。

“纪总，客人已经送走了，您是回纪宅，还是先回公司？”邢时的声音很有标志性，她记得很清晰，尤其是那一声“纪总”，都快将温嘉树吓出魂来了。

昨晚纪南承离开公寓前问过她今天要做什么，她说要休息，结果在这里碰到了……

温嘉树瞬间有一种被“捉奸”了的感觉，这两个字用在这里或许并不是那么恰当，但完全能够表达出她此时此刻的心情。

说了要休息的人，却在这里同人约会。

她连忙走近前台，想要挤进前台正在排队埋单的人群中，好让邢时和纪南承看不到她。

然而她的动作幅度太大了，激起了正在排队的人的公愤，有一个中年妇人推搡了她几下："你怎么插队啊？有没有素质啊？"

"对不起……"温嘉树连忙道歉，生怕引起骚动。

挨骂并不要紧，要紧的是引起注意。

"年纪轻轻的，戴着这么低的鸭舌帽遮住眼睛，难怪跟不长眼似的。"中年妇人不依不饶地挤对着温嘉树，让周围不少人都看了过来。

排队的人本来就不多，毕竟这里的餐桌是需要预订的，每天都限制客流量。

中年妇人的话打破了餐厅内的寂静和清幽，也引起了刚刚埋单结束的星湛的注意。

他从队伍的前面过来，伸手扶住了温嘉树的肩膀，但只是虚扶而已，掌心并没有真的触碰到她的肩膀，然而保护的意思非常明显。

中年妇人见有男性过来了，立刻便收敛了一下情绪："这是你女朋友吗？能不能管管？一点儿素质都没有，随随便便插队。"

温嘉树很不喜欢"女朋友"这三个字，她最近仿佛自带"女朋友"光环，总是被人误认为是别人的女朋友。

纪南承是，星湛这边也是……

"我已经埋完单了，她是来找我的，她没有插队。"星湛开口，口气比跟温嘉树说话时强势了很多。

中年妇人大概是被星湛的口气惊到了，翻了一个白眼，喃喃道："没有就没有，凶什么凶，全世界就你女朋友没插队。"

"就事论事。"星湛扔了四个字给对方。

餐厅里原本就安静，一点点的动静就能够引起很大的骚动，她不信纪南承听不到……

“我们先走吧。”温嘉树现在就想同星湛一道离开，哪怕已经被看到了，也得想尽办法赶紧走掉。

“嗯。”星湛虚扶着她的手还没放下，下一秒便被一条长臂挥开。

对方的力道很重，几乎是将他的手甩开。

温嘉树抬头，视线从鸭舌帽下穿过，看到了穿着暗蓝色西装的纪南承站在她面前。他的目光从她脸上掠过，随即看向了星湛。

“南承？”星湛忽然开口，温嘉树惊了一下，没想到他们两个认识。

上城有时很大，有时却又那么小。

温嘉树心惊之余，看到纪南承的反应尤其冷漠，并不像星湛那般。

他甚至没有回答星湛，而是看向了温嘉树：“跟我出来。”命令的四个字，温嘉树像是一只提线木偶一样被吊着，她觉得丢人。

她跟星湛并不熟，被第一次见面的人看到这样的场景，她难免会心生一种丢人现眼的感觉，而且纪南承刚才对星湛很不礼貌。

如果温嘉树没有猜错的话，这两人之前大概是有过过节的。

“星先生，您不用送我回家了，我自己会回去。”温嘉树还是要同星湛说一声，她没想到自己酝酿了这么久的话，说出口竟然是这番情景。

即使她觉得跟星湛相处挺舒服的，但她也不想再跟星湛碰面了，没有下一次了……

就因为纪南承的这次出现。

“你跟南承认识？”星湛似乎也是锋芒毕露，并没有要放走她的意思，只是口气比起纪南承要温和很多。纪南承则是轻狂如许，自始至终都板着一张脸。

“嗯。”温嘉树从嗓子里闷哼出了一个字。

“还不走？”纪南承还是一声招呼都不同星湛打，命令着温嘉树离开。

温嘉树受制于人，自然要听他的，连忙跟星湛急匆匆地道别。

出了餐厅门，外面是萧瑟的秋风。

藤蔓爬满了餐厅的外墙，原本绿色的藤蔓已经变成了枯萎的黄色，处处是秋日的衰败景色。枝叶摇曳，风移影动，温嘉树踩着地板上斑驳的枝叶影子，跟着纪南承的脚步。

蓦地，他停下。

温嘉树连忙止住了脚步，仰头看他。

他的头顶是无边藤蔓，在餐厅门口的灯光照射下，俊逸的脸上隐隐有藤蔓的影子，斑驳了整张脸庞。

“这就是你所谓的休息？”纪南承的口气仍是不善，但比起前几日的冷漠，今日话里的讽刺味道更加明显，而且温嘉树能够感觉到，他的这份不悦，很大程度上来源于星湛。

“休息也要吃饭。”温嘉树自认为回答得并没有什么缺点可言。

无论休息还是工作，饭终究是要吃的，这个回答天衣无缝。

但就怕纪南承鸡蛋里面挑骨头。

以她这段时间跟他的相处看来，他对鸡蛋里挑骨头这种事，很擅长。

“你的话逻辑没错。”纪南承俨然一个逻辑控，温嘉树严重怀疑他是读理工科的，并且是极其抽象的理工科，如数学一类的，“休息的确是要吃饭，但不是跟一个陌生男人吃饭，你这不叫吃饭，叫相亲。”

温嘉树听到“相亲”二字，根本无法反驳他所说的。

心一提，紧张感骤然增加。

“相亲又如何？”温嘉树干脆不狡辩，今天她就是来相亲的，纪南承又能够拿她如何呢？她是自由身，他又不是她的男朋友或者先生，在私生活方面，他管不着她。

“别忘了你现在的身份。”纪南承提醒她。

温嘉树冷嗤，没有了刚才在星湛面前的那份拘束感，而是轻笑着扯了扯嘴角：“我单身，哪怕是夜宿酒吧，也跟纪先生没有关系。我只答应帮你阻婚，并没有答应我自己要洁身自好。”

温嘉树说出“洁身自好”四个字时，觉得有些尴尬。

像她这样万年单身的人，贯彻得最好的一个理念便是“洁身自好”

了。

“你现在对外的身份是我的女朋友。纪家的门楣不能被你抹黑。”纪南承的家族观念很重，这一点温嘉树能够理解，所以她心虚了一下。

但凡是大家族出身的男人，大多都有很高的门楣观念，对家族的一点儿抹黑都不允许。

温嘉树说不过他，吸了吸鼻子，她的鼻子被秋风吹得有些通红了。

“星先生是我朋友的哥哥，和他一起吃个饭而已，还不至于到抹黑纪家的程度。麻烦纪先生，不要给我乱扣帽子。”温嘉树的脾气也不小，反驳的话说得冷凛，“你们既然认识，你应该知道他有个弟弟吧？”

“不知道。”纪南承冷漠至此，甚至都没有思考。

“哦。”温嘉树也不多说，就凭他这个态度便知道，他肯定是知道的。

估计是死对头吧……

这肚量，温嘉树心想，人家星湛也没如此啊。

纪南承的车子就停在不远处，因为夺目，温嘉树一眼便瞧见了，黑色的轿车停靠在路边，高贵又神秘。

纪南承选车的眼光倒是跟他本人很相符，腹黑感十足。

邢时在埋单，还未出来，温嘉树见纪南承并没有要等邢时的意思，然而她正准备同他一起走向车时，好巧不巧，星湛出来了。

路是所有人的，星湛从餐厅出来也只能够经过这条路，谁也没有规定他不能够走。

温嘉树站定在台阶下，听到星湛叫她：“温小姐，下次有空一起看电影？”

但凡男人对一个女人感兴趣，总是会想要用各种方式跟她亲近。

就像是野兽狩猎，必定是要先埋伏在猎物周围才可。

温嘉树不至于愚钝至此，她今天做错了什么让星湛想继续约她？她对跟异性一起吃饭、看电影半点儿兴趣都没有。

星湛的话听在她耳中是烦恼，听在此时的纪南承耳中，却成了骚扰。

纪南承阔步穿过温嘉树的身旁，站定在她身侧时如巍峨高山，头顶的光线被他全部遮盖住。

“在约女性之前，应该先了解一下她是否单身。”纪南承的口气比往常更加不善。

星湛看向温嘉树：“温小姐说她单身。”

温嘉树：“……”

她明明什么都没有做错，但现在仿佛是她做错了所有事情。因为跟纪南承这种人，是没有办法说道理的，他听不进去也不会听，他以为自己就是道理。

“嗯……”温嘉树因为紧张，头越发往下低了一些，说话也是磕磕绊绊的，“还没确定关系……刚……确定的。”

她说的话连自己都说服不了，更何况是星湛。

她深深吸气，静静地等着纪南承开口，她打算把一切都撇下，交给纪南承。

温嘉树并没有要跟星湛继续发展的意思，所以无论纪南承说什么，她都能够接受，哪怕是诋毁的话，大不了以后互不相见就好。

“你的速度还是这么快。”星湛笑道，温嘉树觉得脊背都凉了，她生生地觉得自己愧对星空和秦久。

像星湛这种优质男，就不应该介绍给她，该留给别的大好青年才对。

纪南承没理会，忽然牵住了温嘉树的手，带着她走向对面的车子。

一路上温嘉树都惴惴不安，手被捏得温热，她也没有排斥地甩开他的手，而是静静地跟着他走。

身后星湛的目光和心情她无暇顾及，只能够祈祷星湛回去不要同星空说太失望的话就好，毕竟星空帮她照顾了母亲一晚上，她会觉得不好意思。

温嘉树几乎是被塞进车内的，手上的束缚消失，手腕上的温热感也渐渐地失去了，温嘉树伸出另一只手摸了摸自己的手腕。

纪南承坐进驾驶座内，冷然地发动了车子。

温嘉树感觉到气氛的不妙，想说点儿话活跃一下气氛。

然而她还没有开口，纪南承忽然踩下了刹车，车胎同地面摩擦发出了尖锐的巨响，滑过耳膜，十分刺耳。

紧急刹车让人恐惧，温嘉树紧张地看向身侧的男人。

车子旁边就是湖畔，纪南承的车窗是开着的，湖面的冷风灌入车内，凉意嗖嗖，加剧了紧张感。

“无缘无故地，生什么气……”温嘉树埋汰了一句。

她心底紧张归紧张，该说的还是要说，她忍不住。

“没听到他说我速度快？”纪南承横眉冷对，口气极度不善。

“速度快不是好事吗？说明你下手快啊，不是吗？”温嘉树不明白这个男人生气的点在何处。

他的思维逻辑跟她根本不在同一个频道上，不能够用正常人的思维去理解他的意思。

纪南承冷峻的眉宇又凉了几分：“说一个男人速度快，是好事？”

温嘉树还是不明白，脱口而出：“不是吗？我也觉得你速度快，开车的速度也快……”

话落地，她就想咬自己的舌头。

因为恍惚之间，她在脑中瞬间就明白了星湛和纪南承所理解的“速度快”，跟她所理解的“速度快”，完全是两码事。

男人最经不得说的，便是“快”这个字。

难道，星湛真的是在讽刺纪南承在床上的速度……快？温嘉树想了想星湛那张温和无害的脸，联想不到他是会说这么讽刺的话的人。

“抱歉。”温嘉树从嗓子眼里面挤出了几个字，脸色异常尴尬。

纪南承的脸色还是不快，温嘉树心生担忧，刚才她在他面前说，她也觉得他速度快……

这种尴尬，溢于言表。

“你没有话要跟我说？”纪南承的手离开了方向盘，车子熄了火，就这样静静地停靠在湖畔边上。

温嘉树也不傻，知道他指的是今日之事。

“我跟星先生是第一次见面，应该也不会有下一次了，马上我要回巴黎，我……”

“星先生，叫得这么亲切。”纪南承的话让温嘉树简直有一种被气死的冲动。

“否则我叫他什么？”温嘉树哭笑不得，盯着纪南承黑漆漆的眸子，无言以对。

纪南承似是烦躁，从车内储物盒中拿起了一瓶矿泉水，拧开瓶盖喝了几口。

从温嘉树的角度望过去，他喝水时喉结滚动，颇为性感。

温嘉树觉得，像纪南承这样的男人，是身处于高位，眼光和手都抬得很高的人，用年少轻狂来形容他已经不合适，他身上有着成熟男人该有的魅力，但是他偶尔还是会发脾气耍无赖，行为跟自己的年龄完全不符。

比如此刻。

“不会叫全名？”

“……”温嘉树自然不会将他这种行为归咎于他是在吃醋，他们才认识寥寥几天而已，他这么做，一来大概是因为觉得有辱门楣；二来是因为跟星湛有过节，跟她的关系并不大。

但温嘉树觉得，他将气都撒在她身上了。

“叫全名对于第一次见面的人是不是太不尊重了？”

“你难道还打算跟他去看电影？不尊重也只见一面而已，你说的。”

“……”温嘉树闭眸，这个“杠精”。

纪南承放下了矿泉水瓶，余光看到温嘉树满脸的不满。

“有什么地方不满？”纪南承问。

温嘉树心想，哪怕有不满，她难道敢提？

“没有。”她闷哼。

纪南承沉默了良久，温嘉树以为他气消下去了，便静静地坐着，等他开车。

但是他一直未动，温嘉树忍不住说了一句：“我从小到大几乎没有跟异性接触过，如果我的行为和说的话让你感到不高兴了，我道歉。”

温嘉树实话实说，她不知道怎么跟异性相处，无论是以朋友的身份还是以恋人的身份，她都一无所知。

“不用。”纪南承的口气颇为柔和，不像是在赌气。

温嘉树听着心里陷了陷，难得见他好脾气。

“等事情解决后，你哪怕跟星湛结婚，也与我无关。”纪南承莫名其妙地扔了这么一句话。温嘉树明白他的意思了，就是日后她无论如何跟星湛发展都是她的事，只要在此期间不要侮辱了纪家的门楣便可。

温嘉树很想敷衍地说一声“嗯”，但她又执拗地不想，想要解释清楚：“我不会再跟他见面。”

他莫名其妙地说话，她的回答也莫名其妙，好像是在尽力地跟他解释着什么，明明是不需要解释的事……

她原以为他肯定会傲娇地扔出一句：那是你的事。

但纪南承的段数终究是比她要高得多，他用讽刺的口吻对她讥讽：“刚才他约你下次看电影，不去？”讽刺的味道溢于言表，温嘉树觉得自己被酸了一道。

“没时间，要回法国了，以后跟星……星湛，还有纪先生，都不会再见面了。”她可不敢再叫“星先生”了。

“是吗？”纪南承以一句意味深长的话做了结尾，重新发动了车子，带着月色扬长而去。

溪山御府。

纪南承将车子停在了公寓楼下的地下车库内，同温嘉树一起上了楼。

在电梯里时她便很想问他，为什么要上楼，但想想他或许是要去拿什么东西，便没有多嘴去问。

然而进了家门，纪南承也没有拿了东西离开的意思，反倒是脱下了西装外套，一副今晚要住下的模样。

温嘉树的警惕心立刻树了起来，毕竟是孤男寡女……

然而她还没有等到机会问纪南承，便听到纪南承的手机响了。

纪南承身上只穿着单薄的衬衫，秋季是至阴时节，天气正往阴冷靠，但还远远没有到需要开暖气的地步，因此单穿着衬衫，看着尤其单薄。

他阔步走到窗前去打电话。

温嘉树没有听他打电话的意思，只是公寓里面只有两个人，他说一句话，这句话便钻进她的耳朵里，逃都逃不掉。

“今晚不回来。”纪南承的第一句话，就扼杀了温嘉树所有的想法，看来他今晚真的是要住在这里了。

“纪家不是从一开始便不欢迎我？我不回去，也不需要跟你们汇报。”纪南承的口气强势逼人。

温嘉树坐在了沙发上开始吃橘子，她没有打算回卧室去，她要等他打电话结束后跟他说清楚，必须要约法三章，谁都不能够打扰谁，否则她怕自己睡不安稳。

她本就没有安全感，还认床睡不好，若是隔壁房间里还有一个异性的话，她肯定会睡得更加不舒服。

所以她要等纪南承打完电话。

“纪远恭，管好你自己的身体和你的小儿子，不需要你来管我。”纪南承说出“纪远恭”三个字时，口气阴鸷。这三个字，温嘉树在格拉斯的机场停车场里也听纪南承说过，是他的父亲。

连名带姓地称呼自己的父亲的人，少之又少。

纪南承跟纪远恭之间的关系，想必是白热化的。

温嘉树偷偷看了他一眼，看到纪南承将手机从自己耳边挪开了一些，公寓里面安静如许，温嘉树甚至都能够隐隐约约地听到，手机里面传来的砸东西的声音。

很响，即使她离他并不近也能够听到，更何况是他。

“医生说你要少怒。”纪南承的口气没有半点儿劝慰的意思，反倒是更像在讽刺。

纪南承忽然沉默了很久，温嘉树不知道他跟家里人起了什么争执，她倒是宁可让他跟纪家人和好，这样他今晚才不会住下。

蓦地，他又开口：“嗯，上城人。奶奶和付姨都看过了，姐也见过，没有必要再带回家给你看。”不连贯的一句话，温嘉树却听明白了，或许纪南承跟纪家人起争执的原因，是她……

因为那一顿早茶，纪家人知道了她这个“女朋友”的存在，所以跟纪南承大动干戈。

这一点温嘉树能够理解，豪门联姻都顾虑重重，忽然冒出一个籍籍无名的女人，任凭谁都会动怒。

而纪南承却仿佛是要跟纪家杠到底。

“别再把申姜往我身上靠，如果再继续，我跟她连朋友都做不成。”纪南承的话一个字比一个字凉薄，“或者，我送你一个孙子，让你断了跟申家联姻的念想？”这句话纪南承是说给纪远恭听的，但是真正听进耳中去的，却是温嘉树。

温嘉树的脑中有一道白光迅速地闪过，她的瞳孔都紧缩了一下，尤其是在听到“孙子”二字时，她的心脏都悬了起来。

她咽了一口唾沫，手紧紧地攥着沙发，坐立难安。

此时对于纪家来说，纪南承的女朋友是她，如果纪南承想要给纪家一个孙子，势必是要跟她生……

除了她之外，还能是谁？

“挂了，忙，别来烦我。”纪南承的耍赖脾气又上来了，温嘉树发现，隐藏在纪南承成熟外表下的，是一颗大男孩一般爱发脾气和耍赖的心。

她猜，纪南承小时候一定是一个特别聪明又倔脾气的小孩。

纪南承挂断电话，转过身来看向温嘉树时，温嘉树恰好正在看着他，刚才偷听他打电话的行径暴露无遗。

她立刻胆怯地收回了目光，深深吸气，低下了头，像是乌龟缩回到了自己的壳里一般，将目光藏在了鸭舌帽下面。

“非礼勿听，你说的。”纪南承将之前温嘉树在温室花房外说的话，原封不动地还给了她。

这个人真是记仇。

温嘉树的眼垂得很低很低，喃喃道：“如果我不听，恐怕就出事了。”

“放心，我不想跟你生孩子。”

“……”温嘉树的脸顿时羞红，耳根都快要红透了，这显得她好像眼巴巴地想要跟他生孩子似的。

“今晚我住在这里。”纪南承一副反对无效的样子，温嘉树连反驳的机会都没有。

这里是他家，她没有资格赶他走。

哪怕逃得过今天也逃不过明天，温嘉树觉得，必须要找一个方法尽早地将这件事情解决。

“纪先生，我们认真谈谈。”温嘉树鼓起勇气对纪南承这么说。

纪南承好像并没有要跟她谈的意思，淡淡地扫了她一眼：“困了。”

“几分钟。”如果不说，温嘉树今晚注定是难眠的。

纪南承好整以暇地站在那里看着她，等待着她能说出点儿什么。

温嘉树靠近了一些，仰头看着纪南承的眼睛：“纪先生，您有什么退敌良方？”

“敌”指的是申姜，以及支持申姜跟他结婚的申家人和纪家人。

温嘉树现在跟纪南承是被绑在同一条线上的蚂蚱，一起面对着申家人和纪家人，用“退敌”二字来形容，是再合适不过的了。

只不过温嘉树是纪南承的矛，也是他的盾，而他只是站在她身后挥斥方遒而已。

她忽然正经严肃地冒出一句，俨然一个军师一般。

“没有。”纪南承回答得很淡定。

“没有？”温嘉树觉得自己鼓起勇气问这个问题是对的，“那岂不是在这里浪费时间？”

“事情都需要循序渐进，一口吃不成一个胖子。”纪南承似乎并没有将“时间”纳入考量范围之内。

温嘉树无语：“可是我时间不多。”

“说得你好像赶着去殡仪馆一样。”

“我……”温嘉树无语了，“纪先生，我们商量一下，早早地解决这件事情。”

纪南承淡淡地看着温嘉树，摘掉了腕表在手中把玩，口气随意：“可以。”

他竟然就这么轻松地答应了她，温嘉树抿抿唇：“嗯，站在女性的角度，最能够击垮她对一个男人的爱的事情，莫过于她爱的人不爱她，纪先生有没有跟申姜明确地表达过自己不喜欢她？”

温嘉树觉得自己既像心理分析师又像军师，在一点点抽丝剥茧地给纪南承分析。

“说过很多次，没用。”纪南承的口气听上去也像是很头疼的样子，被一个人长久地缠着的确不是一件令人愉快的事情。

温嘉树思虑了几下，垂首：“明白了。那你需要做一点儿让她对你死心的事情。”

“比如？”

从这件事情上，温嘉树看出来了，纪南承就是一个钢铁一般的直男，他在女人的心思这方面知之甚少，不应该啊……

温嘉树的眸光小心翼翼地打量着他，像纪南承这样一切都近乎完美的男人，不应该阅女无数才对吗？还是说他眼光高，所以接触过的女人也并不多？她想起了邢时说的，从来没有女人来过这间公寓，意思也是说他身边的女人不多。

“好看吗？”纪南承忽然问她，打断了她的思绪。

“嗯？”

“我让你帮忙想对策，你在这边偷看我。”

纪南承将“偷看”二字说得清楚明白，温嘉树语塞：“你……你就在我面前，我是光明正大地在看。”

纪南承也不理她，听温嘉树继续说：“比如说，让她亲眼见你做了让她伤心的事情，或者是骗她说你已经结婚了，等等。”

温嘉树也只是提几个合理的意见而已，虽然她知道这些需要她配合，但两个人最多也就是做戏而已，她无所谓，只要纪南承不侵犯她。

“那天晚上吃饭你也看到了，申姜只是将怨气撒在你身上，对我并无怨言。”纪南承说的是实话，那天申姜的态度她也的确是看到了。

“你到底给她施了什么魔法，让她魔怔成这样了？”温嘉树难以理解申姜对纪南承的执念。

“难道不是我有魅力？”纪南承的口气傲娇如许，自恋自大说的就是他这种人无疑了。

温嘉树不想回答他这个问题，沉默。

“你没有喜欢过人？”

温嘉树很想问一句“你怎么知道”，但是话刚到嘴边便克制住了，这个问题等于白问，像她这样有社交障碍症的人，怎么可能会谈恋爱？怎么可能会喜欢上一个人？

喜欢是需要接触的，她连基本的接触都做不到。

“嗯。”

“那你或许不懂。”纪南承一副自己知之甚多的样子。

温嘉树无言，反问：“看来纪先生是很懂喜欢一个人是什么感觉了？”想了想不解恨，又问了一句，“或许是纪先生心底有喜欢的人？”

“没有。”纪南承的回答很迅速。

“……”又是神回复。

“那就只能……做点儿让她痛恨你一辈子的事情。”温嘉树下定了狠心，“但这种事情我不想出面，你可以找别的女人。”

“如果你不想让布鲁斯安生，你可以不出面。”

温嘉树一口气噎住，完全咽不下去了。这个世界上怎么会有这种无赖的存在？难怪他身边没有女人。这样的男人哪怕各方面再怎么完美，他还是个无赖，谁能够心平气和地跟他一起生活？

“户口本带了吗？”纪南承忽然问出这么一句话。温嘉树在脑中迅速想了想，她有随身带回来。

因为长期往返于格拉斯和上城，该带的证件她在回国时都会带上。

“嗯，明天去民政局。”纪南承云淡风轻地说，阔步走向了冰箱，打开冰箱拿出了一瓶冷藏过的矿泉水，拧开瓶盖灌了几口，好像是在说一件极其简单轻松之事。

温嘉树却被他的话吓到了，去民政局被说得这么轻松，她还是头一次听到。

“我不跟你结婚。”温嘉树的语气很重，“纪先生，我是自由的，我只是答应帮你而已，但不至于帮到这个地步，你懂我的意思吗？”

纪南承在喝水时听到温嘉树的话，他一边喝一边静静地看着她，仿佛是在看一个笑话。

他也不着急，喝完之后拧上了瓶盖，俯身将水瓶放到茶几上，靠近了温嘉树一些。

不知道是不是他刚刚喝了冷藏过的水，温嘉树觉得他浑身上下都散发着冷凛的气场。

“跟我结婚？”纪南承问，口气戏谑，“温嘉树，纪家不欢迎你。”

温嘉树心头一凛，哪怕她根本没考虑过跟纪南承结婚，但讽刺的话从他口中说出来，到底还是不一样的。

她听着就觉得不舒服。

“那你的意思是……假结婚？”温嘉树也不想深究，不舒服归不舒服，还是认真地问。

“否则？”纪南承大抵是觉得她的话好笑，轻嗤了一声，这一声嗤笑里面含着明显的讥讽味道。

温嘉树的脸又热了热，窘迫无比，连忙给自己找台阶下：“你明天有什么计划吗？”

“我的计划需要向你报备？”纪南承还是一副趾高气扬的样子。温嘉树觉得用高高仰着下巴打鸣的公鸡来形容他，真是再适合不过的了。

温嘉树强忍着怒气：“我怕申姜不相信……怕骗不过她。”

纪南承看着眼前垂眸低眉的温嘉树，能够清晰地感觉到她的不自信。

从第一眼在巴黎里兹酒店见到她，纪南承便看出这个女人缺乏自信。

她害怕与人接触，害怕与人直视，甚至害怕与人交流，最根本的原因，是不自信。

·第八章·

未见君子，忧心忡忡

纪南承所接触的人中，大多数都是精英，几乎都是骄傲自信的，极少出现像眼前这个女人这样，永远低垂着眉眼，连与人视线交织都不敢的人。

她是一个异类，无论把她扔在哪种人群当中，她都是奇怪的。

“你是觉得我的计划会不合理，还是对你自己没有信心？”纪南承问得直接。

“后者。”温嘉树回答得也干脆。

她对自己何止是没有信心，尤其是跟申姜那样从小众星捧月长大的女人比起来，她觉得自己什么都不是。

“是从什么时候开始的？”纪南承问她。温嘉树茫然地看他，并不知道他指的是什么。

“不自信。”纪南承继续说。

温嘉树被问中了心里自己都不想触碰的问题，纪南承说话直接，于她而言有时候并不是一件好事，毕竟温嘉树并没有想要跟他长久地相处，总是被探寻内心深处的秘密，一而再再而三，总会令人心生厌恶。

“从我父亲离开我和我母亲开始，我的童年生活就变得一团糟。一个抛弃我的父亲，和一个疯癫的母亲，还有周围一群冷眼看笑话的人，你说，我怎么自信？”温嘉树不知不觉地便跟纪南承说起了这些，这么多年她从来没有同人倾诉过，哪怕是秦久也没有。

连秦久也没有注意到，她不喜欢直视别人的根本原因，是她不自信，纪南承却看出来了。

“按照你的逻辑，我从小生活在继母施压、父亲不疼的环境下，也应该不自信？”纪南承嘲讽了一句，“别把逃避和懦弱当作是不自信的借口。”

纪南承根本没打算安慰她，而是给她灌了一口“毒鸡汤”。

“随你怎么说。”温嘉树也不想与他争论，且不说跟他争论她占不了上风，哪怕占了，也没有任何意义，又不是会长久相处的人，多说无益。

两人没有再多闲聊，温嘉树随后便回了房间。

睡前她收到了巴黎贝弗利公司的电子邮件，贝弗利公司已经催促她尽早回巴黎了，如此可以早一点儿进行面试。

在电子邮件里面，对方也提到下个月在国内会有一场贝弗利公司的新品香水发布会，如果她成功签约了，她将可以代替布鲁斯出席那场发布会。

于温嘉树而言，能够进贝弗利公司是她一辈子的梦想，而能够参加贝弗利公司的新品发布会，且是在国内的，更是她一直都梦寐以求的事情。

她迫不及待地想要回到巴黎，临睡前暗自祈祷着明天纪南承的计划不要出纰漏，早点儿结束她便可以多陪温致萍一会儿。等到她这次回巴黎，如果贝弗利公司那边顺利的话，她必定要一个月后才能够回来了。

深夜两点，温嘉树醒来，她是被吵醒的。

她隐隐约约听到有电视声从客厅传来，但现在已经是半夜了，而这个房间里面只有她同纪南承两个人。

纪南承应该早就已经睡了，而且他睡的主卧里肯定有电视机，不至于走到客厅里来看电视。

而且，温嘉树躲在被子里时隐隐听到的是鬼片的声音，她不相信纪南承是那种深更半夜睡不着，跑到客厅去看鬼片的人。

脑中的念头越来越多，温嘉树顿时毫无睡意。

客厅的声音其实不算太大，但温嘉树的感官比常人要敏锐，一点点声响便能够惊动到她。她掀了被子下床，因为害怕打草惊“鬼”，她是赤着脚下床的，脚心接触到冰冷的木质地板，冷得她浑身缩了缩。

她蹑手蹑脚地走到了卧室门前，小心翼翼地按上了门把手，打开了一条门缝，发现客厅电视机果然是开着的……

漆黑幽静的客厅里面，电视机屏幕散发着隐隐的蓝光，而屏幕上，一个浑身是血、披头散发的女人正朝着屏幕走来，镜头一点点拉近，吓得温嘉树躲在门口一动都不敢动。

房间里面也是一片漆黑，她甚至觉得自己身后好像也有人在一般可怕。

她浑身都难受，原本残存着的一点儿睡意更是一瞬之间全部消失。

难不成这间公寓是真的太久没人住阴气重了，闹鬼？

背后传来冷嗖嗖的感觉，她连呼吸都小心翼翼的，生怕发出点儿什么声音，惊扰了外面的“人”。

但是无论怎么做，温嘉树此时此刻都没有办法放宽了心再躺到床上去了。

她想了想，还是静悄悄地回到了自己的床边上，从床头柜上拿起了手机，在通讯录里面找到纪南承的手机号码，冷静了一下缩在墙角，迅速地打了几个字发过去：“睡了吗？”

温嘉树实际上是没有存着半点儿希望的，纪南承应该睡着了，毕竟已经是半夜了。

她还生怕自己发短信的行为让纪南承不悦，深夜打扰这个主子，她心里惶恐。她原本也没有想着纪南承会回复她，但是很快，手机便收到了短信。

她惊了一下，纪南承还没睡？

“干吗？”

冷漠的两个字，让温嘉树不禁怀疑，他是不是被手机铃声吵醒了？

如果真的是被吵醒了，温嘉树会觉得内心难安的。她现在是寄人篱下，做什么都要看纪南承的脸色，她无论如何都是不能够惹恼他的。

“你还没睡？”

“嗯。”

又是秒回，这让温嘉树不禁怀疑，他应该不是被她的短信吵醒的，大概是真的还没睡吧。

“你有没有听到客厅里面传来的电视声？”温嘉树迅速发了一条短信过去，觉得这么说还不够，又补充了一条。

“客厅里面好像有不干净的东西……我胆子小，不敢睡了。”温嘉树发誓自己没有半点儿撒娇的意思，但这条短信发出去之后，她仔细看了一眼，却忽然间有一种自己好像在跟纪南承撒娇卖惨的感觉。

不过如果卖惨能够换来安心的话，她愿意卖这个惨。

“哦。”

哦？哦？！

温嘉树看到这个字时，脑中一片空白，纪南承就算不回复她，都比这个字要好一些，单回复这个“哦”字，给人的感觉尤其奇怪，像是敷衍，又像是冷傲，或者表示，他根本不想理会她。

温嘉树更慌了，难道他没有听到客厅里面传来的声音吗？

她刚刚想要继续给他发短信时，纪南承忽然发了一条短信过来：“出来。”

又是简单的命令式的两个字，但是这两个字对于此时的温嘉树来说，是有千斤重的。

客厅里面传来的电视声响让她惊悚，她怎么可能敢在这个时候出去？

“有事？”她反问。

那边沉默了一会儿，回复道：“还是你想自己一个人在卧室被吓死？”

这句话一发过来，温嘉树便觉得脊背后凉嗖嗖的，格外恐怖，让她觉得房间里都不安全了。

她立刻迈开步子小心翼翼地走向门口，按门把手的时候，手都是颤抖的。温嘉树的胆子素来小，所以夜晚从来不会自己一个人单独出门，在格拉斯时，她一到晚上不是窝在家里，便是去温室花房内休息闻花香。

今天深更半夜的，她是真的怕，哪怕纪南承就在她旁边的房间里。

吧嗒一声，门把手被全部按下，温嘉树的心也跟着沉了沉，像是要赴一场生死劫难。

她走出去，隐隐看到客厅的沙发上有一个人影，因为晚上睡觉时摘掉了隐形眼镜，她的视线并不是很清晰，客厅又很大，她只能够远远望过去，但是她能够确定，客厅里是真的有人在门口！

温嘉树被吓得魂都没了，赶紧快步跑到了隔壁的房间，咚咚咚地敲了几下门，因为心底害怕，她忍不住喊了出来：“纪南承！纪南承！求求你快点儿开开门！快点儿……”

温嘉树是真的被吓到了，只觉得纪南承如果晚一点儿开门的话，她的后面便会有人突然冒出来，她吓得厉害，敲门的手力道也加大了，敲得门咚咚咚地响。温嘉树此时脑中除了用一片空白来形容，找不到别的词。

“纪南承，你快点儿开门啊！”温嘉树着急了，口气都有些冲，冲着门嚷嚷道。

就在此时，温嘉树觉得忽然有一只手搭了搭她的肩膀……

她浑身瑟缩了一下，就差腿软跌倒在地上了。

“啊……”她不敢转过身去，对着门尖叫，心里除了害怕之外，便是对纪南承的痛恨。

是他叫她出来的，现在又躲在房间里面不开门，算是怎么回事？！

如果她被“鬼”吓死了，她做鬼也不会放过纪南承的！

“你有病？”纪南承的声音忽地从身后传来，温嘉树原本慌乱焦躁的心，顿时沉了下去。

她转过头，在一片漆黑当中，对视上了纪南承嘲讽的双眸。

心顿时沉入大海，在一片汪洋当中，泛起了阵阵涟漪……她的嘴唇颤着，此时此刻是说不出的心情。

温嘉树很想回一句“你才有病”，但是她不敢，她除了眼眶泛红之外，此时说不出半句话来。

害怕到了极致，哑巴了。

纪南承从让她出卧室开始，就想吓唬吓唬她。他深夜无眠，辗转之后决定起来去客厅看恐怖片。原本他以为她早就睡着了，谁知她睡眠这么浅。

既然她发短信给他了，他想要就势耍耍她。

他本来还想再吓唬她几下，可是在看到她被吓得恍若魂魄都丢了时，他又有些于心不忍了。尤其是看到她的眼神明明是愤怒的，但嘴巴却好像是被封了蜡一样，怎么都说不了愤怒的话。

她有多不自信和胆怯，可见一斑。

纪南承有理由相信，温嘉树在他面前已经算是提了几分自信心的了，在其他人面前，她连直视都不敢。

这样的一个女人，到底是怎么活到这么大的？

他跟女人的接触并不多，不知道怎么安慰人，毕竟是自己做的恶作剧，他开口，是口气傲娇的道歉：“抱歉吓到你。”

温嘉树喘着气，一时之间还是说不出话来，只是呼吸起起伏伏。

温嘉树没有从他的语气中听到半分真心实意的道歉。

“你……”温嘉树的呼吸都是迟钝的，“深更半夜的，你为什么非要到客厅看鬼片？”

“我喜欢。”纪南承的回答再一次噎住了她，也是，这是他家，他想干什么就可以干什么，又不需要看她的脸色行事。

“那能够麻烦你不要继续看了吗？”温嘉树心如擂鼓，现在不是心有余悸，而是惊悚进行时。

心脏仿佛在喉咙里面呼之欲出，咚咚咚的声音仿佛近在耳边。

她这句话里面没有半点儿揶揄嘲讽，是真心实意的恳求。

纪南承没有了恶作剧的心思，顺手打开了墙壁上的灯，灯光一亮，他便看到了温嘉树惨白的脸色和干涩的嘴唇。

经历了大半夜的熬磨，她的嘴唇因为缺水都微微起皮了，此时更是因为害怕微微张着。

“嗯。”温嘉树的余光越过纪南承的身体落在客厅电视机的屏幕上，惊恐感越发强烈，“能……能关掉吗？”

纪南承阔步走向了沙发的方向，俯身拿起遥控器，关掉了电视。

等到屏幕完全变暗之后，温嘉树才顿时放宽了心，脸色也几乎是同一时间变得好看了一些……

她悄悄地伸手拍了拍心口的位置，仍处于惊魂未定的状态。

“你一直都有这样的特殊癖好？”

“癖好？”纪南承反问，“这是我家。”

纪南承的后半句话，寥寥几个字，说清道明了自己的立场——这是他家，他想干什么就可以干什么。

意思是：他可以跟她道歉，但他并不觉得自己做错了事情。

纪南承的霸道可见一斑。

温嘉树不想同他多言，她知道多说无益，日后她也不会同他多相处，管他是喜欢深夜看喜剧还是深夜看鬼片呢？只要他今晚不要再看了就好。

“我要回去睡了，晚安。”温嘉树的话语里面带着很浓的颤音，听着便知道这个人经历了恐怖的事。

“你确定睡得着？”纪南承问。

温嘉树被纪南承这句话一说，才是真的睡不着了。

“你能别说了吗……”温嘉树可不敢用纪南承那般命令式的口吻同他说话，说出这句略微带着一点儿强势味道的话时，语气也是柔和的。

“要不要吃点儿安眠药？”纪南承好心好意的一句话，在温嘉树听来，莫名觉得有点儿讽刺。

她皱眉：“不需要。”

说完她便回了自己的房间，但刚刚躺下几分钟她便后悔了，立刻拿手机发了短信给纪南承：“能给我点儿安眠药吗？”

这么一条短信发过去，温嘉树自己都觉得丢人。

但在彻夜难眠和丢人之间，她宁可选择后者。

当自己卧室的门被纪南承推开时，温嘉树感觉到了纪南承清冷的目光，他大概觉得她是个疯子。

“怎么吃的，上面有写，不要多吃。”纪南承最后几个字的叮嘱，在温嘉树听来有些可笑。

像是担心她一不小心吃多了，死在他的公寓里似的。

“放心，我不会让纪先生背上命案的。”温嘉树倒了两颗药，干吞了下去，吃完直接躺下，她感觉到纪南承深深地看了她几眼之后才离开。

第二日清晨。

温嘉树醒来时，餐桌上放着早餐，整个客厅里面都弥漫着浓郁清甜的粥味。温嘉树原本早起是没有什么胃口的，但是看到餐桌上丰盛的早餐时，胃口顿时便来了，肚子也开始变得饥肠辘辘起来。

“醒了？吃吧。”纪南承从洗手间走出来，手上拿着毛巾正在擦湿漉漉的头发，见到温嘉树时随意地让她吃早餐。

他身上穿着白色的宽大浴袍，喉结处微微沾着水珠。

“都是你做的？”温嘉树有些不好意思地问，借住在他家，还要吃他的，总让她觉得难为情，虽然他也在利用她。

“鬼做的。”纪南承淡然地走到了餐桌前面，拿起一块面包放到了嘴里，动作随意，俨然像是一个人在家的模样，他随手将潮了的毛巾扔到了客厅一旁的衣篓里，在温嘉树的对面坐下。

她想到了昨晚被吓到了的情景，再一次不寒而栗。

纪南承这个人未免太喜欢也太擅长损人了。

温嘉树吃了一口煎蛋，味道正好，更让她觉得有意思的是，纪南承竟然将煎蛋煎成了爱心形状。

“看来纪先生的身体里住着一颗少女心。”温嘉树淡哂。

纪南承没有回答她，继续吃自己的面包。

“纪先生经常做早餐吗？”温嘉树今天的心情还不错，或许是因为吃上了一顿丰盛的早餐。她一个人在格拉斯时，经常会忘记吃早餐。有早餐的一天和没有早餐的一天，幸福感是截然不同的，这一点温嘉树算是体会到了。

“你如果是想问我，家里是不是经常有女人住，我是不是经常给女人做早餐，就直说。”

“……”温嘉树深深吸气，跟这种自大狂简直难以沟通，好像无论她说什么，纪南承都会觉得她是在爱慕着他一般。

“暂时没有这个癖好。”温嘉树将整颗煎蛋吃完，说。

两个人没有再说话，温嘉树吃饱了之后开始喝牛奶，忽然想到了她今天要先去看一下温致萍。

“对了，现在时间还早，我要先去一趟医院。”温嘉树看了一眼腕表上的时间，现在才七点多，十点钟赶去民政局，肯定来得及。

“随便。”纪南承对于她要去何处不感兴趣，他在乎的只是她能够按时赶到民政局。

温嘉树草草喝了牛奶便起身，拿过鸭舌帽戴上就匆匆走到了玄关。

然而纪南承在这个时候也从餐桌前面起身，阔步走向了温嘉树，抬手直接从她头上将鸭舌帽摘下，扔到了一旁的沙发上。

“哎，我的帽子……”

“既然可以直视我，你也可以尝试着去直视别人，别把自己变成异类。”纪南承的语气颇有一点儿像心灵导师，温嘉树听得心头一紧，她皱着眉。

“我本来就是异类。我天生感官就比别人灵敏，在凡尔赛闻香学校的时候，老师就说我的感官是奇怪的，还特意带我去医院做过全身检查。”温嘉树苦笑，“你看，哪怕是在凡尔赛闻香学校那样怪才辈出的地方，他们都觉得我是异类。从小我爸就不喜欢我，没人喜欢我这样的异类。”

温嘉树不自觉地说出了自己心底的真实想法，她也不知道自己为什么要跟纪南承说这些，说出口时她微怔。

她好像很容易同纪南承吐露心声，明明两个人认识的时间也并不久。

“感官比别人灵敏是长处，不是怪异。”纪南承纠正了她的认知，“温嘉树，自信一些。”

纪南承说的后半句话，一下子击中了温嘉树心底最深处。

她的心颤了颤，舔了舔嘴唇，嘴唇上还残留着牛奶的味道。她未施粉黛，嘴唇上自然也没有口红，可以肆无忌惮地舔唇。她这个别扭的小动作落入纪南承的眼中，让他的喉咙紧了紧，他微微别开了眼。

“我走了，待会儿见。”温嘉树推开门，浑身别扭。

医院病房。

温嘉树买了点儿水果去看温致萍，水果是给护工吃的。温致萍现在只能吃一些医生规定的食物，其他的根本不能碰。虽然纪南承帮她找了最好的护工，但是她仍有些不放心，还是想要给护工一点儿小心意，哪怕一点点，对方也应该会更加贴心地照顾温致萍。

毕竟她长期不在温致萍的身边，如果护工照顾得不好，她心底会很难安。

然而当她走到病房门口的时候，看到护工坐在门口的公共椅子上，正在看手机。

“梅姐，你怎么在外面？”温嘉树上前问护工。

梅姐之前只见过温嘉树一次，也见过纪南承一次，见到她来了立刻起身：“温小姐，您来了啊，纪先生没有同您一起来吗？”

温嘉树心想，梅姐应该是误会她跟纪南承之间的关系了。

也罢，毕竟护工是纪南承找的，她也懒得多解释了。

“我自己来的。”温嘉树淡淡地说道，“我妈在睡觉吗？”

温嘉树觉得温致萍大概是在睡觉，梅姐才选择出来的，因为护工都是贴身照顾病人的，好端端是不会出来的。

“没有，您父亲过来了，正在里面陪着她呢。”梅姐对温嘉树的家庭情况一点儿都不了解，随口一说，温嘉树却被惊到了。

申沉过来了？！

温嘉树浑身抽了一下，紧张地连忙把水果递给了梅姐，踉跄地走向了病房门口，想都没有多想就立刻推开了病房的房门。

推开房门之前，温嘉树也不知道自己在想什么，脑中除了空白之外，没有任何多余的想法。

温嘉树的心跳骤快，眼眶酸痛，推门进去时，她看到温致萍正在睡觉。

她的心顿时沉了沉，这是不幸中的万幸……

幸好温致萍在睡觉，如果她醒了，看到申沉，后果不堪设想。

而申沉，此时此刻就站在温致萍的病床床尾，静静地看着躺在床上形容瘦削到近乎瘦骨嶙峋的温致萍。

温嘉树上前，伸手紧紧抓住了申沉的手臂。

她也不知道自己是何处来的力量，拽着申沉的手臂，咬牙走了几步，她几乎使上了浑身所有的力气，但走了两步，申沉便主动同她走出了病房。

她庆幸申沉是配合的，否则，她真的害怕申沉制造出什么动静吵醒了温致萍。

温致萍的精神疾病本就一直都不稳定，现在因为并发症的关系，身体虚弱至极，受不得一点儿惊吓。而申沉的出现，对于温致萍来说，是足够致命的。

门被轻掩上，温嘉树单刀直入地开口：“你来干什么？”

梅姐被这个阵势吓到了，看了一眼温嘉树，又看了一眼申沉，瞬间明白自己做错事了，她不敢吭声，连忙转身离开了。

申沉见梅姐离开了，此时这里只剩下了他跟温嘉树。

“嘉树。”申沉忽然唤她，温嘉树的心口一紧，但脸上没有流露出半点儿情绪。

“不要叫我的名字。”温嘉树冷冷地扔给了他一句话，眼眶泛酸。

“你的名字是我取的。后皇嘉树，橘徕服兮。受命不迁，生南国兮……”

“你要是喜欢背诵《诗经》，可以出门右拐去隔壁的上大，去里面的汉语言文学系教书，不用在这里背诵给我听，我不感兴趣。如果可以，我宁愿不要这个名字。”温嘉树对于自己的名字并不喜欢。

在国外时，她只告诉别人自己叫多丽丝·温，很少会同人说起自己的中文名，也只有在跟纪南承自我介绍时，用的是中文名。

温嘉树不是咄咄逼人的人，但是在面对申沉时，她控制不住自己的情绪。

全程她也都没有直视申沉，她不敢。

她现在后悔没有捡回自己的鸭舌帽，被申沉注视着的感觉，比起被其他任何人注视都要难受，浑身像是被火燎原一般……

“这些年，听说你一个人在法国生活？”

“不要打听我的事情，跟你无关。我姓温，我是温致萍的女儿，不是你的女儿。”温嘉树说出这些话时，鼻酸得要命，她觉得自己快要绷不住，要掉眼泪了。

她原本就是脆弱到不堪一击的性格，没有半点儿盔甲，多年后面对当年抛弃了自己的父亲时，温嘉树除了恨之外，便是心酸。

“还有，以后没有我的允许，不准来看我妈，她跟你无关。”温嘉树红着鼻尖说道，目光往申沉的肩膀处看，根本不敢仰头看他，“来探望一个被你逼疯了的人，有意思吗？”

申沉注意到了温嘉树不敢抬头，沉声开口：“你以前的自闭症还没好？”

温嘉树闻言，顿时很想笑。

自闭症？申沉竟然觉得她是患了自闭症。

“我没有自闭症，谢谢申先生的关心。”温嘉树从来就没有得过什么自闭症，她只是不自信，不敢跟人相处而已，跟自闭症完全是十万八千里的事情。

申沉根本就不关心她是不是真的有自闭症的问题，刚才那几句也只不过是随口一提而已，他接下来的话，让温嘉树明白了他此行的目的。

他根本就不是来看温致萍的，也不是来关心她的。

申沉的脸色深沉，他原本就很高，身上有着一股强势的气场，尤其是在年龄增长之后，气场更加厚重，身上带着不怒自威的气势，然而温嘉树并不怕他。

他西装革履，温嘉树却觉得他道貌岸然。

“上一次跟香水公司见面的时候，你也看到你妹妹了。”申沉的话语有犹豫，似是在思考着怎么开口跟她说这些，“你妹妹希望嫁给纪南承。”

温嘉树的鼻尖越发酸了，心想申沉一定会像电视剧里面演的那样，让她离开纪南承，把他让给申姜。

然而，申沉的话倒是让她一惊。

“但我不希望她跟纪南承在一起。”

温嘉树拧眉，得了新鲜的答案，她觉得诧异，但仍不敢抬头，只是紧紧皱着眉心：“什么意思？”

“如果你跟纪南承真的是互相喜欢，我希望你们赶紧结婚，就是这个意思。”申沉的话里面，没有半点儿对自己女儿的爱情祝福的意思，反倒像是为了另一个女儿，想要将她的婚姻赶鸭子上架的意思。

温嘉树虽然不明白申沉这么做为的是什么，但申沉的话终究是让她不悦了。

“你不想让申姜嫁给纪南承，是觉得纪南承哪里不好吧？”温嘉树隐约看穿了他的心思。

她哽咽，尽量控制住自己的嗓音：“申沉，我的人生因为你已经变得够糟糕了，求求你，不要为了你的小女儿，再来害我。”

温嘉树虽不了解纪南承到底是一个怎么样的人，但她知道，他必定是野心勃勃、城府深沉之人，而申沉既然不愿意让申姜嫁给他，自然是纪南承有不好之处。

就是这样一个人，申沉竟然想将她羊入虎口……

不爱她的人，终究是不爱她。

温嘉树也不知道为什么，之前付之微让她嫁给纪南承，现在申沉也让她嫁给纪南承，仿佛认识了纪南承之后，她的人生便是围绕着纪南承转的，她想要脱离这个轨道，片刻都不想再停留了。

她吸了吸鼻子，凛然对视着申沉的眼睛：“我马上会回法国，跟你们申家人也不会再有干系。”

“也好，这里有护工照顾，只是你有时间的话记得多来看看她。”申沉道貌岸然的样子和口气让温嘉树不爽至极，明明没有半点儿关心，他还要表现出关心的样子，这样只会让她觉得反胃。

“这不需要你提醒我。只是我也希望你不要有时间来看我妈，她现在受不得半点儿刺激。你要知道，是你把她害成了这样，如果你不想把她逼死的话，就求你高抬贵手，放过她。”温嘉树的口气并不强硬，反而是强忍着怯懦跟申沉说话。

温嘉树的鼻子酸得厉害，她从来都不是能够承受很多的人，哪怕一点点事情就能够将她打倒。

“你放心，我不会再过来。”申沉如她所愿，但人都是不满足的，温嘉树闻言冷笑。

“原来你对她真的没有半点儿爱，既然如此，你当初就不应该娶她，也不应该生下我。”在童年时期，温嘉树反反复复地思考过，如果她没有出生就好了，因为她的出生便是一个错误，没有出生，她便不需要经历父母分离，母亲疯癫，自己背井离乡之痛。

申沉垂着眸，他接了温嘉树的话：“很多事情不是三言两语就能够解释得清的。”

“你不就是为了外公的钱和名声？你看，我一句话就解释清楚了。”温嘉树冷笑，“你走吧，我和申姜这一辈的事情，也不需要你管。”

温嘉树转身走进了病房，头也不回地将门关上。

关上门的那一秒，她的眼泪再也没有忍住地夺眶而出，她伸手紧紧地捂住了嘴巴，躲在门口，生怕吵醒了病房内的温致萍。

她低声抽噎，脑子里满是申沉那张脸。

她长得像极了申沉，因此早些年温致萍还没有疯癫至此时，每一次看到她就会犯病。那段时间，温嘉树极其厌恶自己的长相，洗漱时，她甚至连照镜子都不愿意。她觉得，自己自卑且不自信，不愿意让别人跟自己对视，便是从那个时候开始的。

这个世界上从来就没有没来由的恨，也没有没来由的爱。直到现在，有时候想到申沉那张脸，她还是会讨厌自己的长相，阔别多年，今天见到，这种感情越发清晰且强烈。

“嘉树。”房间内忽然传来温致萍的声音，温嘉树所在的地方是整个病房的视线盲点，她以为温致萍不知道她在房间里。

“妈。”她连忙用最快的速度抹掉了眼泪，吸了吸鼻子，走向了温致萍的方向，“妈，你醒了？”

“申沉走了？”

咯噔一声，温嘉树仿佛听到了心里深处的动静。

温致萍从床上支撑着坐起来，靠在床上，静静地看着温嘉树，神情比往日冷静很多。

温嘉树回过神来才发现，温致萍原来一直都是醒着的。

“妈……”

“我是故意不睁开眼的，但是我不用睁开眼睛，就知道他来了……”温致萍脸色惨白，喃喃地说着话，眼神空洞。

温嘉树一直都知道，温致萍仍是爱着申沉的。

如果不爱，也不会疯癫至此了。

但让她没有想到的是，温致萍在再见到申沉时，竟然能够如此克制住自己的情绪。

“我记得他身上的味道，也听得出他走路的声音，他的脚步声跟别人不一样。”温致萍的声音变得前所未有的温柔，目光里像是含着水一样，静静地说着。

“我以为我这一辈子都见不到他了……”温致萍此时此刻完全不像是一个精神失常的精神病人，她看上去十分清醒。

温嘉树压抑着情绪，她走到一旁给温致萍倒了一杯温水递到了她面前：“他已经走了，我让他以后都不要再来看你了。”

“他应该不是来看我的吧？”温致萍淡哂，笑意里透露着隐隐的悲哀。

温嘉树皱眉，说温致萍疯癫，有时候又觉得她清醒得很，比如此时，她竟然都能够猜测出申沉来的目的。

“这么多年了，他要是想来看我，早就来看了。他跟你说什么了？”温致萍冷静地问。

温嘉树并不想提起申姜，一个申沉便足够了，若是再提起申姜，温嘉树怕她承受不住。

“没什么，只是之前在一次饭局上见到了，所以来找我。”

“他有说你长大了吗？”温致萍的眼神里面仍怀着期待。

温嘉树不知道她在期待着什么……或许对于当局者来说，永远都是迷途。

“没有，他不关心我。”温嘉树说得洒脱，也不想骗温致萍，免得温致萍日后对申沉还有什么念想，“他也不关心你。妈，我宁可你睡着了。”

温致萍垂首，温嘉树看到她的鼻尖一点点变得通红。

她不知道温致萍有多爱申沉，但她觉得，申沉不配。一个依靠着妻子娘家爬上金字塔顶端的男人，此时此刻摆出一副成功人士的样子，让人觉得恶心至极。

温致萍吸了吸鼻子，她难得有清醒的时候，也难得有好好跟温嘉树说说话的时候：“你年纪也不小了，打算什么时候跟南承结婚？”

温嘉树听着“南承”二字，不禁一愣，茫然地拧巴了原本平坦的眉心。

她记得温致萍只见过纪南承一次，怎么忽地就叫得这么亲密了？

“我都听梅姐说了，是南承帮我找的护工，帮我谢谢他。”温致萍清醒时是温柔的，曾经毕竟是真正的大家闺秀，语气自然温柔如许，而她发病时，完全是判若两人的样子，“我觉得南承这个孩子不错，妈同意你们的婚事。你也知道，妈很多时候都很糊涂，所以……我怕我没有机会跟你说这些，今天就都说了。”

温嘉树听得浑身酸涩，酸意渗透到了指甲缝里面，她红着眼眶，忽地想就着温致萍的话，就这么骗她下去了……

因为就像温致萍所说的那样，她清醒的时候太少了，与其上纲上线地跟她解释清楚，不如骗骗她，让她开心。

哪怕之后不清醒，她应该也是开心的。

“嗯。”温嘉树颔首，默认了温致萍的话。

“那我就放心了。”温致萍含笑，喝了一口温嘉树递过去的温热的水，一脸欣慰。

温嘉树低头敛眉，觉得哪怕骗了温致萍，但看到她心满意足的样子，她也就安心了。

·第九章·

式微式微，为何不归

九点五十分。

温嘉树赶到民政局门口时，看到纪南承已经在等她了。

今天的阳光很充足，日光从纪南承的头顶倾泻而下，柔和了他脸上原本锋利的五官，让他看上去温和了不少。

阳光永远都有暖人心脾的作用，哪怕因为刚才申沉的出现让温嘉树的心情极度不佳，但在日光下，她都觉得被温暖了。她吸了吸鼻子，好像阳光能够通过鼻子钻进身体里一般。

“纪先生。”温嘉树快步走向纪南承，看到他长身玉立地站在民政局门口，恍然之中脑中闪过一个念头：日后也不知道是谁会跟纪南承这样的男人结婚。

虽然他这个人自大又自恋，但平心而论，他是温嘉树至今为止见过的气质最好的男人。

“没迟到。”纪南承低头看了一眼腕表，上纲上线地说。

温嘉树苦笑，还真是要求严苛。

她刚想问他的计划到底是什么的时候，忽然看到不远处一辆红色的保时捷718停在了民政局门口，申姜从车上下来时吸引了不少人的目光。

车子是亮眼的红色，从车上下来的女人也是最引人注目的样貌，吸睛是理所当然的。

虽是秋日，申姜仍穿得很少，纤细笔直的长腿露在风衣之外，踩着细高跟快步朝着纪南承的方向走过来。很显然，她的脸色很不好。

“你怎么也在这里？”申姜的反应显示她不知道温嘉树也会来这里。

温嘉树心中蓦地有了一个可怕的念头：纪南承不会骗申姜说今天是要跟申姜领证吧？

否则的话，申姜应该也不会心甘情愿地来民政局。

温嘉树的神经瞬间紧绷，纪南承或许又给她挖了一个巨大的陷阱，就等着她主动跳下去……而她，就这样乖乖地一跃而下，像个天真的傻子一样。

“南承，不是说领证吗？”申姜不傻，从下车看到温嘉树开始便意识到了不对劲，脸色瞬间变得难看。

“领证，我跟她。”

“……”温嘉树被纪南承的直接惊到了，她让他做一件能够让申姜厌恶他甚至是痛恨他、对他死心的事情，这样做的确是很适合，但是这样的表达方式未免也太直接了一些。

别说是申姜了，就连温嘉树都觉得有些受不了。

申姜的脸色由刚才的铁青逐渐地变成了惨白，她的嘴唇都是煞白的，微微张着，茫然地盯着纪南承的眼睛，良久之后才扯了扯嘴笑了笑：“你在跟我开玩笑吧？”

“我说领证，没有说跟谁领。”纪南承开脱的理由很充分，但是这种话在女生听来，是彻头彻尾的渣男行径。

温嘉树很佩服纪南承的勇气，他到底对申姜是有多不喜欢？

申家和纪家在上城都是有头有脸的人物，如果申姜真的因为这件事情痛恨他，将今天他的“渣男”行径广而告之，以后纪南承该如何立足？

温嘉树觉得，如果不是有深仇大恨的话，她是绝对做不出纪南承今天这种行为的。

即使她讨厌申姜，也觉得做得太过了。

申姜哑然地张着嘴巴，一直都没有合上，眼眶逐渐地被眼泪染湿，她深呼吸之后盯着纪南承的眼睛说：“你究竟是有多讨厌我，才要这么对我？”

不知道是不是身体里流着一半一样的血，申姜的想法跟温嘉树此时此刻的想法竟然如出一辙。

温嘉树垂首，一方面是不敢看申姜；另一方面是想要逃避她的目光。

但是此时申姜的注意力并不在她身上，而是死死地盯着纪南承：“你明明知道，从我见到你的第一眼我就喜欢你，我喜欢了你那么多年……”

申姜咬了咬下唇，牙齿在嘴唇上留下了清晰的牙印，足以见得她的力道很重很重，印记格外清晰。

“如果你觉得我性格骄纵，我可以改……我爸妈都说我的性格太娇纵了，我也觉得，你是不是因为这个才不喜欢我？”申姜的样子有些可怜，像她这样从小到大都没有经历过磨难、一直被捧在掌心里面长大的女生来说，忽然被自己喜欢的男人残忍拒绝，是致命的。

换位思考，温嘉树如果是申姜，肯定会更加郁闷，明明她哪里都好，他就是不喜欢她。

这也是让温嘉树觉得纳闷的地方，纪南承为什么不喜欢申姜？

“还是……还是我这次追着你到了法国，你觉得我太黏人了？”申姜的声音里面已经带着很浓的颤音，她鼻腔里面的鼻音很重，仿佛下一秒她就会哭出声来，“如果是因为这件事情，我可以改……真的，我下次不会再黏着你了。男人嘛，都是喜欢自由的，是不是？”

温嘉树偷偷地看了一眼申姜，想起了之前纪南承问她有没有喜欢过一个人。

想必，这就是喜欢上一个人的眼神。再反观纪南承，他此时的眼神冷静得有些可怕，仿佛只是在看一件跟自己毫无关系的事情。

旁观者清，他是真的不喜欢她。

温嘉树深深吸气，男人狠心起来，是一件很可怕的事情。

“姜姜，我不喜欢你。”纪南承仍唤她的乳名，听上去还是温柔平和，他的声音依旧醇厚好听，但是说出口的话，却没有半点儿让人愉悦的感觉。

申姜像是一个被一枪毙命的士兵，愣愣地杵在原地一动未动。

温嘉树知道自己今天难免会经历一场“腥风血雨”，既然纪南承将她拉入了这个“刑场”，他今天无论如何都是要将她推上断头台的了。

横竖都是一刀落在脖子上，温嘉树决定干脆一些，主动看向了申姜。

她不善于辞令，是绝对不会先开口去挑衅申姜的，哪怕这是她今天的任务。但是她知道，只要自己看向申姜，便能够引起她的注意力，以申姜这样骄纵的性格，得到她的注视之后，肯定会认为温嘉树是在挑衅她。

果不其然，申姜接收到了她这两道目光，立刻便看向了她，只是看她时神情瞬间转换，温嘉树很佩服这种在一瞬之间转换神情的能力。

俨然是“戏精”。

“你到底是用了什么狐媚手段，让他对你这么痴迷？”申姜口气不善。温嘉树能够理解她的不善，但是瞥到申姜狠戾的目光时，温嘉树便想起了申姜母亲陆渝媛的那副丑恶嘴脸，以及她们母女和申沉曾经加诸在她和温致萍身上的痛苦。

凡是想到一星半点，温嘉树的气便起来了，一时之间也咽不下去。

“申小姐说话嘴巴放干净一点儿。”温嘉树淡淡说着，她做不到趾高气扬，因为没有底气，也没有自信。但因为有纪南承在一旁撑腰，她知道自己是不会露馅的，所以说到最后几个字时，她的口气也强硬了不少，“我和南承是互相喜欢，怎么就变成我用了狐媚手段？”

温嘉树这句话刚刚落地，忽然感觉到腰上一热，纪南承的手不知何时搭上了她的腰，温嘉树不自觉地挺了挺脊背，想要让自己的身体离开纪南承的手心。

纪南承搂得很紧，几乎是要将她整个人都拢向他一般。

温嘉树皱眉，她极其不喜欢这种肢体接触，但现在又不能够逃离，就这样被他揽着时，她浑身不适，像是有千万只蚂蚁在爬一般。

她咬紧牙关忍着不适感，听到从上方传来纪南承磁性的嗓音。

平心而论，纪南承的声音磁厚又稳重，是最能够吸引女人的声音，无论是平时散漫的一句话，还是他认真在你耳边低语，都是十足的低音炮，吸魂摄魄。

温嘉树这么想着，离纪南承喉咙最近的耳朵后面，莫名地起了一层鸡皮疙瘩。

她觉得自己真是疯了，在这样的情况下，竟然还会去关心纪南承的声音是不是好听。

“我们认识很久了。”

纪南承的一句话，将申姜拉入了深渊当中，她苦笑。

“有我们认识的时间久吗？南承，你自己想想，我们都认识多久了？她到底哪里好了，我哪里……”

“我们也一起睡了很久了。”

温嘉树在听到这句话的最后一个字落地时，倏地抬头看向纪南承，从申姜来时到现在，这是她第一次抬眸，因为她被纪南承吓到了，她没有想到他会这么说。

温嘉树忽然意识到，纪南承是做好了将她彻底拉下水的准备了，他的这种行为让她震惊之余，十分愤怒。

她的清白，就这样莫名其妙地被他诬蔑了。

然而她还必须要隐忍着，心底却在想：谁跟你认识很久了？谁跟你睡了很久了？！

申姜脸上的表情像是被点穴了一般顿住，她看着纪南承：“你跟她……”

温嘉树的耳根红了红，脑中莫名地浮现了今天早上纪南承穿着睡袍在客厅里走来走去的样子，小麦色的皮肤，性感的喉结，湿漉漉的头发……

这些零星的画面出现在脑中时，温嘉树被自己吓到了，她连忙遏制住，摇了摇头，不敢继续想下去。

美色误人，古人诚不欺人！

“小树，你昨晚觉得满意吗？”纪南承俨然一个渣男，而温嘉树却一脸茫然。

倒不是茫然于他问的满意与否，而是那一声“小树”，让她原本积蓄在耳后根的鸡皮疙瘩，一瞬之间蔓延到了全身。

“嗯……满、满意。”温嘉树的舌头像是打结了。

纪南承一字一句地给她下套，他明明知道申姜有多厌恶她这个同父异母的姐姐，还硬生生地往她身上靠，这让温嘉树根本招架不住。

凡人手里的剑，果然敌不过高手手中扔出来的石头，她便是那凡人，而他则是高手。

温嘉树的回答才是彻底惹怒申姜的导火索，她闻言，脸色骤然变成了猪肝色，仿佛浑身的力量都蓄在了脸上，就差往温嘉树脸上再扇一巴掌。

“温嘉树，你就是这么报复我们申家的？”

温嘉树仍没有抬头看她，听着申姜这句愤怒的话，挺想笑的。

报复？她从未想过要报复申家，哪怕当初申沉不要她跟温致萍了，她也从来都没有想过要去报复申沉。这是他的选择，为人子女从来就没有权利去选择父母，更没有权利去帮父母做决定。所以无论她多恨他，也从未想过要报复他，更别说去报复申沉后来的妻子和女儿了。

“南承，我们进去吧，外面的太阳有点儿晒。”温嘉树经不得晒是真的，她的皮肤对紫外线有些过敏，所以即使是在格拉斯那样阳光充足的地方，很多时间她都不能够享受南法温暖的阳光，只能够躲在房间或者温室花房里面，偶尔为之才可。

“嗯。”纪南承的手从她的腰部滑下，轻捏住她的手走向了民政局，根本不理会身后申姜的脸色。

温嘉树被纪南承捏着的手在微微颤抖，他能够感觉到，便越发捏得紧了一些。

令人意外的是，申姜并没有追上来，温嘉树以为她还会大哭大闹，起码应该会拦住他们说点儿什么，但是申姜没有。

民政局内，太阳被遮挡在了楼房外面，阴冷感顿时侵袭而来，温嘉树瑟缩了一下肩膀，在确定申姜看不到他们之后，连忙将手从纪南承的掌心当中抽了回来。

她觉得手心里面好像被烫伤了一样难受，随即用另一只手揉搓了一下掌心。

“你就这么讨厌申姜？”

“这是我的事。”简单的几个字，很明显地表示他不想跟她谈论关于申姜的事情。

对于申姜刚才的反应，温嘉树也不会觉得良心难安了，只是她对于纪南承倒是有些失望，因为他的表现太像一个渣男。

“没想到纪先生是这样的渣男。”温嘉树已经做好了今天就离开的准备，所以怼了纪南承一句。

没想到她这句话倒是激起了他的反应。

他压低了眉目，眸光越发清冷，比起刚才面对申姜时凛然的样子，温嘉树更怕他现在的样子。

不过幸好现在是在公共场合，周围那么多人，让她没那么害怕他。

“你以为申姜能好到哪里去？”纪南承的话意味深长。

“起码她应该是真的喜欢你。”温嘉树淡淡地扔了一句，心底却觉得有些硌硬，这话的口气颇有一点为申姜辩白的味道。

“掺杂着利益的喜欢，我不需要。”纪南承的思想比她要清醒得多，温嘉树听着总觉得有点儿异样的味道。

什么叫“掺杂着利益的喜欢”？

她皱眉：“什么意思？”

“申姜的母亲陆渝媛跟我的亲生母亲是朋友，陆渝媛从小给申姜的教育便是让她喜欢我，只有两个家族联姻，她们的利益才能够最大化。她或许是喜欢我，但有多少真心多少假意，你知道？”纪南承的分析让温嘉树微愣。

她的认知果然是要狭隘一些，她只看到了儿女情长，却没有像他一样，看到利益纠纷。

被纪南承这么一说，温嘉树觉得他说的是有道理的。

申姜的母亲陆渝媛有多会算计，这一点温嘉树比谁都清楚。如果她不会算计，当初申沉也不会和她在一起，因此抛弃她们母女。申姜的母亲如此，申姜从小耳濡目染，想必也差不到哪里去。凭她说话的口气，就可见一斑。

“我最厌恶受人摆布，也不喜欢因为利益结婚。”纪南承的口气强势逼人，温嘉树想到了他的身世。

如今纪家的女主人付之微并不是他的亲生母亲，他是外室之子，从小进纪家想必过的就是受人摆布的日子，他厌恶这种日子，她能够理解。

而后者，应该没有人希望自己的婚姻里面掺杂着利益吧？

温嘉树同意他的说法，颔首：“嗯，如果连婚姻自己都控制不了，也没多大意思了。”

纪南承没有接话，身旁志愿者模样的人来问他们：“先生，是跟女朋友来办理结婚证的吗？这边办理。”

温嘉树一听，紧张了一下。

她刚刚抬手想要挥手，一秒钟的时间就被纪南承握住了手：“稍等。”

这两个字，是纪南承对志愿者说的。

志愿者闻言，点了点头，笑着离开了。

温嘉树仰头看他：“纪先生，我的任务完成了吧？”

“嗯。”纪南承倒算是守信用，温嘉树松了一口气，像是心里头的一块大石头落地了一般。

“那我可以功成身退了是吗？我搭今晚的航班回法国，没问题吧？”温嘉树淡淡说道，她恨不得早点儿离开纪南承。

她觉得这几天在纪南承身边的日子，像是被控制在了魔爪之中一般。

“嗯。”纪南承还是同样惜字如金地回答，让温嘉树不禁怀疑自己是不是做错了什么，让他这么冷漠。

“那我先回公寓收拾一下东西。我母亲那边的护工费用，您让秘书统计之后发给我具体数目，我会汇款给您。”温嘉树将一切都算得很清，一笔账归一笔账，她不想欠纪南承的。

“不用。”纪南承这一次倒是没有再说“嗯”字，“这是你的酬劳。”

温嘉树摇头：“我帮你不是因为我们是朋友，或者是需要酬劳，只是因为我被你胁迫而已。你帮我母亲请护工这件事情，我需要给你钱。”

温嘉树说得果断又冷漠，直接将“不是朋友”这样的话搬到了台面上来讲，听上去有些残忍，但她是认真的。

纪南承也注意到了这句话，眉头微皱，眼底有明显的不悦。

“不是朋友？”

“难道纪先生觉得，我们算得上是朋友？”温嘉树仰头，话语耿直得厉害，“以后我们都不会再见面了。”

“你确定？”纪南承一副日后还会再见面的模样，让温嘉树心里一怵，总觉得事情非同寻常……

温嘉树的眼神稍有慌乱：“嗯，我在格拉斯过的是深居简出的生活，很少会离开。如果以后有机会的话，我们还会再见面的。”

温嘉树头顶的纪南承的眼神，总给人一种耐人寻味的感觉，他像是在细细品味着她的话，又像是在运筹帷幄着一切，而温嘉树只不过是在他眼皮子底下动功夫而已。

这种感觉让人莫名觉得有些危险。

纪南承单手抄兜，站在民政局熙攘的人群当中，显得鹤立鸡群。

他的目光凝聚在温嘉树的身上，每一寸目光都让温嘉树觉得害怕：“听你话的意思，是希望以后我们永远不要再见面？”

温嘉树被说中了心事难免尴尬，她伸手捏了捏耳垂，一方面是耳垂的确有些痒；另一方面是因为心虚…。

纪南承一直咄咄逼人地拿话逼她，让她应接不暇。

她干脆扯开话题：“待会儿纪先生要回公寓去吗？我准备回去简单收拾一下行李。”

上方的气场越来越凝重，温嘉树如履薄冰。

纪南承的气场是在岁月里打磨之后留下来的稳重气场，强势，压抑人心，是让生人觉得尤其恐怖、熟人觉得尤其安心的一种气场。而温嘉树此时在纪南承面前，处于生人和熟人之间。

“你扯开话题的方式太蹩脚了。”纪南承忽地俯身，温嘉树心口一紧，想要后退却发现身后是民政局室内的一堵墙壁。心脏已经卡在了嗓子眼，温嘉树咽了一口唾沫，他莫名其妙地靠近，让她无措。

他身上须后水的味道又扑鼻而来，一点点刺激着她鼻腔里面的神经。

“就这么不想见我？”

“没有。”她怯懦地不敢承认，逃避开他的目光，“就像纪先生说的，以后会不会见面，没人知道。如果以后真的有机会见面，麻烦纪先生，不要再叫我……小树了。”

温嘉树对于这个称呼一直耿耿于怀，觉得尤其别扭和难听，从刚才纪南承这么叫她开始，她便觉得浑身难受。

“那叫你什么，小花？”

“……”不叫小树就是小花，纪南承大概是真心实意想气死她。

“我有名有姓的，连名带姓称呼就好。”温嘉树强挤出一点儿笑，“我真的要回去收拾东西了，我怕赶不上飞机。”

她从他面前抽身离开，接着听到身旁的一对新婚夫妻笑着看着他们两个人。

女人对自己的丈夫说：“老公，你看，她先生真的好帅啊……她也长得漂亮，好配啊！”

“配所以才来民政局啊。”她丈夫笑道。

温馨甜蜜的婚姻，三言两语里便能够体现得出，然而温嘉树和纪南承都被这一对夫妻这两句话扰得有些局促。

尤其是温嘉树，她心想：配？她跟纪南承怎么会配？

哪怕纪南承的性格在她看来有百般不好，但于她而言，纪南承仍是遥不可及的。

相比较于她来说，他的一切都高高在上。其实平心而论，连申姜那样的身份和外貌，都不一定能够跟他相配。

“脸红什么？”纪南承立刻捕捉到了她脸上这一点细微的变化。温嘉树头脑发热，立刻心虚地低下了头，“温嘉树，考不考虑替我工作？”

温嘉树听着他叫她的名字，下意识地以为他是要留她。

女人有时候都会有一些自恋的情节，以为这个男人跟自己多说了几句话，多看了自己几眼，那便是别有目的。

纪南承跟她周旋了这么久，她脑中还真的萌生出了这样的想法，但是在听到他最后这句话时，这种想法彻底地破灭了。

商人果然永远都是商人，他铺垫了这么久，原来是想要挖墙脚。

温嘉树冷着一张脸，颇为不悦：“不用了，我现在替布鲁斯打工，之后可能会替贝弗利公司打工，怎么也不会跟纪先生扯上关系的，不是吗？”

纪南承闻言，嘴角似有微不可见的笑意，温嘉树以为自己看花眼了，因为再看去时，他嘴角的笑意已经消失了。

“纪先生，再见。”

温嘉树抽身，也不问他是不是要回公寓去，打算自己直接打车回去，收拾了东西便往机场跑。

纪南承也没有追上来多说什么。

半小时后，出租车停在了溪山御府的小区门外。

温嘉树接到了秦久的电话，她有些胆怯地不敢接听这个电话，因为她知道这个电话肯定是骂她的……

果不其然，一接通，那边就传来了秦久的谩骂声。

“嘉树，你怎么回事？！星空说你跟他哥的相亲并不愉快？你是怎么了？星湛我见过好几次，是个特别温和的人，肯定是你惹恼了人家对不对？你不想跟他相处，可以啊，只是让你们碰个面先做个朋友而已，毕竟星湛是做化学产业的，跟我们香水行业搭边，他也经常会往法国这边跑，但你是不是让人家下不来台面了？”

温嘉树心想自己还真是冤枉。

她边说边走向纪南承的公寓，步伐很快很快。其实她根本就没有预订好今晚的航班，是在来溪山御府的出租车上才进行了预订。

航班是下午五点的，现在已经十二点多，时间其实已经很紧迫了，所以她走向纪南承公寓的步伐都快了一些。

“这件事情等我回巴黎再跟你解释好吗？我现在准备收拾行李赶飞机。”

“你跟纪南承之间的恩恩怨怨解决完了？”秦久讽刺道，她觉得星湛跟温嘉树不顺利，那位纪南承纪先生，肯定占了大半的“功劳”。

虽然温嘉树也没有怎么跟秦久提起过纪南承，但秦久对纪南承的印象并不佳。

“嗯。”温嘉树随口敷衍，她不想再想起纪南承。

商人的算计都颇多，像是时时刻刻都准备着压榨别人，这一点温嘉树能够理解，毕竟商人是同钱打交道的，但是纪南承这么对她，总让她心里觉得好像有一个坎过不去一般。

尤其是今天在民政局，她被摆了一道。

她上了电梯，抵达门口之后按了密码，然而“嘀”的一声，显示密码不正确。

“怎么回事？”

电话那头秦久一直都在唠唠叨叨，温嘉树静静听着，无非就是说星湛多好之类的话，但她都是左耳朵进右耳朵出，听过了也就听过了，根本没有回复秦久。在她怎么都打不开密码锁时，她最终无端地冒出了一句“怎么回事”，这让秦久听出了一些端倪。

“你有没有在认真听我说话？”

“纪南承家的门打不开。”

“又打不开了？”秦久记得上一次她在纪南承家门口，也是打不开门，也是在跟她通话……

温嘉树反反复复试了好几次，然而这个密码锁有限定的输入密码次数，再点三次，它就要开启保护模式了。

温嘉树心头一凛，难道是纪南承换过了密码？

“喂？嘉树？”秦久也好奇温嘉树这边发生了什么事。

“纪南承好像把他家门的密码换了，我现在进不了他家，拿不了行李，但是我马上就要赶去机场了。”温嘉树描述了自己现在的情况有多么紧急，表示没有时间跟秦久谈论星湛的问题，她一门心思都在这扇门上。

秦久闻言拧了眉心：“他不会是故意的吧？为了不让你走？”

秦久的一句话，提醒了此时云里雾里的温嘉树。

她想到了在民政局时，纪南承说的那些意味深长的话，和他脸上微妙的表情……

温嘉树努力地搜寻着自己脑海中的记忆，密码没错，就是纪南承的生日，她的记忆力很好，是绝对不会出错的。

唯一的可能性，便是纪南承换了密码。

她茫然，他是在什么时间换的密码？难不成是早晨她先离开公寓之后？真是这样的话，他算计得未免也太远了一些。

“纪南承不会是喜欢上你了，不舍得你走了吧？”秦久揶揄。

温嘉树在听闻这句话之后，耳根竟然莫名其妙地热了热，一股电流莫名其妙地从脚底钻了上来。

“别瞎说。”她立刻反驳。

“也不是没有可能，在同一个屋檐下住了这么几天，难保他不会对你起色心。”秦久的口气颇为有意思，她全程一直都在调侃着温嘉树，

“不过你也不吃亏啊，那可是纪南承，上城首屈一指的富豪，纪氏工业在香水圈内多有名你又不是不知道。你干脆就别回巴黎来了，什么贝弗利不贝弗利的，干脆在上城安心做你的纪太太吧。”

“秦久！”温嘉树现在处于奓毛状态，她现在没有这个闲工夫跟秦久瞎扯淡，只想要快点儿进门，把属于自己的东西拿回来。

她的行李箱还在他家，虽然东西不多，但那些换洗衣物和化妆品她还是需要的。

否则，难道要让她素着一张脸，穿着一身脏衣服去贝弗利公司面试？未免太窘迫了？

“你打个电话问问纪南承不就得了？”秦久揶揄了一句，“听听你未来老公怎么说。”

“还能不能好好说话了？”温嘉树皱眉，“我对星湛的确没有兴趣，对纪南承也……没有。”

温嘉树说到纪南承的时候，莫名其妙地心虚了一下，这种心虚感令她害怕极了。

她承认，她对纪南承的确有那么一星半点儿的肖想，但也仅仅是停留在肖想阶段而已。毕竟像纪南承这样优质的男人，温嘉树觉得谁看到了，怕都是会有那么一点儿心动的。

尤其是纪南承还满足了她心目中那瓶殿堂级男士香水“满堂红”的一切气场和气质。

“我从你的话语里，听出了你的心虚。”秦久太了解温嘉树了，甚至都能够猜到温嘉树说这句话时，满脸通红的样子，“少女情怀总是诗，你喜欢纪南承我没意见，只是你不要陷得太深了。我听星湛说，纪南承可不是什么好人。”

温嘉树想到了申沉请求她嫁给纪南承，为的就是不让申姜嫁给纪南承，想必也是考虑到了纪南承的品质，或许是真的有问题吧。

商人，多为诡辩之辈，手段也多为狠戾，很多在外人看来是品质上的问题，对于他们来说，只是正常的手段而已。

这一点温嘉树倒是能够理解，而不会像秦久那般去想。

“我怎么听说，星湛跟纪南承之前有过过节？他这么说，大抵也是因为他不喜欢纪南承吧。”温嘉树淡淡地说着，口气乍一听是很轻松的，实际上，她紧张得要命。

秦久跟她做了这么多年的闺密，她有什么胡乱心思，秦久都能够猜得到。

“哟，这么快就替纪南承说话了？”

温嘉树今天被纪南承酸完又被秦久酸，浑身难受得紧，也懒得跟秦久争辩，随意说了两句之后便赶紧挂断了电话，转而拨了纪南承的电话。

“对不起，您拨打的电话正在通话中，请稍后再拨……”从听筒里面传来的清冷女声让温嘉树微有不悦，她怎么觉得有一丝不对劲？

她心思敏锐，等了大概五分钟的样子，又拨了过去，收到的还是同样的答复，这样的答复让温嘉树无端地紧张了起来。

她心中蓦地生出了一个可怕的想法：纪南承不会是将她的电话号码拉入了黑名单吧？

利用完就溜？

温嘉树微恼，连忙拨了纪南承助理邢时的电话号码，幸好之前存了，电话打过去，是通的。

“喂。”邢时此时正在纪南承的办公室里，看着纪南承清冷地坐在办公桌前面，脸色极其阴冷沉郁。邢时跟在自家总裁身边已经很多年了，自然知道纪南承不发一言的时候，是最可怕的。

邢时也不知道发生了什么，刚才他在公司，纪南承就要求他以最快的速度赶到溪山御府，去将溪山御府那套公寓的门的密码换掉。

邢时记得，之前纪南承是让温嘉树住在那套公寓里面的，难道他们吵架了？

此时温嘉树的一个电话，证实了邢时的这个猜想。

“喂，邢助，我想问一下，您在纪先生身边吗？”温嘉树的声音平和，但邢时是很会察言观色之人，听到后便意识到了不对劲。

“不在。”邢时看着纪南承坐在办公桌前批阅文件的样子，心想真是对不起温嘉树，“温小姐有什么事吗？”

在他说出“温小姐”几个字时，他看到纪南承抬起了头。

这两个人之间，果然有猫腻。

不过纪南承跟温嘉树才认识多久？邢时在心底大致计算了一下时间，一面觉得纪南承不是那么容易被动摇心思的人；另一面又感慨大概是温嘉树魅力大。

“哦，纪先生公寓的门，是不是换了密码？”温嘉树想得单纯，以为邢时不在纪南承身边，或许邢时会告诉她。

“是吗？”邢时开始跟温嘉树打哈哈，“我近日没有去过，并不知道，这就要问纪先生了。”

温嘉树着急了：“我给他打电话，打不通。能麻烦邢助帮我找一下他，让他接一下电话吗？”

·第十章·

留人不住，醉解兰舟

邢时为难地看向了纪南承的方向，顿时有些明白纪南承为什么要让他去把溪山御府公寓的门的密码换了……

纪南承大概是不想让温嘉树走？还是想跟温嘉树有更多的瓜葛和牵扯？

邢时脑中冒出了很多个猜想，但这些在他看来，都是“骚想法”……因为在他的印象当中，纪南承高冷如许，洁身自好，这么些年，他身边不知道有多少莺莺燕燕来试探过，但都无功而返。毕竟哪怕撇开纪南承身上所有的吸引点，在外界看来，单是一个纪家，就值得她们踏破门槛了。

“抱歉温小姐，纪总今天出差了。”邢时能够会意，根本不需要看纪南承的眼色就知道他在想什么，“刚刚他回了一趟纪氏，马上就走了。”

“出差？”温嘉树茫然，很明显纪南承把她的电话号码给拉黑了，如果他出差了，那也就意味着她在短时间内肯定是没有办法拿到属于自己的东西了。

温嘉树心里焦灼了起来，追问邢时：“邢助，那能不能麻烦你打给纪先生，问问他公寓的门的密码？”

“抱歉温小姐，纪先生说，今天任何人都不能够打扰他，看样子是心情不好。”邢时说谎话都不用打草稿的，说得行云流水，温嘉树根本没有听出来半点儿不对劲。

“哦……这样，那抱歉了。”温嘉树尴尬地张了张嘴，不好意思再继续跟邢时周旋，耽误邢时的时间，邢时能够这么耐心地回答她，已经是仁至义尽了。

“没事。温小姐今天就要走了吗？”邢时倒是出人意料地多问了温嘉树一句。

温嘉树没有戒心地回答：“嗯，傍晚的飞机。”

“原来如此，难怪纪先生心情不好，原来是温小姐要走了……”邢时的话刚刚说到一半，忽然有一个物体朝着他投掷过来，邢时没有躲开，一个厚重的文件夹直接打在了他的腿上，邢时疼得连忙俯身下去摸小腿。

温嘉树清晰地听到电话中有人冲邢时扔了东西过来，邢时的低呼声她也听到了。

“怎么了？”温嘉树好心好意地问，完全不知道这边发生了什么“腥风血雨”。

“没……没事。”邢时想“皮”一下，没料想到纪南承的耳朵这么灵，一下子就听到了，直接扔了一个文件夹过来，“温小姐，我先去忙了，先挂了。”

“哦，好。”温嘉树也不再追问，便挂断了电话。

邢时就没那么好过了，挂断电话之后，他惨白着脸看着纪南承。纪南承一双漆黑的眸子清冷到极致，每一个向他投过来的眼神仿佛都在告诉他：你完了。

“纪总……温小姐说她要回法国了。”邢时也是在跟纪南承开玩笑，因为他实在是太难得见到纪南承对一个女人这么上心。

纪南承今天的心情的确不好，从回纪氏到现在，一直都是绷着一张脸的，刚才人事部的经理过来跟纪南承汇报上周的工作情况，纪南承也没给他好脸色看。要知道那个经理可是纪远恭在任时就在了的，平日纪南承多少会卖他几分薄面，今天却半点儿面子都没有给。

红颜祸水，说得不是没有道理……邢时在心底默默地想着。

“纪总心情不好，难道不是因为温小姐要走了？”邢时鼓起了勇气问道，想着反正已经惹毛纪南承了，而且他跟纪南承私下里其实算得上是朋友的关系，这个玩笑还是开得起的。

纪南承的眼神阴冷，比往日里更凝重：“你还想被砸几次？”

“不敢。”邢时强忍着笑，“不过纪总，您不想让人走，也不用把密码给换了啊。温小姐就算拿不到行李，肯定也会走的。”

纪南承皱眉，想到了温嘉树因为要去民政局的关系，带上了所有的证件。

被看穿了心思，纪南承的脸色微怏，不再像刚才那般盛气凌人。

“我是希望她能够留下为我工作。”纪南承纠正了邢时的话，正了脸色，打开电脑，看起了今天的股票。

“喀喀……”邢时低声笑着干咳了两声，这话听起来是挺能够自我催眠的，但骗不了旁人。邢时也没有打算戳穿纪南承，忍着笑说道：“但是留人也不能够用这种留法，温小姐毕竟是女人，女人都不喜欢被强迫。”

纪南承的脸色还是怏怏的，没有理邢时。

他想让温嘉树留下，就像沉香匣公司所说的，纪氏没有自己的闻香师，而现在闻香师又难求，全世界仅有三百名左右，国内很多闻香师都是半吊子，根本不是从正规的闻香学校毕业的。

不少国内香水公司跟国外香水公司合作时，都会聘用现在微博上炙手可热的香水博主，这些博主大多数都拥有大量的粉丝群，写的香评辞藻华丽能够吸人眼球，但终究不是专业院校毕业的，在专业知识方面比闻香师欠缺得不止一点。

纪氏目前就急切地需要一个专业的闻香师，而温嘉树于纪南承来说，是最好的选择。

“对了纪总，巴黎贝弗利公司的人正在十三楼的大会议室等您。”邢时想给纪南承一个台阶下，不想跟他继续说这件事情了，再说下去，纪南承怕是要怒火中烧。

“现在下去。”纪南承起身，话题成功地被邢时转移到了工作上，纪南承对工作一直都很上心，所以一听到关于工作之事，就立刻打起了精神。

“嗯。”邢时颔首，走到门口帮纪南承推开了门，一边说道，“贝弗利公司是很希望我们能够收购他们百分之五十的股份的。近几年法国的香水公司多了，贝弗利公司的竞争压力很大，他们不堪重负，一直在寻找买主帮他们公司度过这一劫。”

纪南承阔步走向电梯，脸色清冷地扯了扯嘴角：“百分之五十？太少了。我纪南承不是收破烂的，要买，就至少要买下百分之八十。贝弗利这只老狐狸，既舍不得放手自己这个百年香水公司，又想要得到一笔资金注入，世界上怎么可能会有这么好的事？”

“对。”邢时对于纪南承在商场上那一套向来是很佩服的，很认同纪南承的观点。

温嘉树没有能够如愿地拿到纪南承公寓里的行李，她转念一想，反正落在纪南承家的只有换洗衣物和化妆品，证件她都带在身上了，随时都可以走，所以就没有强求要开门，那些东西就当是她送给纪南承的好了。

她的当务之急就是要赶紧离开上城，离开纪南承，回巴黎去。

傍晚的飞机，延误到了深夜才起飞。

在候机大厅里面，温嘉树静静仰头看着玻璃外面的夜色。

漆黑夜幕当中，一灯如豆，她的心底莫名地有些难受。

又要离开上城了，上一次离开，她隔了整整四个月才回来，不知道下一次回来，见到温致萍时该是如何了。曾经她也想过要带温致萍去法国治疗，格拉斯的阳光和空气，对于恢复她的病情是更好的，但是温致萍怎么都不愿意离开上城。

对于温致萍来说，这个城市有她深爱的人——哪怕那个人曾经抛弃了她。她在他所处的城市，仍是欢喜的。

航班起飞，落地时是巴黎的黄昏。

温嘉树又去了里兹酒店下榻。她没有告诉贝弗利公司自己今天回到巴黎，但是贝弗利公司那边却有人联系她说，已经帮她安排了今晚入住的酒店，就在里兹。

她没有多考虑，也就住下了，舟车劳顿之后身心俱疲，她也懒得多想。

躺下之后她跟秦久和梅姐分别发了短信报了平安，特意让梅姐告诉温致萍一声，自己安全落地了。

简单洗漱了一下，她睡了大概两个小时便起来去了一趟香街，买了两套换洗的衣服和化妆品。

她提着大包小包回到酒店，出了电梯准备回自己房间时，看到冗长的酒店长廊，蓦地想到了当初第一次见纪南承时，好像也是在这个楼层……

怎么这么巧？

刚才从机场回来时她整个人浑浑噩噩的，只想倒头睡觉，现在清醒了才发现，竟然住到了同一个楼层。

而且……她所住的那个房间，好像就是当初她住的。

一切都仿佛是时间倒流，温嘉树只要回想一下头一次见到纪南承时的样子，便觉得浑身瑟瑟。如果不是那次在这里碰上了纪南承，被他误会了，也就不会发生后来的事情了，她也不至于被耽误了这么多天才回法国。

她深吸了一口气，拎着大包小包回到了房间内，换上刚买的睡衣就直接钻进了被窝里面，拿出手机，鬼使神差地打开了通讯录，翻找到了纪南承的电话号码。

就连她自己都不知道，为什么要找纪南承的号码。

或许是不甘心吧？因为他莫名其妙地把她拉黑了，还莫名其妙地改了公寓的门的密码，不让她进门收拾行李。

这算什么？是不打算让她回法国？

温嘉树想想便觉得可笑，鬼使神差地点了一下号码，想要再打过去试试看，看看纪南承是不是真的把她的电话号码拉黑了，还是之前心情不好，不愿意接听所有人的电话。

如果是后者，温嘉树心里还觉得能过意得去，毕竟那是把她跟其他人一概而论了；如果是前者，温嘉树就真的有些生气了。

拨过去，越洋电话，收到的仍旧是冰冷的女声。

温嘉树此时心底有一句骂人的话，不知道当讲不当讲……

纪南承真的够可以的，利用完就拉黑！

原本她以为自己已经足够心如止水的了，被别人挤对或者是谩骂，她都可以选择忽视，但是莫名地，发现自己的电话号码被纪南承拉黑了，她觉得很不爽。

他讨厌她？

温嘉树越想越睡不着，起身，拿起了房间里的座机，打开自己的通讯录，在座机上拨了纪南承的号码。

听筒里面传来的清晰的嘟嘟声，仿佛是在嘲笑着温嘉树，让她觉得丢人至极……

所有的血液一时间都冲到了脸上，她恼火得不行，以至于忘记了挂断，那边蓦地传来了纪南承闷闷的嗓音，像是在睡梦中被人惊醒后极度不悦。

“喂。”

闷声闷气的，温嘉树听着猛然一惊。

现在国内的时间应该是凌晨三四点，她莽撞地一个电话打过去，纪南承肯定是被她吵醒了。

她慌乱之中想要挂断，但手一抖，听筒从手中滑了下去，落到了地毯上。

她连忙捡起来，还未挂断，便听到了听筒里清冷的男声：“温嘉树，你想干什么？”温嘉树心头一紧，半晌还没反应过来他怎么会知道是她？这明明是座机。

但那头的纪南承已经在极度不悦当中给了她答案：“不用想我是怎么知道的，我的手机上显示的是法国的号码。”

温嘉树此时恨不得捶地，纪南承真的是个人精。

他的口气还是高高在上的，像是在说：不是我聪明，是你蠢。

温嘉树咬了咬下唇，真的是恨不得时光倒流，早知道她就不应该心有不甘地打这个电话。

他拉黑了她又如何？反正日后也不会再有联系了，都怪她心里那点儿小九九在作祟。

但现在电话既然打通了，扰他清梦也已经扰了，温嘉树决定问清楚：“你为什么把我拉黑？”

“我不需要回答你。”明明是纪南承拉黑了他，但他一副是她做错了事情的样子，这一点，是温嘉树最气的。

“我的东西还都在你的公寓里面，想留人，也不是这么个留法吧？”温嘉树越想越恼。

“留你？”纪南承冷笑了一声，这一声冷笑是从他的喉咙里面挤出来的，听上去尤其凌厉，“你把自己想得太重了。你不愿意给我工作，你的老师布鲁斯也会愿意，哪怕让他离开格拉斯来上城，他也会愿意。温嘉树，别把自己的姿态放得太高。”

纪南承的声音穿过无线电波进入温嘉树的耳中，带着浓郁的将醒未醒之意，像是明明没有睡醒，却强撑着。从嗓子里面硬挤出来的嗓音格外性感，温嘉树觉得耳膜都微微紧了紧。

像是有一条温柔的小蛇钻入了耳朵里面，轻轻地吐着蛇信子，挠得人痒痒的。

“那也没有必要把我拉黑吧……”温嘉树本就不自信，被纪南承这么一捣鼓，她又开始自我怀疑，是不是自己做错了什么，让别人不喜欢了？她软软糯糯的一句话，低声地表达着自己的不满，像极了被欺负之后的可怜人。

纪南承原本被扰了清梦很不痛快，此时听到温嘉树软软的话后，脑中忽然浮现了温嘉树那张可怜巴巴的脸，心蓦地又软了软。

他原本积蓄着不悦，他最厌烦的就是被人吵醒，有很多狠戾的话他都想直接扔给温嘉树这个不知轻重的女人，深更半夜的，敢这么打电话给他的，至今也只有她一个人。

但是这些话一下子都卡在了嗓子眼里，他张开嘴后停顿住了。

他不知道该怎么回答她，或者是该怎么接她的话。

温嘉树见他不回答，猜他大概是真的利用完就想闪人，喃喃道："抱歉，这么晚把你吵醒。"

温嘉树一小心翼翼地道歉，纪南承便受不住了，他皱眉："你深夜打越洋电话给我，就只是想问我为什么把你拉黑？"

"我忘记时差了。"

"你一个常年居住在国外的人，告诉我忘记时差了？温嘉树，你骗三岁小孩呢？"纪南承那边不知道是恼羞成怒了还是如何，话语竟然越来越难听。

"你就是三岁小孩啊。"温嘉树说完立刻挂断了电话，将听筒重重地放在了电话机上之后，她有一种如释重负之感，手都有些麻了。

末了，她还对着电话机做鬼脸吐了吐舌头，像是纪南承能够看见似的。

但是挂断电话之后，温嘉树心底便有些失魂落魄的，她有一种这个世界上谁都讨厌她、谁都不喜欢她的感觉。

从小父母对她的爱就不多，她的身边朋友也少，她也难以与人沟通和相处，就连之前利用她的纪南承，利用完之后也是扭身就走，头都不回。

温嘉树觉得内心空落落的，不悦地钻进了被窝。

躺在被窝里面，她根本睡不着，拿出手机打开微信，原是想阅览一下朋友圈便睡了，但一点开微信，她的脑中便萌生出了一个想法……

大抵还是心里的小九九和不甘心在作祟，温嘉树在通讯录里面复制了纪南承的手机号码，在微信的搜索栏中粘贴，立刻搜索到了一个微信头像。

白色的头像，很像纪南承的风格，而且位置是在上城，肯定是纪南承没错了。

她的手又不听使唤地点了请求添加好友。

她像是着魔了一般，完全忘记了刚才自己跟纪南承发生的不悦。

温嘉树也不知道自己到底在干什么，而那边的纪南承，竟然很快就通过了她的添加好友请求。

她的头像是Q版的香水，很好认。

"？"纪南承发过来一个问号。

温嘉树立刻接住，回复了他一个鬼脸。她的嘴角不自觉地扬了起来，巴黎的时间还早，她在飞机上又睡得多，现在清醒得很，正无聊着，刚好调侃一下纪南承。

她也不知道自己是哪里来的胆子，大概是因为觉得日后都不会再见面了，所以才这么胆大包天吧？

而且她对纪南承拉黑了她电话号码这件事情耿耿于怀，总觉得要小小地"报复"他一下。

那边许久都没有回应，她以为他把她删了，但是下一秒，手机屏幕忽然一黑，弹出了视频通话的请求。

温嘉树吓得连忙点了拒绝，可那边持之以恒地发过来，她太怕见到纪南承那张脸了，虽然英俊，但真的是看一眼都会让人觉得胆寒。

她闭了闭眼，按了接听键。

屏幕上很快就出现了纪南承的脸，清晰可见。她看到他只露出脸和脖子，但脖子下面，很明显是没有穿睡衣的。

在这么考验五官的前置镜头下，纪南承的一张脸依旧没有值得挑剔的地方，仿佛五官中的每一处都是被雕琢过的，且是精雕细琢，而同精致的五官搭配的，是他硬朗成熟的气质。

这张脸忽然出现在自己的手机屏幕上，任何女人都会微微一惊，温嘉树的心脏也略陷了陷。

她咽了一口唾沫，开口："干吗……"

“现在是巴黎时间晚上八点四十五分，温嘉树，你是不是睡不着？”很显然纪南承看穿了她的意图。

她就是在飞机上睡多了撑的，当然，不甘心也占据了很大的因素。

“嗯……”透过屏幕对视，温嘉树还是有那么一点点的紧张，眼神有些飘忽。

“需不需要我请你们酒店的人，给你送一点儿安眠药上来？”

“不用。”温嘉树抿唇，“还早。”

“还早？”纪南承轻哂，讽刺味道十足，“那你知不知道，现在是北京时间凌晨三点四十五分？”

温嘉树心里觉得有意思，她敌不过纪南承，这也算是对他小小的报复了。

“哦。”温嘉树强忍着嘴角的笑，她这边灯火通明。纪南承看到了她嘴角抑制不住的笑意，咬了咬牙关。

温嘉树实在是想笑，她有一点儿沾沾自喜。

然而接着，她便听到了手机屏幕里传来纪南承揶揄的声音：“温嘉树，你不会是想我了吧？”一句话，成功地让温嘉树的笑意戛然而止，她的表情在一瞬之间停住了，原本弧度好看的嘴角，立刻慢慢地变得僵硬。

“谁……谁想了……”温嘉树的舌头再一次像打了结一样，说不出话来。明明脑中所想的话很流畅，但溜到了嘴边，却卡住了。

不过她自己都觉得自己没有办法反驳纪南承，她所做的一切仿佛就是在告诉纪南承：她想他了。

温嘉树根本不敢将这个想法往深了想，她只觉得被他说得耳根子滚烫。

“你别……别胡说八道。”温嘉树的声音抖得厉害，语速又很快，很急，有一种急匆匆地想要解释，却跳进黄河都洗不清的即视感。

屏幕上温嘉树还是木着一张脸，头顶是暖色调的灯光，将她原本冷白色的皮肤晕得有些黄了，但仿佛又是给她遮上了一层朦朦胧胧的罩子，柔和了她原本就眉清目秀的五官。

纪南承看着她微颤的嘴唇，原本就柔软的心，更加软了一些。

还挺有意思的。

“好好说话。”纪南承命令式地对她说道。温嘉树连忙住了嘴，垂着眉眼不敢再说了。

两相无言，温嘉树静静地看着屏幕里纪南承身后的墙纸，发现和公寓里的不一样，问：“你今天回家了？”

“嗯。”他明白她的意思，他今晚没有在公寓住下。

“那你能不能让人收拾一下我的东西，帮我寄到巴黎来？邮费我自己会出。”温嘉树小心翼翼地说道，生怕被纪南承拒绝。

“没空，你自己回来取。”纪南承果然拒绝了她，还拒绝得这么果断干脆。

温嘉树很想怼他一句，但知道凭自己的本事是怼不过的，只好投机取巧地换了一个方式让他难堪。

她发誓，她真的只是想让他难堪而已，别无其他，但话一说出口，在这旖旎夜色里，这句话仿佛就变了一丝味道……

“纪先生，你是有多想让我回去？你是不是也想我了？”她揶揄的一句话，落入纪南承的耳中，变成了深夜的撩拨。

温嘉树的声音柔软温和，像是春雪初融时溪石上流过的最清冽的那一汪泉水，在深夜里，流入纪南承的耳中，让他微微镇定了心绪。

“你知不知道，深夜不应该对一个男人说这种话？”

温嘉树咬舌，她也知道自己说出口的话味道变了，咳嗽了两声：“这么经不得撩，纪先生之前是怎么做到身边没有女人的？”

“我挑食。”纪南承的三个字，让温嘉树原本抑住的嘴角微微咧了咧，她实在是没有克制住，嘴角不知怎的，就被牵引起来了。

纪南承看着她想笑又忍笑的样子，心情愉悦了不少。他掀开被子从床上起身，走到了落地窗前面。

温嘉树看着镜头里他这个动作，连忙开口：“你是不是没穿衣服？”

“你管我？”纪南承回怼。

落地窗外是凌晨的别墅区，安静到几乎没有半点儿声音，无边夜色当中连月亮都被遮掩了起来，只剩下纪南承房间里一灯如豆。

天气还未到冬天，但纪南承没有穿睡袍还是有些凉，他随手拿了一件睡袍披在了身上，两个人一直都没有再开口。

温嘉树没有觉得气氛尴尬或是如何，反倒是莫名觉得有些恬静温馨。

跟纪南承隔着屏幕对视，好像没有面对面相处时那么尴尬。

“什么时候去贝弗利公司面试？”最终还是纪南承先开口问她。

“明天下午。”她不知道他这么问她是什么意思，但还是如实回答了。

“嗯。”纪南承有些莫名其妙地问，“很想进去？”

“当然。”温嘉树一想到贝弗利公司，精神头都起来了，“这么多年，贝弗利公司是我最想进的香水公司。叔叔说，我有资格。”

布鲁斯是贝弗利公司唯一的闻香师，既然他这么说，温嘉树便也相信自己的能力。

纪南承没有如她预料之中一样嘲笑她，而是开口：“嗯，你可以进。”

温嘉树没听懂他这句话的意思，以为他是在鼓励她，便随口道了一声谢：“谢谢。”之后又是沉默……这种沉默让温嘉树想要挂断视频，但是想了想还是忍住了，她一点儿都不想挂断视频，她能够感觉到，纪南承也是。

像纪南承这样做事素来雷厉风行、果断从容的人，如果想要挂断，他早就挂断了。

“巴黎就这么好？”纪南承蓦地又问她，今夜都是他在寻觅话题。

温嘉树听着心颤了一下，这种感觉是描述不出的，像是心里头的一团火苗被一下子点燃，蹿升上来，一点点在她的喉咙里面燃着，热气充斥着她的嗓子，莫名地令她觉得温暖。

她忍着笑，尽量不让纪南承看出她的笑意。

“浪漫之都，当然好。”

“上城被称作小巴黎，不打算回来？”

纪南承有一句没一句地撩着温嘉树，彼此都心照不宣地知道在做什么，但是都没有打破这份暧昧。她的笑意越来越深，跟纪南承说话还挺有意思的。

在上城时她怎么没有发现？

好像有些情绪的变化，只是在那么一瞬间。

比如现在，明明几个小时前，温嘉树还对纪南承恨得牙痒痒，此时看他便是怎么看都顺眼，都舍不得挂断视频了。

“不打算。”温嘉树含笑，她未施粉黛笑意深深的样子很清新自然。

“目前不打算。”她又添了一句，像是在给彼此希望。

温嘉树的心跳得飞快，她在等他接她的话，这时度过的一分一秒都是煎熬。

“知道了。”

纪南承的一句“知道了”，就像是“已阅”一样云淡风轻。

“嗯。”温嘉树嘴角的笑意越发深，她觉得心底甜津津的，那种被灌了蜜的感觉从心里头浮了出来，心上吹起了一个又一个的小泡泡，扑哧扑哧的……泡泡扎破了，还是甜的。

“晚安，我困了。”温嘉树没有半点儿困顿的意思，她现在整个人都轻飘飘的，她忽然间觉得，今晚兴起地“报复”纪南承不是一件错事。

虽然骚扰完他之后更睡不着了，但她感觉浑身舒畅，就像是躺在了蜜罐子里面一样惬意。

“晚安。”纪南承也没有要继续说下去的意思，跟她道了晚安之后便挂断了视频。

温嘉树躺在床上，陷入了软绵绵的大床之中，浑身的骨头都快要酥了，感觉自己仿佛置身于棉花糖里面一般。

心情瞬间带动了身体，她更加没有困的意思了，她点开了纪南承的微信头像，想要看看他的朋友圈里都有什么。

很可惜，什么都没有，连钢铁直男爱转发的朋友圈内容都没有。

温嘉树有些失望地放下手机，钻入被窝里面一个人偷偷地开始笑。

温嘉树不知道自己是什么时候睡着的，第二天醒来时她神清气爽，简单整理了一下仪容她便去了贝弗利公司。

贝弗利公司的面试很顺利地通过了，这是温嘉树预料之中的事情，她现场签的约，一签便是二十年。

温嘉树想到了昨晚跟纪南承说的话：暂时不会离开巴黎……

这下子，是二十年都不能离开了。

她是自由的，但是大多数时间肯定必须要待在巴黎才可以。布鲁斯听闻这个消息之后，立刻让人将她的行李从格拉斯寄了过来，也在巴黎帮她安排了房子。

布鲁斯为她安排的房子是处于市中心的一幢别墅。一开始温嘉树觉得奇怪，布鲁斯的香水工厂的确很赚钱没错，但是巴黎市中心的一套别墅价格不菲，而且还是闲置着的，这很令人匪夷所思。如果是曾经出租过的房子，那她还会住得心安一些。

但在这里住了一个月后，她便完全适应了。

贝弗利公司经常会有香水品鉴会，都是在法国境内的，温嘉树每日都可以回家睡觉，连外宿都不需要。

这样清闲的日子过了一个月，在这一个月内，她跟纪南承没有半点儿联系。

自那一晚的视频过后，纪南承便像是人间蒸发了一般，从温嘉树的生活里面消失了。

其实她还怪不适应的，像她这样喜欢独处的人，身边忽然多了一个人热闹了一段时间，又忽然退出，其实是一件很难以接受的事情。

日子一转眼便到了冬日。

今年巴黎的冬天下了一场三十几年罕见的大雪，浪漫之都被茫茫大雪覆盖，温嘉树一觉醒来外面便是白茫茫的世界，也不知是到了芬兰还是在巴黎。

她穿上了厚的靴子和棉袄出了家门，偌大的别墅只有她一个人住，于是她今晚请秦久和星空来家里吃火锅。

星空放寒假了，考完最后一门他立刻就飞来了巴黎找秦久，两个人已经腻歪了两三天了。

她出门去买火锅的食材和面包，一个人在家里时，三餐她通常都自己吃点儿面包便打发过去了。但今天不一样，别墅总算能够热闹一些了。

脚踩在雪地里一踩一个脚印，她没走几步路靴子上就沾满了碎盐似的雪，她玩性大发地拍了几张雪景，发到了微信朋友圈。

附字：今年的巴黎，下了一场认真的雪。

刚刚发完，有一个人立刻给她评论了。

因为常年身处国外的关系，她很少用微信，微信里面的好友也寥寥无几，能够立刻给她评论的人更是少之又少。

她点开一看，看到备注名时震惊了一下。

竟然是纪南承……

“不冷？”

这个隔了一个月的时间才又在她生活里出现的人，莫名地又在她心底掀起了一阵涟漪。

她没有回复，而是将手机藏进了棉袄的口袋里，以防手机被冻关机。

晚上六点。

秦久和星空风尘仆仆地从尼斯过来了。两个人原本是去尼斯度假的，谁知道这个冬天竟然会这么冷，他们只在那边吃了点儿新鲜生蚝就回来了。

走进别墅时，星空环视了一眼周围就立刻跑到了火炉旁边坐下，开始搓手：“嘉树，你家也太大了吧？这可是巴黎市中心！”

星空出身名门，在上城住的也是最好的别墅区的房子，但在看到温嘉树住的这幢别墅时还是很惊讶。

除了大之外，整幢别墅的装修风格也很独特，是极其有品位的法式装修风格。

若说这样的房子是闲置的，星空真不敢相信。

“是我叔叔的房子。”温嘉树淡淡地解释，一开始她跟星空的反应一模一样。

“你叔叔出手真大方啊。”星空环视着屋顶，不禁感慨。

这幢别墅的造价肯定不低，又是在巴黎市中心，星空和秦久都挺惊讶的，他们也知道当初带温嘉树来法国的那个法国男人很有钱，开着一家香水工厂，并且是一名出色的闻香师。

闻香师这个职业，罕见稀少，受聘于大型的香水公司，年薪是绝对不会低的，而且每年都会有各种香水公司蜂拥哄抢，一方抬高了价格，身价就自然就水涨船高了。

这一点温嘉树目前就已经体会到了，已经有公司来挖她的墙脚了，只是她都没有搭理。

进入贝弗利公司是她一生所愿，除了贝弗利公司之外，其他的公司她都不感兴趣。

“叔叔对我是挺大方的。”这一点温嘉树大大方方地承认。布鲁斯对她的恩情她一辈子都还不完，人要知恩图报，这一点她再清楚不过。

秦久已经坐到壁炉前面烤火、吃水果了：“嘉树，你说你叔叔对你这么好，是不是有什么目的啊？”

不知是天气冷还是如何，温嘉树的脊背后略微凉了凉，毛衣内钻了一点儿冷意进来。

她装作什么事情都没有发生，淡哂，一边走向厨房去收拾火锅食材：“他是有目的啊，他想让我做他的接班人，利用我的鼻子这么多年了，不是有目的是什么？”

温嘉树的话说得淡然，但她心底还是有些紧张，隐隐有不安感，她也不知道这份不安来自何处……或许是天气太冷了吧？温嘉树如是想着，将手探入了温水里面开始清洗蔬菜。

秦久很快就钻进厨房来帮她，从她手中夺过一些菜择了起来。

秦久的动作比温嘉树要麻利，她一个人住在法国，经常会自己做菜。温嘉树以前在格拉斯时，大多数时间都由布鲁斯安排的厨师做饭给她吃。毕竟，一个优秀的闻香师在饮食上需要严格控制自己。

“你吃火锅没事吗？”秦久用手肘碰了一下温嘉树的手臂，挑眉问。

“鸳鸯锅，我吃清汤锅就行。”温嘉树是绝对不会碰半点儿辛辣的。

秦久嗤了一声，她就知道温嘉树足够自律：“对了，这么大的房子，你就打算一个人住啊？不找个……床伴？”

温嘉树皱眉瞪她：“你一天到晚在想什么？”

“哎呀，你都多大了？我给你找了一个来。”

“嗯？”

温嘉树已经有了一点儿不好的预感，拿着菠菜的手都停顿住了。她的手指葱白，拿着菠菜时葱白的手指和绿色的菠菜叶子互相映衬，俨然是一片美景。

秦久思虑了一下，低声咳嗽了两声，煞有介事地凑近温嘉树：“咯咯……是这样的，我跟星空不是两个人来的，还有一个人。”

“星湛？”与其说温嘉树是疑问的口气，不如说是肯定的。

“智商不赖啊。”秦久讪笑，“我们去尼斯那两天，星湛一直都在巴黎，我让他先来找你，他说不好意思。今天吃火锅，我就把他叫来了。”

温嘉树的好心情顿时没了。

吃饭是一件很私密的事情，吃火锅则是一件更加私密的事。筷子一起探入火锅油当中，口中津液必然是会互相交织的，温嘉树有轻微的洁癖，除了在她看来是亲密朋友的人，她是绝对不会跟别人一起吃火锅的。

“放心，他也吃辣锅。”秦久替自己辩解，生怕温嘉树生气。

温嘉树早已渐生了不悦感，她不知该说什么，又不好意思埋怨秦久，只能够就这样认命了。原以为今晚会玩得很开心，她也有些时间没有跟秦久和星空三个人聚在一起了，谁知突然插了一个星湛进来……

·第十一章·

故人轻叩，棠梨煎雪

“门铃响了，应该是星湛过来了。”秦久听到门铃声，立刻把手中的菠菜扔进了水里，几滴温热的水珠迸溅到了温嘉树的脸上，她眨眨眼没躲开，一边擦着眼角一边看向走出厨房的秦久。

秦久此时此刻是真的像一个媒婆一般热忱。

温嘉树不想理会，对于星湛这个不速之客，她没有太多的热情，让秦久代她招待也无妨，她仍旧窝在厨房里面洗菜。

秦久兴冲冲地跑到门口去开门，连猫眼都没看便直接按下了门把手，一开门便激动地对门外人说道：“你怎么这么慢？我们还想给你跟嘉树制造两个人相处的机会呢！来这么迟，哪里还有二人世……界……”

秦久的嘴像机关枪似的说得很快，然而刚刚说得太快了，最后几个字有些刹不住车，在见到门口站着的人时想要戛然而止都做不到，要收尾时，尾音拖得很长很长。

从秦久的角度望过去，眼前的男人很高很高，秦久169厘米的身高，在他面前显得尤其娇小。他的身后是雾白色的巴黎，一片白茫茫，街道上行人、车辆零星，白色之中只有他穿着黑色的大衣，在视觉上有很大的反差感，让秦久看怔了。

秦久也是香水圈内的人，自然听说过纪氏工业，也看到过纪南承的照片，但真人她还是头一次看见……

之前看照片，她便知道纪南承长得好。但照片终究是照片，无法将气质复刻出来，而纪南承身上最吸人的，便是他的气场。

他周身都是冷凛之气，比起身后巴黎几十年难逢的冰雪，有过之而无不及。他的黑色大衣上落上了雪，落在他的肩头上，他也没有拂去，雪一点点融入了大衣之中。

纪南承的脸色不大好，秦久茫然看着，两个人都没有说话。

秦久张了张嘴："纪……先生？"

"嗯。"纪南承闷声应了一声。秦久心想，纪南承不仅长得好看，声音也很好听啊！

女人对于英俊的男人永远都无法冷淡，即使秦久没有如期看到星湛，但她还是很热络地问候纪南承："纪先生，您好，我是嘉树的朋友秦久。"

"秦小姐，你好。"纪南承仍站在门口，他围着羊绒围巾，说话时嘴中呼出了丝丝热气。

"今晚嘉树也请你一起来吃火锅了吗？"秦久原本想问的是：你怎么也来巴黎了？她还想问的是：你怎么知道温嘉树家在这里？她更想问的是：你跟温嘉树是什么关系？

但是这些问题她全部都给咽下去了，取而代之问了这么一个无关紧要的问题。

说白了，是白问……

"嗯。"纪南承惜字如金，秦久也不好意思再多问了，赶忙让他进来。

"快点儿进来吧，外面风大雪大的。"秦久这才意识到自己的失礼，将门打开。

纪南承进门，看到星空坐在壁炉前面打手机游戏。星空以为是星湛来了，连头都没有抬，随口说："哥，你也太慢了，这么慢怎么追嘉树？"

"咯……"秦久用力咳嗽了一声，提醒星空。星空抬了一下头，当看到纪南承站在门口时，蒙了一下，连手机都没有拿稳，掉在了地毯上。

星空也是见过纪南承的，毕竟上城医院有纪氏的投资，纪南承曾经来医院视察过，星空见过他几次。

让他震惊的是，纪南承竟然出现在巴黎，而且出现在温嘉树家里。

纪南承在上城医院跟星空有过几面之缘，见到他略颔首。星空也忙颔首："纪先生，来吃火锅？"

"嗯。"纪南承一本正经地回复，"她人呢？"

"她"指的自然是温嘉树。

星空从地毯上拿起了手机，指了指厨房的方向："在厨房。"

纪南承没再说什么，阔步走向了厨房。

温嘉树正在洗金针菇，水声很大，她根本没有听到外面的动静。纪南承走进来时她听到了脚步声，她纯粹地以脚步声轻重来判断，觉得来人是男人，应该是星空过来了。

"星空，帮我把放在纸袋里的火锅底料拿一下。"温嘉树随口说着，关掉了水龙头，将洗好的金针菇放进了盘子中。

一只修长的手拿着一包火锅底料递了过来，温嘉树接过，在看到手指时，忽然感觉到了一点儿不对劲。

她抬头，毫无预兆地对视上了一双在这段时间里不算熟悉也不算陌生的眸子……

依旧高傲清冷，眼神里带着一点儿探寻。

是独属于纪南承的眼神。

哪怕不看整张脸，温嘉树都认得出他的眼睛。

他的眸光似深渊，与众不同，单是看一眼便很容易陷进去，被看之人像是一叶扁舟，在漩涡里打转，终被卷入其中。

"怎么……"温嘉树张了张嘴，一时舌头像是打结了，心也像是沉入了墨色的深渊当中，"你怎么在这儿？"

她想到刚才他给她朋友圈评论的话：不冷吗？

原来……他也在巴黎。

“不欢迎？”纪南承反问的口气已带着几丝凉意，温嘉树怎敢反驳。

即使此时她跟他之间没有任何的利益纠葛，温嘉树仍觉得跟他对峙时，她要被他强制性地压一筹。这是气场上的压制，她左右不了。

温嘉树精神恍惚，肾上腺激素陡然增强，她浅浅地呼吸着，像是呼吸都是仅凭着意志吊着的。

纪南承的忽然出现给她带来的冲击感，不亚于任何让她感到震惊又害怕的事。

因为除了秦久和星空之外，她从未告诉过旁人自己现在住在何处，纪南承是怎么知道的？

纪南承看着她微瞠的双眼，放下了火锅底料：“看样子，你是不想见到我？”

温嘉树立刻将目光收了回来，无论如何，她这样盯着纪南承看的确是不好，哪怕此时她心底十分震惊。

“布鲁斯告诉你的？”温嘉树要先搞清楚为什么他会到这里来。

“你没回答我的问题。”纪南承强势得可怕，仅仅一个月没有见面，温嘉树便已经不适应他这种霸道了。

她意识到自己此时此刻的心跳飞快，紧张地舔了舔嘴：“你来得太突然了，家里没有准备足够的食材。”

意思是：我没有办法留你吃饭。

她的言外之意说得这么明显，纪南承自然也听得明了。

温嘉树其实并没有想这么坚决地赶走纪南承，只是她不大会说话，尤其是此时她还没有做好万全的心理准备面对纪南承。

只要看到他的脸，温嘉树便会想到那天深夜的视频……

一想到，她的心跳就莫名其妙地变得特别快，心脏快要跳出嗓子眼了一般，耳根也逐渐被染红了一些，莫名地心虚。

所以她不想让他留下吃饭，此时甚至连探究他究竟为什么会出现在这里的兴趣都没了，只想让纪南承赶紧消失在她的视线当中。

“没有足够的食材，因为还有人来，是吗？”纪南承一句莫名其妙的话让温嘉树听着觉得怪怪的。

蓦地，温嘉树想到了星湛……

难不成纪南承知道了星湛要来？

温嘉树原本就惴惴不安的心变得更加紧张浮躁，上一次在上城，她记得纪南承同星湛之间是有过节的，如果星湛待会儿如约来了，两人之间想必会起争执。

今天是温嘉树请秦久和星空来家里做客，不想多生事端。

“听说你的朋友想为你和星湛制造机会？”纪南承的声音陡然降低了分贝，他压抑着嗓音的样子，让温嘉树觉得窘迫又紧张。

果然，肯定是星空或者秦久说了什么不该说的话。

她顿时心虚：“哪怕是，也是他们的想法，跟我无关。”

她别扭地解释，转过头去开始准备火锅底料。她原有了一些饿意，现在却没有了半点儿胃口，除了紧张感之外别无其他。她此刻也没有意识到自己这种紧张感来源于何处，也不想去探寻，就像现在她也没有兴趣去知道纪南承为什么会出现在这里一样。

纪南承从她手中夺过了火锅底料扔在了一旁，他的举止永远霸道，也不过问别人的意见。

“你对星湛没兴趣？”纪南承的“低音炮”在耳边低声环绕着，一点点震着温嘉树的耳膜，耳朵酥酥麻麻的，她心都软了下来，根本对他说不出重话了。

而且脑中莫名其妙地浮现出纪南承那晚同她视频时温柔的模样……和此时此刻完全不同。

但他仍是他。

在这一个月的时间内，温嘉树曾想过很多次她会不会同纪南承再见面。

他没有再找过她，她自然也不会主动去找他，两人仿佛在做着一场拉锯战，谁都不愿意松手。

更重要的是，他们之间也没有互相找的必要。本来就没有牵扯的两个人，没有交集，自然也不会去互相找寻。

温嘉树甚至还在想，纪南承是不是都快要忘记她了？毕竟他跟她不同，她仿佛隐居在市内，而他身边永远都是不缺人的，无论男女，无论朋友或是情人，只要他想要有，就能够络绎不绝。莺莺燕燕纷沓而至，他怎么还会记得她？

“没有。”温嘉树表达得很清晰，之前在上城同星湛吃饭时遇到纪南承，她觉得自己已经表达清楚了。

“那就不要跟他走得太近。”纪南承将不满感表达得很明确，末了又仿佛觉得不够，添了一句，“我不喜欢。”

后面四个字，如棉花糖上的“棉絮”，粘在了她的心尖上，黏黏的，带着说不出的甜腻，想要扯却扯不下，她的心绪都被这一丝甜腻扰乱了。

温嘉树的脖颈都被耳根的热染红了，像是煮熟了的虾子一般，她弓着身去干别的事，生怕被纪南承看到她此时通红的脸和脖。

“是……星空和秦久叫他来的，事先我也不知道。”温嘉树解释了一下，说出口之后反应过来，自己为什么要跟他解释这么多？平白无故地，好像显得她特别在乎他的感受似的。

纪南承早已看到她满脸通红，也不继续咄咄逼人，只撂下几个字：“下不为例。”

他俨然她的谁一般，说了这样的命令。

温嘉树想要反驳，嘴却像生了铁锈一样，张都张不开。

她准备好了火锅底料之后，转身，看到纪南承仍站在她身后直直地看着她，她被看得背上灼热。

“外面风雪大，火锅食材虽然不够，但如果你想留下来吃，也是可以的。”话说出口，她恨不得咬自己的舌头，自己说香评时巧舌如簧，但一遇到这种事，舌头就像是打结了一样，绕都绕不过来。

“从来没有听过这么别扭的邀约。”纪南承眉心有微微的褶皱，他有那么一丝不悦。

温嘉树深深吸气，刚想说什么，就听到客厅里面星空喊了一声“哥”。

星湛夹着一身风雪从别墅外进来，将外面的潮寒夹带而入，温嘉树冷得缩了缩肩膀。纪南承垂眸看到她冷的样子：“多穿一件衣服不会让你在星湛面前变丑。”

温嘉树皱眉：“你不呛我一句，是不是觉得特别难受？”

纪南承果然还是本性难移，毒舌自大得可怕。

“嗯。”他摘下了脖上的围巾，绕在了温嘉树的脖子上，她根本来不及躲开就已经被围了好几圈。

男士围巾偏长，温嘉树又长得娇小，围巾绕在她脖子上像是堆了起来一般滑稽。纪南承脖上温热的气息染在围巾上，羊绒围巾柔软温存，传递了纪南承肌肤的温度，贴合在她的脖颈上，有些酥酥麻麻的。一点点他身上的味道从羊绒围巾上散发出来钻入了上方温嘉树的鼻端，莫名地，有一种熟悉感，一个月没有闻到的味道。

“你脖子伸那么长，给谁看？”纪南承是在挤对她穿了圆领毛衣，露出了光洁的脖颈。

温嘉树很想横他一眼，最后还是死死忍住了，之后低头看了一眼围巾：“待会儿吃火锅，你的围巾上会沾上味道，我还是摘了吧，家里有暖气……”

她是好心好意，但纪南承很显然不想领情：“围着。”

言简意赅的两个字，温嘉树浑身一怵，没有来由地有些怕他，碰着围巾的手也停顿住了，没有再摘下来。

“弄脏了你又要说我……”她喃喃地埋汰着，猛地听到上方冷冷的话。

“你说什么？”

“没什么……”温嘉树连忙噤声，拿着食材走出了厨房，看到星湛和星空在客厅里说话时觉得特别尴尬。

上一次她跟星湛毕竟是相亲，而且因为纪南承的出现算得上有一些不欢而散，这次又突然见面，气氛可想而知。

但星湛见到她时立刻就笑了，没有半点儿拘束，弄得温嘉树更加不自在。

“温小姐。”星湛上前，阔步走到了温嘉树面前。温嘉树看到他是有话说的，但他的目光很快穿过她的肩膀看向了纪南承的方向。

身后的纪南承很快也从厨房出来，看到星湛时眸色暗沉。

温嘉树是真的后悔，早知道今天就不让秦久和星空来了……她无法预料到纪南承来，起码可以阻止星空他们来。

“南承。”星湛还是一副坦然的样子，看到纪南承也没有变脸色。

而纪南承则是黑着一张脸走到了她身旁，伸手蓦地紧紧环住了她的上半身，紧捏住了她的肩膀。

她的肩膀被捏得有些疼，纪南承的情绪可见一斑。

“来做客？”纪南承这句话的语气，颇有一点儿男主人的味道。所有人都听得哑口无言，秦久更是震惊于纪南承环着温嘉树的动作，这样亲昵的动作，如果不是情侣，怎么做得出？

秦久又看了一眼温嘉树，见她没有要推开纪南承的意思。

“嗯。”星湛或许也是不知道该说什么，只嗯了一声。

“坐吧。”纪南承的架势实在是太像男主人了，让秦久目瞪口呆，但她也不敢说什么，纪南承身上的气场太强，她根本说不出话来。

落座后，纪南承很自然地坐在了温嘉树的身边。温嘉树全程默然，根本不想说话，一直都低头涮清汤锅。

星湛坐在温嘉树的另一侧，看到她涮清汤锅，便帮她在辣锅里面涮了一块肉准备放到她的碗里，然而下一秒他的筷子便被纪南承伸过来的筷子夹住了。

“她吃不得辣。”纪南承磁性的嗓音在身侧响起，温嘉树听得心底一陷。

他竟然知道她吃不得辣，看来他对闻香师这个职业也足够了解。

星湛并不知道，还问了一句：“怕辣？”

秦久在桌子下踢了星湛一脚，给他使了个眼色。此时的秦久心底有一万个问号，但到现在她也大致看明白了，温嘉树跟纪南承大概是在玩暧昧的阶段，虽然纪南承足够英俊，气质也足够好，但秦久听星空说过，纪南承的亲生母亲同温嘉树的继母是闺密，纪南承有今天的地位靠的是温嘉树的继母陆渝媛。

秦久跟温嘉树做了这么多年朋友，温嘉树有多恶心陆渝媛，她就有多恶心陆渝媛。一想到这一层关系，她对纪南承的好感度也就大打折扣了，她还是站在星湛这一边。

星湛之前见了温嘉树之后跟秦久明确表示过，他挺喜欢温嘉树这种类型的，所以秦久才愿意帮忙牵线搭桥。

“职业的缘故，不能吃。”温嘉树没有抬头，低头吃着水煮白菜讪笑着回答。

如果今天只有她和秦久、星空三个人的话，她会放得开很多，再加上一个星湛的话，或许也还好，但是纪南承忽然出现在这里，她十分不舒服。

“抱歉。”星湛立刻道歉。

温嘉树闷哼了一声，不想说话。

但是总有挑起事端的人，比如现在这位纪先生。

“你来巴黎做什么？”纪南承连一个称呼都没有，就这么直直地问星湛，语气里带着强势的质问味道。

秦久惊讶于纪南承对谁都是一副高高在上的样子，可是转念一想倒也想得通，以他的身份和地位，高高在上待人又如何？他完全有这个资本。

“休假。”星湛回答得随意，吃了几口菜。

“休假的话应该去尼斯，怎么来巴黎了？”纪南承的话越发咄咄逼人，温嘉树听着都替星湛不舒服，好在她已经稍微适应了纪南承的脑回路了，想必秦久和星空一定都觉得惊讶……

“是在巴黎有想见的人吗？”纪南承压眉。他的眉眼原就好看，压得低低地看人时尤其能吸引人。

温嘉树总觉得自己有一种“躺枪”之感，她立刻打断了他们的对话：“秦久，贝弗利公司去上城开新品香水发布会，日期定下了吗？”

秦久知道温嘉树要转移话题，听着她生硬的口气，连忙帮她解围：“好像是十天后，在上城会展中心举办。怎么，公司让你去了？”

“没有，这几天叔叔身体不舒服，可能会让我代替他去。”温嘉树完全是在生硬地找话题，只要纪南承跟星湛不要说上话就好。

“嗯，你回上城刚好可以去看一下温阿姨。”秦久的话音刚落，纪南承便又接上了。

明明是那么高冷的人，怎么话这么多……

“阿姨那边，梅姐照顾得很好，你不用担心。”他是在给温嘉树吃强心剂。

温嘉树木讷地朝他笑了笑颔首：“我知道。”

她的确知道，几乎每天她都会跟梅姐联系，询问一下温致萍的情况，不得不说，纪南承帮她找的这个护工很尽心尽责，比她之前找的那几任都要贴心。

秦久看着两人心有灵犀的样子，浑身的鸡皮疙瘩都快要起来了……

看来星湛是没戏了。

吃完火锅，星空提出一起去雪地里散步。星空的年纪小，满脑子都是很多浪漫的想法。秦久之前说过，跟比自己年纪小的男生谈恋爱，最好的就是他永远都能让你浪漫。星空身上有着医学生的严谨沉稳，又有“年下男”的温暖浪漫，用秦久的话说就是：啊，美好的年轻身体啊！

“嘉树，一起去外面散步吗？我们住的酒店走过去大概半个多小时，一起去我们房间坐坐？我带了纸牌来。”星空各种活跃气氛。

温嘉树看了一眼窗外白茫茫的一片，也有些心动，她有好多年没有看到过大雪了，很想去雪地里散步。

“一起吧。”一直都没有怎么说话的星湛笑着说道。

温嘉树听到星湛说话，便意识到了纪南承大概也有话要说了。

“太冷了，感冒会影响你的嗅觉，不是说十天后有香水发布会？”纪南承连理由都帮她找好了，就是不想让她跟他们一起出去散步。

他这种行为明明是让人觉得特别强势和不舒服的，但温嘉树心底竟然没有特别抵触。

“嗯……”她鬼使神差地点了点头，赞同了纪南承的说法，抬头看向星空，“你们去吧，到了酒店记得给我报平安。”

星空有些丧气，但还是帮秦久穿上了外套：“好吧，那我们先回去了，明天再找你。后天我哥就回国了，想让秦久跟你带他在巴黎逛逛。”

星空比秦久迟钝一点儿，随口说到了星湛，全然没有顾及纪南承。

温嘉树淡淡地点头，其中含着的敷衍成分更多，纪南承在场，她总不能够热络地答应陪星湛明天去逛逛。好在星湛也没有多说什么，跟温嘉树道别之后就离开了。

大门刚一关上，偌大的别墅内就只剩下了温嘉树和纪南承二人。

风从门外灌入，她缩了缩脖子，这才意识到自己还围着纪南承的围巾，她伸手想要摘下：“时间不早了，你也要回去了吧？我把围巾摘下来给你……”

“赶我走？”纪南承反问，语气里带着不乐意。

温嘉树呼吸一滞，才发现自己话说得太快了，逐客令的味道非常明显，她解开围巾的手也停顿住了。

“没有，如果你想再待一会儿……”

“想不想出去散步？”纪南承打断了她的话，破坏了她此时的扭捏姿态。

温嘉树被打断，愣神半晌后微微抬头：“嗯？”

纪南承静静地等着她的答复。

“刚才不是你说，外面风雪大，我会感冒吗？”温嘉树好笑地问道，嘴角微微泛了一丝笑意，并不明显。

“我会让你感冒？”霸道凌厉的一句话，很撩人心弦。

温嘉树好气又好笑，抑着嘴角的笑意点了点头：“好啊。你等等，我去换件厚一点儿的外套。如果真的感冒了，我害怕我会丢了工作。”

她快步上了楼，回到了自己的房间去翻找衣服。

纪南承看着她小跑着上楼的背影，嘴角也略微弯了弯。

温嘉树换了一件白色的羽绒服下来，头发也扎成了丸子头，脖子上仍围着纪南承的围巾，一下楼走到了纪南承面前她才想起来，忘记换下围巾了……

“啊……我忘记换围巾了，等等……”

“你围着，我不冷。”纪南承说完就阔步走向了门口，温嘉树见他出去了，也快步跟上了他的脚步。

大门洞开，一阵凛冽的冷风迎面吹来，几欲将人吹倒。

温嘉树连忙拢了拢围巾跟上，随手掩上了大门。

一出门，外面是冰雪世界，像极了置身于芬兰。此时巴黎街道两旁的路灯都已经亮起，雪花从天空中轻轻地飘落，经过昏黄路灯的过滤，宛若细盐从空中沙沙地落下，暖色的路灯光线似乎都将马路照射得有些温暖。温嘉树同纪南承并排走着，步伐很慢很轻，雪地靴踏到雪里陷了下去，留下一大一小两双脚印。

纪南承人高腿长，站在她身侧时宛如巍峨高山，甚至将她头顶的路灯光线都遮去了大半。她身材纤细娇小，两个人并排走着，无端有一种差异感。

他一直缄默着不说话，温嘉树心想，明明是他邀请她一起出来散步的，刚才还帮她推了星空和秦久的邀约，现在一句话不说的也是他……

“既然想散步，为什么刚才不跟秦久他们一起走？”温嘉树小心翼翼地问他。

纪南承稍微放慢了一些脚步，回过头看她：“不想跟我两个人散步？”

“没有……”温嘉树舔了舔唇，“纪先生，你跟星空的哥哥，是有什么深仇大恨啊？”

她用开玩笑的口气问的，是真的很好奇，就凭着两人之间奇怪的磁场，她就很想要知道。

她不是八卦的人，但是关于纪南承的事情，她倒是很感兴趣，也很想知道。

“大学时我们是同学。”

“你也是学化学的？”温嘉树倒是很吃惊。

“很奇怪？”纪南承低头看她，她一直一边走路一边低着头看自己的脚尖一点点陷入雪中。

温嘉树没有否认地点了点头：“嗯，我以为像你这样的，应该是学金融出身的。”

“无论是香水还是香料，都跟化学挂钩，如果我不懂化学，公司的化工技术人员想要摆我一道，我连被卖了，可能还要替他们数钱。”纪南承说话不紧不慢，口气也很平淡，“与其念如何做生意，不如学更重要的技术。技术不过关，生意包揽得再大，也没用。”

温嘉树一早便知道纪南承是个有生意头脑的人，但没想到他的认知这么清醒，全然不像那些碌碌无为坐吃山空的二世祖。

也难怪，他一个外室子能够爬到今天这个位置。

“嗯，有道理。”温嘉树点头，“你还是没说跟星空哥哥的恩怨情仇。”

她都不敢称呼星湛的名字，更不敢叫他星先生，只敢说星空哥哥这样生疏的称呼。

“没什么恩怨，就是念书的时候我们一直都是竞争对手。有一年因为我父亲身体不好，我回国耽误了课程，他乘虚而入代替我进了我曾经做研究的工作室，我不服气。”纪南承说得光明磊落，没有半点儿遮遮掩掩。

温嘉树听后感到震惊，她忍不住笑了，停下脚步仰头看着眼前的男人，他也停下了脚步低头看她。

“就因为这个，你讨厌他？”她苦笑着问。

“难道这件事情还不够严重？”纪南承反问，说完还想到了什么，又添道，“哦，之前我们是室友，我回国的时候托付他帮忙照顾我养的一只法斗，结果我回去后发现狗走丢了，这算不算严重的事？”

温嘉树没忍住，“扑哧”一声笑了出来：“抱歉……你的狗丢了我也抱歉。但是就因为这两件事情，你就对他这么厌恶，是不是太幼稚了？”

温嘉树强忍着笑，但是笑意已经从嘴角钻了出来，没想到纪南承看上去沉稳严肃，内心这么幼稚记仇？

她笑着，全然不顾此时的雪越下越大，落在她的丸子头上，渐渐地融化，融入了头发丝里面，头顶一阵沁凉。

“还有一件事。”他一本正经地说。

“什么？”她笑。

“他喜欢你。”

在这一瞬之间，温嘉树听到了自己心脏深处传来的咚咚咚的声音。

清脆，掷地有声。

在巴黎满天纷飞的大雪中，温嘉树感觉周身都温热了起来，这点热量是从心底散发出来的，从心口钻上了喉咙，蔓延到了头顶，脸都渐渐地热了起来，如果此时纪南承伸手触碰一下她的脸颊，他一定能够感觉到她的脸是滚烫滚烫的。

她迷茫地眨了眨眼，说了一句足以让今天的她咬舌的话：“他喜欢我，有什么好让你觉得讨厌他的？”

虽然她并不觉得星湛喜欢她，或许他顶多觉得她合适，想多了解她一些，但她还是想要说出口，说给纪南承听。

话落，四周寂静无声。

晚上八点多的巴黎街头，因为这场罕见的大雪变得人烟稀少，人们都躲进了温暖的家中，燃了壁炉，依偎爱人。这样的宁静持续了几十秒的时间，温嘉树静静地伫立在雪地里，任由头顶雪花飘落在肩上发上，久了，连睫毛上都沾上了亮晶晶的雪。

冷风吹过脸颊，将她白皙的皮肤吹得通红，她静静地仰头看着纪南承，等着他的答复。

她心里惴惴不安，害怕纪南承会不理会，或者是扯开话题。她平时虽然不擅长表达，但也是直接之人，不擅长拐弯抹角，想要得到的答案，立刻便想要得到。

“你是想让我说喜欢你？”纪南承一眼看穿了她的小九九。

温嘉树的呼吸停滞了一两秒的时间，沾上了亮晶晶雪花的睫毛颤了颤，抖落了霜雪。

“我没这么说，你误会了。”温嘉树讪笑，想要用尴尬的笑掩饰掉此刻的局促，她有点儿后悔，早知道就不问了，问了好像自作多情似的。

“不想知道答案？”纪南承遮住了大半的灯光，仿佛也是在一瞬间为她遮住了身后的风雪。

温嘉树再次屏息，似是能够预料到他会说什么。

纪南承俯身，温嘉树本能地后退了半步，然而他只是伸出指腹略微擦了擦她长又卷翘的睫毛，帮她擦拭干净了落在睫毛上的雪花。

“温嘉树，要不要试着跟我在一起？”纪南承说的不是要不要跟他谈恋爱，而是说要不要跟他在一起。

“在一起”这三个字，要更加温存、绵长，单是在脑海中过一遍，就好像已经同他一起过完了这长长的一生……

温嘉树的心底被触动，内心是前所未有的激动，但她的脸已经冻到做不出任何表情，就连笑都很艰涩。

她也不想表现出自己很开心的样子，只是嘴角一直都掩饰不了这种情绪，微微扯开，有着微妙的弧度。

“没开玩笑吧……”她淡淡地扯了扯嘴角，露出了两颗洁白的小虎牙，往日很少有人发现她有虎牙，因为她很少对人笑。

“如果你想当开玩笑，现在我们就分开，我回酒店，你回家。”纪南承给了她选择权，像是给她指了两条路，无论她往哪个路口走，都是她的选择。

温嘉树一听，笑也掩不住了。她发现自己从认识纪南承到现在，一直都会有一种不想让自己笑却又抑制不住笑的感觉，忍到两颊都发酸。

这是从未有过的感觉，而此时感觉尤甚。

她笑到脸颊酸涩难忍，低下头去掩饰自己的笑意，再仰头时眼底还是含笑的："之前不是说，纪家不欢迎我吗？"她牢牢地记着这句话，虽然时隔不久，她当时也的确对他不敢有肖想。温嘉树回想，她跟他之间感觉的变化，大概是来自那天晚上她报复心切地打他电话，加他微信。

男女之间的感情往往很微妙，若是真要说谁是什么时候喜欢上对方的，很少能有人回答得出。或许是这一秒，又或许是那一秒，水到渠成的感情，比一见钟情和日久生情，更奇妙。

"我只说试着跟我在一起，你就想到嫁到纪家了？是不是再过几分钟，你连我们孩子叫什么都想好了？"纪南承一本正经地绷着脸，同她开着玩笑。

温嘉树又被他说了一道，窘迫着脸别开眼："瞎说什么……"她的视线擦过纪南承的脸庞，看到他的嘴角扬了扬，她深深吸气，满脑子都是"色欲熏心"这四个字。

她根本不了解他，不知道他的过往，不知道他的历任，更不知道他的脾气。然而看着他时，她什么都不想了解了，什么也都不需要了解了……

温嘉树又继续往前走，脚步比刚才轻快了很多，明明只是一句话，心境却完全不同了。

她刚刚走出几步，戴着手套的手忽然被捏住，手被抬了起来。

纪南承摘掉了她的手套，握住了她躲藏在手套里温暖柔软的手。一股奇妙的电流从手上流淌而过，她紧张地缩了缩手，但他捏得很紧很紧，她根本动不了。

回到别墅时已经是一个多小时后，温嘉树的丸子头上早已蒙上了一层薄薄的雪，别墅门口，她笑着拆散了丸子头，抖了抖头发上的霜雪，笑着跟纪南承开玩笑。

"网上有句话叫：我们一起在雪地里走，走着走着，是不是就是一起走到了白头？那今天的巴黎，岂不是一起走路的情侣都白头了？”温嘉树开着玩笑，笑靥深深。

“非主流。”

“……”还真是开不得玩笑，开玩笑都要被怼。

温嘉树吐了吐舌：“不早了，你回去早点儿休息。”

她也不好意思再跟他下逐客令，但是时间的确不早了，外面风雪正盛，她不知道纪南承是如何过来的，如果是打车的话，再晚就不安全了。

然而纪南承径直走向了别墅的大门，他步子大，她只能够走得快些才能够跟上。

温嘉树看着他走进去，忍不住紧张了一下，难不成他今天是想在这里住下？

她快步跟上，看到他进门便脱掉了大衣放在一旁的沙发上，自然随意。

她皱皱眉，咬唇看他站在偌大的客厅里：“你怎么脱衣服了……”

“客厅里有暖气，热。”纪南承走得有些热了，身上只剩下了白色的羊绒上衣。

温嘉树点头：“嗯……我有点儿困，准备睡了。”

“嗯，我也准备睡了。”

纪南承的这句话让她有点儿蒙，她也不憋着了，立刻问：“你要住在我家吗？会不会……太早了一点儿？”温嘉树没有这方面的经验，但也知道这种事情急不得，尤其是在两个人相知甚少的情况下。

纪南承闻言，正在解皮表带的手停顿住，抬眸好整以暇地看着温嘉树的眼睛。这样直接袒露的直视还是让温嘉树有些接受不了，而且正好又是在说这样尴尬的事。

“我比较保守。”温嘉树坦言，想让纪南承离开，“虽然说男女这种事情到浓时水到渠成，但是我觉得我们还是太急了一些，是吧？”最怕空气里突然的安静……

温嘉树深深吸气，仿佛只要自己呼吸，空气中就还有她呼吸的声音。

沉寂十几秒后，纪南承开口："哪种事情？"

她被问住，反驳："你干吗非要我说出口？"

"你脑中在想什么龌龊的东西？"纪南承揶揄地走到她面前，解开皮表带，扯了扯嘴角，"看来你是真的已经把我们孩子叫什么都打算好了。"

"你……"温嘉树皱眉瞪他，被说得面红耳赤，"你今晚不能留在我家。"确定关系第一天就留下，未免显得她太轻浮了一些。

纪南承将手表随意地放到了沙发上，温嘉树瞥了一眼手表，这个牌子的手表价格不菲，他就这样随意地放着，仿佛他知道她家足够安全似的。

"这是我家。"纪南承忽然说了四个字，直击温嘉树的心坎。

这四个字，算是对他随意放手表却觉得安全的解释。

但是温嘉树没有听懂。

什么叫这是他家？

"你在说什么？"温嘉树苦笑，"这里是布鲁斯……"

话说了一半她便意识到了不对劲，戛然而止。

布鲁斯……

她记得纪南承曾经说过，布鲁斯想要把她送给他，作为跟他交易的筹码。当时她记在心里觉得很不舒服，但是时间一久就忘了。

她盯着纪南承略带戏谑的目光，顿时有一种自己被纪南承和布鲁斯联起手来耍了的感觉。

"所以，这幢别墅，是你的？"温嘉树的口气明显不善了一些。

谁都不喜欢自己被骗，哪怕是被眼前人骗。

"否则你觉得布鲁斯会在巴黎市中心闲置一套别墅？"纪南承口气里的傲娇味道只增不减，他走近温嘉树，就站定在她的面前。

温嘉树的脑子有些空白，想不到布鲁斯这么做的意义，直到她猛然在脑中想到了，当初纪南承说过，布鲁斯要将她送给他……

她惊疑地环视了一下四周，所有的小动作、小细节都落入了他的眼中。

“你在害怕？”纪南承的话像是从嗓音里面挤出来的，带着闷闷的杂音，在空旷的别墅客厅里显得尤其独特。

温嘉树自然害怕，她瑟了瑟脖子，胆怯之意表现得明显：“所以，哪怕我不答应跟你在一起，你也势在必行是不是？”温嘉树心底有隐隐的失落，让她没有想到的是，布鲁斯竟然给她下了这么一个套。

如果纪氏工业的总裁是个年逾花甲的老头，不知道布鲁斯是不是也会把她送给对方？如此一想，温嘉树顿觉得有些胆寒，她朝夕相处了十几年的叔叔，竟然这么对她。

比鬼神更可怕的，果然还是人心。

温嘉树迟迟不能够接受，愣在原地忽略了纪南承的存在。

“在你眼里我就这么不堪？”纪南承反问她的口气并不和善，“我说过，如果你不同意，我回酒店，你还可以继续住在这里，只不过，我不会让你知道这幢房子是我的。”纪南承的话极其正人君子，温嘉树听得都心虚了。

是她以小人之心度君子之腹了……

“难怪你会出现在这里。原来这是布鲁斯的安排，让我住进这幢别墅，然后让你过来，理所当然地把我送给你……”温嘉树苦笑，“他就这么把我卖了。”

“别说得这么难听，不是什么女人塞给我我都会要。”纪南承俯身过来，轻搂住了温嘉树纤细的上半身。

温嘉树浑身一紧，她没有预料到纪南承会忽然拥住她，她本能地动了动，因为不适应跟别人的肢体接触，她相拥时拘束得厉害，但是在闻到纪南承身上熟悉的味道时，她的整颗心脏便稍微安分了一些，整个人有沉沉入梦之感。

像是坠落到了云端上，赤脚踩着天上的云在走，软绵绵又轻飘飘。

纪南承的下巴抵在她头顶柔软的发丝里，她的发丝微湿润，他沉声开口：“如果不是我，布鲁斯也不会把你送过来，懂我的意思吗？”

温嘉树摇头：“不懂。哪怕是你，他这样做也从未征求过我的意见，是不对的。”

“商场上没有这么多对与错。”纪南承压低了唇角，“曾经有不少人为了讨好我，拉拢我，送了不少女人，我都没有接受。”

他的后半句话，分明有着为自己正名的意思。

温嘉树听得怒意消了大半：“你这是把所有罪过都推卸到布鲁斯身上了，说得自己好像有多光明磊落一样。”

她的话带着嗔怪的味道，纪南承推“锅”倒是推得快。

“不是吗？”纪南承吻了吻她的发丝，“不早了，晚安。”

偌大的别墅，根本不需要考虑房间的问题，也不存在两个人需不需要睡一个房间的问题。

温嘉树颔首，跟纪南承分别去了不同的房间。

·第十二章·

登徒浪子，与其同袍

临睡前，温嘉树辗转反侧。

一方面是跟纪南承之间的关系变化；另一方面是因为布鲁斯。

她没有想到布鲁斯会做出把她“卖”给别人的事情，无论出于什么原因，仅凭这一点，温嘉树对布鲁斯便有了心结。

第二天清晨她醒来时，鼻子有些不通畅，她立刻警觉地意识到可能是感冒了，连忙下楼去找预防的药物吃，这个时间点可千万不能感冒。下楼时她看到桌上已经放好了法式早餐，十分丰盛。

法国人讲究浪漫，哪怕是一顿起得有些晚了的早餐都要精致丰盛。这些早餐一看便不是纪南承做的，她在餐桌附近转了一圈，随手拿了一个牛角面包吃了一口，环视了一圈都没见到纪南承的身影。

直到她坐下来把牛奶喝完了，大门才被打开，纪南承一身风雪地从外面归来。

“你去哪儿了？”她放下玻璃杯。

纪南承回来时手上拿着一束花，这一束花不是典型意义上花店里精致的花束，而是一些杂花，开得正鲜艳，仿佛是从花田里新鲜采摘下来的一般。

“早饭合口味吗？”纪南承问，收了黑伞放到一旁，走到了餐桌前面，俯身吻了吻温嘉树的额头。

这个亲昵的举动温嘉树仍然没有适应，她将身体往身后仰了仰，不自在得很。

纪南承从外处归来冰冷的唇落在她温热的额头上，触感微妙。

“嗯，是谁送来的早餐？”

“里兹酒店。”

“里兹酒店还有外送早餐的服务？”温嘉树苦笑。

“那要看给谁送。”纪南承放下了花束。

温嘉树轻笑着摇头，想想也是，看来纪南承每次往返巴黎下榻的应该都是里兹酒店，只是送一顿早餐而已，绝非难事。

“所以你出去，是为了去买花？”温嘉树看了一眼窗外白茫茫的雪景，“外面还在下雪呢。”

“听布鲁斯说，你在格拉斯时每天都有买花的习惯，我随便买的。”纪南承将这一束杂花递到了她面前。

温嘉树拿到鼻下嗅了嗅，味道不是很浓郁，是她喜欢的清香味道。

“谢谢。”

“我不想听谢谢，我喜欢实际的表示。”纪南承俯身撑住了餐桌的桌沿，“嗯？”

温嘉树脸一热，别过头去，放下了花束又掰面包吃：“我不习惯。”然而下一秒，她手中的面包就被夺走，纪南承俯身过来，直接吻住了她晨起未梳妆的唇。唇齿交缠时，温嘉树的汗毛都纷纷竖起，手不自在地紧紧抓住了纪南承的手臂，她以为这会是一个短促的吻，然而纪南承却像是食髓知味一般，深深吻入，不给她喘息的机会。

这个吻持续了将近两分钟的时间，直到温嘉树实在是喘不上气了，他才放开她。

“现在习惯了？”

“登徒浪子……”温嘉树骂了一句，“你以前跟别的女人交往，是不是也是这样，才一天时间，手牵了，吻也接了？哦，不对，是一天都没有。”

从昨晚到现在，哪里有一天的时间？

纪南承还没直起身，一只手撑着餐桌桌沿，另一只撑着她身后的椅背，将她禁锢在了双臂之中，这是一个她无法逃脱的姿势。

他嘴角有轻笑，开口是开玩笑的口气：“我想把觉也睡了，给不给这个机会？”

“流氓！”温嘉树狠狠地扔了两个字给他，但嘴角仍是噙着笑的。

她想起第一次见到纪南承时，便觉得他是个彻头彻尾的流氓。

纪南承不怒只笑。

温嘉树喝了一口水，目光正落在桌子上时，一个盒子推到了她面前。

她一愣，仰头看向纪南承：“嗯？”

“礼物。”

“今天是什么节吗？”温嘉树茫然，没有立刻拆开。她从来没有从除了布鲁斯之外的异性手中收过礼物，此时心如擂鼓，却不愿意表现出来。尽量克制着自己，佯装淡定地说道。

“恭喜你摆脱单身的日子。”

“……”温嘉树觉得一口气堵在胸腔里，闷得慌。

“不好奇？”纪南承在提醒她打开盒子。温嘉树放下水杯，淡定拿起盒子打开，饶是她多么镇定，在看到盒子里静静躺着的一条手链时，眸光还是闪烁了一下，清晰可见。

温嘉树对这些首饰向来没有任何兴趣，不过是身上赘余的物品。不知这是纪南承送的，还是一看便价格不菲，她觉得尤其精致好看。

“你今天早上出门去买的吗？”温嘉树嘴角有抑不住的微笑。

“天寒地冻的，我去哪里买？”

温嘉树皱起秀眉：“所以你是从上城带来的？”

纪南承许是害羞……喝了一口水没说话。

温嘉树心口一暖，把纤细的手腕递到了纪南承面前，纪南承单手捏住了她的手腕，很自觉地帮她戴上了手链。

手链的坠子晶莹剔透，衬得她原本就白皙的皮肤更加好看。

温嘉树顺势看了一眼腕表上的时间，今天她要去贝弗利的香水工厂，去闻之后在上城市开新品发布会的新香。

“今天我要去贝弗利公司，你呢？”

“我送你去。”

“你这么空闲？扔下了上城的纪氏，来巴黎做什么？”这个问题她昨晚就想问了。

纪南承走到她对面坐下，吃了几颗树莓：“想见你。”

简单干脆的三个字，明明是很肉麻的话，但从纪南承的口中说出，却变得格外撩人。

她知道他是唬人，也不戳穿，只是揶揄：“怕不是布鲁斯告诉你我在这里，把我当成鱼肉，你就迫不及待地来了吧？”

纪南承没说话，温嘉树没忍住，用脚在他小腿上踢了一下：“流氓。”

贝弗利香水工厂。

贝弗利公司拥有属于自己的香水工厂，如今新品成品还没有完全制作出来，温嘉树还需要去香水工厂的实验室内闻香。香水工厂位于巴黎远郊，纪南承坚持送她过来，两人打了车到工厂时，已经到了中午十一点。

“我到了，你回去吧，我要晚点儿才能回家。”温嘉树说着“回家”二字时觉得有些奇怪，好像那个地方便是她跟纪南承的家似的。

但话已经说出口，她也不能咽下去。她正想说点儿什么缓解尴尬，从工厂里走出来了几个穿着白大褂实验服的人，径直走向了纪南承的方向，用法语对纪南承开口：“纪总，没想到今天您会过来，我们工厂这边什么准备都没有做，真的不好意思。”

这几个人是工厂的负责人，之前跟温嘉树没有打过照面，她也是头一次来工厂，他们不认识她实属正常，但是……他们为什么会认识纪南承？

“没事。”纪南承的法语口音纯正，这倒是让温嘉树觉得有些意外，她记得纪南承说过他跟星湛是大学同学，而星湛的大学是在美国念的，他的法语几乎没有口音，让人惊喜，“早上临时决定陪我女朋友过来。”

对面几个“白大褂”都看向了温嘉树：“原来这是纪总的女朋友，幸会幸会。”

“你们好，我是多丽丝·温。”温嘉树循规蹈矩地自我介绍，其实她对于纪南承女朋友这个称呼还无法立刻接受，但她怎么觉得纪南承说出她是他女朋友这句话时，说得尤为自然。

“白大褂”们听到温嘉树的自我介绍顿时有些蒙，互相对视了一眼，一副“他们竟然会是一对”的震惊表情。

温嘉树心想，有什么好震惊的，他们看上去很不配吗？

“温小姐，抱歉，公司今天早上的确是说您要过来闻香，但没想到……您会跟纪总一起过来，我们失礼了。我是工厂的主管莱恩。”最中间一个大胡子男人对温嘉树说道。

“莱恩先生，您好。请问现在可以带我去实验室吗？”温嘉树没有闲工夫去问纪南承是怎么同贝弗利公司的人认识的，她想要赶紧将她今日的工作做好。

温嘉树对待闻香的态度从小便认真。

“好，马上带您去。纪总，您呢？是跟温小姐一起去实验室，还是去参观一下工厂或是休息？”莱恩对纪南承十分客气。

这种客气是建立在礼貌之上的，显得有些奇怪。

“一起去。”纪南承捏住了温嘉树的手，温嘉树有了一种刻意在人前秀恩爱的感觉……她害羞地低了头，早晨出门时她戴了鸭舌帽，此时故意将鸭舌帽的帽檐压低了一些。

贝弗利香水工厂历史悠久，因为离市中心较远，工厂很大，由三幢普罗旺斯风格的建筑物组成，四周被棕榈树环绕，郁郁葱葱。巴黎的浪漫，融在步步皆景当中。

温嘉树和纪南承都换上了白大褂进了实验室。实验室里面陈列着各种各样的器皿，纪南承的目光一一扫过，温嘉树看出了他的疑惑，像是个合格的导游一般同他介绍着：“这里陈列的器皿都是各个时代用来盛香水的容器，这个……”

温嘉树指着一个奇奇怪怪的器皿，介绍道：“这个叫双耳尖底瓮，这个，英文名叫作 Marie Antoinette，我不知道怎么翻译。”

“你现在就像一个我花了一百元人民币请的解说。”纪南承不给面子地说道。

“……”温嘉树的眼皮在鸭舌帽下略微掀了掀。

莱恩引着温嘉树走到了一个满是实验人员的实验室内，把一款装在小玻璃瓶中的香水送到了她的手里：“这就是我们公司最新的香水产品，名字还没取，现在暂时叫作 No.536。”

温嘉树接过，按照正确的闻香姿势闻了从小玻璃瓶中钻出来的奇妙味道，刚一闻到她便知道，这款香水的味道很东方。茉莉花的香味很独特，就像是江南雨后，被雨水打湿了的茉莉花花瓣坠落在指尖，湿漉漉的，还带着泥土气。香气在鼻尖萦绕了许久都未散去，等时间过了几秒，茉莉花的味道退场，安息香的味道登场，香味安神，极其贴合中国人的中庸之道，久久未能够从鼻尖散去。

“这是我最近闻过的最好闻的香水，同那款东方屏风比，有过之而无不及。”温嘉树轻笑，东方屏风是她特别喜欢的一款香水，也是有着浓郁的东方味道，但贝弗利公司这一款香水，比起东方屏风，味道要更加安神、舒适，更符合中庸之道。

“温小姐谬赞。”莱恩打量了一眼温嘉树，“温小姐没有别的要说了？”

“说什么？”她反问。

“毕竟您是布鲁斯先生的得意门生，以前每次布鲁斯先生来，都会说一下香评，起码能够让我们这些实验人员心里有个底。温小姐只说好闻，是不是太简单了一些？”莱恩问道，颇有一点儿刁难的味道。

温嘉树听着便明白了，大概是他们见她年纪轻，觉得她不够专业。

但她不想锋芒毕露，这不是在香水品鉴会上，她没有必要拿出自己全部的实力。而且香评如果流出去，被人听去了，或许她就会丢了工作，她宁可被人当草包。

但她还没有说什么，纪南承就已经开口：“你是觉得我女朋友没有这个实力？”纪南承此时的口气，比温嘉树跟他相处这么久以来听到的，都要更加阴鸷冷厉，颇有一点儿护犊子的味道。

温嘉树听得一愣，饶有兴味地看向了纪南承。

“纪总，我们不是这个意思，只是温小姐……”这一幕仿佛重演，沉香匣那一次，纪南承也是护着她，但是当时与此刻，他们两个人的关系是不同的。

“整个贝弗利公司，目前只有两名闻香师，如果撵走了多丽丝，不好意思，布鲁斯也会离开。”纪南承冷冷地道，“而我和贝弗利先生的生意，也到此为止。”

意思是：如果有人欺负她，一切都免谈。

温嘉树听到最后，大致明白了纪南承跟贝弗利公司的关系。纪南承和贝弗利先生一定有生意往来，而且，他应该是占据了主导的地位。

贝弗利公司在香氛界是大公司，能够让贝弗利先生低头的，寥寥无几，温嘉树不知道纪南承为什么可以做到，她微微仰头看他，发现她对于他的了解是真的很少。

但她有足够的时间，日后慢慢地了解他。

“纪总，我们贝弗利公司是百年公司，很多规矩，哪怕您购买了我们的股权，您也不能够改变。”莱恩口气骄傲，字里行间隐隐有一种老古董之感。

纪南承没有说话，温嘉树以为他是想咽下这口气了，他却伸手捏住了她的手腕：“走。”

温嘉树点了点头，放下了小香水瓶跟着纪南承离开。

一出实验室，温嘉树便仰头问他：“一个月前，我面试前一晚跟你视频，你告诉我，我可以进贝弗利公司，其实当时你就已经注资贝弗利公司了，是不是？”

说不生气是假的，纪南承仿佛能够将她玩得团团转，她又毫无知觉。别墅如此，贝弗利公司又是如此。

但是若说生气的话，她好像又没有什么能够生气的理由，毕竟在昨天之前，他们之间只是最普通的关系。

“不是注资，是购股。”纪南承纠正了她的用词。

“你购了多少股？”温嘉树问他，其实心底已经有了答案，肯定不会少。

她以为他会傲娇地说一个数字，因为他的脾气自大得厉害。但是没想到，纪南承给了她意想不到的答案：“商业机密。”

“……”她想翻白眼。出了实验室只有她跟纪南承两个人了，她连忙摘掉了脑袋上的鸭舌帽，帽子扣在头上其实很闷、很不舒服。两个人时她很自在，完全不需要鸭舌帽的遮挡。

“连我都不能说？”

“想听？”

“嗯。”其实她也没那么想听，只是心底像是有猫爪子在轻轻地挠似的，被纪南承吊足了胃口。

纪南承朝她招了招手，她踮起脚尖将耳朵凑近了他的嘴，做出了真的像是在听非常重要的事情的姿态。

然而下一秒，温嘉树感觉到自己的耳垂处传来一阵酥麻感，耳垂是非常柔软敏感的存在，和嘴唇一样，两两相碰时那种奇怪的触感，让温嘉树的耳朵顿时烫了起来。

“你太过分了。”温嘉树瞪了他一眼，伸手捂住了自己发烫的一只耳朵，“我问你，我进贝弗利公司，是不是你的意思？”

温嘉树很担心自己不是靠实力进的贝弗利公司，无论贝弗利公司的老板是贝弗利家族现任的总裁贝弗利先生，还是纪氏工业的纪南承，它都是她心目中的百年贝弗利公司，它在香氛史上的地位也是恒久不变的。

如果不是靠实力进去的，她会心有愧疚。

纪南承重新捏住她的手，往香水工厂外面走。

沿途都是未消融的雪景，此刻雪已经停了，日光也渐渐出来抵挡住了冰雪消融时的寒冷，她被他捏着的手更是热乎乎的。

“想多了，以权谋私不是这么个谋法。况且，你也不需要我谋私。”纪南承肯定了她的实力，这一点让温嘉树心生欢喜。

“知道就好。”她挑眉，学着他傲娇的样子说道。

走了好久的路终于走出了香水工厂，这里难打车，纪南承便联系了贝弗利公司的人过来接他们。

等车来时，纪南承一直都在打电话。

礼貌起见，温嘉树还是走到了一旁不去听他打电话，但是纪南承没有打算在她面前避嫌，她走开一些，他仿佛担心她跑掉似的，又过来牵住了她的手，不让她走远。

她心想，她又不是三岁小孩子，有必要这么看着她吗？但是纪南承打电话时的语气很不好，她不敢说什么去打扰他。听他说话的语气，应该是在同纪今秋打电话。

“你相信她，还是相信我？”纪南承对家人的语气都不好，温嘉树见过他大半的家人，都不是省油的灯，“奶奶这些年的套路你还不懂？碰上一点儿不合她心意的事情，就装作生病。狼来了不是这么演的，以前年纪小容易被骗，怎么，你都三十多的人了，还能被她骗？”

温嘉树静静地站在雪地里，猜想多半又是纪南承家“后院起火”，她猜，是因为申姜的事。

这下完了，她之前还义正词严地在申沉面前说自己不会掺和申姜和纪南承的事情，也不会想要嫁给纪南承，才过了一个月，她就食言了。

不过她问心无愧，想必申沉也很乐于她的作为，毕竟申沉是不希望申姜嫁给纪南承的那一个。

她也想起来了在巴黎里兹酒店，第一次见到申姜时她正在埋怨，说自己就是来巴黎找纪南承的，想必是申沉拦着她。

纪南承到底有什么不好，让申沉这么拦着申姜。

温嘉树不相信申沉所说的，她相信自己的判断。

纪南承这边的电话还在继续：“如果她相信无性繁殖，那么她或许有可能怀了我的孩子。”纪南承的口气里带着一点儿冷酷的味道，温嘉树听了微拧了眉头，申姜果然比她想象中段位要高得多。

“申姜可以在商场给我的支撑，我自己也可以赚到。”纪南承的骄傲仍在，“挂了，巴黎天冷。”

温嘉树听着最后几个字，感觉纪南承到底还是纪南承，骄傲这两个字像是贴在了他脸上似的。

巴黎天冷，意思是冻手，不想通话了。

纪南承挂断电话后，车子好巧不巧就到了，一上车她便问他：“怎么，申姜说她怀孕了？”

“嗯。”

“好段数。”温嘉树忍不住拍了拍手，“一般男人听到女人怀孕了，首先会想，这是不是自己的孩子，然后是想方设法推掉自己身上的责任。你的反应怎么有点儿不一样啊？”

“看来你也相信无性繁殖？”纪南承冷冷地看了她一眼。

温嘉树闷着嗓子：“谁知道你们是无性还是有……”

最后几个字越来越含混不清。

“没有。”纪南承打断她胡乱说的话。

温嘉树仰头仔细盯着纪南承的眼睛：“你跟我说没有干什么？我又没问你……”

“在去格拉斯的飞机上，就觉得你刁钻，现在是越发严重了。”纪南承压低了眉说道。温嘉树的性格尤其慢热，但是渐渐热起来了之后，她说话比谁都有趣，绵里藏针说的就是她。

看起来是个软柿子，实则刁钻得很。

温嘉树朝他做了一个鬼脸，赶紧将身体从纪南承身边挪了挪，挪到了车窗旁边，看着窗外忍不住笑。此时车子刚好经过了一个桥洞，四周都暗了下来。

温嘉树仍对着车窗外面偷笑，她听到身后传来冷森森的声音："别笑了，都映在车窗上了。"

温嘉树听到这句话，脸上的笑意戛然而止，她这才意识到，车子开入桥洞当中，车窗都变黑了，于是形成了一面镜子。

也就是说，她刚才笑的傻样，都落入纪南承的眼中了。

温嘉树丢人地把脸埋入了手臂中，不敢再在纪南承面前露脸了，但即使她不看着纪南承，都能够感受到纪南承对她深深的嘲笑。

两人从城郊回来之后简单吃了一个下午茶，温嘉树觉得有些困了，想要午睡。

她进了洗手间准备洗掉身上沾上的各色香水味道，她不喜欢香水的味道在身上停留得太久，会影响她的嗅觉。

她进洗手间时没有拿手机，她住在主卧，外面有一个小阳台，纪南承等她时闲着无趣便走到了阳台上去。

温嘉树的手机响时，纪南承从阳台进来，看到是秦久打过来的。

纪南承没有打算接，而是走到了洗手间门口敲了敲门。

正在冲澡的温嘉树被吓到了，警觉地立刻关掉了水龙头："谁？"

"鬼。"温嘉树的这一句"谁"明显就是很白痴的问法，但这是她的自然反应，而纪南承的这一句"鬼"，才是真的故意的。

"有事吗？我还在洗澡。"温嘉树想了想，刚才自己是落了锁的，幸好。她身上的泡沫都还未冲掉，生怕纪南承这个时候进来。

这是他家，他有每个房间的钥匙也不足为奇。虽然她也不觉得纪南承会这么做，但心底总是有一点儿不安感。

"手机响，秦久的电话。"

"哦，你帮我接一下吧。"温嘉树一听是秦久便不觉得有什么问题，她也给予了纪南承信任，以他们现在的关系，让他接听也无碍。

纪南承没有回答，走到床前拿起被扔在床上的手机，按了接听键。

“喂，嘉树，星湛今晚的飞机回国，你下午要不要跟我们一起陪他逛逛？”秦久也不知道这边是谁，直接说道。

“外面太冷，她要午睡。”纪南承的一句话，将电话那头的秦久吓得不轻。

纪南承的声音本就低沉冷漠，在他听到“星湛”二字时，语气更是差了不少。

秦久愣神了一会儿，平复了一下自己的心情，反应过来是纪南承接听了之后立刻换了口气：“纪先生？您在嘉树家？”

“嗯。”纪南承不解释，却是吊足了秦久的胃口。

这小妮子果然在跟纪南承玩暧昧啊……

“哦，好。那……那我先挂了。”秦久扶额，这样的对话让她异常尴尬，而纪南承又是这么高冷之人，跟他对话需要很大的勇气。

“嗯。”

全程纪南承说的话少之又少。

香格里拉酒店内。

秦久盘腿坐在床上，看着刚刚洗完澡从洗手间出来的星空，一脸呆滞，目光都有些涣散。

星空没有穿睡袍，只围着浴巾就出来了，准备出来换衣服去带星湛逛逛。

“每次你这么看着我，都让我觉得我危险了。”星空挑眉戏谑，话里带着狎昵的气息。

秦久皱眉瞪他：“去！”

星空笑着扔掉了手中的毛巾，长腿跨到了床上，凑近秦久，身上沐浴乳的味道很浓郁，清香扑鼻。

若是往常，秦久肯定会佯装色眯眯地逗逗他，跟比自己年纪小的男生谈恋爱的好处就是，他随时随地都是精力充沛的，还是那句话：年轻的身体啊……

“完了完了，嘉树好像跟纪南承在玩暧昧。”秦久从挂电话到现在心里一直都是空落落的，她觉得这不像是温嘉树的风格。

且不说纪南承是不是温嘉树喜欢的类型，她才跟他认识多久啊？

“嘉树跟谁玩暧昧，跟谁在一起，跟谁结婚，都是她的选择。”星空倒是看得开，“以前也没人觉得我们合适，我们不照样在一起？”

星空的手不安分了起来，激起了秦久浑身的鸡皮疙瘩。

她缩了缩身子：“大白天的……”

星空挑眉，伸手一把将她搂入了怀中，这一次他的力道很大，他身上干净的味道让人神清气爽。

他从背后抱着她，下巴压在她的肩上，坏笑道：“我们第一次的时候，不就是光天化日之下，你主动对我动手动脚？这么快就忘了？”

星空的声音是最干净清朗的大男生声线，比起成熟的男人，这种年轻大男孩的声音也别有撩人的味道。

秦久被他说得脸都热了，硬生生地咽了一口唾沫：“流里流气的……”

“嗯？”星空轻轻地吻着她的脖颈，“是谁之后后怕了，逃走了？”

秦久被星空一提醒，想到了当时的情景，羞愤难当……

当时的她的确是够窝囊的，而且被星空一提醒，不知怎的，她的脑海中像是回放电影一样，画面清晰。

当时星空才念大一，跟着自己的教授在医院实习，而他第一次去的科室，是乳腺科。

刚刚学医的学生，对于解剖人体尚且还不能够完全忍受，更何况是给女性患者做检查。

秦久是星空跟着教授一起接诊的第一个病人。

那时候的秦久还没有去巴黎贝弗利公司工作，还在国内的香水公司，整日熬夜加班，透支了身体，导致了内分泌紊乱，胸部长了肿块。

她挂了上城医院经验最老到的乳腺科年逾花甲的女医生，第二次去复查时，老太太的诊室内多了一个眉目长得极其阳光好看的小哥。

但秦久没有心思更没有兴趣去细看他是不是真的长得好看，因为她觉得特别不舒服，这毕竟是乳腺科，多了一个男医生，要多尴尬有多尴尬。

哪怕是把自己当成一个患者，她仍觉得硌硬。

老太太介绍说这是自己的学生，问秦久介不介意她的学生和她一起为她看诊做检查，方便教学，如果她拒绝也是可以的。

秦久是一个特别不好意思拒绝别人的人，况且老太太的态度极好，她还想仰仗着老太太高超的医术帮她治好心头病呢，于是她鬼使神差地点头答应了。

而让她意想不到的是，在她脱掉上衣躺下准备等医生给她检查时，那位医生小哥竟然……脸红了！

脸红意味着什么？意味着他根本没有把她当成一个病人来看待，而是当作女人！

作为医生，怎么可以这么没有职业道德？

原本她都已经自我催眠了，但看到他涨得通红的脸时，她也害羞了。

整个检查过程她都十分紧张，导致检查时间延长，而老太太为了实践“手把手教学”这一理念，还让小哥也戴上了医用手套，按压着她的皮肤表层给她做检查……

手指隔着医用手套触碰着她的胸部，一点点地按压着，这种奇怪的触感让秦久觉得，自己好像被侵犯了一样。

她闭上了眼睛，想象成是老太太在给她做检查，但是好巧不巧这位医生小哥还低声问她：“这里疼不疼？”

秦久心底有一句骂人的话不知当讲不当讲：“不疼。”

“这里呢？”他敲了敲，秦久的心脏扑通扑通跳得十分快。

这个时候隔帘外面有别的患者找老太太，是刚才去做检查的病人拿了检查结果回来看。

“星空，大致的我已经知道了，你再仔细看看，待会儿病历你写。”

“嗯。”

老太太交代了他之后就掀开帘子出去了，秦久心底一万个不想让她走。等到老太太出去之后，医生小哥继续他的检查，忽然，他停顿了一下：“你这么紧张，我没有办法仔细检查。”

“你老师不是说她检查得差不多了吗？”她想要赶紧结束，催促道，“我待会儿还赶着去上班，你动作快点儿。”

他瞥了她一眼，眼神冷漠。

秦久心想：装什么装，刚才通红着脸的人不知道是谁……

检查全部结束后秦久去做了B超，等她拿着B超单子回来，老太太给她开了点儿药，之后她没有立刻走，而是在诊室外面的公共长椅上一直坐着。等到下午五点，医生都要下班了的时候，她等到了刚才那位医生小哥出来。

小哥摘掉了口罩，露出了长得极好看的一张脸，他人高腿长，至少有183厘米的身高，是典型的大学校草长相。

但是此时秦久对他的脸蛋和身材没有半点儿兴趣，她一门心思都在被他看了胸这件事情上。

小哥出诊室，看到秦久时也被吓了一跳。

“麻烦你跟我过来一下。”秦久冷着一张脸对他说道，她隐隐记得他好像叫什么……星空？

她不知道是哪两个字，只觉得这个名字挺奇怪的。

他看了她一眼，扔了一句话：“没有微信，不给电话号码。”

秦久蒙了一下，顿时反应过来，她皱眉瞪他。后来秦久才知道，她是他的第一个病人，那一天下午他一共看了二十几个女病人，有五个年轻女病人想跟他要电话号码。

“什么电话号码！你也不照照镜子看看自己几岁我几岁，我上小学的时候你连话都不会说呢，谁要你电话号码？”秦久的脾气上来了，原本她就不爽，被他这么一说，心底更怒了，“我跟你说，你今天必须跟我道歉。”

“道什么歉？”星空一脸无语地看着她，眼神里面带着探寻。

“刚才你给我检查的时候脸红了，脑子里是不是存了什么龌龊想法？”

“不好意思，这是我第一次给女病人检查，我有点儿害羞，如果冒犯到了你，我请你吃饭。”

“？”

秦久已经做好了跟他打舌战的准备了，秦久是相信自己的嘴皮子的，但没有想到他的态度竟然……还好。

这就让秦久有些尴尬了。

后来他们就顺理成章地去吃了饭，某一天秦久色欲熏心把他睡了，莫名其妙地，也就睡到了现在。

香格里拉酒店。

酣战结束，星空的澡算是白洗了，他浑身都汗津津的，却不愿意松开怀中的秦久。

秦久跟星空谈恋爱之后才发现，之前谈的都不叫恋爱，跟英俊、身材好、高智商、高情商的“小狼狗”谈恋爱，她才算是真的体验了一把恋爱的感觉。

但唯一的不好便是星空太黏她了。

“怎么办，之前你说过纪南承是私生子，像纪家这种名门，一个私生子坐到了纪氏总裁的位置，绝非等闲之辈。嘉树这么单纯，怎么可能是他的对手？”秦久现在满脑子都是温嘉树的事情，根本顾不上星空。

然而星空的所有心思都在秦久的身上：“嘉树是成年人，知道自己该跟什么样的人相处，不该跟什么样的人相处。”

秦久伸手戳了戳星空的脑门：“一口一个嘉树的，你该叫嘉树姐！”

星空伸手捏住了秦久的手：“嘉树跟你同岁，难不成你还要让我叫你姐？”

秦久嗤了一声，之前温嘉树问过她，是不是真的打算跟星空在一起。她跟星空即使相处得很甜蜜，但是两人相差的年纪还是摆在那里，秦久自己也一直迟疑。

“你叫啊。”秦久一想到这个问题心里就不是滋味。

星空凑到了秦久的耳旁，压低着声音沉沉唤她：“老婆。”

秦久浑身瑟了瑟，抽起了一旁的枕头欲扔向他，却被星空又吻上了唇。

别墅。

温嘉树洗完澡出来看到纪南承坐在床边的沙发上，腿上放着她的笔记本电脑。

“你在用我的电脑吗？”温嘉树随口问道，她的头发刚刚吹干，蓬松柔软，坐到纪南承身旁，俯过身去看电脑屏幕。

“看几个电邮。”纪南承回答得坦然，有几个邢时发给他的紧急文件需要处理，所以需要查看。

“嗯。”温嘉树就靠在他的肩上，身上的沐浴乳味道扑在纪南承的鼻尖上，他侧过头看了她一眼。

“你这样盯着我，我怎么工作？”纪南承压抑着声音，带着磁性的味道。

温嘉树仍靠在他身上，不知怎的，她总觉得纪南承身上好像对她有一股吸引力一般，牢牢地吸着她，让她觉得跟他能多待一分一秒都好。

“那就别工作了。”温嘉树抿唇笑，“纪南承，你为什么喜欢我？”温嘉树很好奇，她到底哪里比申姜出众了？哪怕她在闻香界名声不低，但申姜身后毕竟有着申家做靠山，一个申家，就抵过了她的所有。

“需要原因？”纪南承轻描淡写地反问，目光专注地落在电脑屏幕上，连抬头看她都没有，在他眼里，这并不算是什么需要他回答的问题。

“可是比起申姜，我哪里都不好。”

纪南承停下了放在键盘上打字的手，抬头看了一眼温嘉树：“你最大的缺点是不自信。”

温嘉树垂首，自从她认识了纪南承之后，她已经自信了很多了，起码能够直视他，而之前在格拉斯的生活，是真正意义上的深居简出。

布鲁斯曾经戏称她是在冬眠。

“我怕是穷极一生都改不了了。”温嘉树苦笑，“你还没回答我。”她非要得到答案，好像这个答案对她来说是鼓励一般。

“你比她可爱。”

“……”温嘉树盯着他，“这是我今年听到过的最敷衍的一句话。”

纪南承也并不否认自己的敷衍，轻笑。

温嘉树从没有听过别人用“可爱”这两个字来形容过她，她也不觉得自己跟这两个字搭边。纪南承这么说，肯定是敷衍无虞。

她推了推他，他也不说什么，只是换了话题：“我搭深夜的航班回国。”

温嘉树动作一顿：“这么快？”

“舍不得我回去？”纪南承的回答明明很油腔滑调，但话是从长在他这张脸的嘴中说出的，就变得尤其撩人了。

温嘉树觉得自己还是看脸，虽然这些年跟男模和男明星合作过，但她的审美还是没有疲劳，人类永远都会享受视觉上的盛宴。

温嘉树内敛，自然不会把舍不得的话说得那么直接，她讷讷地开口：“我跟着贝弗利回国，能见到你吗？”她对于这一段感情没有信心，好像下一秒他就会反悔似的。

她记得星空说过的话，像纪南承这样的公子哥很危险，稍不留神可能她就会被卷进他的家族纷争当中。星空的话说得没错，她对纪南承的了解太少，但她不怕他。

哪怕他真的是危险，她也愿意在“危险”周围游走。她怕的，是他只图个新鲜，打发在巴黎无聊的时光。凡是涉及香水行业的，无不是名门世家，温嘉树跟不少巴黎的华人公子哥打过交道，也有不少人想要撩她，但只是撩，在他们眼中，女人只是打发时间的工具而已，只是情爱，而非爱情。

所以她担心纪南承也是同样的人。

“为什么不能？”纪南承反问，认为她这个问题本身就有些无聊，“难道你还打算去见别人？”

温嘉树心悸，摇头：“没有。”她也倦于解释，这要让她怎么解释？难道告诉纪南承，她担心他对她只是有新鲜感，并不是真的喜欢她？这种不信任的话，她不敢说。

“几点的飞机？”

“午夜两点。”

温嘉树颔首：“哦，所以你来巴黎短短几天的时间，就是为了……来见我？”

她有些不敢说出自己的猜测，她尚且不敢把自己的位置放得太重。

“在见你之前，我去见了贝弗利。”纪南承来巴黎的初衷是谈生意。

在来巴黎之前他便让布鲁斯安排了温嘉树住在他的别墅里，不为了别的，只是想让她在巴黎工作时能够住得舒心。

他对温嘉树的印象一直都在变，尤其是在溪山御府那一晚，他深夜看鬼片她被吓到了的那副样子，让他觉得十分有趣。

纪南承从小就不是安分的主，喜欢捉弄人，以前刚刚进纪家时，付之微这个后妈没少被他捉弄，后来是被纪老太太强压下去了这种性格。

懂事之后，他便敛了性子，很少会在人面前显露出自己的真实性格，在纪家的这么多年，他一直如履薄冰地活着，从没有对任何一个人放下过戒备心。也是那几天他才发现，他在温嘉树面前能够放下一切戒备心，因为这个女人自卑到让他觉得没有任何需要防备的地方。

她和申姜不同，申姜从小工于心计，知道跟他结婚能够将利益最大化。而他不需要一个算计自己的妻子。

“贝弗利先生？”温嘉树不知道纪南承此时在想着什么，凝视着他的眼睛问道，她的鼻子有些不通畅，吸了吸鼻子。

“嗯。”

“哦……是谈生意吗？”温嘉树很好奇，但又觉得自己不便于问太多，于是小心翼翼地试探道。

纪南承关掉邮件窗口，合上了笔记本电脑，看她：“以后，贝弗利公司如果有人欺负你，告诉我。”他拐了个弯回答了她的问题，没有正面回答是不是在谈生意，但这句话是在侧面告诉她：贝弗利公司现在的大部分股权是他的。

温嘉树莞尔：“你现在这副样子，有点儿像是滥用职权讨好女朋友。”

“难道我要看着别人骑到我女朋友头上去？”纪南承的一句话，让温嘉树浑身酥了酥。

“谢谢纪总。”温嘉树的口气颇有一点儿像“狗腿子”。

·第十三章·

子不我思，岂无他人

纪南承是深夜的飞机，晚十点左右，温嘉树钻入被窝睡时他离开了别墅。

两人没说什么告别的话，温嘉树心里万般不舍，但又觉得矫情，硬是把话都憋到心里去了。

纪南承离开时她躺在被窝里面，但是等到她听到楼下别墅的大门关门声时，她立刻赤脚走到了窗户前面，偷偷地看着纪南承离开了院子。

院子门口已经有车在等他，温嘉树就这么静静地躲在窗帘后面看着纪南承的背影，心底隐隐有些不舍。

她觉得自己真是矫情，这才短短几天，就贪恋成这样了。

俗话说爱情就像是饮鸩止渴，她以前不信甚至觉得好笑，现在瞧瞧，说得还真的是贴切。

刚才她问纪南承的问题，他没有正面回答她，但其实如果他反问她，她也回答不出来，她也不知道自己究竟为什么会喜欢上他。

明明他这种类型，跟她想象中自己喜欢的人相差甚远。

绝对不是这么骄傲的、自大的、毒舌的……

但好像遇到了便是遇到了，温嘉树瞧着他便心生欢喜，他也是头一个对她说要自信一点儿的人……

风雪中纪南承的背影消失在了车子当中，车子扬长而去，一点点离开了眼睛的视距，温嘉树还痴痴地看着。良久，她忍不住拿出手机，发了一条微信给纪南承。

“我好像有点儿想你了。”温嘉树发完就觉得自己矫情得要命，想不到有一天自己也能够发出这种酸溜溜的微信。

以前秦久热恋时，她看到过秦久的短信，还嘲讽秦久被爱情冲昏了头脑。

现如今落在自己身上，真是半点儿好都没有。

纪南承那边很快就回复了消息：“你躲在窗帘后面偷看我的样子很蠢。”

“？”温嘉树惊了一下，他的后背上是长眼睛了吗？竟然看得到她在偷偷地看他。

这个男人真的是太可怕了。

她不解释，而是说道：“纪南承，你是真的喜欢我吗？”

“这个问题你今天问过一个差不多的。”

“我只是觉得太快了。”温嘉树发过去，心底惴惴，“有些不真实。”

纪南承那边过了良久才回复，等待的时候温嘉树紧张不安，直到他发了消息过来，简单的两句话，抚平了她焦急的心情。

“如果让你觉得唐突了，我很抱歉，但是我从来不做仓促的决定，没有见你的一个月我一直都在考虑这件事。”

温嘉树看着这条短信，心底会心地暖了暖，嘴角也弯了弯。

她想了想，编辑了短信发了过去：“嗯，晚安。”

十三个小时后，飞机降落在上城国际机场。

一下飞机，邢时已经在机场外候着纪南承，上城也开始下大雪，邢时来时手里拿着一件黑色的羽绒大衣，担心纪南承下了飞机受寒。

“纪总，天冷多添衣。”邢时将衣服递到了纪南承手中，纪南承接过穿上，脸色阴冷。

“奶奶那边怎么样？”

“老太太坚持要去重元寺斋戒一段时间，说，您什么时候想通了，她就什么时候再回来。”邢时很为难，纪老太太一根筋，非要申家大小姐嫁入纪家。

纪南承阔步走出机场，邢时见他的脸色越发阴冷，想着他难不成是在巴黎的时候在温小姐那边受气了？这么想着，邢时说话时也越发小心了一些。

“老人沐浴斋戒是好事，那就让奶奶在重元寺多待一阵子吧。”纪南承丝毫不给纪老太太面子。

邢时也算是看出来了，纪南承大概是真的不喜欢申姜，哪怕没有到厌恶的程度，也只把她当最普通的朋友看待。

“是。”邢时颔首，“纪总，今晚是回公寓，还是回纪宅？”

纪南承停顿了一下才回复：“去纪宅。”

“好。”

从机场去纪宅耗时约莫一个小时，纪南承在车上小憩了一会儿，是被急刹车吵醒的。

往常，如果纪南承在车上睡着了，邢时是绝对不敢吵醒纪南承的，除非他自己醒来了。纪南承十分不喜欢被人吵到睡眠，而这一次急刹车，是因为车子开到了纪宅门口时，前方猛地出现了一道纤细的人影，拦住了车子的去路。

“怎么回事？”邢时见纪南承睁开眼，不悦的情绪已积蓄在脸上，连忙质问司机。

“申小姐……在前面。”司机惊魂未定，如果刚才不是他及时刹车的话，这一脚油门上去，申姜的命就没了。

这个申小姐的胆子也是真的大，竟然敢冲到车子前面来。

“纪总。”邢时看了一眼纪南承，纪南承刚刚睁开的眸子里布满了长途奔波后留下的红血丝，他皱着眉心，极其不悦。

邢时会意，打开车门下车，走向了申姜。

申姜哪怕是此时这样的情境仍是穿着高跟鞋，她一脸镇定地站在车子前面，仿佛预料得到这辆车是不会撞到她身上似的。

“申小姐，刚才很危险，您知不知道？”邢时完全是好心提醒申姜，但是邢时毕竟是站在纪南承这一边的，他还是希望申姜能够尽快让开，纪南承舟车劳顿，需要休息。

申姜穿着短款的黑色羽绒服，脊背笔挺，眼神里透露着浓浓的骄傲，看邢时的眼神都十分冷淡。

“叫你们纪总下车来见我。”申姜对邢时的态度并不好。从邢时到纪南承身边工作开始，他就没有听到过申姜称他一声“邢助”。

其实邢时在纪南承身边的分量并不低，纪南承百分之八十的私事和几乎百分之百的公事都需要经他之手，如果申姜对他尊重一些，邢时也会卖申姜几分面子，申姜在纪南承这边的路也就不会这么难走。

但是申姜偏偏不懂这些人情世故。也是，从小养尊处优目中无人的大小姐，哪里懂得这些？

比起申姜，邢时更喜欢温嘉树，温嘉树见他时永远都是礼貌的。

想及此，邢时的口气不禁冷淡了几分：“申小姐，纪总刚刚从巴黎回来，累了，需要休息。”

邢时故意提到了巴黎，哪怕申姜知道纪南承飞去巴黎见了温嘉树，他也要故意说出来，刺她一刺。申姜一听，心里被刺了一下，口气越发不善：“我今天无论如何都要跟他说个清楚。”

“说什么？”邢时笑着问申姜，口气里带着戏谑，“说您怀孕了的事情吗？”

“你……”申姜的脸色略显不佳，未婚怀孕并不是一件光彩的事情，尤其是被人说出口，更加难堪。

“纪总有没有跟您发生过关系，您自己心里清楚。有些话纪总不方便说，我就代劳了，也请申小姐顾一顾自己的面子，以后还是要嫁人的，不要明明是个小姑娘，却动不动假装自己怀孕了，传出去，不好听。”

邢时的话句句戳心，申姜听得脸都绿了，她尴尬着一张脸，咬紧牙关盯着邢时。

“你代纪南承说？你不过就是纪南承的一条狗，你有什么资格跟我说话？！”申姜伸手推开了邢时，快步走向了车子。

黑色的迈巴赫里，纪南承静静地坐着，他睡意未消，仍处于极其疲倦的状态。

今晚这样的状态下，他不想见到申姜。

申姜敲了敲纪南承的车窗，车窗上发出咚咚咚的吵闹声。

他按下了车窗，对上了申姜微愠又含泪的眸子：“南承，你不能这么对我……你知道我有多想嫁给你，所有人都说我们合适，为什么你要为了一个不三不四的女人抛弃我？”

“抛弃？姜姜，这两个字言重了。”纪南承的口气仍是好的，也仍唤着她的乳名姜姜。

因为陆渝媛和潘语蓉的关系，纪南承同申姜从小便是认识的，他一直都这么唤她的乳名，未曾变过。但是在这两个字背后，他所有的情绪似乎永远都是隐藏的。

申姜从来都没有见过纪南承用真诚的眼神看她，他在人前仿佛永远都敛着情绪，不会让任何人洞察。

小时候，哪怕是因为付之微不喜欢他，借着一点儿小事将他关到了阁楼的小房间内不给他饮食，等到纪远恭出差回家才发现奄奄一息的他，问他发生了什么，他也只会说是自己去阁楼玩不小心把门锁上了，不会说半句付之微的不好。

那一次出事后，申姜去看他，她知道，他肯定是恨付之微的，只是时间未到，他不会流露出半点儿情绪。申姜想着，鼻子酸了酸，舔了舔嘴唇：“南承，你是不是因为知道温嘉树是我父亲跟前妻所生的女儿，你为了故意气我，所以才跟她在一起的？”

申姜问得小心翼翼，这是她全部的猜测，否则的话，纪南承为何会忽然同温嘉树在一起？

一切都过于仓促了。

而且纪南承是何等野心勃勃之人？怎么可能会看得上一文不名的温嘉树？

纪南承仿佛并不觉得这个问题他需要回答，他静静地靠着椅背，目光冷漠地看着申姜，直到看得她都有些心虚了。

申姜咬了咬下唇，深吸气："纪南承，当初把你送进纪家的人是我的母亲，日后能够让你在纪家站稳脚跟的人，也必然是我们申家人。一个温嘉树，她配得上你吗？哪怕你喜欢她，但她能帮到你什么？你的野心，跟她根本就不配！"

申姜太了解纪南承的野心了，从小她便知道他想要什么。

在纪家隐忍，等到纪远恭因身体问题瘫痪在床，他接任总裁位置，这一切他花了十几年的时间。纪氏工业足够大，然而树大招风，越是大的企业，就越是需要盟友，申氏最近要上市，无疑是纪氏最好的盟友。

但是纪南承仿佛不屑于这场结盟，不断地把她往外推。

"我的野心，是用来保护我在乎的人的。"纪南承终于开口，对申姜说的话尤其冷厉，"我不需要用女人来成全我的野心。"

这句话，是说给申姜听的。

纪南承对申姜并无反感，毕竟有着从小一起长大的情谊，他同申家的关系也一直都不差，但是利用自己的婚姻来成全自己的野心，他一直认为是小人所为，他不需要。

申姜站在风口，冻得浑身直打哆嗦，她颤着唇齿，通红着眼睛看着纪南承："你会后悔的。"

"开车。"纪南承没有对她说话，而是扔了一句话给司机。

司机重新发动了车子，绕过了申姜，驶入了纪宅当中。

申姜站在原地，浑身都打哆嗦，良久之后才拿出手机，僵着手指拨了一个号码。

"喂，帮我查一下温嘉树接下来一个月的行程。"申姜站在雪地里快要冻僵了，尤其是脚踝。

她为了来见纪南承，穿着露脚踝的裤子，高跟鞋的鞋口又很浅，站了这么久，她觉得整个身体都因为脚踝的冰冷而麻木了。

这种麻木感从脚踝一直传递到了心脏最深处，她紧捏着手机，哽着嗓子继续说：“还有，温嘉树的母亲温致萍，现在在哪个医院？”

“上城医院……”得到答案后的申姜略觉得为难，“我不管你用什么方法，必须让温致萍出事。怎么做还需要我教你？上城医院是纪家的产业又如何？我跟纪南承现在都闹得这么僵了，你还问我会不会得罪纪南承？事情办成后，你会得到你应得的。”

申姜挂断电话，愤愤地看着纪宅的大门，脸色由刚才的煞白变成铁青。

她从八岁认识纪南承，一直以为能够嫁给他，不仅仅是周围所有人都在告诉她，她跟纪南承是最合适的，也不只是因为母亲希望申家同纪家联姻，她是真的喜欢他……

纪南承在她的生命里存在了十几年，末了，他忽然要娶别人，她怎么可能接受得了？

她不会甘心……

纪宅。

宅子里已经开了暖气和地暖，电子壁炉也开着，即便是这样，在纪家仍然怕冷的，也只有一个人。

纪远恭背对着玄关处静静坐着，这些年纪远恭做过三次大手术，为了抑制住身体里的癌细胞，他用了各种各样的方法，此时身体早就已经虚弱至极。即使如此，纪远恭也不愿意轻易对纪家和纪氏放手，尤其是纪南承同申姜的婚事。

“你去巴黎这几天，是去见申家那个不要的女儿了？”都说人之将死其言也善，纪远恭的身体虽不至于到即将要死亡的地步，但也是极差的了，在这种身体状况下，他的语气还是很难听。

纪南承脱下了羽绒服外套放在一旁的沙发上，正了正穿在里面的大衣，走向了纪远恭，在他对面的沙发上坐下。

两人之间，隔着一个茶几。

纪南承镇定无比地坐着，抬眼看着纪远恭骨瘦如柴的身体。纪远恭就坐在那里，腿上放着一块羊绒毯子，他瘦削的双手放在羊绒毯子上，坐姿仍有力。

“你去了巴黎这么多天，是去找申家那个不要了的女儿的？”纪远恭可不是什么喜欢好言好语之人，他说话也永远都是锐利的，毕竟当初纪家和纪氏都是在他的手中发扬光大的。在纪远恭之前，纪家虽是名门望族，但无论在钱还是权上，都没有现如今这般厉害。

纪氏工业原本就已经走出了国门，到了纪南承手中时，他的商业手段比起纪远恭来说有过之而无不及，所以这些年纪氏的利润比往年翻了好几倍。

纪南承遗传了纪远恭的狠辣手段，但比他更加心狠。

在商场上，如果不心狠，就做不成生意。

“我去找谁，去哪里，还需要汇报？”纪南承的话说得随意，但是字里行间流露着不卑不亢。

在纪远恭面前，纪南承从来就没有低过头，因为这是纪远恭欠他的，在纪南承的眼中，这种事情，纪远恭一辈子都还不清。

“你真是越来越没有分寸了！”纪远恭的口气顿时变得差了一些，这些天他被纪南承的事情气到身体指标又差了很多，他的身体本就是不能够动怒的，但是纪南承的事被人整天在他耳边念叨，让他生烦。

“我没有分寸，不是一天两天的事情了。”纪南承从不觉得自己是个有分寸的人，而在让他生厌的人面前，他只会更加没有分寸，不管他是长辈，还是晚辈。

唯有面对纪老太太，曾经他会卖她几分面子，毕竟是长者，而且当时他年纪小，过着寄人篱下的日子，如果不含蓄一些，就会被赶出纪家，回去跟潘语蓉一起住。但今时不同往日，他不需要再过看人脸色行事的日子。

所以以前纪老太太有什么不舒心了在他面前装病是有效的，但是现在，不会有半点儿的效果。

而纪老太太还在用这老一招，以为会奏效。

纪远恭被纪南承气得不轻，深吸气：“阿承，申家的实力有多雄厚，我想不需要我告诉你。而且申沉在上城的人脉深厚，日后纪氏想要继续做大，需要这些人脉。从你十三岁开始，我出门谈生意都会带上你，为的就是让你见见世面，知道人脉的重要性。这些年你也的确没有辜负我的期望，把纪氏做得很好，但是……”

“立业是一码事；成家，又是另一码事。”纪南承将这两件事情分得很清楚。

他的眼里容不得沙子，绝对不允许自己的婚姻被人当作操控事业的武器。

“但是在名门当中，成家立业，就是一码事！”纪远恭的声音沙哑，近乎低吼地对纪南承喊道。

“所以，您永远不会承认我母亲的身份，觉得她出身平凡，踏不进纪家的高门槛，是不是？”纪南承的声音陡然转凉，顺着纪远恭的话说下去。

纪远恭听着，眉心越拧越紧，纪南承的话说得没有错，但其实也有错：“我跟你母亲，只是一时失态，是我酒后被商业算计的结果，不能混为一谈。”

意思是：我对你母亲没有半点儿感情。

当初商业竞争对手为了诋毁他的名誉，将在声色场所工作的潘语蓉送到了纪远恭的床上，一夜生情，隔日无效。

当初潘语蓉怀孕的事情在上城闹得沸沸扬扬，商业对手的目的达到了，毁了纪远恭的名誉，但是纪远恭做出的反应远超出了那些想要陷他于不义之地的人的想象……

长达八年的时间，他根本不去理会潘语蓉，哪怕她生下了他的孩子，独自抚养到了八岁，哪怕她经常到纪宅门口来堵他，他也从来不会正眼看她一眼。

直到后来，由申家的女主人付之微做主，同纪远恭说，纪南承毕竟是纪家的骨血，长期流落在外也非好事，恰逢当时付之微无所出，只领养了纪今秋一个女儿，纪老太太急切地想要一个能够延续血脉的孙子，这才让纪南承进了纪家大门。

每每回想这些，纪远恭都觉得愧对于纪南承。

他沉声，垂首时目泛泪光。

“以前的事情是我的错，但是我跟你母亲见过的次数寥寥无几，我愧对你付姨，不愧对你母亲。”纪远恭仍是这样的想法，几十年都未曾动摇。

付之微是何许人？付家是书香门第，祖上曾经出过两个状元，也只有这样的身份，才配踏进纪家的门槛。

保姆从一旁送来了一杯咖啡，放到了纪南承的面前：“少爷，您最喜欢的冷萃。”

纪南承接过，喝了一口苦涩的咖啡，盯着纪远恭的双眸，凛然说道：“如果当初我母亲生的是女儿，现如今，你也不会认我。”

纪远恭不否认，他是叱咤商场几十年的老手，最擅长的就是心狠手辣，如果不是当初需要一个儿子延续血脉，他也不会同意陆渝媛的提议，将纪南承接回来。

“但是现在，你已经有两个儿子了。”纪南承的声音越发低沉，他想要做的，还有很多。

“冬泯还小，不足以构成你的威胁，而且他性子温顺，哪怕我去世了，他也不会来跟你抢夺。我留了几家子公司给冬泯，不过分吧？”纪远恭为自己的小儿子纪冬泯做好了万全的准备，他知道自己身体不行，万一哪一天离开了，纪冬泯也不至于饿死。

纪冬泯是付之微中年所出之子，他一出生，就撼动了纪南承在纪家的地位，所有人都将目光放到了这个小孩的身上。

这毕竟是付之微所生的孩子，是名正言顺的纪家的儿子，而不是像他这样的外室之子。

“我会安排纪冬泯，你安排给他的子公司，现如今是我手下的子公司，我会收回。我不会饿死你的小儿子，因为我知道挨饿的滋味不好受。”

纪南承对于纪冬泯并不恨，唯一的感受就是曾经的羡慕——羡慕这个小孩身份的名正言顺的身份，这才是真正的含着金汤匙出生。

纪远恭听到纪南承后半句讽刺的话，一时之间无言以对。

曾经纪南承跟着未婚生子没有工作的潘语蓉颠沛流离，答应给潘语蓉钱的商业对手见纪远恭不为所动，忽然食言不给她钱了，而潘语蓉又见不到纪远恭，日子一度十分贫寒。

“从我记事开始，我就记得我住在一个狭小、潮湿的地下室里。那里有老鼠，有蟑螂，你能想到的所有蚊虫，那里都有，唯独没有吃的。每天饿的时候，我就躲进被子里睡觉，睡着了就不会饿了……”

纪南承的眸光深深，眉骨随着他说话的动作一跳一跳的。

他越是这么说，纪远恭便越是愧疚：“爸爸很抱歉。阿承，我知道你会善待你弟弟……”

“想让我善待他可以。”纪南承放下了咖啡，开始谈条件，“不再干涉我的婚姻。”

纪南承谈条件的意思很明显，并且他是做了万全的准备来的，这一点纪远恭的确看出来了。

“你知不知道你奶奶因为你的婚事，去了重元寺？如果你不同意，她是不会回来的。”纪远恭在做着最后的挣扎，威胁着纪南承。

纪南承微俯身，双手交叉握着，冷静地看着纪远恭，颇有谈判之势。

他没有半点儿愿意退让的意思，口气坚定。

“当初纪冬泯出生后奶奶是怎么对我的，你不记得了？你不在家时付之微看我不顺眼，她也从没帮过我。这样一个长辈，尊敬她已经是我能够做到的极限，你还想让我去安慰、讨好她？”

纪南承一脸觉得可笑的模样。

纪远恭真是太将纪家人在他心里的地位当成一回事了。

哪怕是纪老太太求他跟申姜结婚，他也不会答应。

纪远恭皱眉闭了闭眼，情绪起伏很大：“纪南承，我怎么会生出你这样的儿子……”

纪南承静静地听着，跟纪远恭比起来，他的情绪算得上是没有半点儿的波澜：“或许是因为我不是纪家名正言顺的儿子。”

“你！”纪远恭气得差点一下子喘不上气来了，他拿过一旁的水杯，猛地扔向了纪南承的方向。

纪南承没有躲开，仍坐在沙发上。

水杯里的水是满的，玻璃杯砸到了他的肩膀上，因为力道太重，玻璃杯崩裂，碎片飞溅到了纪南承的脸上和脖子上。

虽然碎片不多，但还是在他的脸上和脖子上划出了几道很明显的红痕，血从皮肤的缝隙当中冒了出来，很快便凝结成痂。

即便如此，纪南承仍没有变脸色。

“这些年是我太纵容你了！你把你妈接到你在郊区的别墅里我没说什么，你要纪氏所有的权力我也没说什么，但是现在，你要让我毁了跟申沉订下的婚约，你这是要陷我于不义之境啊……”

“那是你的事。”纪南承的口气仍旧很冷，“什么年代了，还订婚约？”

纪南承起身，抖落了身上的玻璃碎片，刚才这一声响将保姆惊到了，她吓得连忙跑过来，此时见纪南承起身了，她立刻过去帮他掸掉身上残留的玻璃碎片。

“少爷，没事吧？”保姆心疼地看着纪南承的脸蛋，“这么好的脸，划破了可怎么办哟？”

保姆是看着纪南承长大的，在偌大的纪宅里面，也只有保姆对纪南承是真心实意地好。

付之微对他的好是装腔作势，纪老太太对他的好是骨肉血脉，纪远恭对他的好是因为他是纪氏工业的继承人，纪今秋对他好也只是浮于表面的好，纪今秋懂得站队，知道纪南承才是未来纪家的主人。

“没事。”纪南承对自己的伤口并不在意，准备离开上楼时，听到身后的纪远恭的声音。

“阿承……我从来没有后悔过，把你接回纪家。”

纪南承的脚步停顿了一下，但只有几秒钟的时间，他便重新迈开脚步，走上了楼。

巴黎的下午，温嘉树同纪南承视频，她再也不会做深夜打扰他的事情了，所以特意选了巴黎下午、上城晚上的时间。

一打开视频画面，温嘉树便看见了纪南承脸上添了一道浅浅的疤痕，还凝着血痂。

原本她兴冲冲地想要看看他，谁知纪南承的脸一出现，她便注意到了他脸上和脖子上的划痕。

“谁挠了你吗？”这是温嘉树见到他时问的第一句话。

“你身边没有小猫小狗。”纪南承笑了笑回复她。

哪怕刚才跟纪远恭再怎么不愉快，在见到温嘉树时，纪南承的心情就莫名其妙地好了起来。

他从小跟人相处都是小心翼翼的，哪怕到了现在手中钱权都有了时，他还是会防备别人，也只有面对她时，才能够真正感受到“轻松”二字。

“那是申姜挠的？”温嘉树的脑回路也挺神奇，一下子就联想到了申姜身上去。

纪南承很想跟她说她猜对了一半，但是怕她担心便紧抿着薄唇没有说话。

温嘉树越看越焦急，总觉得纪南承好看的一张脸上出现了瑕疵，她比他都要心疼得厉害。

“你毁容了……”温嘉树故意说得严重，她知道肯定是人为的，见他不想说，便想要套他的话。

“看来女人都以貌取人。”纪南承没有在意脸上的疤痕，跟纪远恭说完话后，他的情绪不佳，甚至连清理伤口的心情都没有，直到看到了温嘉树，他才想到应该去清理一下。

“毕竟是这么好看的一张脸，毁容了太可惜了。”温嘉树皱眉，认真说道，“你去医院清理一下吧。”她态度严肃，秀气的眉紧紧地皱着，看上去仿佛发生了什么大事一般。

在他看来无足轻重的小事，在温嘉树瞧来却是举足轻重的。

“快去啊。”她催促着，“留疤了就不好了，严重影响我的视觉审美。”后半句话是开玩笑，纪南承哪怕留了疤也是好看的，哪怕不好看了，温嘉树也是喜欢的。

纪南承见她焦急担心的样子，沉默了几秒，问她：“不问问我发生了什么？”

天知道温嘉树有多想知道到底发生了什么，但是她强忍着，他们在一起的时间太短了，她不好意思过多地去探寻他的隐私。况且，她现在还没有完全确定纪南承跟她不是一时兴起，不敢过分地去打扰他。

“你不想说肯定是不想让我知道，你也有隐私，哪怕我很想知道，我也不方便多问吧？”温嘉树把心里真实的想法告诉纪南承。

话语落入纪南承耳中，他凝视着画面里那张小小的脸，温嘉树很会为人着想，而且她的为人着想并不别扭，反倒是舒服自然。

“我不想说，是怕你担心。”他纠正了她的话，并不是不想让她知道。

温嘉树听着心里暖了暖，纪南承是个很会说话的人，无形之中总能够让她觉得安心。

“嗯。”她点了点头，“那你现在可以告诉我了吗？”

纪南承淡哂：“我怎么觉得自己被下套了？”

温嘉树挑眉：“从实招来。”

“我父亲拿玻璃杯砸了我。”纪南承云淡风轻的口气让温嘉树震惊不已。

她记起了之前在格拉斯机场停车场内，纪南承同他父亲打电话时态度就不好，她隐隐之中觉得，今天纪南承挨打，可能跟申姜的婚约有关系。

她猜想纪家人应该还不知道她跟纪南承的关系，毕竟他们的关系才刚刚确定几天时间而已，但温嘉树忽略了这些名门世家的手段。

纪南承的一举一动，纪远恭都看得到。

即使他自己不能够迈开腿，手也伸不到太远的地方，但是他手下有无数条腿和无数双眼睛，在帮他盯着纪南承。

“是因为申姜吗？”温嘉树问。

他不否认，而是对她开口：“过几天你回到上城，来我家吃饭吧，参加我弟弟的生日宴。”

纪远恭和付之微对纪冬泯的宠爱很深，哪怕纪冬泯只是过一个十岁生日，纪家也会大办。

温嘉树闻言有些紧张。

去他家吃饭，意味着他要将她以他女朋友的身份介绍给纪家所有的人。

纪南承的光明磊落，衬得她之前的想法有些以小人之心度君子之腹……

她还一直惴惴不安地担心纪南承是不是玩玩她而已，然而他却立刻要将她介绍给他家人了。

温嘉树惭愧不已，略微敛了敛眉目：“你不会后悔吗？”她忽地问他，心里也是忽然冒出了这样的念头。

“我是说，跟我在一起，把我介绍给你的家人，你不会后悔吗？或许之后一辈子就跟我这样的人在一起了。”温嘉树自嘲地说道。

“你是怎么样的人？”纪南承沉着声音问她，口气依旧平淡。

“无趣，自卑，长相普通，家境复杂，还有一个患精神病的母亲。”温嘉树深深吸了一口气，“哪怕是最普通的男人，见到我这样的女人应该都会避之不及吧？你倒好，自己撞枪口上来。”她没有任何妄自菲薄的意思，她说的都是实话，曾经还有人说过更难听的，从小到大她耳边便充斥着各种各样的流言蜚语。

“我还是头一次听到一个人描述自己时，把所有的缺点拣出来，忘掉自己所有的优点。”纪南承还是开玩笑的口气，让气氛也变得不那么严肃了。

温嘉树的眼眶微微泛了红晕："等再相处一段时间你就会发现，我这个人很无趣的，每天也就是买买花、闻闻香，闲暇的时候都宅在家里。"

"你是在欧洲待久了，遇到吸血鬼了？"

"嗯？"

"不是说宅在家，见不得光吗？"纪南承又同她开玩笑。温嘉树笑着横了他一眼，眸泛泪光。

她摇头："我怕等你厌倦我了，我却离不开你了。"

这是她思考了很久的问题，如果纪南承对她厌倦了，她该如何？她从来都没有喜欢过一个人，这是头一次。

她怕自己一个跟头栽进去，到时候谁也不会伸手将她从泥潭当中救出来。

她对自己没有信心，不认为自己有这份魅力能够吸引他一直都喜欢自己，他会喜欢她，已经让她觉得惊喜又意外了。

温嘉树一直将自己的姿态放得很低，无论是在什么人际交往当中，都一样。

不单单是对纪南承这样。

"我从来没有带女孩回过家。"纪南承的一句话，让温嘉树戛然而止了所有的胡思乱想。

他的话足够安抚她心里所有的浮躁情绪，她躺进了柔软的被窝，头贴到了枕头，浑身都陷入了一片柔软当中，心情也变得明亮了很多。

"嗯。"温嘉树一躺进被子里，沉沉睡意便袭来，"纪南承，你认真的样子有点儿有趣。你知不知道我第一次在里兹酒店见到你的时候，我觉得你这个人太毒舌了，说话从不给人留情面。第二次在去格拉斯的飞机上，我觉得你简直就是一个"杠精"，说话上纲上线的。很少见到你认真又有趣的样子。"

温嘉树现在满心甜蜜，说的话都比往日要温柔了许多。

"你叫我什么？"纪南承并不关注她话里的内容，而是关注她的称呼。

“纪南承啊……”温嘉树不觉得哪里有错，看着画面里纪南承的眼睛，明明她已经很困很困了，但仍舍不得闭上眼，想要静静地看着他。

“你听谁叫自己的男朋友是连名带姓的？”纪南承抓住了这一点，颇有不快。

温嘉树想了想，秦久叫星空是连名带姓地叫啊，但星空是单名，不一样，想想别人，好像都是有昵称的。

“那我该叫你什么？”温嘉树沉思，想了想，连忙接上了自己的话，“你英文名叫什么？”他之前在美国念书，应该有英文名的。

“Richard。”纪南承虽不知道她要知道他的英文名做什么，但还是如实回答。

“好，以后就叫你 Richard。”温嘉树自信满满地笑道。

话刚落，她便看到了纪南承的脸瞬间黑了下去。

“温嘉树，你应该回炉重造一下，去学一学该怎么谈恋爱。”纪南承现在相信她是真的没有谈过恋爱。

温嘉树给了他一记白眼：“我不叫了，反正你也不叫我……”后面半句话，她是喃喃着说出口的，不敢说得太大声。

纪南承也不说话，退出视频看了一眼巴黎的时间，对她说道：“你该睡觉了。”

“哦……”意思是他要关视频了。温嘉树隐隐失落，哪怕是跟他视频整整一个晚上，她都不会觉得枯燥，就单这样看着他，也不会。

“晚安。”温嘉树恋恋不舍地看着屏幕，“还有八天能见到你。”

“嗯。”纪南承的嘴唇似是有弧度，“晚安。”

视频挂断，温嘉树一个人躺在床上辗转反侧，她打开知乎，搜索：如何让一个男人一直喜欢你？

温嘉树将希望寄托在了知乎上面，等待强大的知乎来拯救她。

知乎上面很快就跳出了形形色色的回答，温嘉树看得有些眼花缭乱，随意挑了最上面的几个回答打开。

网友火羊宝是我的：“想要让一个男人一直都喜欢你，最重要的是要让他看到你的魅力所在。比如你擅长什么，你要在他面前多多表现自己的这一点长处。你身上要有闪光点，别人才会喜欢你啊。第一眼喜欢或许是皮囊，第二眼就是灵魂啦。”

温嘉树想了想，自己擅长的也只有闻香而已。

从小到大在凡尔赛闻香学校，除了学闻香之外她什么都没有学。她在心底默默地想着，之后在上城举办的新品香水品鉴会，她一定要在纪南承面前好好地表现。

她又看了下一条。

网友知乎小公举：“好好练练你那方面的功夫吧。没有男人喜欢柏拉图式的爱情，如果你在那方面都不能够满足你的男朋友，那他迟早有一天会对你失望。”

温嘉树看着这条回复，脸热了热。

这种事情对于她这个几乎与世隔绝的人来说有些遥远，她哪里会什么那方面的功夫……

她想到了秦久之前跟她打趣地说过，她跟星空两个人很和谐，她和星空都最喜欢彼此在床上的样子。

这么想着，她立刻拨了秦久的号码。

那边的秦久正准备入睡，接听温嘉树电话的时候都是有气无力的。

“喂……怎么还不睡呢？”

“星空在你旁边吗？”温嘉树小心问道。

“在，但是睡着了。”秦久刚才睡前看了一会儿书才迟了。

温嘉树放心了：“嗯，我问你一件事情，你跟星空第一次……是谁主动的？”

秦久心里一震，立刻警觉了起来：“怎么，你跟纪南承，都发展到床上去了？你们的速度也太快了吧？”秦久顿时睡意全无，她哪里还睡得着，一门心思都在温嘉树这句话上面。

温嘉树的脸庞原本就发热，被秦久这么一说更热了，她皱眉：“没有，我……就是想问问。我刚才查知乎说，男女之间没有真正的柏拉图式爱情。所以我在想，这不是早晚的事情吗……”

“哈哈，什么情况，温嘉树，你竟然去知乎上面问这种问题？”秦久是真的没有忍住，温嘉树比她想象中还要天真，“你还真是‘母胎单身’多年，不知爱情深浅啊。”

温嘉树没法反驳，秦久说得都对，她的确是不知道爱情这个东西。

“你快回答我的问题。”温嘉树连忙扯开话题，她急切地想要知道。

秦久缩在被窝里，想着温嘉树的问题就想笑：“当初……是我主动的啊。”

“啊？”温嘉树很惊讶，但想想这件事情又是意料之中的，毕竟秦久是一个特别主动的人，而星空的年纪又比秦久小，怎么想，星空应该也不至于会主动提出这种请求，“你不害羞吗？”

秦久轻笑，她担心吵醒了星空，连忙伸手捂住了嘴：“有什么好害羞的？男女之间情到浓时就会这样，我就不信你不想跟纪南承那个……”

温嘉树听着后半句话，整张脸像是火烧火燎似的，烫得厉害。

她伸手捂着脸颊，喃喃道：“他现在是我男朋友，我想……不是也正常吗？”她紧张到说话的时候都打结了。

“行，我挺替你开心的，真的。哪怕你跟星湛没能发生点儿什么，我俩也没能够做成妯娌，但是在我有生之年，看到你有喜欢的男人了，我很欣慰。”秦久半开玩笑地说着，但话都是真心实意的。

以前她是真的担心温嘉树就这样踽踽而行地过一辈子，因为温嘉树对什么男人都一副无欲无求的样子。

温嘉树汗颜，不想说话。

“那我就把我毕生泡仔的经验传授给你！”秦久来劲儿了，但是她的声音依旧很轻，生怕吵醒了枕边的星空。

“嗯，你说。”温嘉树起身，甚至从床头柜上拿了本子和笔，准备记录秦久说的经验。

“第一，先睡了他。”

温嘉树原本已经准备好落笔的手顿住了，她……下不了手。

“当然，在这之前我希望你能够好好地学习一下，不要让你的第一次变成不愉快的经历。你需要片子吗？我这里有很多，可以打包发一份给你。”

温嘉树特别想很有骨气地说一句“不用”，但是她没有这个底气，于是应了一声：“哦。”

“第二，睡服他。”

“……”温嘉树无言以对，“你三个字不离睡，秦久，你变了。”

秦久冷哼：“到时候你就会来感谢我。我当初就是把星空睡服的，他一个小男孩什么都不懂……”

秦久沾沾自喜地说道，温嘉树还想再问她几个问题时，忽地，手机里传来了秦久闷着声音的呜呜声。

“秦久？”温嘉树连忙开口唤她。

下一秒，电话那头换了一个声音：“嘉树，晚安。”

是，星空……

温嘉树连忙挂断，她知道今晚秦久那边肯定是个不眠之夜了……回想一下刚才秦久说的话，温嘉树都不禁替她捏一把汗。

·第十四章·

终南何有，有花有我

八天后。

温嘉树跟随着巴黎贝弗利公司的队伍出发上城，同行的还有布鲁斯。之前布鲁斯说没有空去上城，临出发前一天又说担心温嘉树一个人去新品发布会，他不放心，要随同一起去。

布鲁斯是今天早上到的巴黎，恰好赶上了飞机。

温嘉树的位置在布鲁斯旁边，商务舱是独立的座位，她同布鲁斯隔了一条过道的距离。

经过上一次别墅的事情，温嘉树对布鲁斯的态度也有了一些变化。

今天见到布鲁斯时，她没有像往常一样热情，但她也不想让布鲁斯察觉出她的变化。

“听纪总说，你们上一次在巴黎很愉快？”法国人天性浪漫，哪怕是一件极其普通寻常的小事，都能够被他们说得很浪漫。虽然温嘉树也认为那几天是愉快的，但话从布鲁斯口中说出来之后，她总觉得好像变了味道。

因为他是设计者，她是被设计者。

在这样的关系框架下，她无论如何都高兴不起来。

“嗯。”温嘉树的话颇为敷衍，因为她不知道该回答什么。

“纪总很喜欢你，如果你能够嫁给她，我也就不用担心你了。”布鲁斯语重心长，但他的语重心长在温嘉树听来觉得带着几分算计。

如果他真的是为了她好，怎么可能在她毫不知情的情况下，将她送给纪南承？

“这是我跟纪先生的事情，叔叔您不用担心。”温嘉树的话说得很委婉，不愿多说的意思很明显。

无论她跟纪南承是在一起还是分开，都是他们两个人的事情，同外人都毫无关系。

布鲁斯点了点头，喝了一口水，他察觉到了温嘉树的不悦，便也不再说太多的话。

机舱内轰鸣声很重，温嘉树的耳膜有些鼓鼓地疼痛。之前因为在雪地里散步的关系，她本来就有些感冒了，现在开始长途飞行时，她觉得头也有些疼，好像发烧了一般。

她以为是自己晕机了没有想太多。

十几个小时的飞行十分煎熬，其实温嘉树经常往返上城和巴黎，但这一次不同，她急切地想要见到纪南承，所以哪怕是一分一秒她都感觉自己等不了。

飞机行驶平稳之后过了一段时间，舱内的灯光关闭，进入了夜间模式。

温嘉树拢了毛毯盖在了自己的身上，经过消毒的毛毯上仍旧沾染着别人身上的味道，她嗅觉灵敏，一闻便全部闻出来了。

有女人的香水味道，有男人的烟草味道，还有小孩的奶粉味，一切杂糅在这条毛毯上，味道颇为呛鼻和让人不舒适。

她闭上了眼睛，为了尽快让自己进入睡眠，她一动未动。

身旁的布鲁斯以为她睡着了，开始同贝弗利公司的工作人员轻声说话。

温嘉树的听觉也不差，一下子便听到了他们是在说自己。

布鲁斯的声音她听得尤其清晰："纪南承现在已经买下了贝弗利公司大部分的股权，你们现在是在替他打工。所以，对多丽丝尊重一点儿，她是纪南承的女人。"

温嘉树听着后面的几个字倒是挺想笑的。

她自己尚且不敢承认说自己是纪南承的女人，布鲁斯倒是已经拿着她这一层身份招摇过市了。这让温嘉树不禁怀疑，他到底是真心对她好，还是这么多年养她、帮她，都只是把她当成工具，待价而沽而已？如果当初布鲁斯没有将目光放到纪南承身上的话，或许他会把她送给年逾古稀的老人，又或者是已婚的中年富商？

这些想法从她的脑中蹿过，她觉得很可怕。

布鲁斯说了几句之后便起身去了洗手间，温嘉树听到贝弗利公司的几个工作人员见他离开后便开始嬉笑。

"布鲁斯的如意算盘倒是打得准了，把自己的侄女送到纪南承的床上，这件事情现在在贝弗利公司尽人皆知。是香水工厂那边传出来的消息，说纪南承已经包养了多丽丝。"

另一个女工作人员摇头叹息："多丽丝也是可怜，布鲁斯根本就没有把她当作自己的侄女看待，她不过是个工具而已。而且那个纪南承，听说也是一副花花肠子。巴黎的这些华人名媛，不知道多少人都跟他……"

"不会吧？纪南承看上去挺正经的。"对方惊呼，"他现在可是我们的老板，你不要乱说。"

"我怎么会乱说？这些你去华人圈打听一下就都知道了。你想，巴黎是香水之都，纪氏工业是做香料出口的，他必然经常要来巴黎出差。一个成年男人，来出差时寂寞了又怎么了？只不过像纪南承这样的男人，不会找寻常女人做伴，要找，也是找华人名媛啊。"

"有道理……"温嘉树听着这两个法国人你一言我一语，听得浑身都起了寒意。

机舱内的空气流通不顺畅，她的头疼感越发强烈，也不知是不是被这些话刺激的，如今她的脑袋里乱糟糟的，像是被一团纸屑堵住了大脑一般，连思考都变得迟钝了起来。

她不知道自己是怎么熬过这么漫长的十几个小时的，迷迷糊糊当中，她好像睡着了，又好像是清醒的，这种半梦半醒的状态是最可怕的，让她一直都处于浅睡眠状态，根本睡不够。

飞机落地时，温嘉树推开了身上味道难闻的毯子，她已经忍受这个毯子到了无法再忍的地步了。

布鲁斯见她脸色不快，好心问她："是身体不舒服吗？"

温嘉树此时的鼻子已经全塞住了，她开始担心自己是不是感冒加重了。如果感冒加重，新品发布会怎么办，要是这样的话，她到时候肯定会闻不到任何味道。

"有一点儿感冒。"温嘉树如实说道，真的感冒了，她也不知道该怎么办。

这次的新品发布会是她第一次参加贝弗利公司的活动，一旦失败了，她不知道贝弗利会怎么看待她。哪怕现在贝弗利公司真正意义上的老板是纪南承，温嘉树也不想被人说闲话，说她是靠着纪南承进的贝弗利公司。

"吃药了吗？"布鲁斯也知道事情的严重性，温嘉树是他亲手栽培起来的闻香师，他不希望温嘉树出任何的岔子。

就算撇开了这一层关系，他一手带大了这个孩子，怎么说也是有感情的。

"之前在巴黎的时候吃过几天，后来停了，今天应该是晕机了。"温嘉树的头昏沉到胀痛。等到飞机落地之后，她最先一个起身，急匆匆地走出机舱，一出机舱就找到洗手间开始剧烈呕吐了起来。她从来都不吃飞机餐，只会吃一些水果，喝一点儿饮料，十几个小时没有进主食，吐出来的也只是水而已。

她在洗手间待了很久，拿了清水洗漱了嘴之后还迟迟没有缓过来，只觉得整个人昏沉得厉害，头脑像是要炸裂一般的疼痛。

就在这时，手机响了，她也不看是谁便按下了接听键，连开口说话的力气都没有。

她经常往返上城，但是晕机这么严重，还是头一次，前所未有。大概是感冒了加上晕机的缘故，她的体质本来就不是特别好，稍微遇到一点儿不舒服就会放大。

“出来了吗？”纪南承的声音在耳边响起，清明，平和，是熟悉的音色。

温嘉树在听到他的声音时，眼眶莫名其妙地酸了酸。她也曾有过无助的时候，刚刚到凡尔赛闻香学校时，周围所有的同学几乎全部都是法国人，而当时的她连英语都不会，更别说法语了。她孤独无助地生活了三个月，因为年纪小，很快就学到了一些基本交流的法语，但是仍旧没有同学愿意跟她这个外来人玩，那时，她第一次感觉到了孤单是什么滋味。

她一个人躲在宿舍里面哭，哭得比申沉离开她和温致萍时还要绝望，那是她年少人生中的头一次无助。

后来遇到的无助事情就更多了，温嘉树都回想不过来。但是那些时候她都能够自己一个人扛过来，从来没有像今天一样，一听到纪南承的声音便想哭。

尝过甜头之后，人便很难再一个人踽踽而行，哪怕只是一点点事情，都足以摧垮一个人。

温嘉树知道自己是尝到了这种甜头。

纪南承便是她的甜头。

“嗯……快了。”她尽量让声音保持着平稳，不想被纪南承听出来有何不同。

她甚至不想让纪南承知道她晕机了，她想要在他面前好好地表现，在新品发布会上，让纪南承看到她闪光的一面，而不是她总是脆弱，总是需要他的保护的一面。

她记得知乎上那个网友说的：想让一个男人一直都喜欢你，就必须要表现出自己独特的优势。

她自认为唯一比得过别人的，便是自己的鼻子，总不能在这么关键的时候，鼻子失灵了吧？她挂断电话，心里惊喜于纪南承竟然不声不响地来接她了，而且她并没有告诉过他她的航班，他应该是去询问了别人……

她在洗手间简单化了一个妆，使得自己看上去不那么憔悴，涂上口红之后，她整个人的气色都好了不少。布鲁斯一直都在洗手间外面等她，看到她出来，上前询问了一些情况后对她说：“我待会儿去上城医院探望一下你母亲，你跟纪总先回去。”

温嘉树怎么会听不出布鲁斯的意思，他是在给她跟纪南承创造独处的机会。

温嘉树对布鲁斯的感情变得越来越复杂，她厌烦于他把她塞给纪南承，但又偶尔觉得他做的事情并不是那么令人厌恶，也是在真心实意地替她着想。

她对布鲁斯的态度不冷不热的，不想说太多，只是敷衍地点点头。

办理出境手续和提取行李耽误了不少时间，出关时已经是快一个小时后了。

期间温嘉树同纪南承发了几条微信，告诉他他们速度很慢，让他先去找个地方休息一下，纪南承没有正面给她回答。

温嘉树拖着两个大行李箱走出关时，一眼便看到了纪南承。

他穿着灰色的长款羽绒服，不同于以往的西装革履，他今天穿的是休闲装。他原本就是不到三十的年纪，休闲装是最适合他的。

只不过在工作时他都会穿西装，不只是为了显得正式，更重要的是要让自己看上去不那么年轻，他宁愿别人将他的年纪看大，如此方才显得沉稳持重。

没有人愿意同一个乳臭未干的小子谈生意。

但是在温嘉树面前，他所有的伪装都可以卸下，哪怕是最外面的那副皮囊都可以，这是温嘉树让他觉得最舒服的地方。

纪南承有着极其清醒的头脑，很清楚喜欢的前提是要相处得舒服，其次才是其他。他不像其他昏昏沉沉陷入情爱的男人一样，什么都不管不顾，他很清醒。

温嘉树远远地就看到纪南承，他人高腿长，在人群之中永远都是鹤立鸡群，永远都是惹眼的，哪怕远远看着，她依旧能够从他身上感觉到岁月打磨后留下的沉稳痕迹。这些气质不是一蹴而就的，他以前所经历的一切她都一无所知，但只要看着他，温嘉树便知道，她不需要知道。

她的男人，有着完美男人所有的品相。

她推着行李箱快步走向了纪南承，不想表现得兴冲冲，但是走到了纪南承面前时，她仍旧是激动的。

“你怎么来了？”温嘉树的语气里有难掩的惊喜。

“如果不来，有些人估计又会担心我是不是真心喜欢她，是不是厌倦她了。”纪南承倒是懂得以牙还牙。

她也看得出，他对于她的质疑的确是挺不高兴的。

她轻笑，看到他的羽绒服内穿着服帖的白衬衫，一看便是刚刚从公司出来，换上了便装的。

“你很忙还来接我？”温嘉树伸手给他正了正领带。

羽绒服配领带，也只有纪南承能够将这种混搭穿得好看了。

她的手触碰到他的领带时，手指的皮肤一不小心触碰到了他脖颈上的皮肤，轻轻擦过时，温嘉树缩了缩手，她明显地看到了纪南承喉结的滚动。

纪南承没有多说，而是接过她手中的行李箱：“你可能休息不了了，我弟弟的生日宴是今晚。”

温嘉树哑然：“你怎么不早一点儿跟我说？”

“你不需要准备什么，这样去就行。”纪南承不提前告诉她，是担心她紧张。

温嘉树现在是够紧张的，因为身体不舒服，她现在化了妆气色才稍微好点儿，她难以想象此时卸掉妆容的她是一副什么鬼样……

身体不舒服，但是她不能够拒绝纪南承，因为她压根就不想让纪南承知道她身体不好。

“哦。”她淡淡地回应，眼底有隐隐担忧，“不用穿礼服吗？”

“不用。”纪南承回答得随意。

温嘉树心想也是，只是一个小孩十岁的生日宴而已，不至于穿礼服这么隆重。

但是即便如此，她还是坚持要在他车内换一件呢子裙再去。

到了停车场，温嘉树打开行李箱拿了一件浅粉色的呢子裙，钻进了纪南承车子的后座，准备换衣服。

“你不能转过头来，不要看我。”温嘉树很认真地说道。

她倒不是不放心纪南承，只是觉得害羞。

换衣服是一件十分私密的事情，被看到多丢人。

纪南承静静地坐在驾驶座上，也不回答她。

温嘉树放心地开始在后座换衣服，这件衣服她是头一次穿，是在来上城之前，她让秦久陪着她去香街逛街的时候买的，是春季新款。

这个品牌卖的一直都是名媛气质的衣服，温嘉树不认为自己合适，但她想着日后是要跟纪南承一起出入的，总不能每日都穿得那么休闲，总要相配一些，于是她才买了这件裙子。

她脱掉自己身上原本的衣服之后便开始穿衣服，几乎是下意识地，她忽然抬头看了一眼坐在驾驶座上的纪南承，见他没有转过头来才放心了一些。

然而当她低头开始穿衣服时，忽然听到前方的纪南承用极其云淡风轻的口气对她说道：“我记得你也开车。”

纪南承记得在格拉斯机场停车场时，她开了一辆车，很合适她的一辆车子，低调又精致。

“嗯？”他怎么忽然这么说，难道今天是想让她开车？

“你难道不知道，车子里有后视镜这种东西？”

纪南承的话音落地，温嘉树猛地惊觉……她瞪大了眼睛看着前方的纪南承，脸色顿时变得煞白。

纪南承刚才看到她防备似的抬头看了他一眼，是担心他偷偷地看她，或许她是无意的，但这种行为还是让纪南承略有不快。

毕竟他们现在是男女朋友的关系，没有男人喜欢自己的女朋友防着自己。

纪南承多么强势，他更加不想。

温嘉树此时却是满脑子悔恨，早知如此，她就不抬起头来去看纪南承了！

她也是真的忘记了后视镜的存在……

也就是说，纪南承刚才已经将她全部都看遍了。

这种可怕的念头从头脑当中冒出来，温嘉树觉得羞愤难当。

要知道，她今天穿的内衣是粉红色的……特别的，幼稚。

倒不是温嘉树喜欢这种款式和风格，她也不是粉色系的……少女，只是那天去买内衣，店员强烈推荐了这一款粉色的，她心想着自己反正也没有男朋友，内衣可以随便穿啊，于是就买下了，今天上飞机前就随便穿上了……

然后，现在就造成了这样尴尬的局面。

温嘉树真是想哭都哭不出来。

“没看出来你喜欢粉色。”纪南承这句话听不出是讽刺还是戏谑，总让温嘉树觉得特别难堪。

“我随便买的。”温嘉树坦诚地解释，这真的是她随便买的，但解释之后，好像显得自己多刻意似的。

纪南承嘴角似是噙着笑，温嘉树这次透过了后视镜去看他，心里羞愤难当，她微微闭眼：“我真的没那么幼稚。”

“嗯。”纪南承轻笑，这一丝轻笑让温嘉树觉得，他好像是在嘲讽她是个没有谈过恋爱的单身狗。

以至于对自己穿的内衣也并不在意。

虽然，事实便是如此。

“流氓。”温嘉树骂了他一句才解了心头之恨，连忙穿上了衣服。

“我看自己的女朋友，要被叫流氓？”纪南承反问的口气让她无可奈何，他倒是会钻空子。

等她穿好了衣服，纪南承才准备发动车子。

在发动之前，他从一旁的保温盒里拿出了一盒热牛奶，递给身后的温嘉树。

“热的。”

温嘉树接过，此时的她正好需要热水或者是热牛奶，现在她头昏脑涨的，要不是因为纪南承，她肯定想要马上回到酒店去睡觉。

“怎么给我准备了热牛奶？”温嘉树很担心纪南承会说一句，是准备自己喝的，喝不下才转手送给了她。

纪南承损人的本事她是见识过的，所以很担心。

现在是北京时间晚上七点，隆冬的傍晚已经天黑了，车厢内早就已经变得黑黢黢的，温嘉树只能够借着窗外透进来的隐隐光线摸到瓶盖，打开瓶盖喝了一口，顿时心肺全都暖了。

她看向驾驶座上严肃开车的纪南承，追问：“嗯？”

“需要原因？”纪南承一本正经地口是心非。

明明是特意为了她准备的，却要表现出一副自己很随意的样子。

温嘉树对纪南承这一点简直嗤之以鼻。

“哦。”温嘉树淡淡地点头，“很好喝。谢谢。”

“你见过哪一对情侣之间，是会经常说谢谢的？”纪南承又成功地反驳了她，他的反驳每一次都让温嘉树接不上话。

温嘉树一边喝着牛奶一边淡淡地回复：“以礼相待，相敬如宾，不是很好？”纪南承又沉默了几秒，温嘉树也猜不透他的喜乐了，不去管他，任由他去。

然而接着纪南承便开口：“相敬如宾，指的是夫妻，看来你很想跟我结婚？”这一次不是纪南承帮她挖下的陷阱，是她自己给自己挖了，他把她推下去……

男人真是一种可怕的生物。

温嘉树吸了吸鼻子，找不到反驳的话，硬是挤出了一句耍无赖的话：“说不过你。”

说不过，不说还不成吗？

纪南承见她耍无赖，只是轻笑了一下，也不继续说她。

车子在夜色当中行驶，温嘉树坐在后座，无心观看国内的夜色，只是静静地看着纪南承开车时的侧脸。

明明窗外夜景美不胜收，她就是无心去看，无心去多理会。那万千旖旎的灯光，哪有纪南承好看。

“我的脸上有钱？”纪南承一直都知道她在看他，忍不住时，问了一句。

“有啊，这张脸如果去卖了，应该价值连城。”温嘉树打趣，“等有一天你跟我吵架了，我就把你打包卖了，我应该就衣食无忧了。”

“你的如意算盘打得不错，只可惜，先被卖掉的人应该是你。”纪南承打破了她所有的幻想。

温嘉树朝他吐了吐舌，这种亲昵的举动，她在纪南承面前做过很多次，但是在别人面前从来没有，也从来不敢。

她在人前一直都表现得极其无趣，但是实际上，她有趣的方面都深深地掩在心里，不会让别人看到。

车子驶了快一个小时才到纪宅，车子开入了一个被林荫道所包围的中心小区里面。

这里是真正意义上的富人区，而且是千禧年往前推几十年，早一批富起来的人居住在里面。在上城这样寸土寸金的地方，中心城区的位置有一批别墅群，这是一种近乎神奇的存在。

而纪宅，恰好就在别墅区地段最好的中心位置。

纪宅已经有百年历史，是纪家祖上从北方举家迁到上城之后造下的，因此同周围别墅的构造和外观全部不同。

只不过后来翻新过，只保留了一部分老宅的样貌。

车子停靠在了纪宅门口，温嘉树的目光穿透车窗玻璃看到偌大的纪宅时，才意识到，在巴黎的那幢别墅不算什么。

这也就解释了，为什么纪南承会有这个闲工夫和闲钱，在巴黎市中心买一幢别墅……

象牙白的大理石外墙，端庄肃穆，不会显得过分呆板刻意，整体华贵雍容又不失雅致。别墅被树木环绕，正值冬天，树木都已经只剩下了光秃秃的树干，即便是这样，还是给老宅添了几分萧瑟的独特之感，一股浓浓的历史感扑面而来。

温嘉树下车，走进了纪宅当中，纪宅的院子很大，足够停下十几辆车，此时都已经停满了，应该都是来参加纪家小儿子的生日宴会的。

温嘉树用眸光偷偷瞥了一眼身旁的纪南承，他小的时候一定是没有像他弟弟一样的待遇的。

外室之子，原本就不受人待见。

温嘉树顿时就有一种同纪南承同病相怜之感。

“你跟你弟弟的关系怎么样？”温嘉树问道，这直接决定了她待会儿应该用哪种态度和语气对小寿星说话。

如果纪南承不喜欢他的弟弟，或者是他弟弟刁钻任性，温嘉树也不会给小孩子面子。

她跟纪南承才是同一条战线上的人。

“没什么感情。”纪南承对纪冬泯的确是没有什么感情，更没有什么感觉，他不知道应该用什么词来形容自己的这个弟弟。

纪冬泯的年纪还小，但是已经看得出他很聪明。

儿子多半像母亲，付之微的祖上出过两个状元，遗传的基因便放在那里，怎么可能不聪明？

但纪冬泯的聪明，让纪南承有危机感。

“哦，那我需要对他冷淡一点儿吗？”温嘉树停下了脚步，仰头看着纪南承的眼睛。

她穿着粉色呢子裙，外面套了同样色系的小外套，鞋子也换成了同一品牌的，看上去整个人的端庄度都提升了不少。

纪南承看着她，笑了笑：“还没嫁进来，就急着替我做主了？”

温嘉树一听，脸都羞红了。

她咽了一口口水，不作答。

这时，她忽然想到了什么，连忙对纪南承说：“面具，我的面具……”

“不要戴。”纪南承态度坚决。

“不行。”温嘉树坚持，“如果没有面具，我待会儿根本见不了人。”

温嘉树知道自己的性格，如果没有面具的话，待会儿她见人时肯定会很胆怯，甚至可能会说不出一句话来。

纪南承伸手捏住了她的手背：“我在你身边。”

他的话足够抚慰人心，但是温嘉树此时怎么都听不进去。

她摇了摇头：“不行，没有面具我见不了人，我……”

她的口气开始焦急起来，尤其是看到纪宅的院子里面有这么多的车子，纪宅里肯定是觥筹交错，人头攒动。

之前她跟着纪南承同沉香匣公司见面时她倒不是很紧张，毕竟人少，人一旦多了，她的社交恐惧症便表现出来了，而且很严重。

她急得快要哭出来，纪南承俯身吻了吻她的额头：“你今天很漂亮，确定要戴着面具，让所有人看不到你的脸？我不希望我的女朋友遮住自己的脸。”

纪南承的话的确很温暖，用来宽慰人是再好不过的了，但是温嘉树没有办法被纪南承的话稳住内心，她只想要逃避。

“抱歉……”她眼神仓促慌乱，像是遇到了一件极其艰难的事情。

人是永远都无法将心比心的动物，哪怕是你身边最亲近的人发生了事情，你也无法真正意义上感同身受，这一点温嘉树一直都清楚。

哪怕她知道纪南承不会害她，也知道纪南承明白她的痛苦，但他还是不懂她现在的崩溃。

“我可能没有办法进去了。”温嘉树将自己的手从纪南承的手中挣脱出来，“哪怕你说我矫情也好，纪先生，抱歉……”

温嘉树刚刚想要转身，手臂就被纪南承拽住了：“面具在哪里？”温嘉树怔怔地看着他，他竟然妥协了……

她以为像他这样骄傲的人，是无论如何都不会同意自己的女朋友戴着面具去见他的家人的，这是一件很不礼貌的事情，况且现场还有这么多人在看着。

纪南承的包容超过她的想象，温嘉树感激之余是感动。

她垂首，讷讷地开口：“在我那个粉色行李箱里……”

纪南承轻笑，也不揪着她这件事情不放下，对于纪南承来说，温嘉树想要以何种面目示人并不重要：“还说你不喜欢粉色？”

“我没有……”温嘉树仍处于狡辩的状态，闷着嗓子说道，但还是有点儿心虚。

怎么莫名其妙地，她买的行李箱都是粉色的？她从来不觉得自己是喜欢粉色的，但是她很多东西的确都是粉色的……

纪南承轻笑着走向了车子，从她的粉色行李箱中拿到了她的面具。

不同于上次有些夸张的款式，这次的半脸面具要普通得多，只是最普通的烫金款式。纪南承有些好奇，温嘉树到底有多少不同款式的面具。

在遇到他之前，也不知道她在多少场合都是用面具示人的。

温嘉树拿到自己的面具后放宽了心，立刻熟练地戴上，跟着纪南承走进纪宅时也轻松了不少。

哪怕戴着面具的她会更加吸引别人的注意，但是只要别人看不见她整张脸，她就不至于那么紧张。

刚一进门，温嘉树就如预料之中那般收到了很多异样的目光。

她知道很多目光其实都是朝着纪南承投射过来的。纪南承是纪家长子，又是现如今纪氏工业的掌权者，很多没有同他碰过面的人都很好奇，这样的青年才俊真人是什么样子的。

而且，纪南承这些年雷厉风行的手段，让他在外的风评其实并不佳，不少人都畏惧于纪南承。近两年他也将手伸长了一些，不仅仅停留在香料上面。

前阵子他在宁城投资的一个房地产项目，如今已经是翻倍的收益。人人都说，凡是纪南承经手的生意，肯定不会差，但他的手段太过狠辣，只有不少愿意铤而走险的人，才敢跟他合作。

“他们都在看你。”温嘉树的手挽着纪南承，心已经提了起来。

以前哪怕是参加香水品鉴会，她也不会是中心焦点，所以很少接受这么多人的目光。

“是在看你。”纪南承纠正了她的话。

“不是吧。”温嘉树深吸了一口气，“那是因为我站在你身边……我有点儿紧张。”

纪南承将她挽着他的手拿开，顺势跟她十指相扣，想让她放轻松一些：“记住，这是纪家，我做主。”

纪南承极其强势的一句话，让温嘉树听起来觉得宽慰。

她嘴角微扬：“你真是霸道总裁。”

温嘉树是一个不喜欢开玩笑的人，她一直都觉得自己挺无趣的，但是同纪南承在一起时，她变得很喜欢开玩笑，哪怕是呛他一句都能够让她觉得开心。

“南承，回来了？”付之微的声音从身侧传来，温嘉树看向了她，付之微今天穿了一套极其显年轻的连衣裙。

房间里面开着暖气和地暖，所有的宾客都是穿着裙装或西装，虽不是礼服出场，但也都是华服，温嘉树在心里暗自庆幸没有穿休闲装来，不然就给纪南承丢足脸面了。

“付姨。”纪南承还是尊称她一声付姨，前些年韬光养晦时，他对她毕恭毕敬，也是在揽了纪氏工业的权力之后，他的态度才不卑不亢了起来。

付之微何其聪明，当然也明白他的做法，也不捅破这层窗户纸，让双方都觉得难堪。

“温小姐也来了。”付之微一眼就认出了戴着面具的温嘉树，笑道，“寒舍招待不周，有什么需要的尽管跟管家说。”

温嘉树轻轻点头：“多谢。”

“冬泯呢？”纪南承问付之微。

“哦，他在跟他的那群同学玩，来了一群小朋友，把他高兴坏了。”付之微一提到自己的儿子兴致便来了。

看得出她十分宠爱这个儿子，中年得子，自然是百般宠爱。

温嘉树看了一眼纪南承，心想，纪南承跟付之微母子，实则估计是互相厌恶的吧？付之微肯定希望自己的小儿子继承家业，而纪南承则是横亘在他们母子面前的一条凶猛长河。

“嗯。”纪南承牵着温嘉树走向了付之微指向的方向。

那是一个玩具房，打开门之后温嘉树才看到，整个房间全部都是按照《星球大战》的样式布置的。天空是星空顶，灯光随着时间的变化而改变，到处都是《星球大战》当中的模型玩具，七八个小孩坐在一起，正在玩不知道叫什么的游戏。

温嘉树在七八个小孩当中一眼就找出了纪冬泯。

她之前从未见过纪冬泯的模样，但是见到这个小孩的时候，她就觉得他跟纪南承长得很像，尤其是一双眼睛，大概都是随了父亲。

“冬泯。”纪南承叫了他一声，果然是温嘉树认出的那个小孩。

孩子一抬头就对视上了纪南承的眼睛，眼神不善。

“这是我的秘密基地，你凭什么进来？”纪冬泯的口气更加不好，完全不像是一个小孩子应该有的口吻。

温嘉树听着微微皱了眉心，这小孩儿可真凶。

“今天是你生日，我来给你送生日礼物。”纪南承仿佛是强抑制着脾气。温嘉树知道，纪南承可没有这么好的脾气。

“谁要你的礼物？”纪冬泯小小年纪，长得极好看，一张英俊的脸上满是骄傲。

这一点，温嘉树觉得这两兄弟还真是如出一辙，纪家人的骄傲都写在脸上。

不过这个家族也的确有骄傲的资本，骄傲到不会让人觉得反感和不适。

“确定？”纪南承耐着性子问。

温嘉树看了一眼纪南承，她怎么感觉他随时随地会爆发情绪，看他跟一个小孩子这样拉弹簧，够累的。

明明是凶几句便能够了事的事，但纪南承却是耐着性子一再地在忍受这个小孩。

“你拿着我的钱，给我买礼物，我才不要呢！”纪冬泯的口气强硬，骄傲到让温嘉树瞠目。

小小年纪，竟然就懂得这么多了？

“你走开！”纪冬泯尖声对纪南承喊道，“你小时候没有玩具房，现在你是不是觊觎我的玩具房了？哼，我才是纪宅的小主人，你什么都不是！”

这一句句话都让温嘉树不知道该说什么好，她苦笑，付之微到底是怎么教育孩子的？一字一句都让人觉得这个孩子非常没有教养。

纪南承从衣服口袋里拿出了一个包装精致的小盒子，放到了地毯上，深深地看了纪冬泯一眼，没有多说话，直了身体便同温嘉树一起离开了。

纪南承没有带她去高朋满座的客厅里面坐，而是去了纪宅的后花园。

冬日的后花园上方的天空里繁星点点，明亮闪耀，温嘉树仰头看，眼前星空宛如在格拉斯时，低低的星幕。

花园里到处都是郁郁葱葱的草木，这个季节没有鲜花，但是丰盛的草木也足够让人觉得心情好。冬日还没有蚊虫的困扰，她只是觉得有些凉。

纪南承脱下了身上的外套裹住了她的上半身，有了外套，温嘉树顿时觉得温暖了很多。

“你弟弟看上去很不喜欢你。”

“我不需要他喜欢。”言外之意是：只要表现出我很喜欢他的样子就可以了。

温嘉树听着纪南承的话很赞同。

在这样的豪门里面，像纪南承这样的私生子，如果想要生存的话，就必须要韬光养晦，哪怕是现在，他独揽了那么大的权力，他也要耐着性子，不能够太过于锋芒毕露。

起码，在对待自己的弟弟时，不能够太狠戾了。

“我记得我小时候过生日，整个家里只有保姆记得。”纪南承看着温嘉树，沉声说道。

温嘉树苦笑：“你好歹有保姆记得你的生日，我呢？从进了凡尔赛闻香学校开始，每一年的生日，我都是自己过的。”

纪南承俯身，伸出双臂轻轻圈住了温嘉树被裹在羽绒服里仍旧消瘦的身体。

“以后每年生日，我都陪你过。”纪南承的话只是一句很轻的承诺，比起“我会永远爱你”这样的话，要轻得多。

但是落到温嘉树的耳中，她却觉得分外的重。比起那些山盟海誓，温嘉树更喜欢听到这样温馨恬淡的话。

“嗯。”她点了点头，“我可以知道，你送你弟弟的是什么礼物吗？”

“你还是不要知道的好。”

“嗯？”温嘉树仰头看他，纪南承第一次见到温嘉树时她便是戴着面具的，但是至今为止，他还是有一些无法适应她戴着面具的样子，仿佛她与这个世界是隔绝的。

“可是我很想知道。”温嘉树的口气带着一点点央求的味道。

而接下来，纪南承给了她一个让她大跌眼镜的答案：“小猪佩奇手表。”

“……”温嘉树惊呆了，她以为纪南承肯定会送给他弟弟很贵重的礼物，没想到，竟然是这么恶搞的东西！

“你也太坏了。”温嘉树嬉笑。纪南承松开了抱着她上半身的手臂，见她一直都在吸鼻子，担心外面太凉，便带她一起进了客厅。

客厅里人头攒动，大提琴低沉的曲子在空中飘荡着，纪南承带着她走到了摆盘精致的食物区，给她拿了一点儿蛋糕。

温嘉树刚吃完，一个喷嚏就打了出来。

“阿嚏！”她捂住了嘴巴，幸好刚才嘴巴里的蛋糕不多，但是即使捂住了嘴，还是从嘴里喷出了一些蛋糕沫。

“温小姐，纪家不是什么随随便便的地方，你这样的仪容，会坏了我们纪家的面子。”纪今秋在一旁挑拣了一块蛋糕，吃了一口，淡然地看着温嘉树。

她眼神里面的鄙夷，温嘉树看得一清二楚。

纪今秋从在医院开始就没有给过她面子，付之微千方百计地想要让她嫁给纪南承，如此纪南承便没有了强大的妻家后盾，而纪今秋很显然不喜欢温嘉树当她的弟妹，千方百计地想要刁难她。

纪南承拿了纸巾替温嘉树擦了擦嘴，温嘉树一边打着喷嚏一边仰头看着纪今秋，她仍止不住地打喷嚏。

“温小姐，您这个面具是怎么回事？”纪今秋还是继续刁难着温嘉树，不给她留半点儿情面，“今天可不是什么万圣节。”

温嘉树不喜欢人关注她，更不喜欢有人关注她的面具，只要想到这种关注，她便觉得犯恶心，尤其是纪今秋还是用那种讽刺的语气对待她的。

她现在唯一想要做的就是逃避，若不是纪南承在她身旁，她感觉自己真的撑不住。

她跟纪南承十指相握的手紧缩了一些，浑身都在战栗。

“姐，你很闲吗？”纪南承对纪今秋开口时的语气变得冷了很多很多，再也不像往常那般平和。

平凡无奇的几个字，纪南承的语气让纪今秋颇有一点儿生畏。

她深深吸气：“南承，今天是冬泯的生日，奶奶是最疼爱冬泯的，但是她今天没有回来，你知道是为什么吧？”

纪南承沉默不语，温嘉树却是头一次听说这件事情。

纪南承的奶奶去哪里了？

纪今秋冷笑，继续说道：“温嘉树，是申沉前妻同他生的女儿，早些年就被申沉弃之不顾了。她的母亲罹患精神病多年，据说，她的外祖父曾经也有精神类疾病，不知是抑郁症还是什么？温小姐，您记得吗？”

·第十五章·

投我木桃，余生共老

纪今秋的每一句话都是针对温嘉树的，仿佛每一个问题都是想要让温嘉树出丑。

温嘉树听着犯恶心，她从来都没有见过比纪今秋的嘴还要毒的女人，而且她的毒是真正意义上的绵里藏针，话语诛心，字字都不留血。

温嘉树心里生怒，但又没有办法去反驳纪今秋，因为她说的每一个字都是对的，她是温致萍的主治医生，自然是知道温致萍的家族病史的。她的外祖父的确也有精神类疾病，但只是抑郁症，而不是精神失常。

纪今秋是纪家的女儿，虽然是领养的，但她的一举一动仍受到不少人的关注，有人见纪今秋在同温嘉树说话，便带着看客心理走了过来。

温嘉树被一群人包围着，十分难受，浑身都像是针扎似的。温嘉树感觉到纪南承捏着她的手也紧了紧，他仿佛是在酝酿着情绪。

温嘉树不自觉地将身体朝他身上靠了靠，好像离他近一点儿就没有那么害怕了似的。

“你戴着这副面具，不会是也有精神疾病吧？”纪今秋是医生，她说的话在普通人听起来是具有医学上的权威性的。她想要往温嘉树身上抹黑，随便找个理由都可以，而她找的理由，又让温嘉树没有办法反驳，这才是最可怕的。

温嘉树静静地站在纪南承身旁，她已经被吓得说不出话来了，纪今秋太过尖酸了。早知如此，当初她宁可不让纪南承帮忙，将她母亲送到纪今秋的手下治疗。

现如今纪今秋这么厌恶她，不知道会不会因此不认真治疗她的母亲？

这个想法让温嘉树更加不安。

“我们纪家的门楣，不是用来被精神病人侮辱的。”纪今秋的脊背很挺很挺，说话时的口气也很冷然，好像眼下之人在她看来是废物。

温嘉树隐约看到身旁已经有人在指指点点了。人多的地方永远口杂，人类是最喜欢看笑话的动物，哪里有八卦和笑话，哪里就永远有一批看客在。

“纪今秋，你不要忘了自己的出身。”纪南承蓦地开口，是所有人意料之外的。

付之微此时刚刚从纪冬泯的玩具房出来，刚才纪冬泯又不高兴了，说纪南承打扰了他跟他朋友们一起玩。

哪怕是一个小孩子的片面之词，也让付之微对纪南承极其不满。

“南承……”纪今秋的巴掌脸略微僵了僵，还以为是自己听错了，她今天的妆容精致，俨然是纪家的千金模样。

即使纪今秋的年纪已经不小了，她仍旧将自己当成是纪家的掌上明珠，她能够趾高气扬靠的也都是纪家，而不是她真正的原生家庭。

“你的父母只是宁城沿海小镇上的渔民，因为家里生了四个女儿，才将你送走，阴差阳错地送到了纪家。比出身，你比嘉树要差得多。”纪南承的话让原本哗然的四座都安静了下来。

就连温嘉树，都被身旁之人的话惊得瞪大了眼。

这是纪今秋，是跟纪南承朝夕相处了那么多年的姐姐，他竟然能够对纪今秋这么说话，而这初衷，是为了她……

温嘉树心里有一些愧疚，她担心纪南承要因为她背负骂名。身边那么多人都在看着，纪南承今日的所作所为，相信不出半个小时，就能传遍整个上城。

现如今网络这么发达，若是有有心人录像了，对于纪南承来说，影响会很大。

温嘉树深深地吸气，她不想让纪南承独自帮她承担太多，不必为了她毁了自己的名声。

温嘉树宁愿自己挨着这一切，反正她在上城也没有什么好名声。

就如同纪今秋所说的那样，她是申家不要的女儿，还有一个有着精神疾病的母亲，能有什么好名声？上城说大很大，但是说小，这个圈子又很小，稍微一传便传遍了。她相信很多人都会知道纪南承的女朋友家世不清白，还有家族精神病史。

这样对于纪南承也是不公平的，温嘉树咬咬牙，她原本懦弱不敢开口，此时却是不得不开口了。

她其实并不是不善辞令，只是不喜欢跟人说话而已。平时她跟纪南承说话，偶尔还能够怼他几句占一点儿上风，她相信自己在纪今秋面前也不会示弱的。

“纪小姐，”温嘉树开口，戴着面具的脸微微抬了抬，眸光里面仿佛有熠熠星光，“我不知道这样称呼您对不对，还是应该称呼您为纪女士？”温嘉树讽刺道。她知道拿女人的年纪开涮不是一件礼貌的事情，但是先没有礼貌的是纪今秋。

她话没有说明，聪明人自然都听得明白。

纪今秋的智商有多高，温嘉树从星空那边已经了解过了，她闻言，脸色果然一沉。

温嘉树继续，不给她插话的机会：“我跟南承只是普通恋爱，我们在一起的时间虽然不久，但是我们的感情很好。我是不是有精神类疾病，不是您三言两语就能够证明的。您在这里诬蔑我，在座的人可是都听到了的。”

温嘉树的口气平淡，但每一句话都说得很认真，纪今秋听得脸色变得铁青。

“所以，你们两个人是合起伙儿来打算欺负我了？南承，我怎么说也是你姐姐，我是为了你好。”

“一般人贩子拐走小孩的时候，都会给孩子一颗糖吃，然后告诉他，我对你很好，跟我走你能够天天吃糖。”温嘉树打了一个比方，信手拈来。

身旁有人听了嗤笑了一声，这一声笑让纪今秋的面子很快就挂不住了。

纪今秋深深吸气，咬紧牙关瞪了一眼笑的人，整个客厅顿时安静了下来。

纪南承自从温嘉树开口之后便寂静无声，没有再参与，而是任由温嘉树说。

“纪小姐，今天是纪家做东，不要让人看笑话了。”温嘉树说得纪今秋脸色顿时黯然，她也意识到自己这些行为有些不妥了。

今天请来的都是付之微和纪远恭的一些朋友，非富即贵，而且都是带着孩子一起来的，纪今秋的这一番表现，的确是有失偏颇了。

“纪家的事情，还轮不到你来管。”纪今秋闷声扔了一句话过去，接着讽刺道，“我是医生，也是你母亲的主治医生。你母亲有家族精神病史，我是最清楚的。我只不过说你一句，你蹬鼻子上脸地做什么？当初如果不是南承求我，你觉得我会救你母亲？”

纪今秋的每一句话都让温嘉树极其不快，但她只能够强忍着这种不适感，装作淡定的样子：“原来医生还会选择病人，这违反了医德吧？还有，我母亲是不是有家族精神病史是其次，你在大庭广众之下公布我母亲的隐私，是你的不对吧？”温嘉树的每句话都是有理有据的，呛得纪今秋根本不知道该说什么好。

她环视了一眼周围，眼睛瞪得很大，一脸无措的样子。

纪家客厅内的灯光很足，白炽灯打在纪今秋的脸上，将她原本就白皙的脸庞打得更加煞白，灯光落在她的脸上，映衬出了她脸上的晦暗。

“能说会道的，难怪南承被你迷得七荤八素。我在这里就说一句话，我们纪家的大门，你温嘉树这辈子都别想踏进来。”纪今秋的段位也不低，她知道自己今天出丑了，无论如何都得撂一句狠话在这里才能够扳回自己的颜面来。

纪南承看着纪今秋，沉沉地开口：“道歉。”

虽然只有两个字，气势却极其霸道，像是在逼人就范一般。

温嘉树听着都觉得胆寒，纪南承是真的被激怒了。

刚才他一直不说话，是在等她说完，给她怼纪今秋的机会，但他的怒意早就积蓄在了心里。

温嘉树现在也算是看明白了，这纪家的兄弟姐妹之情，都是“塑料”的，根本没有真正相亲相爱一说，表面上是这一套，一转身又是另一套。

她原以为纪南承同纪今秋的关系应该是挺好的，起码是平和的，但现在看来，纪南承应该已经不满纪今秋很久了。

也是，一个这么大的老姑娘，长期不嫁出去，盘踞在纪家，既不是纪家的血脉，又不得纪远恭和付之微的喜欢，还喜欢掌控主动权。这样的女人，纪家谁会站在她这一边？

而纪今秋还以为自己站在付之微那边是不会有错的，实际上她早就已经错了，有了纪冬泯之后，纪今秋的存在便成了一个笑话。

“南承！”纪今秋的声音陡然尖锐，一副以为是自己听错了他的话的模样，震惊地看着纪南承的双眼。

然而纪南承还未开口，寂静无声的客厅里便传来了高跟鞋踏在大理石地板上清脆的脚步声，付之微的声音随之而来。

“今秋，跟温小姐道歉。”付之微保养太过得当，而纪今秋看上去本就有些老成，以至于她看上去同纪今秋的年纪相差无几。

但付之微即便是保养得当看着年轻，她说话时的气势和仪态仍旧摆在那里，口气凛然，气势让人不敢小觑。

温嘉树瞥了一眼付之微，对于付之微能够帮她，是意料之中的事情。

付之微为了拆散申家和纪家的联盟，是需要拉拢温嘉树的。恰好纪南承喜欢温嘉树，她就顺水推舟，于她和她的小儿子来说，这是再好不过的了。

付之微是何等聪明的人，绝对不会为了一个领养的女儿，乱了自己的计划。

“妈……”纪今秋叫付之微妈时，尤其的奇怪，明明是长得差不多年岁的人。

“姜姜跟南承才合适，她这样的身份怎么能够入我们纪家的门？”

纪今秋声音尖锐，听起来十分刺耳。温嘉树静静地听着，脸上没有过多的表情变化。

“怎么样的身份？论身份，温小姐怎么说也是申家的女儿，还轮不到你在这里说三道四。”付之微的口气变得冷漠了起来，这让纪今秋蒙了。

以往付之微对她虽然也不在乎，两人之间若说母女之情，几乎是半点儿都没有的。毕竟纪今秋只是一个领养的女儿，而付之微有了纪冬泯之后，哪里还管得了她？纪今秋被这么一说，一时之间无话可说，她清楚自己在纪家的地位，怎么敢再在付之微面前造次？

“温小姐，希望你不要介意刚才今秋说的话，她性子直。”付之微颇有当家主母的风范，毕竟是真正意义上的名门闺秀，这点儿风度还是有的，哪怕是装出来的。

“不会。”温嘉树轻摇头。

纪今秋尤其厌恶温嘉树敛着眉目的样子，她走上前，趁着温嘉树不注意时一把将面具从她的脸上摘了下来，扔到了地上。

面具的材质很脆，一摔到地上便碎成了几块，几块碎片迸溅开来，不少人都往后躲了躲。

温嘉树的脸上腾地一下子失了面具，紧张得连忙低下头去，目光直直地盯着地面，仿佛只要一抬头，自己所有的一切就会被别人看去，浑身都瑟缩了起来。

温嘉树是真的紧张到无以加复，手连忙拽住了纪南承的手臂，手指甲不自觉地嵌进了纪南承的皮肤里面，像是要将所有的力量都施加到纪南承手臂上一般。仿佛这样，她就能够不那么紧张、不那么害怕。

她感觉到肩膀被人轻轻地搂住，纪南承的力道不轻不重，恰好圈住了她。。

隔着衣服的布料，温嘉树都能够感觉到纪南承掌心的温度，感觉到了温度之后，浑身也有了一些能量。

“今秋，你在干什么？！”付之微恼了，纪今秋今天不服管教的样子让她极其不快，尤其是这个举动，直接伤害到了温嘉树。

温嘉树将头埋进了纪南承的胸膛里面，呼吸时，有他身上的味道钻进了她的鼻子里，是一贯以来的熟悉气味，让人舒心。

温嘉树吸了吸鼻子，她今天身体很不舒服，从下飞机到现在一直都没有休息过，鼻子也是堵的，一点儿都不通畅，她只能够隐隐约约地闻到一点儿他身上的气息，并不浓郁，但哪怕只是一点儿，她也安心了。

纪南承的怀抱很宽厚，完全将她与外界隔离了。他仿佛知道她内心所有的想法，知道她此时此刻有多害怕被别人看到，所以为她遮挡住了外界所有的目光。

“妈，姜姜刚才在我的房间跟我哭诉，说是这个女人毁了她的婚姻。我跟姜姜从小就认识，我们情同姐妹，我怎么舍得姜姜被她欺负？”纪今秋的话落入了温嘉树的耳中。

她算是听明白了，纪今秋之所以这么愤怒，原来是因为她跟申姜是朋友……

这是替朋友打抱不平。

“申姜同南承都是成年人，哪怕没有温小姐，南承也不见得会娶申姜！”付之微的一句话震慑住了所有人，顿时，四周寂静无声。

这场生日宴会，瞬间变成了一场闹剧。

今晚纪家发生的事情要是传了出去，那可就真的成了一场笑话了……

“吵什么吵？”纪远恭的出现是所有人都始料未及的。

在场的人，哪怕是纪远恭的朋友，都未曾想到过他今天会出面。他因为身体的关系，已经好几年没有出现在众人的视线当中了。

就连最亲近的朋友，也见不到他。

“纪家的家运，就是这么被你们吵没的！”纪远恭中气十足的一句话，让人觉得他仿佛不是一个病人一般。

俗话说“虎死不倒威”，说的便是纪远恭这种人，哪怕是身患沉疴，他的气势依旧是在的。

温嘉树也是头一次见到纪远恭，之前只是听纪南承说起过。看到纪远恭时，温嘉树便知道了纪南承为什么会长得这么好看了。

纪远恭即使已经变得骨瘦如柴，整个人都显得干瘪了，但他的五官仍旧是立体的，一双深邃的眼睛仿佛能将人看穿。这也就难怪，纪氏在他掌权时风生水起。

纪今秋看到纪远恭是一句话都说不出来的，她怕极了纪远恭。当初付之微要领养一个孩子的时候，纪远恭便是不同意的，后来付之微执意领养了纪今秋，纪远恭虽然不便再说什么，但是这些年也一直对纪今秋不冷不热的，并不是很喜欢这个外来的女儿。

“今天是冬泯的生日，是不是以后要专门为你们举办一次宴会，让大家都来看看我们纪家人是怎么吵架的？”纪远恭的声音疲乏但中气十足，听上去是真的动了怒。

温嘉树躲在纪南承怀中，用一点点的余光看着纪远恭，他长得便是不怒自威的样子，现在发怒了，看上去更加可怕。

温嘉树心想，纪南承究竟是怎么样的狠戾，才能够制服纪远恭这样的人，拿下纪氏工业的所有的权力？纪远恭看上去已经是极其厉害的角色了，纪南承只有比他更狠，才有可能拿下权力。

“阿承，带你女朋友去你的房间。”纪远恭看着温嘉树身边满地的面具碎片，对纪南承说道。

纪南承却没有挪步，对纪远恭的话无动于衷。

“她胆子小，被吓到了。”纪南承说得很平静，但这份平静下面暗藏着波涛汹涌，所有人都听出来了。

即使纪远恭在这里气势逼人，但还是难以掩饰，纪南承才是纪家现任主人这个事实。

“在没有得到道歉之前，谁都不许离开。”纪南承怎么会不知道纪远恭的如意算盘？

他想要让温嘉树离开众人的视线，抹掉她曾经出现过的痕迹，但这不是纪南承想要的。

这句话是说给纪今秋听的，也是说给付之微听的。付之微的装腔作势，纪南承又怎么会看不明白？温嘉树躲在他怀里，伸手轻轻扯了扯他的毛衣一角，其实她现在很想赶紧离开，哪怕是去他的房间躲一躲也好，总之她不想再待在这个满是目光的地方。

这样的情景让她想起了当初申沉离开她们母女，温致萍刚刚被送到精神病医院时，周围的左邻右舍都像是看戏一样来看她。

她眼睁睁地看着自己父亲离开，自己母亲被送到了救护车上，医生给她打了镇定针，而她却无能为力地静静地站着。周围人所有的指指点点，她的余光全部都能够看到，她害怕地蹲到了地上，浑身瑟缩着打哆嗦。当时的影像残留在她的脑中，这些年一直都像是走马灯一样，不断地闪过一个又一个的片段。

她真正自卑，不敢直视别人，便是从那个时候开始。而加重，是从温致萍对着她这张跟申沉极像的脸发疯时。

她害怕别人看着她的脸想到她家的丑事，也害怕温致萍见到她这张脸会病情加重。

这种感觉持续了十几年，未曾变过。

“纪今秋，道歉。”纪远恭对站在一旁无动于衷的纪今秋开口，“如果不道歉，你就滚出纪家家门。我们纪家，没有你这么丢人现眼的东西！”

纪远恭的话威慑力很强，尤其是对于纪今秋这样的人来说，她本就有点儿心虚，被纪远恭一说，哪里还敢随便乱动了。

“爸，你难道不希望姜姜……”

“别一口一个姜姜，到底申姜是纪家人，还是阿承是纪家人？阿承的婚事，还轮不到你来做主！”

纪远恭的话意味深长，像是在给纪今秋一个提醒：你只不过是纪家的一个外人而已，让你留在纪家已经是对你最大的宽容了，纪南承的婚事这么大的事，你根本就连插手的机会都没有。

温嘉树听得胆寒，生在纪家这样的家庭，虽然能够生活得衣食无忧、富贵荣华，但是这个家，仿佛永远都是没有温度的。

温嘉树便也能够理解，为什么纪家人个个都如此骄傲，并且冷漠无情。

在这样的家庭中成长，想要有温度很难。

也难怪那个纪冬泯小小年纪就比一般的孩子要早熟，说出来的话和做出来的事，都让人震惊。

纪今秋被纪远恭的话戳到了心，作为一个外来子，最怕的便是不能够在这个家庭里面站稳脚跟，这么多年了，纪今秋也算是处事圆滑了，而自己又聪明……当年她在海德堡大学的时候风风光光的，也就是那段时间才让纪远恭稍微喜欢了她一些，毕竟她也算是给纪家争光了。

但好景不长，她究竟不是纪家人。

她转身愤怒地钻出了人群，围绕在四周的人群被她挤出了一条缝隙。围观者见纪远恭放了狠话，且是大庭广众之下放的狠话，也都默默地散开了，不敢再说什么。

今日，毕竟是纪远恭做东。

“爸爸……”纪冬泯听上去还略微带着一点儿幼稚的声音从玩具房那边传来，玩具房的门被打开，纪冬泯跑向了纪远恭，一脸愤怒的样子，“爸，哥欺负我！他送给了我一只小猪佩奇的手表。我这么大的人了，怎么可能会看小猪佩奇？还有，刚才他进来吵我，打扰了我和我的朋友们！”

纪冬泯从小就喜欢告状，因为付之微给他的教育便是如此，付之微经常告诉纪冬泯，可以借着年纪小为所欲为，反正年纪小的时候无论做什么都能够被原谅，哪怕是闯祸了，也能够被说成是天真不懂事。

就是在这样的教育环境下，才教出了纪冬泯这样的小孩。

纪远恭原本就因为纪今秋的事情心烦，此时自己的小儿子还要来掺和一脚。

纪冬泯有多讨厌纪南承，他这个做父亲的怎么会不知道。而此时的纪远恭，只想要为自己的小儿子争取到一些东西，在他百年之后，不希望纪冬泯什么都得不到。

所以，他对纪南承的态度必须要放好。

“无论你哥哥送你什么，都是因为喜欢你。”纪远恭纠正了孩子的话。

“哼！谁要这个破手表！”纪冬泯冷冷地说道，将手中的小猪佩奇手表扔到地上，手表摔成了几半。

温嘉树被这个孩子的行为举止再一次吓到了，这个小孩狠戾得很，还颇有一点儿纪南承的气质。

但纪南承小时候不会像他这么愚笨天真。

纪南承松开了温嘉树，松开时在她耳边轻声说了一句：“别怕。”

温嘉树总能够因为纪南承的一两句话而动容，即使此时她厌恶透了纪家人，也怕极了身边那些看客，她还是点了点头，不想给纪南承带来麻烦。

纪南承松开她之后走向了纪冬泯，付之微仿佛是害怕他伤害纪冬泯，伸手捏住了纪冬泯的肩膀。

然而纪南承只是从地上捡起了那块小猪佩奇的手表，放在手中仔细看了两眼，又抬眼看向了纪冬泯。纪冬泯毕竟只是一个小孩，平时的行为也都是付之微教他的，见到这样的阵仗自然是怕得不行。

纪南承身上的气质凛然冷漠，是成年人看着都会望而生畏的气质，更何况是纪冬泯这个孩子。

而今日的纪南承被惹毛了，浑身寒森森的，让人更加害怕。

纪冬泯往付之微那边缩了缩，纪南承俯身在他面前蹲下，静静地看了一眼手表，又抬头看他。

“不喜欢？”纪冬泯被吓得已经快要把自己贴到付之微身上去了。

付之微见自己儿子浑身发抖，也不忍心了，对纪南承开口：“南承，冬泯只是个孩子，喜怒哀乐都会放在脸上，你不要介意。”

“只是个孩子？”纪南承咀嚼着这几个字，沉着眸色又看了一眼付之微，“当初我只是个孩子的时候，付姨你不是也把我关到了房间里，几日不给我水食？我生病的时候也不给我吃药、看医生？当初你怎么没有想到，我只是个孩子？”

温嘉树听着纪南承说的每一句话，顿时有一点儿明白了。

今天他带她来，根本就不是要带她来见纪家人的，他是要借着带女朋友回来参加自己弟弟生日宴的名号，搅浑了纪家这一汪脏水，让纪家的人互相埋怨、互生怨恨。

他拿她当了剑使，如果她不来，纪家不会乱成这样……她是导火索，是能够引发纪家内部所有矛盾的导火索，恰好，他就利用了她这根导火索，让纪家乱成一锅粥。

这才是他想要的。

纪南承伸手攫住了纪冬泯的下巴，逼迫他看着自己：“纪冬泯，你有什么权利说不喜欢？”纪南承的每一句话，都是嚣张的气焰。

纪家在上城独大，而纪南承，在纪家独大。

纪冬泯是孩子，根本不识相，闻言，痛哭：“我就是不喜欢！我讨厌你！你根本就不是我们纪家的人，你就是个私生子！”

“冬泯！”付之微呵斥了一声纪冬泯，连忙伸手捂住了自己儿子的嘴巴。

纪冬泯的眼泪鼻涕横流，是真的被纪南承吓到了，眼泪流淌到付之微的手上，流得到处都是。

“我说错了吗？就是你！你这个私生子，跟我抢爸爸，原本纪家是我的！”纪冬泯尚且处于不食人间烟火的年纪，对于纪家内部的波诡云谲还一概不知，以为自己很厉害，盯着纪南承，声嘶力竭地喊道。

即使因为纪远恭的出现，让周围人都不敢再凑过来看，但是眼睛、耳朵毕竟长在人的脸上，别人就站在那里，想听自然就能够听得到。

纪冬泯少年意气，也不知纪南承的深浅，只是在付之微平时的教育下知道纪南承是个私生子，其余的一概不知，所以才敢对着纪南承骂得这么狠。

“你没说错。”纪南承盯着纪冬泯这一双跟自己长得很像的眼睛，喑哑着嗓音开口，“但是你妈有没有教过你，现在纪家是我做主？”

纪南承对纪冬泯没有半点儿兄弟之情，就如同纪冬泯对他一样，甚至有过之而无不及。

成年人的感情比起小孩子，总是要复杂得多。

“我以前是看在纪远恭的分儿上，留你这个小东西在纪家。现在，收拾东西，滚出纪家。”纪南承的话果断到满座皆惊。

谁都不曾想到纪南承会这么狠，今天毕竟是纪冬泯的生日宴。

只有温嘉树知道，纪南承今晚做的一切都不突然，也不偶然，而是蓄谋已久……

她的脊背上莫名地有些凉意升起，寒冷的感觉爬上了肩后，仿佛让她冒出了点点滴滴的冷汗，放在身侧的手都渐渐收紧了。

温嘉树不知道纪南承是从什么时候开始算计的，是在她还在上城时便开始了，还是在巴黎时？

她的脑海中一下子想到了之前在飞机上听到的贝弗利公司的人说的话，虽然流言蜚语不足以相信，但面对眼前的纪南承，温嘉树有些后怕……

他远不是她所想的那么简单的人，是不是有花花肠子她不知道，她只知道，他比她想象中要可怕得多。

“南承，冬泯毕竟是你弟弟，你怎么可以赶走他？”付之微急切地将被吓坏了的纪冬泯掩到了身后，遮挡住了纪冬泯小小的身体。

在这个家里面，原本唯一可以跟纪南承抗衡的便是付之微了。

因为付之微的娘家财力雄厚，又是书香门第，名声也一直都很好。

“付姨，你跟我母亲不一样，你出身书香门第，我母亲只不过是声色场所出来的女人，我想你应该知道时过境迁这四个字，是什么意思。”纪南承的声音似万年无法融化的冰山。

普通的四个字，让端庄的付之微顿时变了情绪。

“怎么……”付之微怯怯地开口，嗓音都变得喑哑了很多。

“付家之前把手伸到了房地产行业，但是那块地我看中很久了，我想事后付姨也听说了付家的下场。跟我争夺，他们想赢？不让他们输得一败涂地，不是我的风格。”

纪南承行事的毒辣，所有人都是知道的，但温嘉树还是头一次见到他在商场上的杀伐果断。

“你的爷爷和父亲都是Z大德高望重的教授，但是当初他们为了敛财，同自己带的博士生之间有过什么交易，需不需要我告诉所有人？还有你的父亲，曾经为了让一个女博士生就范，利用毕业为要挟，女博士生不堪奴役跳楼自杀这件事情，您知道吗？”

纪南承一字一句全部戳到了付之微的心上，让她本就不好看的脸色更加惨白，嘴唇早已没有了任何的血色。

付家的那些丑闻，早些年已经用钱压下去了，哪怕是女博士生跳楼的事情在网上火了一段时间，但很快他们就跟女博士生家属达成了协议，私了了。

这些事情，在上城并无人知道……

“这样的付家，已经不能够为你撑腰！要钱没钱，要名没名，你说，我为什么不能赶走纪冬泯？我不仅要赶走纪冬泯，还要赶走你，还有纪今秋！”

纪南承说的话直接得让人难以接受，尤其是说这般狠戾的话语时，他周遭好像都是阴冷气息，让人生畏。温嘉树躲在角落里，不敢让人看到她，但是她的目光凝聚在纪南承的背影上，他的背影让她顿觉陌生。

纪南承到底是一个怎么样的人？她不清楚，也不曾清楚……

“老公……”付之微向纪远恭求助，她离开了原本护着的纪冬泯，走到了纪远恭的轮椅前面蹲下，“老公，不要赶走我跟冬泯，他也是你的亲生儿子啊……”付之微的声音在颤抖，因为她害怕，她知道纪远恭现如今有的就只是气势了，纪家早就被纪南承掏空了。

纪远恭看向纪南承，纪南承也并不避讳地看着他。纪远恭现在受制于纪南承，他很清楚，如果他不顺着纪南承的意思来，等到他百年之后，纪冬泯和付之微才会是真的无助。

当初他同意陆渝媛的意见，接回纪南承，就是引狼入室。

“你们先住到外面去，等过段时间，再回来吧。”纪远恭没有办法，他手中的权力早就已经被纪南承架空了。当初因为看中纪南承有经商天赋，他时时刻刻都把纪南承带在身边，这么些年，纪南承在暗地里揽权，早就不知道揽了多少了。

“老公！”付之微害怕了，那点儿残存着的端庄姿态也消失不见了，“纪南承是你的儿子，冬泯就不是了吗？冬泯还这么小，他从小养尊处优，到了外面怎么生活？”

“到了外面住的还是大房子，吃穿用度还是最好的，怎么就无法生活了？”纪远恭冷冷地嘲讽，口气坚定，“今晚就收拾东西搬出去！”

纪远恭完全是在为了纪冬泯着想，付之微又怎么会不知道？只不过付之微不愿意在这么多人的面前丢面子罢了。

这么多人看着，她又怎么拉得下脸？“先上楼！”纪远恭厉声呵斥了一声，喊得嗓子都有些哑了，听起来有些瘆人。

付之微委屈得眼眶都红了，伸手牵住了纪冬泯的手：“冬泯，跟妈妈上楼。”

纪冬泯临走前还朝着温嘉树吐了吐舌头：“坏女人！跟姜姜姐姐抢男人！”

温嘉树真的是很服气，这个纪冬泯怕不是跟着纪今秋长大的吧？自己妈妈巴不得她跟申姜抢男人，他倒好，帮着别人说话。

温嘉树懒得理他，狠狠地瞪了他一眼，跟一个小孩子对视，她还不至于不敢。

·第十六章·

日居月诸，你为朝暮

“去哪里？”

纪南承对她说话的语气变得温和了很多，锐减了方才的冷厉。

温嘉树转过头去看向纪南承：“纪先生，今晚的事情你谋划多久了？”

温嘉树的态度已经很冷了，她心里生了寒意，总觉得纪南承是在算计她，而这种算计让她不堪重负。她本来就不是什么心机颇深的人，因为跟人接触少，所以她也很少会被人算计。

这么被算计，还是头一次。

纪南承没说话，温嘉树知道被自己说中了。

她勾了勾唇，夜幕之下，温嘉树的双眼炯炯有神，宛如星河中最璀璨的星辰：“是在上城的时候，还是在巴黎的时候？利用我搅乱纪家的这锅粥，你很得意是吧？”

“我没有想过算计你。”纪南承的话语认真严肃，严肃到让温嘉树觉得宛若是领导在警告她。

她虽然害怕，但还是装作若无其事：“没有想过算计我，但还是算计了。之前我听不少人说过你很危险，也有一些人劝过我不要跟你走得太近。当时我在想，能有什么危险的？我一没财二没色，哪怕是你睡了我，也是我占便宜吧？”

后半句话说出口她自己都觉得有点儿不要脸，但这是实话。

哪怕纪南承睡了她，也是她占了大便宜。

凭着纪南承此时的反应，温嘉树也大致确定了，在此之前他肯定是有过策划的。

温嘉树身上还披着他的外套，她脱掉外套扔到了他的手上，外套一脱，客厅外萧瑟的寒风便席卷而来，从她的领口钻入了她的身体里面，冷得她瑟了瑟脖子。

“不冷？”纪南承重新展开了衣服，将她再次裹住。温嘉树被裹成了一个粽子，但她此时全然没有心情，她想要推开这件衣服，但是被裹得紧紧的，根本推都推不开。

更重要的是，纪南承的一只手还捏着衣服合上的地方，根本不给她机会逃脱。

“你放开我。”温嘉树果断起来也从来不含糊，“我想一个人静一静，不想跟你说话。”

语气最终还是变得有些赌气，但态度是坚定的。

“不想说话就不说，为什么非要一个人静一静？两个人不能静一静？”纪南承问，语气里没有半点儿戏谑的味道，但落入温嘉树耳中，总感觉他是在开玩笑。

“我现在没有心思开玩笑，我觉得我还是不够了解你。”温嘉树很想说，他是真的有点儿可怕，但忍住了，不敢说出口。

纪南承就着花园里隐约的灯光看着温嘉树的脸庞，她的脸色已经煞白了，情绪全都表现在了脸上，她不懂得隐藏自己的情绪，这在纪南承身边极少见。

他身边的人，永远都有着自己的目的，情绪全部都积压在心里，哪怕心里再怎么不愉快，表现在脸上的仍旧是笑眯眯的，一群笑面虎。也只有温嘉树这样平日少社交的人，到了这个岁数还不会隐藏自己的情绪。

她的性格跟她的闻香师职业也有很大的关联，只跟香水打交道，见到的永远都是馥郁的那一面，又怎么会见识到丑和恶？

“让你看到这些，我很抱歉。”纪南承的话说得真心实意，让温嘉树见到这些的确是他的错，他不应该将她设计在局内，但他从来都没有想过要伤害她，想过要利用她当作长矛去刺向别人。

将她放进局内，只是想要激化纪家的矛盾而已，她不是他的利器，他永远会将她护在身后。

“以后不会再发生这样的事情。”纪南承对她保证，口气笃定。

但温嘉树现在什么都听不进去，她仍陷在他骗了她的难过当中，意志消沉。

她摇头：“我现在不想跟你说话，我下飞机到现在还没有休息过，我要去休息了。”

“去哪儿？”纪南承知道她在上城没有地方可以住。

“酒店。”温嘉树原本是打算同纪南承一起住的，顺便实施一下秦久教她的那些事……但现在她没有半点儿心情，根本想不到那些了，她费力褪去了身上的外套，再次塞到了纪南承的手里，“衣服还给你，这两天不要联系我。”

温嘉树不知道自己此时的样子完全就是一个失意了的小女孩，不像一个成年人那样冷静。

纪南承看着她，也不阻止她，知道她现在需要的是一个人好好静一静。

他换了个轻松的语气同她开玩笑：“那什么时候可以联系你？”

温嘉树听出了他话里的打趣味道，心想这有什么好笑的？

“不知道。”温嘉树闷着嗓子挤出了几个字，她心底酸酸的，也不知道该怎么回答纪南承，只觉得郁闷得很。

她觉得纪南承根本就没有意识到自己的错误，他不认为自己是错的，而这是让她最生气的。

温嘉树抿着红唇不说话，转身走出花园时脚踝都有些冻僵了，冷得厉害。

上城冬日的晚风冷得紧，尤其现在已是隆冬季节，温嘉树为了来参加宴会才穿得这么少，现在觉得自己真是有病，本来就感冒，又穿这么少，估计感冒肯定会加重。

她吸了吸鼻子，赶紧走了出去，心里酸涩难忍。

纪南承没有追上来，温嘉树也没有奢望他会追上来，他是极其清醒之人，她都这么说了，他是绝对不会追上来的。

她拦了一辆车，去了上城医院旁边的W酒店，她没有预订房间，到了酒店前台发现房间已经住满了。

她觉得事事都不如意，在来的路上一直都在打喷嚏，头也昏沉得厉害。

她刚刚想要转战下一个酒店时，猛地发现自己两只手里是空的。

她的行李箱，好像都在纪南承的车里……

完了，事情仿佛重演。

之前她将行李箱落在了纪南承家里，他不给她机会拿回去。现在是她主动跟他闹别扭，然而行李箱还落在他的车里……

温嘉树扶住沉重的额，总不能够让她落下脸来主动联系他说，自己的行李箱没拿吧？毕竟，刚才是她先跟他闹别扭的。

温嘉树深深吸了一口气，简直要被自己气死，刚才真应该检查一下再离开。她这次硬生生地带了两个巨大的行李箱来，为的就是在上城多住几个月。

贝弗利公司那边，新品发布会结束之后，距离下一次品鉴会将会有很长的一段时间，期间也几乎不会用到她，她这几个月是清闲的。

有一些小公司邀约她，她也推了，只想在上城好好地休息。

主要是因为，上城有纪南承在……

然而现在，一切计划都被打破了。

温嘉树头晕脑热之际，忽然有个电话打了进来，是上城医院那边打过来的。

她立刻接听了，上城医院那边打过来的电话，一般不会有什么好事。

“喂，请问是温致萍的家属吗？患者忽然不见了，我们医院的安保部已经找了一个多小时了，请您马上过来。”

温嘉树一听就蒙了。

温致萍在上城医院住了这么久，从来都没有出过这样的事情，怎么会忽然不见了？

温嘉树此时的头脑是发热的，情绪也很激动：“患者好好地待在你们医院，怎么会不见了？她身体那么虚弱，能跑去哪里？这么大一个人，从病房出去没人看见？！”

她今日的情绪本就不稳定，平常从来都不是这样的暴躁脾气，这会儿一听瞬间爆发脾气。

她迅速地回想，这么多年来，温致萍虽然有精神类疾病但从来没有走丢过，因为上城医院是绝对安全的地方，否则温致萍也不会在这里住那么多年。

“您少安毋躁，我们已经报警了，但是警方说，患者不见的时间不长，不足以立案。”那边的负责人也很焦急，走丢了患者，对于医院来说是一件大事。

温嘉树伸手抓了一把头发，舔了舔嘴唇：“知道了，我现在马上过来。你们继续找。如果我母亲出了什么事情，我会告你们。”

温嘉树把狠话撂下，摁断了电话，她现在的情绪是崩溃的，太阳穴热热的，整个人像是着火了一样。她快步走出了W酒店，酒店旋转门外，冷风迎面扑来，温嘉树吸了吸鼻子，拿出手机想要拨纪南承的电话，然而刚刚翻找到他的电话号码，忽然想起来他们两个人之间的矛盾……

这才刚刚生了嫌隙，难道她又要去联系他吗？出事之时，温嘉树第一个想到的就是他。

即使她跟他相处的时间并不多，但仿佛只要联系到他，她就能够安心似的。而且，上城医院是纪氏投资的，纪南承如果出面的话，安保部那边应该也会更加重视。

纪南承出面，一切肯定会不一样，但是温嘉树现在咽不下刚才的气，绝对不会主动去找纪南承。

他这也不是没有主动追上来吗？

这么想着，温嘉树拨了布鲁斯的电话号码。

幸好布鲁斯也在上城，否则只有她一个人，她真的不知道该怎么办才好。

布鲁斯很快就接听了，他那边声音喧闹，很显然是在夜店。布鲁斯至今单身，无妻无儿无女，贯彻着典型的巴黎浪漫思想，处处多情，从不留情。

他每次来上城都要到夜店，说上城的女孩格外肤白貌美，有着南方女孩的温柔温婉，是巴黎女孩比不了的。

“喂？”布鲁斯可能是喝了一点儿酒，接电话时兴致勃勃的。

“叔叔，妈妈在医院不见了，你能过来吗？”温嘉树问道，声音急躁，尤其是听到布鲁斯那边的嘈杂之后，“我现在快到上城医院了。”

布鲁斯虽然沉迷于声色，但听到温嘉树的话之后立刻就放下了手中的酒杯，擦了擦沾在胡子上的烈酒，穿过酒吧里形形色色的人，跑了出来：“我马上打车过来。”

就算布鲁斯再有不是，他对温嘉树和温致萍都是很上心的，这一点温嘉树也很明白。

W酒店就在上城医院附近，她徒步也只需要五分钟的时间。

在纪家消耗的时间太久，现在已经是晚上十点半。医院里面总是要比外面凉一些，温嘉树穿着这身衣服，在外面尚且觉得很冷，一进医院，她冷得牙齿都打起了寒战。

她强忍着寒意，眼眶酸痛难忍，嘴唇也微微颤着，今天发生的都是些什么事……

到了医院找到了安保部的工作人员之后，温嘉树的情绪便再也绷不住了，厉声质问着对方。

“好好的一个人从医院凭空消失，肯定是有鬼！”

对方工作人员大概也是被温嘉树的质问激怒了，脸色越来越冷。

“温小姐，您母亲我们已经在尽全力找了，这件事也不能全怪我们医院，毕竟您母亲有精神类疾病，而且护工是你们家属找的，我们医生和护士不可能一直都盯着病人。”安保部的工作人员见温嘉树是一个人来的，态度便立刻差了起来。

毕竟是丢了活生生的一个人，如果真的出了什么丑闻，没有人能负责任，所以对方尽力往精神病这件事情上推责任。

温嘉树被激恼了，医院里面阴森寒冷的氛围刺激着她的脑神经，温嘉树现在的情绪很崩溃，她知道对方是欺负她独自一人，是不会对她多上心的。但是温嘉树又不能报警，现在距离可以立案的时间还早。可是以温致萍的病情，如果放任她在外面的话，哪怕是多一分一秒的时间，也是会出事的……

温嘉树孤立无援，想等布鲁斯过来再说。

虽然布鲁斯是外国人，但起码是个男性，有男性在，无论如何都是能够震慑住对方的，让对方对这件事情关注一些。

她见布鲁斯迟迟不来，这边的人又在跟她打哈哈，她走出了监控室，拨了布鲁斯的电话催促他。

然而刚刚按下号码，身后忽然传来了熟悉的声音。

“嘉树。”

温嘉树的手一抖，差点儿没有拿稳手机，她怔怔地回过头，在对视上纪南承的双眼时，鼻尖没有来由地犯了酸。

她的心提了提，窒闷的感觉积压在心口，又从心口蔓延到了喉咙里面，一时之间喉咙被堵塞，看到他时，一句话都说不出来了。

明明几个小时之前她才刚刚看到他，但是现在看到他的感觉又不同了。

见到他时，就像是孤舟漂荡在无边的江河当中，深夜偶然看到了远方的一簇渔火，心脏随着这簇渔火一起轻轻地跳动，扑通扑通，速度很快，紧张又激动。

温嘉树的心跳亦是如此，她没有想到会在这里见到纪南承，他怎么会在上城医院？不过转念想了想，上城医院是纪家投资的，他又怎么不能在？

想至此，温嘉树心里有隐隐的失落感，他不是专程来找她的。

“嗯。”温嘉树闷哼了一声，不悦感表现得非常明显。

纪南承也知道她还在赌气，单看她不满的眼神就看得出，他也不会撞枪口，而是说道：“怎么不进去？”

“嗯？”温嘉树看了一眼身后的保卫科大门，心里嘀咕：还不是上城医院的保卫科一点儿都不靠谱……

等等，他是怎么知道她要进身后的保卫科的？难道……

这个时候手机接通了，温嘉树连忙拾起来接听：“喂，叔叔。”

“嘉树，我就不过来了，纪总过来了，我想他应该更加能够帮到你。”

布鲁斯在这个时候出卖了她，温嘉树真是懊悔不已，她早就该猜到布鲁斯会告诉纪南承！

布鲁斯一心想要她跟纪南承在一起，这么好的机会，怎么会袖手旁观？布鲁斯总是好心办坏事，哪怕他不怀着任何目的，他这样的举动都让温嘉树很反感，何况是在这样猝不及防的情况下，她尤为紧张。

虽然纪南承之前见过温致萍，但温嘉树还是不想让纪南承看见自己母亲疯疯癫癫出走的样子。于她而言，即使不能选择自己的亲生父母，也不能改变自己的亲生父母，但她还是不敢让纪南承看到她生活中太多悲惨的一面。

她的生活过分悲惨，温致萍是一方面，申沉也是一方面，她自己也是一方面……

“知道了。”温嘉树挂断了布鲁斯的电话，仰头看向纪南承的眼睛，“你可以走了，这里我自己能……”

“如果能，你就不会站在这里了。”说罢，纪南承伸手抓住了她的手腕，他仿佛极擅长这个动作，每一次都喜欢紧紧地捏住她的手。她心里面对他这个动作也是极喜欢的，但不敢表现在脸上。

鉴于纪南承今天晚上在纪家的表现，温嘉树不想将心思流露出来。

她现在还没有消气呢……

纪南承看穿了她的心思，即使没有从布鲁斯那边得到确切的消息，他好像也知道保卫科不会善待温嘉树。

这些工作人员的嘴脸便是如此，纪南承稍微一想便想得到，他们不认识温嘉树，并不知道她跟他的关系。

推开门，温嘉树听到那几个保安对着监控录像在笑，丝毫没有听到身后的开门声。

“哈，你看这个精神病，是自己在房间里面收拾了东西才走的，摆明了是离家出走，现在家属竟然想把责任赖在我们医院头上。”一个男保安一边剔牙一边笑着说道。

身旁年轻一些的保安笑着摇了摇头，喝了一口水：“这种精神病的思维都跟正常人不一样，怎么可能找得到？现在警方又不愿意立案，等到可以立案了，估计只能找到尸体了。指不定明天早上的上城头条新闻就是在某某地方发现一具女尸，系上城医院出走的精神病人，哈哈哈哈。”

温嘉树听着这些污秽的话，只觉得胃里面一阵恶心。

她害怕见到人性最丑恶的那一面，她宁可自己一辈子都不要见到，也不想知道这些丑恶，比如现在……

这两个保安说的话过于难听了，刚才面对她的时候虽然很敷衍，但是起码态度还是好的，然而一转身，他们就开始拿着病人开涮。

温嘉树开始有那么一点儿庆幸，纪南承来了。

如果他不来，她一个人可能真的应付不过来。

哪怕她在这里哭晕过去了，他们也不会认真地帮她去找，只会在这里拿着监控录像说事。

“你说刚才那小妞，长得漂漂亮亮的，怎么有个患精神病的妈呢？这样的女人，以后嫁给谁算谁倒霉。拖着一个患精神病的妈，指不定家里还有精神病史。”

两个保安你一言我一语，话语越来越难听。

温嘉树听不下去了，想要夺门而出，她不善辞令，今天在纪宅完全是被逼急了才会跟纪今秋说那些狠话，更多的时候她还是懦弱的。

而且现在她没有戴面具，也没有戴鸭舌帽，根本不敢直视这些人。

与其去求他们，温嘉树还是想去求警察……

但她刚刚转身，手腕处他捏着她的力道就更重了，根本不给她半点儿离开的机会。

温嘉树被强迫着站在这里看着这两个人，她眉心紧紧地皱着，盯着两个保安的后脑勺，一时无言。

“查监控记录，五分钟之内，我要看到所有有关温致萍的记录。”纪南承冷冷地对两个保安说道。

两人转过头来，看到纪南承时，一个人差点儿从椅子上面摔下去。

之前纪南承来上城医院时，保卫科的人做了护送的准备，所以那个年长的保安是认识纪南承的。

“你谁啊？”年轻的保安冷冷地说道，“凭什么在这里指手画脚？”

纪南承的目光淡淡地看向他，身旁年长一点儿的保安立刻伸手扯了扯他的衣袖：“喀喀……纪……纪总。”

“纪总？”年轻的保安呆住了，连忙将手里的茶杯放到了一旁，毕恭毕敬地起身，“纪总，您怎么来了？”

“我说过的话不想再说第二遍。”纪南承的态度越发鲜明。

上城医院的保卫科很大，偌大的医院，角角落落里面都有监控，保卫科的工作人员也有不少。

“其他人呢？”

“其他人……哦，其他人都去找那个精神病人了。”年轻的保安还是直言不讳地叫温致萍精神病人。

温嘉树听得心里隐隐作痛，她的亲生母亲凭什么这样被人称呼？

她有些忍不了了，因为身边有纪南承在，她也敢说了：“你们这样一口一个精神病人，是对病人的尊重吗？”

“这不是给你去找了吗？小姑娘，说话要凭点儿良心，我们是保安，又不是医生，尊重病人那是医生的事情。”年轻的保安气焰嚣张，见到纪南承来了之后以为纪南承肯定是站在医院这一边的，因此口气和态度都更加强硬了。

“去人事科，领了这个月的薪水，滚出上城医院。”纪南承口气散漫，听上去只是在说一件极其普通的事情。纪南承说话的习惯好像就是这样，哪怕是很严重的事情，他说得都是云淡风轻的，但气势却很重。

“纪总……”年轻的保安紧张又害怕，看向了身旁的年长保安，“纪总，我们什么都没做啊，我们就是……”

“医院聘请你们，不是让你们在背后说患者闲话又不做事的。有精神疾病的病人，被你们叫作精神病，说出去，是给我们医院长脸？”

上城医院是一家由企业投资的医院，纪南承长期注资在医院，如果脱离了纪氏集团的资助，就很难找到像纪氏集团这样能够注入大量资金的企业了。

没有人敢惹恼纪南承，区区几个保卫科的人，自然是见到他就害怕。

而现在纪南承亲自炒了他们鱿鱼，根本就没有回旋的余地。

“纪总……”

“去联系其他人，让他们尽力找。你留下来，仔细看监控录像，给你五分钟时间。”纪南承的口气已经越来越冰冷了，温嘉树听着都生畏，更何况是此时这两个保安。

在背后说人闲话，终究是会有报应的。

那个年长的保安战战兢兢，一句话都不敢说，连忙去查看监控录像。

纪南承侧过身看向温嘉树：“阿姨是什么时候不见的？”

温嘉树看了一眼手表：“大概是晚上九点多的样子。”她大致推算了一下时间，真的不知道温致萍在这个时间点会去哪里。

“梅姐呢？”纪南承问，问到了温嘉树忽略的重点。

她愣住：“对……梅姐，我竟然忘记了她……”

“等看完监控录像，我们去找她。”纪南承说道，温嘉树点了点头。

在纪南承身边，她觉得自己永远不需要担心，他已经帮她安排好了一切。

“纪总，患者收拾了东西之后离开，是在晚上九点零八分，很显然是自己出走的，想要找，很难。而且就监控录像来看，患者今天下午就已经在病房门口徘徊了，至少徘徊了四次，应该是下午就想要离开了。”保安认真地说道，不敢再有任何的敷衍了。

温嘉树越听越着急，猜不透温致萍到底要干什么，温致萍生病十几年了，从来都没有发生过这样的事情，她连闹都很少闹，更别说是出走了。

温嘉树觉得其中肯定有什么原因……

“我去找梅姐。”温嘉树说完就冲出了房门，赶紧跑向了病房。

住院部和保卫科相差两栋楼的距离，温嘉树穿着高跟鞋，没有办法跑快，刚刚跑几步路脚便崴了，猝然崴了脚，她连忙蹲下身去摸了摸红肿的脚踝。

这还是她头一次体验真正崴脚的感觉。

之前在电视上看到女生崴脚之后直不起身来走路的样子，她便觉得好笑，哪有这么娇弱的？

但是现在发生在了自己的身上她才发现，这根本不是什么娇弱不娇弱的问题，是真的疼……

她疼得眼眶泛酸，今晚事情原本就多，现在又崴了脚，她觉得委屈得很。但她还没有来得及使劲地委屈，就忽然被人拽了起来。

纪南承将她从地上拽起，动作迅速，温嘉树反应过来时已经被他抱在了怀中。

典型的公主抱，温嘉树陷入了纪南承的怀中，她的身体忽然悬空，吓得她连忙伸手抓住了纪南承的手臂。

从她这个角度望上去，纪南承的下巴上长着青色的胡碴，他看上去也有些疲惫了。

“布鲁斯让你来，你怎么就来了……”温嘉树问他，纪南承抱着她阔步走向了住院部的方向。

“我是你男朋友，为什么不能来？”纪南承反问了一句，口气霸道，而且里面有明显的不悦味道。

他大概是在生气她不告诉他她母亲的事情吧，或许还有今晚她独自离开的事。

温嘉树拽着纪南承手臂的手又重了一些，她闷着声，喃喃地说道：“麻烦了。”

“如果你再跟我说客套话，我现在就放你下来，你自己走到住院部去。”

“……”温嘉树说不过他，也不敢再说了。

纪南承的行事风格，不是她能够随便挑战的。

她不敢再乱说话了，换了个话题：“纪家那边怎么样了？”

“这不是你需要关心的。”纪南承不想让温嘉树知道太多纪家的事情，今天温嘉树的话提醒了他，将她放在这盘局里面本来就是他的错，即使他没有任何坏心，但是将她放在局中本身就是一个错误。

这一点是温嘉树提醒了他。

或许是察觉到自己的语气有些重了，他换了种口吻：“对不起。”

“嗯？”温嘉树感到奇怪，他干吗忽然跟她道歉？

纪南承可不是一个喜欢道歉的人，让他道歉是一件很困难的事情。

“把你放在设计纪家人的局里，我很抱歉，这是我的错。”纪南承清楚地意识到了自己的错误，他也不羞耻于在她面前承认自己的错误。

温嘉树有些惊喜。

他竟然为了这点儿事情跟她道歉，她还以为他会当作什么都没有发生过呢。

“嗯。”温嘉树躲在他怀里，将头朝他怀中埋了埋，嗅到了他身上熟悉的味道后，闷着声音说道，“孺子可教也。”

温嘉树的回答也超出纪南承的意料之中，她平时话虽然不多，但是每次说的话都会让他觉得很有趣。

单是看着她，纪南承便舍不得生气，寥寥数月，她成了他的心头好，也成了他的心中月。

而此时此刻，温嘉树将脸埋在纪南承的怀中，在恨自己的不争气，怎么看到纪南承就生不起气来了呢？果然古有祸国妖姬，现有男色误人啊。这样一张脸放到她的面前，让她怎么舍得去跟他斗气？

温嘉树想都不敢想。

住院部一到夜晚便是灯火通明，每一层楼道都很“热闹”，哪怕这个时间点已经不早了，但是走廊上仍旧有着攒动的人头，有些是因为病痛睡不着的病人，有些是因为担心病人而愁眉不展的家属，更有一些是永远行色匆匆的医生和护士。

温嘉树被纪南承抱着走出电梯，要多奇怪便有多奇怪。

纪南承没有要放她下来的意思，经过护士台时，接受着护士奇怪疑惑的目光，温嘉树觉得不舒服，赶紧将脑袋往他的怀里钻了钻。

“你是想钻破我的衣服？”纪南承瞥了一眼躺在怀里的温嘉树，扔了一句话给她。温嘉树心里一怵，倒是被纪南承吓得不轻，这样好像显得她多依赖他一样。

她正了脸色，将脸从他怀中挪了一些出来。

纪南承步子大，很快就走到了温致萍的病房门口，进门，他将温嘉树放下。温嘉树看到梅姐正在打电话，但是见到他们进来梅姐立刻就挂断了，仿佛是不想被人知道她在跟谁通话。

“啊……纪总，温小姐，你们怎么来了？”梅姐的第一句话温嘉树听起来便觉得很奇怪。

什么叫他们怎么来了？温致萍都不见一个多小时了，他们怎么可能不来？！

“梅姐，我妈走失的时候，你在哪里？”温嘉树问她，口气很冷硬，“我请你来是照顾我妈的，你连看守职责都没有做好，还在这里打电话？我问你，你在跟谁打电话？”

人人都说，女子本弱，为母则刚。但是实际上，女儿也可以为了母亲奋不顾身。

像温嘉树这样不喜欢说话的人，在此刻对梅姐说的话却是字字凌厉。

“她……她是自己走丢的，跟我没关系。”梅姐的回答让温嘉树越发怀疑起她了，她好像是急着要撇清关系一般。

纪南承走到了温嘉树面前，他知道这样问根本问不出什么，温嘉树的态度还是太软了。

“如果不说实话，我们马上报警。警局拘留室的滋味不好受，如果你想去试试的话，可以。”纪南承明显是在威胁她，而这种威胁，看上去极其管用。

梅姐的脸色很快就变得惨白惨白的，像是怕极了纪南承。

“纪总，我真的什么都没有做，是申小姐，是申小姐让我这么做的……”

“申小姐”三个字入耳，温嘉树只觉得脑中“哐当”一声，她一瞬间意识到了事情的严重性。

这根本不是温致萍自己想出走的，而是受了人的挑拨离间……是申姜……

“她对你说了什么？”温嘉树的情绪又激动起来了，她凛了目光盯着梅姐，“你知不知道，申姜有多恨我和我母亲？如果我母亲因为申姜的挑拨出了事情，我也不会放过你！”

梅姐刚才肯定是在跟申姜打电话，这一点温嘉树确定了，她也不想再多问。梅姐这才意识到了事情的严重性，她还以为自己做得没有什么错，毕竟她从申姜那边拿到了不少钱。

“她给了你多少？”纪南承是明白人，知道这个世界上没有无缘无故的帮忙和不帮。梅姐是从J市乡下过来的，家里有三个孩子等着她养，她每个月都要寄钱回去，纪南承之前之所以找她，是因为有中介介绍，说她为人绝对老实。

但是纪南承现在才想起一句话：穷生奸计，富长良心。

这句话在任何时代都适用。

温嘉树的眼睛顿时通红，她哑着嗓子想要开口，但嗓子疼得实在是厉害，说一句话都是艰难的：“梅姐，我那么信任你，就是觉得你能够照顾好我的母亲，我甚至还从巴黎给你带了礼物回来……没想到你竟然帮别人来害我……”

温嘉树还是太单纯了一点儿，她太少见到人性的丑恶，见到了一次，便觉得震惊且害怕。

而纪南承对于这样的人见得多了，他能够理解梅姐为了钱帮申姜做事。他觉得是自己失策，当初应该帮温嘉树的母亲打点好一切，在护工这边也应该多放点儿钱。

人人都喜欢钱，也只有钱才能够打点好一切，不会出现任何的差池。

这一点纪南承知道是自己疏忽了。

梅姐被温嘉树说得脸都热了，茫然地看向纪南承：“纪总，我真的对不起你们……申小姐给了我二十万，我……”

纪南承不想多说，牵住温嘉树的手走出了病房。一出病房他想要抱她，但被她拒绝了。

“我的脚踝好些了，不用抱我。”其实她是觉得医院里面的眼睛太多了，她不好意思。

纪南承停下了脚步，没有再走，看着她。

“你觉得阿姨最有可能出现的地方是哪里？”纪南承问温嘉树，他现在的头脑要比温嘉树清醒得多。

温嘉树茫然地看着前方，脑袋里面是一团糨糊。

“不知道……我对上城不熟悉，我妈这十几年里面从来都没有踏出过上城医院的门，她能够去哪里？”

“慢慢想。”纪南承也知道现在不能立案，无论谁去警局都没用。现在唯一可以做的，就是让温嘉树仔细想，这些年温致萍可能会出现的地方。

温嘉树此时很难静下心来，她皱了眉心，在脑海中仔细搜寻着温致萍可能会出现的地方。

直到……她想到了前些日子申沉出现在了病房里。

“申家……”温嘉树立刻警觉地开口，“我妈应该是去见申沉了，肯定是……”

温嘉树咬了咬唇，一想到申沉，她就头疼。

难道要去申家找温致萍？

如果去了申家，就不可避免地要跟申沉碰面。

·第十七章·

逃之夭夭，灼灼其伤

“去申家。”这是纪南承替她做的决定，不需要温嘉树的同意，因为他很清楚，如果不去申家，温致萍可能就真的找不回来了，“如果真的是在申家，就应该要庆幸。”

温嘉树同意纪南承的这句话，如果真的是在申家，那温致萍也不会丢。申家家大业大，好好的一个人在申家，他们是绝对不会乱动的。

温嘉树听了纪南承说的后半句话，深感同意，点了点头。

车子驶向申家时，温嘉树越来越紧张，这么多年，她从来都没有去过申家。

在车上，温嘉树坐在副驾驶座上，整个人一抽一抽的，眼泪糊满了整张脸。

她将擦眼泪的纸巾都攥在了手里，捏成了皱巴巴的一团，掌心里也是湿漉漉的，沾上了眼泪。

“你的手如果提炼一下盐分，估计能论斤称。”纪南承看了她一眼，散漫地说了她一句。

温嘉树差点儿忘了，他是学化学的。

她现在没心情跟他开玩笑，但听到他说的玩笑话倒是觉得放松了一些。

“你不困吗？”她莫名其妙地冒出了这么一句话来。

纪南承用余光瞥了她一眼，如果不是知道她是真的纯良无害，他会觉得她蠢：“我困的话，是不是应该把你扔在路边，自己回家睡觉？”

温嘉树略微嘟了嘟嘴，看向窗外。

纪南承特意开了车内的音响，音响内飘出了悠扬的歌声，饶是这样温柔的曲子，也无法抚平此时温嘉树的心。

她没有半点儿的心思，反倒是觉得这些曲子有些像噪声。

“阿姨身上带手机了吗？”纪南承问她。温嘉树愣了愣，看来真的是她刚才太紧张了，如果不是纪南承提醒，她真的忘记了很多重要的事情。

梅姐是，温致萍的手机也是，她早就应该打电话给温致萍了……

只是这些年温致萍很少用手机，温嘉树在法国时也是跟护工联系得比较多，所以几乎忘记了温致萍有手机这件事情。

“对……手机……”温嘉树喃喃着，连忙在身上搜寻自己的手机，找了一圈也没有找到，她猛地想起，“我不会把手机落在医院了吧？”

“在医院里你没有放下过手机，应该在身上。拿我的手机打你的电话号码，看看在不在。”纪南承很冷静，他是典型的理科学霸，也是最典型的理科生思维方式，一旦发生事情，他最先想到的都是理性地判断。

温嘉树按照他说的在车里的储物盒里面找到了他的手机，没有在通讯录里面翻找，而是直接输入了自己的号码。

输入完毕之后，手机屏幕上跳出了两个字：囡囡。

囡囡……温嘉树看着这两个字，有稍许的蒙圈。

上城人说话都带着吴侬软语的腔调，“囡囡”是吴语区对女孩的称呼，也有“宝贝”的意思，女外有围，意为闺，女入闺中，是为“囡”。

温嘉树盯着屏幕上这两个字看，心脏立刻紧缩了一下，看得脸都热了，甚至都忘记了要去拨通自己的号码。

“你干吗把我备注成囡囡啊？”温嘉树也是上城人，对囡囡这两个字的意思自然也明白。

“有意见？”纪南承一副“我把你备注成囡囡，你又能够奈我何”的样子。

温嘉树脸热得厉害，从小到大她都没有被人这样叫过，温致萍疯疯癫癫时喜欢叫她小嘉树，秦久他们喜欢叫她嘉树，真正亲昵的称呼很少很少。

像囡囡这样的称呼，温嘉树真的是第一次收到，而且是从纪南承这里收到的。她表面上虽然是质问的口吻，心里早就已经在悄悄欢喜了。

“囡囡是称呼小女孩的，我早就过了年龄了。”温嘉树还记得小时候身边一起念幼儿园的孩子，一到放学的时间，父母就一口一个“囡囡”地叫，当时她羡慕得紧。

“有问题？”纪南承一副不爽的样子，温嘉树都不知道说他什么好，他倔起来的样子真的有点儿滑稽。

“没有……”温嘉树咳嗽了一声，“你叫我一声听听。”

纪南承没理她，温嘉树稍微瞪了他一眼，拿起手机拨了自己的号码，很快就在包里翻找到了自己的手机，幸好没落在医院里。

申家。

申家位于近郊的一个别墅区。申沉当年是靠温致萍的父亲，也就是温嘉树的外公才有了一些名望，一开始他只不过是一个一穷二白的年轻中医而已。

所以在纪家早就住在市中心别墅时，申沉还一无所有。

若不是后来借着温致萍家里的名望让自己在中医界混得风生水起，以及之后又娶了陆渝媛，他也不会住在这里。

外面不知道什么时候飘了几丝雨，温嘉树打开车门，纪南承从驾驶座出来走到车头，习惯性地牵住了她的手。

纪南承很喜欢牵着她，这一点温嘉树早就注意到了，她又联想到刚才他把她的手机号码备注成“囡囡”，想着他大概是真的把她当成了三岁小孩子……

又是牵手怕走丢，又是叫她囡囡的。

两手手指相触碰的地方微微发热，温嘉树侧着脸看着纪南承："申沉是不是不喜欢你？"

"我需要他的喜欢？"纪南承反问，霸道至极的口吻，让温嘉树无法反驳。

申沉的申氏制药哪怕即将上市，但资本比起积累了这么多年的纪家来说，仍是九牛一毛，纪南承自然不需要申沉的喜欢。

哪怕当初纪南承愿意娶申姜，在一定意义上，申姜仍算是高攀。

温嘉树换了个说法："之前，申沉来医院看过我妈，我跟他聊了几句，他让我嫁给你，因为他不希望自己最宠爱的女儿申姜嫁给你。怎么，你哪里惹他不开心了？"

温嘉树其实大致知道一些，申沉无非就是觉得纪南承的手段太狠，今晚她在纪家也见识到了，他的确是够狠的，能够当着这么多人的面将继母和弟弟还有领养的姐姐全部赶出家门。这样的事有几个人能够做到？有魄力的没能力，有能力的没魄力。

"怀璧其罪吧。"纪南承仍说得散漫，俊逸的眉心微皱了皱。

"……"这个人又在自夸了。

怀璧，他夸自己的方式还真是雅致。

温嘉树在暗自嘲笑纪南承，此时从上方传来了纪南承的声音："你打算在这里一直淋雨？"温嘉树这才反应过来，为了跟纪南承提申沉，她都忘记进去了。

她立刻走到了一旁按了门铃。

不一会儿申家的管家便来开门了。

"纪总？"管家是认得纪南承的，因为两家交好的关系，纪南承小时候经常会来申家，"这大晚上的，您怎么来了？"

"申伯父在家吗？"

"在呢。"管家立刻准备引他进去，但进去之前他看到了温嘉树，

"这位是……"

"女朋友。"纪南承坦荡的回答在管家听来却是令他震惊的。

管家一脸错愕地看着纪南承和温嘉树，申家上上下下所有的人都已经接受了纪南承以后会是申家女婿这件事了，他这忽然冒出来的一个女朋友，就连管家都觉得很奇怪。

"哦……好。"管家意识到了事情的不对劲，但纪南承来了，他还是不得不放行。

温嘉树头一次来申家，即使这个地方跟她的关系并不大，但她单是看着花园里这些花草树木便觉得浑身都是不适的，仿佛这里的一草一木，都刻着申家人的名字，恶心感剧增。

但为了找到温致萍，哪怕是恶心也得进来。

"先生，纪总来了。"管家进客厅之间对着客厅说了一声，想必申沉是在客厅里面的。

温嘉树的心悬了起来，哪怕此时他们站在湿漉漉的院子里，草木香味萦绕在她的鼻端，她都不能够感觉到任何的放松和舒适感。

从小到大，只要她有不高兴的时候，闻到花草树木的味道就会觉得放松，任何时候都可以，只有现在不行。

好像这些味道，都带着申家人的气味。

里面应该是说了进来，管家替他们打开了门，送上了棉拖。

温嘉树想要俯身换鞋时，纪南承阻止了她："直接进去。"

"不合乎礼仪吧？"

"曾经他抛弃幼小的你时，难道就合乎礼仪了？"纪南承是一个有仇必报的人，这一点温嘉树也算看清楚了。

温嘉树想，幸好她跟他不是对立面的人，否则的话，她肯定要日日心惊胆战，担心被他报复。

被纪南承报复是一件太可怕的事情。

"嗯。"温嘉树认同他说的，她真是傻了，还在这个时候顾及这些礼仪。就像纪南承所说的，当初申沉抛弃她跟温致萍，本来就是一件极其道德败坏的事情。

一进客厅门，暖气和檀香味扑面而来。

申沉喜檀香，这一点温嘉树是记得的，小时候家里永远都是中药香味和檀香味交织的味道，这种气味是她对气味的启蒙导师，几乎伴随了她的整个童年。

而一进门，温嘉树便看到了温致萍，和猜想之中一模一样……

温致萍浑身湿透地坐在红木沙发上，头发像是海草一样贴在脸上，看上去脏兮兮的，极其狼狈。

“妈！”温嘉树见到温致萍坐在沙发上呆若木鸡的样子，心惊不已。

她不清楚温致萍此时是犯病了还是清醒的，单是看她的表情，像是失魂落魄，没有半点儿自己的情绪。温嘉树有些害怕，穿过申沉走到温致萍面前时，根本连看都没有看申沉一眼。

她现在对申沉的态度是真正意义上的不屑，原本她对他还是尊敬的，直到他上次出现在医院里，同她说了那些话，她想想便觉得恶心。

这个世界上并不是所有的父母都会善待自己的儿女，申沉便是一个最好的例子。

温嘉树俯身查看温致萍的情况：“妈，你怎么样？你怎么跑到这里来了……”她的猜想果然没有错，温致萍真的是来找申沉的。

她不能理解，申沉这样的男人，为什么值得温致萍念着这么多年。

温嘉树倒是宁愿她的精神病犯了，如此她还能够宽心一些，但是温致萍现在看上去很清醒，尤其是眼神里的哀伤，看得让人触目惊心。

“我来找你爸。”温致萍开口是哽咽的，有一些含糊其辞，“我来找他……”

“那你身上怎么都湿透了？”温嘉树伸手摸了摸温致萍的衣服，没有一处地方是干燥的，外面只是飘着细雨，根本没有那么大，而温致萍仿佛是在倾盆大雨当中打过滚了一样。

申沉看了一眼纪南承，碍于纪南承在，他的态度稍微好了一些。原本今天温致萍找上门来，他是很不痛快的。

“她自己进门时不小心滑倒，摔进了花园的鱼塘里。”申沉的语气里有明显的厌恶。温嘉树听着心头一惊，刚才穿过花园进门时她有看到，申家花园的鱼塘并不浅，鱼塘里面有一个循环供氧系统，温致萍摔进去，不知道是怎么爬上来的……

温嘉树记得她不会游泳。

“多亏管家下去救了她，不然……”申沉解答了温嘉树的疑惑。

温嘉树一听，声线陡然变高，回过身来怒视着申沉：“不然你们申家就要背负一条人命了是吗？如果我妈死在你们申家的院子里，偌大的别墅，你们还敢住吗？”

温嘉树的口气强势逼人，不给人回旋的余地。

她也是头一次恼火到了极致，哪怕是今天在宴会上面对纪今秋时，她都没有那么生气。

“嘉树，看来是你母亲没有好好教导你，让你都不知道怎么礼貌说话了。”申沉被她怼得有些生气，用着父亲一般的口吻教训道。

温嘉树轻轻地抱住了温致萍的头，让她将头靠在了她的肚子上。温致萍的头发是湿漉漉的，贴在她衣服上时，沾湿了她的衣服，让她的肚皮上微微有些凉意。

“这些事情，难道不应该是父亲教导孩子的吗？”温嘉树驳了他的面子，根本不给他任何余地。

她现在对于申沉的厌恶感，就像是最讨厌香烟的人闻到了尼古丁的味道，呛鼻的同时，浑身能够感知到尼古丁味道的每一个细胞都在排斥着。哪怕是听到他的名字，她身上的每一寸皮肤都会战栗，更遑论是像现在一样跟他面对面。

“妈，我们回医院好不好？你自己一个人走了，医院里的人都在找你，以后不要再受别人的挑拨离间了。”温嘉树并不想知道梅姐按照申姜的意思跟温致萍说了什么挑拨的话。

因为她已经大致能够猜到，无非就是怂恿温致萍来找申沉，这个世界上能够让温致萍不要命的，也只有申沉了。

如果温致萍走丢了，那正合申姜她们母女的心意。如果她真的找到了申家，也无非就是被羞辱一顿。而在她走失的这段时间里，还能够让温嘉树担惊受怕。

申姜的这一把算盘打得极好，申姜年纪轻轻就是一个有名的中医，温嘉树从来都不怀疑她的智商。

“嘉树，我不想走……”温致萍仰头看着温嘉树，她那因为肾病浮肿的脸上，一双空洞又含着热泪的眼睛盯着温嘉树看着，像是极其留恋这个地方。

温嘉树恨铁不成钢地低头看着温致萍，不明白温致萍在留恋什么。

“妈，这里是申家，是申沉跟陆渝媛的家，不是你的家！”温嘉树说着，眼眶便泛酸泛红，她所有的情绪都郁结在心口，根本无法排解。

她深深吸气，想要再说点儿什么，但是话堵在喉咙里，半句都说不出来，一时之间除了语塞之外，别无其他。

“温阿姨。”纪南承从温嘉树身边走过，让温嘉树离得远了一些，他看着温致萍的眼睛，“还认识我吗？”

“认识……你是嘉树的男朋友，你跟我们小嘉树结婚了吗？”温致萍时而清醒时而疯癫，倒是难为了她还记得纪南承。

“马上要结婚了。”纪南承的一句话，让温致萍惊喜，温嘉树和申沉则很震惊。

温嘉树的余光瞥到申沉的脸色，大概是没有想到她真的会跟纪南承在一起吧。明明上次在医院的时候，她那么信誓旦旦地说不会跟纪南承在一起。

温嘉树懒得去猜测申沉的想法，当务之急是将温致萍带回医院去。她现在的身体状况，如果不回医院，随时都有可能会有危险。

“我跟嘉树一起来接您回医院。”纪南承的口气很温和，“外面很危险，无论是你认为绝对安全的人，还是你认为绝对危险的人，都不是绝对的。”

纪南承这句话，很明显是说给申沉听的。

申沉的脸色很快就起了变化，没有人愿意被这么说。

温嘉树静静地站在纪南承的身旁，她相信纪南承能够帮她解决这件事情。

“可是我想留在这里，我……我不想走。”温致萍看着纪南承，像是足够相信他一般，“我要是走了，就永远看不到他了……”

温嘉树听着温致萍的话，心死死地揪着，极其心疼。

“留在这里，看他们琴瑟和鸣？温阿姨，我想您也不想被人当作傻瓜看，对不对？”纪南承很有耐心，以至于温嘉树都很震惊。

她以为他是喜欢用强硬手段解决事情的人，如果温致萍不走，他直接让人强制带她走，这才是纪南承的风格。

他有耐心了，也足够说明他是真的用心了。

温嘉树这么想着，心里顿觉安心了。

“南承！”申姜听到了楼下纪南承的声音，立刻下来了，无论何时何地，申姜都是迫切地想要见到纪南承的。

温嘉树看她，就好比她看温致萍一样，都是一样求而不得、寤寐思服的人。

只是申姜自己永远都不会察觉到，她跟她厌恶的温致萍，在某种意义上来说，是同一种人。

“你怎么来了？”申姜好像永远都怀着对纪南承的热情，哪怕之前被拒绝过无数次，她还是朝气蓬勃的。温嘉树从她之前专程放下工作，去巴黎找纪南承就看出来了。

这样一个养尊处优的大小姐，若不是真的喜欢到了极致，又怎么放得下身段？

“姜姜，上楼去！”申沉见到申姜下来，立刻厉声呵斥她。

纪南承转过身，看向申沉：“申伯父，难道楼下有洪水猛兽吗？需要让姜姜上去？”

纪南承的话针对性很强，他从来都不会有所顾忌，所以说出口的话永远都是狠戾果断的。

“没有，姜姜的身体有点儿不舒服，刚才在楼上休息，我担心她，所以让她回去。”申沉对申姜使了一个眼色。

“申伯父，明人不说暗话，如果你不喜欢我可以直接说，不需要扭扭捏捏。”纪南承将温嘉树告诉他的话原封不动地传递给了申沉，温嘉树一愣，他怎么可以这么直接……

看来是做好了跟申家老死不相往来的准备了，也不介意把这层窗户纸给捅破。

这一点温嘉树还是很佩服纪南承的，在商场上最不能做的便是树敌，否则不知道什么时候，对方就会在你背后捅你一刀。

申家虽然比不上纪家，但毕竟也算是上城新贵了，而纪南承好像根本不担心跟申沉不交好会有什么后果似的。

“我怎么会不喜欢你，我是看着你长大的。只是你现在已经跟嘉树在一起了，我觉得，你跟姜姜还是保持一点儿距离比较好。”申沉的话已经算委婉了，但是在外人听来还是直接的。

申沉是何等老奸巨猾的人，能够委婉表达的，从来不会直接说出口。他这样说，已经让人震惊了。

申姜听得不乐意了，快速下楼，穿过了偌大的客厅走到了申沉面前：“爸，我这辈子，除了南承之外谁都不会嫁！无论你同不同意，我都要嫁给他，你难道想看着你唯一的女儿一辈子一个人吗？”

申姜故意将“唯一的女儿”这样的字眼强调出来，无非就是为了说给温嘉树听。

温嘉树听在耳中，倒是挺想笑的。申姜也不小了，竟然还这么幼稚，哪怕是逞这么一点点的口舌之快，好像都是好的似的。

纪南承伸手扶住了温致萍的手，扶着她起来，温致萍没有拒绝纪南承。

温嘉树看得出温致萍是很喜欢纪南承的，她大概也是真的以为他们马上就要结婚了。

纪南承扶着满身湿漉漉的温致萍，走了几步，在申沉和申姜面前停下："姜姜，这不是你父亲同不同意的事情，是我不同意。"

"……"温嘉树倒吸了一口凉气，纪南承真是不给申家人留颜面。

申姜是申沉的掌上明珠，他说话刺申姜，其实是在拿话刺申沉……

而且，这句话刺伤人的力量很大，像是在说申姜自作多情似的。

"南承……"申姜一张精致的脸上此时未施粉黛，她大概都已经准备洗洗就躺下了，未曾想过纪南承会跟温嘉树一起过来，"我们之间是有婚约的。"

"什么年代了，还谈婚约？"纪南承反问，"如果你想一个人过一辈子，没有人会拦着你。"

这句话足够狠，就像是打了一个巴掌在申姜的脸上。

"温阿姨，我们走。"纪南承耐心地扶着温致萍出去，走到门口时，他像是又想到了什么，转过身对申沉开口，"申伯父，温阿姨为什么会过来找你，我想你问问姜姜就知道了。"纪南承给申家埋下一颗定时炸弹才走。

申姜茫然地看向了申沉，无辜地摇了摇头。

温嘉树只看了他们父女二人一眼，再也没有回头，扭头径直走出了花园……

车内。

温嘉树坐在后座，用纪南承车上的羊绒毛毯裹住了害怕得发抖的温致萍，她低声抽泣着。十几年的时间了，因为有布鲁斯的照拂，温致萍这边根本就不需要温嘉树担心，她只需要在巴黎学好闻香，其余的，布鲁斯会帮她安排好。

这还是头一次，温嘉树这么害怕失去温致萍。

"妈，以后不要听人乱说，她们都是想看你出丑，知道吗？"温嘉树耐心地跟温致萍解释今天的事情。

她想温致萍应该大致能够听得懂她在说什么。

"可是我见到你爸了……梅姐给了我你爸家的地址，我就打车过来了，我没有钱付车费，还是你爸帮我付的。”温致萍颤抖着嘴唇说着话，温嘉树在她身旁都能够听到她牙齿打寒战的声音。

咯咯咯的，声音尤其重。

她紧紧抱着温致萍，抽噎着：“妈，听话，以后不要再去找他了。他早就不爱你了，不对，是他根本就没有爱过你。如果爱你，他当初就不会抛弃我们。”

温嘉树很想让温致萍死心，但不知道该怎么跟她说才能够让她死心。

温致萍静默地躺在温嘉树的怀里面，一句话都不说，空洞着双眼，静静地待着。

纪南承的车子开得很稳，温嘉树透过后视镜看了他一眼，对视上了他刚好也看过来的目光。

他的眼神平和，少了往日里的阴鸷。从第一次见到他时他眼神的冰冷凉薄到现在的温柔平和，温嘉树能够清晰地感觉到纪南承的变化。

“你现在别说这么多，来日方长。”纪南承提醒温嘉树，精神病人是不能够受过多的刺激的。

温嘉树会意地点了点头，轻轻拍抚着温致萍的脊背。

将温致萍送到了上城医院之后，一切仿佛都回归了平静。

医院的保卫科连夜开会，加强了医院病房的监护工作。温嘉树没有那么担心温致萍会再离开了，起码短时间之内，她应该不会走丢了。

出了医院，已经是凌晨两点多。

她感觉浑身都乏力了，好像力气被抽空，腿上的肌肉都变得软趴趴的，根本不足以支撑她站着。

“脚踝还疼吗？”纪南承问她。被这么一问，温嘉树才想起来自己的脚踝刚才扭伤了……

今晚发生的事情太多，她是真的忘记了，后知后觉真可怕。

温嘉树点了点头：“疼。”

纪南承作势要将她从地上抱起，温嘉树立刻往后退了退：“你干什么？”

难道又要抱她？

她不适应在公众场合做这么亲密的举动，刚才纪南承在医院里面当着那么多人的面将她抱去了病房，她便觉得尴尬得不行。

“你说疼。”他解释。

“所以呢？”

“不就是让我抱你的意思？”纪南承的话说得义正词严，温嘉树佩服他的思维逻辑。

“不用了，回家冰敷一下就好了。”温嘉树之前参加活动时也经常会穿高跟鞋，扭伤过几次，有这方面的经验。

“回家？”纪南承在医院外的夜色当中凝视着她的眼睛，反问她，“你不是说自己住酒店吗？”

纪南承是一个相当记仇的人，鉴定完毕。

温嘉树一想到刚才去W酒店，结果一个空余房间都没有了的事情，就觉得特别丢人。

但她还是决定将这件事情告诉纪南承，免得他不知道她的决心。

“是啊，我本来是决定住酒店的，但是……旁边的W酒店，房间已经满了，所以……”温嘉树磕磕绊绊地说道，她也想说得很果断，但心里面想好了的话，一说出口好像味道就变了，变得一点儿都不从容不迫了。

纪南承打趣地看着她，她脸上的妆容早就已经被哭泣和淋雨弄花了，眼影早就糊成了一团，但她自己此时浑然不觉，根本不知道发生了什么，还眼巴巴地仰头看着他。

纪南承看着她，弯了弯唇：“上城只有W酒店一家酒店？”

温嘉树真的是要被纪南承气疯了，这个人，好像要揪着她这个梗不放了似的！

温嘉树长长地舒出一口气：“行了，我今晚要睡你家，行了吧？”

她最终还是求饶了，她是说不过纪南承的，他这种强大的理科生思维逻辑，一般人真的比不了。

而温嘉树的逻辑，是最典型的虚无浪漫主义，连文科生都算不上，最多也只能够跟艺术生搭个边，怎么可能说得过他？

公寓。

纪南承没有带她回纪宅。今日的纪宅怕是已经乱成了一锅粥，谁还敢回去？若是回去了，肯定又是一场好戏。

纪南承原本就愧疚于将温嘉树放入了那场局内，现在是无论如何都不会带她回去了。

回到公寓后，温嘉树如愿从纪南承的车内拿到了自己的行李箱，洗了澡换了干净的衣服后，她便去了纪南承的书房开始准备明天新品发布会的资料。

这是她在贝弗利公司的首秀，是绝对不能出任何差池的。

她学香近二十年的时间，为的就是明天那一刻。

纪南承洗完澡，发现温嘉树不在客房也不在主卧，推开书房的门，看到她正盯着笔记本电脑屏幕，整个人正襟危坐，俨然是在工作的样子。

“不打算睡了？”纪南承问她，佩服她的精力。

今天这一天折腾下来，从下飞机开始她就没有休息过，回到家里，竟然又开始工作了。

“明天晚上的新品发布会，我不能出错，我要再准备几遍。”温嘉树盯着屏幕上的文件仔细地看，生怕忽略掉一些细节。

“明天晚上的新品发布会，那就明天早上再准备，先睡觉。”命令式的口吻，很有纪南承的风格。

温嘉树将视线从电脑屏幕上面挪开，转移到了眼前的纪南承身上。

他穿着睡袍，领口微微敞开着，应该不是故意的，但越是随意，便越是致命。纪南承的皮肤不是典型意义上的白皮肤，同温嘉树的冷白皮肤不同，他的皮肤微微呈小麦色，尤其是身上。

温嘉树盯着他看了几眼，在自己浑然不觉的情况下，竟然莫名其妙地吞了一口口水……

当她意识到自己的唐突之后，连忙伸手抬了抬眼镜，用来掩饰自己的尴尬。

“不知道的以为你是看到了一盆猪肉在你眼前。”纪南承调侃她，温嘉树仰头瞪了他一眼。

“我现在真的不能睡，你先去睡觉，晚一点儿我再过来。”温嘉树舔了舔嘴，又喝了一口刚刚泡好的新鲜咖啡。

话落地，她意识到了一点儿不对劲。

什么叫作……晚一点儿她过去？

这不就间接在告诉纪南承，她今天晚上要和他睡觉吗？！

啊，丢人！

温嘉树差点将脑袋都埋到了电脑屏幕里，恨不得此时所有的表情都被电脑屏幕遮住，真的是够丢人现眼的。

纪南承肯定也听进去了，他这么喜欢调侃她的人，哪有不听进去的道理？

果然，下一秒纪南承便俯身，直接将她整个人从椅子里面抱了出来，不费吹灰之力。

温嘉树被他这个举动吓得不轻，总感觉今晚要发生点儿什么。

“我还要工作……”

“你是觉得我养不活你？”纪南承低头看怀中的女人，脚步不停，三两步就已经走到了主卧，将她轻放到了床上。

他的动作很轻，大床又足够柔软，温嘉树躺下时，感觉浑身都轻飘飘软绵绵的，这种感觉，就像是吃了一口甜甜的棉花糖，有些黏牙，但是足够甜腻。

“我自己可以养活自己，不喜欢被人养。”温嘉树坚信自己有能力养活自己，否则这么多年的闻香也算是白学了。

闻香师其实是一个很赚钱的职业，温嘉树在这个行业里的时间不久便已经有了不小的名气，布鲁斯和她都相信，日后她会有更大的成就。

她喜欢纪南承，但不需要他来养活她。

“你别忘了。”纪南承的声音浑厚，他靠近了她的耳朵，在她的耳边低声轻喃，“你是在为我工作。”

纪南承极其磁性的嗓音配上这样一句话，让温嘉树的耳朵一酥，心口莫名涌上了一股刺激感。

“你是在提醒我，你是我的老板？”温嘉树此时已经有些意乱情迷了。

她的面庞隐隐地泛着红晕，浑身的骨头都快要酥了。

纪南承的声音非常好听，总是能够撩到温嘉树心里最柔软的那一根弦。

“难道不是？”纪南承轻吻着她头发的鬓角，手自然而然地落在了她的肩膀上。

她身上穿着的睡衣是自己带来的，是最普通的少女款睡衣，但是质地柔软，纪南承的手一碰便从肩膀上滑落了。

温嘉树细腻白皙的肩膀露在了空气中，她瑟缩了一下肩膀，即使房间里面开着暖气，凉意还是很足。

“今天的事情，我跟你道歉。”温嘉树压低了声音说道，道歉太丢人了，尤其是在纪南承面前，跟他这样的人道歉需要很大的勇气，指不定道完歉下一秒，他就开始嘲笑了……

“道什么歉？”纪南承的薄唇流连在她的肩膀上，她紧张地缩了缩肩膀，手却不自觉地环住了他的腰际。

“我不该不问清楚就直接走了。”温嘉树的眸子又红了，她不是一个喜欢哭的人，但今天却哭了好多次。

纪南承的手已经下滑到了她的腰际，听闻她的话立刻顿住了，他轻笑：“你们闻香学校有专门教人道歉这门课？”

“……”温嘉树就知道，哪怕她是真心实意地道歉，肯定也会被他怼。

“没有。”温嘉树闷着声音，“我是觉得我做错了。”

纪南承吻了吻她的眼睛，她的眼眶本就泛酸，眼皮触碰到他温热的薄唇后，酸涩的感觉就更加浓了。

“你在我面前永远不需要说对不起。”纪南承还是头一次见到像温嘉树这么单纯的人。

很多女人矫情，也有很多女人工于心计却又装作纯良，但温嘉树或许是因为长期过着与世隔绝一般的生活，她见到过的关于人性的事情太少太少，她的单纯是真的。

·第十八章·

北有桎木，南有嘉树

“那如果真的是我做错了呢？”温嘉树好奇地问，虽觉得现在说这些不合时宜，但她倒是觉得挺有趣的，跟纪南承打趣，是最有意思的事情。

纪南承开始吻她，从鼻尖到嘴唇，再到细腻的脖颈和喉咙……他的吻很温柔，不似平日里的霸道模样。温嘉树轻声地嘤咛着，不敢发出太大的声音，残存着的一点儿理智让她的手微微紧了紧。

她不知道自己现在这样做是对的还是错的，两个人认识的时间毕竟还很短，温嘉树不能够保证自己日后不会后悔。

但是如果不继续，她明天就会后悔。

纪南承身上有着一种独特的吸引着她的魅力，像是有一根弹簧，无时无刻不在吊着她的神经，无时无刻不在牵引着她往他身边靠拢。

这种感觉十分奇妙。

“错了，也该是我道歉。容许你犯错，本来就是我的错误。”纪南承太会说话，以至于温嘉树听着的时候，觉得耳朵每听进去一个字，都会酥软几分，就连坚硬的耳廓，都好像会随时随地地软下去。

“说你以前没有过女人，谁相信？”温嘉树淡哂，她觉得纪南承太会说话了，而且每一句话明明很肉麻，但是从他的口中说出，就好像是开水进了过滤器一般，味道会起变化，过滤掉了让人不适的那部分，剩下的就是让人身心愉悦的那一部分了。

“试试看就知道了。”纪南承勾了勾唇，他这一句话令人心神荡漾，是直接的撩拨。

温嘉树倒吸了一口凉气，紧张感无以复加。

“听人说，第一次会很疼……”

“是听秦久说的吧？”

“……”纪南承倒是会拆她的台。不过她的确是听秦久说的，除了秦久之外，还能有谁这么色胚？也就只有秦久，整天在她面前说这些。

“秦久还跟你说过什么？”纪南承仿佛听到过她们谈话似的，将温嘉树十足十地吓了一跳。

刚才酝酿好的情绪，以及周围烘托出来的好的氛围，仿佛一时之间全部都消失殆尽了。忽然提起了秦久，让温嘉树的头脑都变得清醒了。

“啊……没有了啊。”温嘉树一脸心虚，想到了之前她跟秦久通电话的时候，秦久跟她传授的那些知识，甚至让她去看那种片子学习那方面的知识……

温嘉树想想便觉得后怕，幸好她当时没有听秦久的，真的去看那种片子。要是看了被纪南承知道了，那她才是真正的丢人现眼！

温嘉树也不知道自己为什么不想在纪南承面前丢人，大概是想要在他面前永远展现出自己好的一面吧。

然而此时，上方的男人开口，打破了温嘉树的一切幻想……

“没有？”纪南承压低了声音，是抓住了她把柄的口气，“确定？”

温嘉树听着后面两个字，带着挑衅的调侃，总觉得不对劲。

“确定。”她喃喃，“怎么？”

“解释一下，你的笔记本电脑里为什么会有不该出现的片子？”纪南承这句话，在一瞬之间将温嘉树推入了火炉……

温嘉树的脸本来就很热，她皮肤白皙，脸一红便能够看得出来。此时被纪南承一说，更是涨得通红。幸而房间内的灯光昏暗，没有开主灯，否则的话，纪南承一定会见到一块“猪肝”。

“你为什么看我的电脑？”温嘉树反应很快，立刻意识到了这个问题。

好端端的，纪南承为什么要看她的电脑？之前在巴黎别墅的时候，他是用过一次她的电脑，但她是在那次之后才跟秦久通的电话，应该不是那一次。

温嘉树进行了疯狂的头脑风暴，唯一能够精准定位的时间，就是今天。

纪南承看到她一脸愁容，知道她在想什么：“不用想了，公寓里没有电脑，我有工作上的急事要处理，在你洗澡时用了你的电脑。”

温嘉树蒙了，怎么好巧不巧的，是在她洗澡的时候用的？！

“我打开了电脑，就看到了你藏在盘里的片子。怎么，打算学习？”纪南承像是吃准了她的心思一样，完全猜对了。

温嘉树现在是一句话都说不出来，她觉得自己被秦久坑得太惨了，明明自己什么都没有做，现在却在这里背黑锅。

她只是将秦久“好心好意”地发给她的片子，放在了电脑里而已。

“你怎么……知道是秦久发给我的？”温嘉树看着他，觉得他真是神了。

她的心思就有这么好猜吗？温嘉树自认为也不是什么将情绪都写在脸上的人，怎么纪南承都看得出来？难道这就是所谓的心有灵犀一点通？温嘉树想到这句话时，打了一个哆嗦。

她还以为纪南承会说出什么有理有据的话，下一秒，她听到他开口：“凭你的本事，自己找不到这么多片子。”

“……”这个解释真是惊世骇俗。

没错，凭她这点儿本事的确是找不到这些片子，别说这么多了，连一部都找不到。

之前温嘉树在网上看到说，人类历史上有一大未解之谜，那便是男人都是从哪里找到的片子？

这个问题温嘉树之前也想问，后来问了秦久，秦久不服输地给她找了一箩筐，但是当时年纪不大，温嘉树可不敢收下。

“说得你好像经常去找一样……”温嘉树低声嘀咕。

“这是基本的生理需求。”纪南承这个人，将这种事情都说得这么坦荡，尤其是“生理需求”这几个字蹦出来时，温嘉树真是佩服他，什么都能够说……

温嘉树挑眉，翻身俯在他身上，柔软的发丝垂在纪南承的脸上，她刚刚洗了头发，头发上还残留着洗发水的清香。

这一款洗发水是温嘉树自己在布鲁斯的香水工厂调制的，用的是她自己最喜欢的香氛味道。以前在格拉斯的日子，她的日子里有鲜花、阳光、香水，而现在，以前的一切都没有，但是她有他……

今天洗漱完时她特意在身上喷了点香水，往常她是不喜欢在自己身上用香水的，但“女为悦己者容”这句话到底是真切的。

温嘉树身上混着洗发水和芦丹氏孤女这款香水的味道，不是特别女性的味道，没有申姜身上那款黑鸦片那样浓艳妩媚，而是浓郁的木质味道，无端的又有一种冷冽味，和“孤女”二字再配不过。

温嘉树喜欢芦丹氏的这款香，起因是它的名字，她的身世和“孤女”有什么两样？

她身上传来的香气若有若无地钻进了他的鼻端。

温嘉树甚至觉得，看着纪南承时，周围一切的鲜花和香水都失了芬芳，就连阳光都失了温度。

情人眼里出西施这句话，温嘉树现在深信不疑哪怕纪南承不是她的情人，她也会觉得他好。

他身上的魅力，不可言说。

“那你下次教教我，怎么找的呗。”温嘉树笑时露出小虎牙，像是一个在准备使坏的小孩子一样。

“秦久给了你这么多，还不够看？”纪南承问道，打趣的味道很重。

温嘉树无语，天地良心，秦久给她的这些她连看都没有看过好吗……甚至连打开都没有。

“我没看过，我保证。”温嘉树直接坐起来，伸出三根手指对天发誓，“你要相信我。”

其实看过也没有什么，都是成年人了，别的女孩在她这个年纪或许孩子都挺大了。

但温嘉树还是想要证明一下自己的清白，好像不证明就觉得不舒服。

“有没有看过，实践了才知道。”纪南承说完，温嘉树的身体再次跌落到了柔软的被子上。

翌日早晨。

昨夜本就是凌晨入睡的，温嘉树醒来时也不过早晨七点多。

一睁开眼，眼睛酸痛难忍，眼眶酸得不断有眼泪冒出来。

她很想爬起来再看一会儿贝弗利公司那边发给她的文件，最终还是被这一床被子给打败了。

她努力地想要起床，最终以失败告终。

眼皮再一次重重地合上，心里虽然紧张于今晚的新品发布会，但眼睛和疲乏的身体仿佛不是自己的一般，在陷入被子中之后，她很快就不动弹了。

然而她刚才想要起床时制造出来的动静已经惊扰了身边人。

纪南承翻身，伸出长臂将她揽入了怀中。

他的臂弯力道很足，温嘉树纤细的身体很快便被他紧紧搂住，一动都不能够动弹。

“把你吵醒了？”温嘉树闷着嗓子问道，眼睛都没有睁开，嗓音也是带着喑哑的，根本不成声。

纪南承的精力要比温嘉树好得多，他睁开眼，看到了温嘉树刚才说那句话的全过程。

她的眼睛紧紧闭着，敷衍一般说着，模样有些滑稽。

“没有。”纪南承吻了吻温嘉树细腻的脖颈。温嘉树缩了缩脖，打了一个哈欠，并没有理会纪南承。

现在哪怕男色在身旁，她也顾及不上了，她一心一意只想要睡觉。

这个姿势睡着有些不舒服，她翻了身钻入了纪南承的怀中，闷哼了一声，像是说梦话一般，随便哼唧了两声。

“你继续睡会儿。想吃什么？”

“我想吃什么，你就去给我买对吗？”温嘉树现在算是懂得纪南承的套路了。

别人的男朋友早起都是说“你想吃什么，我给你做”。而纪南承不同，他可厉害了，一般都是说“你想吃什么，我帮你去买”。

上一次在巴黎别墅她就见识到了。

“教一次就会，很聪明。”纪南承轻笑。

温嘉树真不知该笑还是如何，纪南承好像永远会把利益算得特别清楚，比如能够请保姆做饭，他绝对不会自己做饭，因为在他眼里做饭对他来说是浪费时间。能够买，他也不会做。

凡是能够用金钱换到的，他都愿意省力。

这一点，是典型的理科生思维的再次表现，温嘉树是不能够理解的。她是浪漫主义者，如果不是浪漫的“鼻子”，就算是嗅觉极佳，香评一定是一般般的。用理性主义只能够思考如何赚钱，如何让社会进步，但是这一套在闻香上面是行不通的。

闻香需要一个天赋异禀的鼻子，也需要一颗有着天马行空想象力的脑袋。

温嘉树便是这样的人，所以布鲁斯当年才愿意带她远去法国，花了重金和不少关系将她送进了凡尔赛闻香学校。

要知道，那个学校有不少学生都是法国香氛世家出生的名门子弟，温嘉树能够进去，布鲁斯功不可没。

比起那些有着深厚香氛家底的学生，温嘉树就是一张白纸。

但现如今，在那一批学生当中，唯有她在法国的名气最盛。

“我想吃小馄饨。”上城的小馄饨味道很鲜美，温嘉树每次回国都会吃，这是儿时的味道，一直都存留在温嘉树的脑海当中。

“知道了。”纪南承松开她，顺手掀开了被子起身。温嘉树看到他没有穿衣服时，脸立刻就涨红了，别开了眼。

“流氓。”温嘉树又忍不住骂了他一句，大概是第一次见面时留下来的印象过分深刻，温嘉树现在只要看到纪南承，满脑子就是流氓这两个字，无论何时何地，无论他做什么。温嘉树自知这样是不对的，但还是忍不住这样想。

“我是流氓，你是什么？”纪南承不会让她，对于她经常叫他流氓这件事情，他日后必须要慢慢纠正。

更重要的是，温嘉树对于这个称呼好像还挺喜欢的。

“小仙女。”温嘉树给了他一记白眼，缩进了被子里面，打算睡一个回笼觉去，不想跟他多说话，说多了就是找怼。

纪南承一边穿衣服，一边看着躲在被子里的小小一团，扔了一句扎心的话给她：“说仙女我还可以选择无视，但是你年纪不小了。”

“……”温嘉树真是服了纪南承了，他是不损她就觉得不好过是吗？

“那你还叫我囡囡！”温嘉树为了自己，据理力争，明明囡囡才是对小孩子的称呼。

纪南承一边系衬衫的纽扣，一边走近了温嘉树，看到了她躲在被子里面，整个人就只露出一个脑门和一双亮晶晶的眼睛。

“想吃哪家的馄饨？是恒隆记的，还是五香阁的？”这两家都是上城有名的馄饨店铺，纪南承以前经常吃。这些年吃得少，所以他也只知道这两家。

在他的印象里面，也只有这两家最有名气。

温嘉树转悠着一双黑漆漆的眼睛，想了想开口：“我想吃恒隆记那个广场上的小摊贩做的，每天早上都有，这个时间点应该刚刚好。你尝尝，真的特别好吃。”

温嘉树小时候就喜欢去那边买馄饨，每次温致萍都跟她说那边的馄饨不干净，路边小摊贩不知道加了什么佐料进去，但温嘉树还总是偷偷地去买来吃，根本不管温致萍说的。

纪南承大概是觉得被打脸了，他介绍的两家有名的馄饨店铺全部都被她驳回了。

温嘉树见他不说话，以为是他不相信她说的话，连忙又添了几句话解释："你相信我。你看，恒隆记开了多少年，那个小摊贩就已经摆了多少年摊了。为什么这些年他一直都没有倒闭呢？肯定是因为好吃啊。"

温嘉树是真的很想念这个味道，这是童年时期的味道。

那个时候的温嘉树还有家庭，温致萍还没有疯，外公也尚且在世……

"那是因为他比较擅长逃城管。"

"……"温嘉树再次无言以对。纪南承说的话总好像是歪理，但是如果要找点儿什么来反驳的话，好像又反驳不了，这一点是最要命的。

最终，纪南承还是帮温嘉树买来了恒隆记广场对面小摊贩的馄饨，温嘉树吃饱喝足之后就开始在书房闭关看文件。

纪南承要去纪氏工作，买了馄饨便离开了。

然而温嘉树从今天一起床开始便意识到了一个很严重的问题：她发烧了。

若不是这碗馄饨的味道太好，她甚至都要忘记了自己头疼脑热这件事情，直到吃完了馄饨，她在书房坐下来准备静心看文件时，发烧的难受感觉才真正出现。

她在纪南承家的医药箱里面找到了退烧药，吃了一颗之后情况稍微稳定了一些。

然而烧可以马上退下去，但是感冒的感觉却并不能够，比如鼻塞……

温嘉树随身带了满堂红香水过来，这瓶香水她随身带了很多年，当初在飞机上见到纪南承时，她就觉得纪南承是最适合这款香水的男人，她身上也只带了这么一款香水。

满堂红香水的味道算得上浓郁，以往只要打开瓶盖往身上喷一点点，便能够感觉得到这股浓郁的麝香味，然而此时温嘉树却什么都闻不到……这便是鼻塞的下场。

温嘉树没有办法，在网上搜了很多关于治疗鼻塞的方法，能试的基本上全部都试了，皆没有任何的效果。

温嘉树真是服了自己了，偏偏在这么关键的时候感冒。为了等这一场新品发布会，她从进凡尔赛闻香学校开始就已经在准备了，没想到最后最大的阻碍不是自己不够优秀，竟然是感冒……

在这样的情况下，温嘉树选择了去医院。

她简单收拾了去品鉴会要带的东西之后，就匆匆忙忙地赶去了上城医院。

昨天温致萍走丢的事情闹得很大，因此温嘉树走进医院时，不少医护人员都认得她了。

更重要的是，昨天温嘉树是跟纪南承一起来的，大家自然都会更在意一些，也都知道了她跟纪南承之间的关系是不俗的。

温嘉树戴着白色的鸭舌帽，掩着自己的面部表情，她不知道今晚的新品发布会该怎么办，昨晚面具摔坏了，但她只从巴黎带了一个面具来。

现买的话，不一定能够买到合适的，因为她的所有面具都是定制的。

如果戴鸭舌帽的话，又跟今晚的与会风格不搭。她正头疼着，挂了号去了内科，但医生也没有别的方法，只能够让她多喝水。

温嘉树浑身无力地从诊室内走出来，她现在身上的肌肉没有一处是有力气的，走几步都觉得乏力，不知道今晚的品鉴会该怎么办。

早知道，昨晚就多穿一点儿了。

这场感冒来势汹汹，持续的时间又很久，一时半会儿是绝对好不了了。

她从门诊部往住院部走，想去看看温致萍，昨晚纪南承连夜让人换了护工。梅姐走了，听说走之前一把鼻涕一把泪的，将申姜给她的钱也全部都还了回去。

温嘉树一边走一边想着这件事，没走几步就忽然遇到了一个熟悉的身影。

布鲁斯穿着西装走来，无意间看到温嘉树时他也挺惊讶的。他一个外国人，穿着极其正式的一套西装，在医院这样的环境中显得十分奇怪，跟周围人都有一种格格不入的感觉，所以温嘉树一眼便看到了布鲁斯。

“嘉树，你来看你母亲？”

温嘉树点了点头：“嗯，我感冒了，先来看了医生，现在打算去住院部看我妈。”

“哦，我刚才从你母亲那里过来，她现在情绪很稳定，你放心。”布鲁斯给温嘉树吃了一颗定心丸，这样她就安心了。

其实从昨晚开始她的整颗心脏便是吊着的，早上一睁开眼睛想的便是温致萍这件事情。

“麻烦你了叔叔。”温嘉树对布鲁斯还是怀着感激之情的，基本的礼节也还是尽量做好。哪怕布鲁斯一门心思地想要撮合她跟纪南承，是因为他的一己私利，温嘉树也知道他肯定也有为了她好的一面。

况且，现在她跟纪南承确实已经在一起了。

“说什么呢，你跟着我这么多年，我又无儿无女的，你就是我的亲女儿啊。”布鲁斯伸手摸了摸温嘉树的脑袋，他看了一眼她的鸭舌帽，“今晚就别戴面具了，也别戴鸭舌帽了，听我一次，成吗？”

布鲁斯知道温嘉树极怕被人注视，出席那样的公众场合，她是头一次，如果脸上没有遮蔽物的话，她的发挥肯定会失常。

“叔叔，我……”温嘉树摇头。

“试一次，不行就算了，这不是还有我在吗？”

“不是……我现在感冒了，鼻塞导致嗅觉基本上失灵，我本来就已经闻不到什么味道了，要是再不戴面具，我肯定一个字都讲不出来。”温嘉树很紧张，在没有遇到布鲁斯之前，她也很紧张，但绝对没有现在这般。

布鲁斯笑了：“我跟纪总都在，你怕什么？你闻不到的味道，我会在旁边帮你。再说了，这是新品发布会，又不是对你的闻香考评会。香水事先都会给你闻，闻好了你记住味道就可以。”

布鲁斯说的温嘉树何尝不知道，但她还是紧张。

布鲁斯想了想，牵住她的手走到了一旁的公共长椅上坐下，别过头问她：“你还记不记得第一次进凡尔赛闻香学校的时候，考官问你的问题？”

温嘉树想了想，这件事情她的印象挺深刻的，因为那一次，考官有明显刁难她的意思。

一方面，因为她是里面唯一一个亚裔学生；另一方面，是因为她没有任何背景和家境，只是布鲁斯靠着自己的一己之力硬推进来的。

“记得。”温嘉树点了点头。那个时候她才十岁，还是什么都不懂的年纪，如果还留在上城的话，她应该是在念小学。但是那个年纪，她却已经必须要学会在没有任何仪器的情况下，识别出至少一千种香水的味道，能够准确地判断出香水中含有的五十多种成分。这是入学的基础，跟她一起入学的大多数都是十岁左右的孩童，因为法国是香水之都，大多数出生于法国香氛世家的孩子从小就在香水的环境当中长大，温嘉树比起他们来说差了不只是一点点。

在去考试之前，布鲁斯每天都在让她闻不同的香水，她每天都要学习大量的知识。

那段时间的温嘉树还不能够明白香水的魅力，闻多了之后便觉得头晕犯恶心。

在临去考试的前一天，布鲁斯帮她恶补知识，让她闻了很多的香水。

第二天去考试，考官问她：“你喜欢香水吗？”

当时温嘉树的回答是：“不喜欢，太臭了。”

当时考官先是愣了一下，随即就笑出了声，便再也没有问其他的问题了。

“其实闻香这种事情，很多时候都很主观。你喜欢这个香水，可以把它夸得天花乱坠；不喜欢的话，也完全可以说它很臭，没有人会说你是错的。所以晚上无论你说什么，都像小时候一样自信一点儿就行了。”

布鲁斯讲道理的本事很厉害，温嘉树很佩服，她听了之后觉得茅塞顿开。

可以说她当初能够进凡尔赛闻香学校，靠的就是那初生牛犊不怕虎的一身自信，估计那几位面试官也被这个小小的亚裔女孩的自信给惊到了。

只不过后来数年，是她自己舍弃了这份自信……

“嗯。”温嘉树点了点头，“谢谢你叔叔。”

“傻孩子。”布鲁斯笑着亲了亲温嘉树的额头，“纪总那件事情，希望你不要怪我。一方面我的确是为了商业利益，但是另一方面，其实我是为了你。”

“你是怕我嫁不出去，急着让我相亲？”温嘉树洞穿了他的想法。

这些年布鲁斯肯定一直都在担心她嫁不出去的事情，她每天都把自己放在一个封闭的环境当中，不跟人接触，认识的男人屈指可数，怎么可能嫁得出去？

“对啊。你这个样子，让我怎么不担心？”布鲁斯摇头，“嘉树，之前我把你安排在巴黎的别墅里时，纪总曾经拦过我，他不希望以这种方式跟你接触。”

“巧取豪夺的方式？”温嘉树的用词让布鲁斯笑了，但好像的确是有那么一点儿意思。

“你想这么想就这么想吧。”布鲁斯笑道，“他说他很喜欢你，但是他怕你不相信他，因为他自己也有一些不能相信自己。”

温嘉树心想，纪南承对自己的认知倒是挺清醒的啊。

“他喜欢你是因为在你之前，他身边所有人都在算计他。他是他母亲利用他父亲的产物，童年时期所有人都在算计着他，领养的姐姐为了讨好家里人故意对他好，继母在背后算计他，成年之后就连自己的父亲也开始算计他，只是为了让他帮公司赚钱。他觉得你不一样。”温嘉树听着布鲁斯的话，心里隐隐感动，这是她一直在心里默默担心的事情，现在布鲁斯帮纪南承说出口了。

但她面上仍旧是笑了笑："他怎么知道我不是在算计他？"

她整天惦记着他的美貌呢，还不叫算计他？

温嘉树心想，啧啧，好骗的男人。

布鲁斯知道她是在开玩笑，伸手牵着她的手，认真地说道："当初申沉抛弃了你，你算得上是没有了父亲。我这个人虽然平时爱玩，也不想结婚，但我还是挺想当一个父亲的。你放心，我帮你看中的人，不会走眼。"

温嘉树听着布鲁斯的话，心里泛了酸水。

之前她仅仅凭借着自己的想法，就觉得布鲁斯是一个为了牟利不择手段地将她送给纪南承的商人。现在她觉得，无论如何，她以后都不能够随便判断任何一个人。

无论是布鲁斯也好，其他人也罢，温嘉树都不会随意判断了。

温嘉树跟布鲁斯分开之后，去了病房陪了一会儿温致萍，等到傍晚六点时才离开医院。

她原本想要打车去会展中心，但一到医院大门口，就看到了纪南承的车子停在路边，十分惹眼。

"布鲁斯是信鸽吗？怎么我的一举一动都要告诉你……"温嘉树喃喃地说道，她不是不想纪南承来接她，而是觉得浪费时间。

明明从纪氏到会展中心只需要十分钟的车程，但是从纪氏过来上城医院接她却需要三十分钟的车程，这样一来一去，很浪费时间。

"不是说你是学闻香的吗？一点儿都不懂浪漫。"纪南承随口怼了她一句。

温嘉树冷哼："你早上出门买早饭，就算是懂得浪漫了？"

"我不想做，也不会做。"纪南承说得坦荡荡。他帮温嘉树打开了车门，她坐了进去，系上了安全带，蓦地，她看到储物盒里面有一个小盒子。

温嘉树的心脏咚咚咚地跳得非常快，她好像能够预知到这是什么了……

她的目光和心思全部都在这个小盒子上面，以至于连纪南承上来时，她都没有察觉到。

“你在看什么？”纪南承忽地开口问她。

“没……没什么。”她连忙镇定情绪，她一紧张就会有一点儿小结巴，这一点纪南承也发现了。

“在看这个盒子？”纪南承系上了安全带，随手拿起了蓝色的小盒子问她。

温嘉树眨了眨眼睛，接过了盒子：“什么东西？”心里明明都已经知道答案了，温嘉树现在颇有一点儿装蒜的味道。

“拆开看看。”纪南承的嘴角噙着笑意，他越是这样笑，温嘉树的心跳就越是飞快，总觉得会是她心中所想的那个东西。

她按照他说的，将盒子拆开。

结果，里面是一对耳环。

很大的钻石耳环，一看便知价格不菲，最简单的款式，除了钻石之外没有其他多余的点缀。

温嘉树很茫然，说好的钻戒呢？！竟然是她自作多情了。

这种丢人的感觉让她觉得特别难堪，深深吸了一口气，虽然她也很喜欢这副耳环，但是总觉得有点儿失落。

她在心里埋汰自己：在胡思乱想什么呢，你们才认识多久啊，你就想他求婚了？这么想着，她在脸上强挤出了一点儿笑意。

纪南承看着她明明笑不出却又强笑的样子，弯了弯唇：“不喜欢？”

“喜欢啊。”温嘉树打开了车上的镜子，对着镜子戴上了耳环，问，“你怎么知道我有耳洞？”

“昨晚看到的。”纪南承的回答莫名地有一种暧昧的味道。

她记得昨晚纪南承一直都在深吻着她的耳垂，像是在把玩一般，怎么可能还看不到？温嘉树心口一紧，一时之间说不出是紧张还是害羞。

她表面上平静地“哦”了一声，实际上心里却是欢喜得很。

现在哪怕不是钻戒，她也高兴了。

钻石耳环贴着她柔软白皙的耳垂，衬得她整张脸越发精致，温嘉树想到了布鲁斯的话，摘掉了鸭舌帽，整理了一下自己隐藏在鸭舌帽下乱糟糟的头发。

“不戴帽子了？”纪南承问了一声，看着她嘴角抑制不住的笑意，问道。

“嗯，不戴了。你跟布鲁斯今晚都会在我身边，我不想戴了。”温嘉树看着镜子中自己的这张脸。

这张脸同申沉的很像，像是一个模子里面刻出来的。

申沉有着一张五官立体精致的脸，也难怪温致萍会那么痴迷于他。

而温嘉树和申姜都继承到了他五官的优点，尤其是温嘉树，申姜的一部分五官长得还是像陆渝媛的。

“看来明天的太阳要从西边出来了。”身边传来男人冷冷的嘲讽声，温嘉树此时此刻想做的是将纪南承的嘴巴堵上。

他说话太损了，温嘉树都不知道以后的日子该怎么跟他一起过下去，不对，是怎么才能够说得过他，想要说得过纪南承，几乎是一件不可能的事情。

会展中心门口，早就已经云集了上城的各大媒体。

这是巴黎贝弗利公司头一次在上城举办这样大型的新品发布会，吸引了不少媒体。媒体对温嘉树的关注度也很高，因为她是至今第一个从小就在凡尔赛闻香学校学习、获得闻香师资格的华裔女闻香师。温嘉树同纪南承一起进场时紧张到不行，她尽量用深呼吸保持着冷静。一出车门，周围无数的镁光灯扑面而来，在她周围扑闪着，她习惯性地将脸靠向了纪南承的方向，纪南承揽着她的肩膀走向了会展中心，她第一次没有戴面具出现在这么多人的视线当中，浑身都不习惯。

她听到了周围的呼吸声、镁光灯的声音、拍照声，一切声音都交织在她的耳边上，杂糅在一起，让她心惊胆战。

“别怕。”纪南承压低了声音在她耳边开口。温嘉树感觉胸口闷，除了快步走向会展中心，别无他法。

新品发布会如期举行，贝弗利先生特意从巴黎飞过来参加这次新品发布会，温嘉树在后台闻了新品香水，简单记住了它的味道。上一次她在贝弗利香水工厂闻到的味道和这一次又有一些不同了，应该是研究人员重新进行了调配。

她的鼻子闻不到太多的味道，布鲁斯闻到了味道之后用专业术语简单传达给了她，但她还是无法准确地闻出这款香水的味道。

“叔叔，我现在脑中没有任何概念。”温嘉树皱着眉，这是一款男士香水，味道很好闻，有着浓郁的檀木味道，是温嘉树最喜欢的那一款。但是因为鼻子不灵敏，她嗅不到最准确的味道，所以脑中现在是一片空白的。

温嘉树急得眼眶都泛红了，浑身都没了力气，甚至动了临阵逃脱的念头。

布鲁斯也为难，温嘉树怯场这件事情不是一天两天了，每一次温嘉树参加活动，布鲁斯都会替她担心。

他看了一眼纪南承。纪南承拿过了香水，在自己的白衬衫上喷了一点儿，轻拥住了温嘉树的上半身。

温暖的怀抱不期而至，温嘉树仿佛闻到了这款香水的味道：不算浓郁，却足够温存好闻。

“记得你之前说过满堂红香水是你心目中的“男友香”，记住，这款香水，现在是你的“老公香”。”纪南承一本正经地说着，温嘉树瞬间笑出了声，原本的紧张感顿时消失了。

“没个正经……”

但纪南承的方法很有效，她的鼻子埋在了他的胸膛里，闻到了他白衬衫上传来的隐隐香水味，脑中顿时对这款香水有了基本的轮廓感。

温嘉树上场之后按照布鲁斯所描述的味道简单地进行了自己的香

评。

这场新品发布会比她想象当中要顺利很多。

当她要下场时，蓦地，场上所有的灯光忽然都熄灭了，温嘉树以为是停电了，吓得抓住了身旁女侍者的手。

然而下一秒，灯光又亮起，由刚才闪亮的光线转变成了柔和的灯光，轻柔地洒在了人脸上。

温嘉树皱眉，心想自己难道看漏了文件上的这个环节？如果真的是，那就糟糕了……

都怪纪南承昨天打扰她！

此时，纪南承忽然上来，手中拿着一个蓝色的小盒子，阔步走到了温嘉树的面前，笑着低头，用额头抵上了温嘉树的额头，嘴角噙着笑。

温嘉树看到周围所有人都惊喜地看着他们，她紧张地抓住了纪南承的手臂，低声说："你干什么……"

"刚才见你在车上看到是耳环时很失望，补个礼物。"纪南承弯了弯唇，打开了小盒子。

一枚钻石戒指静静地躺在丝绒盒子里，映入眼帘时，温嘉树吃了一惊。

她也顿时明白了，纪南承刚才在车上是在骗她！

温嘉树的眼眶在一瞬间染红，眼泪蓄在眼眶里，模糊了视线，她根本看不清眼前的东西，就连原本夺目的钻石都变得模糊了。

她只听到上方传来纪南承清明的声音："囡囡，嫁给我。"

·后　记·

饮冰十年，难凉热血

写这篇后记，是我完稿后第一天，经历了连续好几天的爆肝码字之后，这本耗时六个月的书终于写完了。

昨天输入“全文完”这三个字的时候，我除了一身轻松之外，别无他想。身上背着稿子，就好像是背了巨债一般痛苦。

这本书从 2017 年 11 月开始构造人物和大纲，到全部完稿，一共耗时六个月。

拖稿这么久，对不起周周，鞠躬！二十万字，六个月，对于一个时速并不慢的作者来说，其实是一件很丢人的事情，但是当真的完稿之后，我觉得我无愧于自己。

我很想加快速度交稿，但是又舍不得立刻结束这个故事，这种感觉就像是被囚禁于一个房间很久之后，忽然得到了自由，却又不知道该去哪里。

码字时的各种艰辛多说无益，毕竟每一个作者的每一个字都是认真敲出来的，众生皆苦，不值一提。

《南有嘉树》这篇文同《有鹤鸣夏》挨得很近，依旧是我的风格，但是又有很大的不同。《南有嘉树》相较于《有鹤鸣夏》的甜腻来说，感情要更加平和一些。爱情的姿态有千万种，有像秦先生和阮阮那样互怼生情的爱情，也有像纪总和嘉树小姐姐这样细水长流的爱情。

作为一个写作者，靠笔吃饭，就要无愧于手上的这支笔。在写《南有嘉树》之前，我写了至少四份人物关系图，最终敲定了一版才开始写。

从这个故事开始写到写完，我的脑海中几乎每天都充斥着这些人物，仿佛他们是真实生活在另一个世界当中的。

写到温嘉树和纪南承在温室花房内攀谈，我仿佛也身处那里，享受着格拉斯充沛温暖的阳光，闻着四季馥郁的花香；写到他们两人在巴黎街头漫步，我仿佛也能够感受到那一年巴黎的大雪，四周苍白。

我想，当你们读到这些片段时，一定也能够想得跟我一样。

全文当中，我最喜欢的片段就是男女主角深夜在巴黎街头散步。

2017 年末巴黎迎来了一场大雪，朋友圈和微博被刷屏。作为一个南方人，我看到雪的机会不多，对雪也就更加向往，所以安排了这样一个桥段，作为男女主角感情线的一个转折点。

正是在那个雪夜，纪总跟嘉树告白，浪漫又温存。

设置人物角色的时候，我根本没有想到闻香师这个职业，直到有一天在网上偶然看到了这样一个新奇的职业，恰好那段时间痴迷于香水，于是就有了温嘉树。因为对这个职业陌生，期间查了无数次资料。

闻香师是一个听上去极其浪漫的职业，闻香师在一定意义上其实也算是半个艺术家。

在我看来，玩艺术的人大多是孤独的，并不是所有人都能够认同你的艺术，所以我才会将女主角的性格设定为一个自卑、孤僻、有轻微社交恐惧症的人。而男主角恰好就是女主角的对立面：自大、骄傲、手段狠厉。就是这样的两个人，从一开始的“傲慢与偏见”，慢慢走到了一起。

于温嘉树而言，纪南承是她平淡生活当中出现的一团火苗；于纪南承而言，温嘉树是他饮冰十年的难凉热血。

希望继《有鹤鸣夏》之后，《南有嘉树》也能获得你们的青睐。希望继秦先生之后，纪先生也是你们的理想情人。

感谢各位酥糖对我的支持，爱各位酥糖，我们下一本书见。

苏清晚

2018.04.18